華文創意寫作與跨媒體實踐

梁慕靈——主編

鳴謝

　　本書圓滿付梓，承蒙田家炳基金會撥款資助，以及香港都會大學田家炳中華文化中心的鼎力籌辦，謹在此致以萬分感謝。在本書編撰過程中，有賴香港都會大學人文社會科學院院長鄺志良教授支持，以及馮寶玲女士、龔倩怡女士、徐炯彥先生和楊嘉文女士之協助，編輯團隊在此致以衷心的感謝。

主編及編輯委員會名單

主編
梁慕靈

編輯委員會（以姓氏筆劃為序）
余文翰　李洛旻　邵　棟　劉文英

收錄之論文作者：（以姓氏筆劃為序）
王美棋　何嘉俊　吳美筠　吳麗嬋　李洛旻　邵　棟　唐梓彬　孫慧欣　馬世豪
梁德華　梁慕靈　陳康濤　陳煒舜　陳曙光　黃納禧　劉文英　黎必信　戰玉冰
蕭欣浩　鄺文峯

香港都會大學田家炳中華文化中心介紹

　　香港都會大學田家炳中華文化中心於2015年蒙田家炳基金會支持成立，七年間舉辦了多場學術研討會、學術講座、工作坊、藝術展覽和學生活動，於校內外致力推廣中華文化和藝術發展。中心隸屬於人文社會科學院，承蒙田家炳基金會和大學管理層支持，中心在七年間發展迅速，於2019年更增聘中華文化通識科之專任教師，對校內推動中華文化有莫大助力。

　　中心之定位為「專業」與「普及」，既重視提供平臺給專門學者交流意見，也注重中華文化在民間的推廣。在過去七年，中心除了為學術界帶來多場學術演講和研討會，更舉辦了各種類型的文化交流活動，讓年輕學子與市民參與。除了本校學生以外，中心亦與不同文化和社福機構合辦活動，過去曾讓數百位中學生到校參與。除此以外，中心更出版《田家炳中華文化中心通訊》，每期內容皆豐富，除了涵蓋各種中華文化議題，更廣及中港臺和海外的漢學發展資訊。近年，中心致力於多項出版項目，務求向海內外學界推廣中華文化。

序言：華文創意寫作與跨媒體實踐

　　創意寫作跟過去的傳統寫作模式不同，不再只是書寫者的個人活動，而是一種群體參與和協調的交流方式。書寫者在新媒體時代獲得了空前的自由，他們通過知識付費、短視頻、直播等途徑與讀者建立聯繫，達致快速發布、迅速傳播、及時反饋的交流效果。在信息爆炸的時代，面對海量資訊，人們逐漸傾向選擇具有優質內容的產品，對於創意也有更高的要求；同時，融合各種感官體驗的文字書寫因其獨特性和創意亦愈來愈受關注和青睞。在這種背景下，本書的諸位論者以不同角度探討創意寫作跨媒體的可能性及發展前景。

　　創意寫作因互聯網的興起，使寫作產品能接觸到更廣泛的受眾，其影響力日益提升。創意寫作學科自1936年從美國誕生以來，至今在西方已有近九十年的發展歷史。在華文世界，創意寫作學科雖然起步較晚，但近年在中國大陸已經形成了完整的學科體系。過去關於創意寫作的教材以及課堂範例大都是西方的譯作，包括重要理論、創作技巧、作品評鑑標準等。但是，文學創作關乎創作者所處的歷史文化背景，因此，西方所建構的創意寫作學科理論、技法、審美標準未能完全契合華文語境中的創意寫作。近年，中國大陸在理論創建、文學欣賞和創作方法和創意寫作教學上都有長足的發展，一改過去以西方為參考標準的做法。有見及此，本書通過分享關於華文世界的創意寫作理論和案例，讓更多讀者了解華文創作者和研究者在這方面的研究和發現。本書更非常重視中國古典文化對於當代華文創作的啟示意義，故此設有專章探討有關改編古典文學小品，學習前人純熟的創作技法等，從而顯示華文創意寫作的獨特性。

　　過去，當創意寫作作為一門學科在華文世界開始發展時，曾有不少人疑惑創意寫作是否可以教？是否可以學？但根據過去十多年在華文世界的創意寫作的教學和研究成果來看，設立專門的創意寫作專業、舉辦創意寫作工作坊，以及到中小學教授創意寫作知識等，凡此種種，都已經培養出不少取得成就的創意寫作人才。由此可以看到，創意寫作的學科建設和教學研究尤為重要。本書的幾位論者通過教學案例及個人教學反思，為完善華文創意寫作教學法帶來明確的發展方向。

　　華文創意寫作學科在課題選擇、理論建構、研究方法和教學方法等方面，均有巨大的研究價值和實踐空間。為推動華文創意寫作的發展，香港都會大學田家炳中華文化中心與人文社會科學院創意藝術學系獲田家炳基金會慷慨資助，於2021年5月舉辦了「第一屆華文創意寫作與跨媒體實踐國際研討會」，逾七十位來自亞太地區的學者、詩人、作家、藝術家以及資深媒體從業者就會議主題分享研究成果，共同探討創意寫作課程的設計及實踐方法，以及跨媒體結合的可能性，部分優秀會議論文更被選

入本書，以期進一步推廣華文創意寫作。

　　本書的諸位研究者分享課堂教學反饋和個人教學反思，例子包括廣播劇、電子遊戲、博物館展覽、廣告、戲劇、電視劇、電影和網路文學等創意文本，探討華文創意寫作的相關理論、跨媒體實踐、教學法以及其對於中國古典文化的新詮釋，務求令讀者了解華文創意寫作的最新發展，並為該領域進一步的理論建構和實證研究提出建議。本書共收錄二十篇論文，據主題分為三個章節：第一個章節為「創意寫作學科建設、跨學科發展與教學研究」，探討華文創意寫作學科在大學和中學的課程設計及實踐反饋；第二個章節是「創意寫作、文化產業與跨媒體創作」，以不同媒介的創意文本為例，分析文學及新媒體時代文化產業的挑戰和機遇；第三個章節為「創意寫作與中國古典文化新詮釋」，探究當中國古典文化作為再創作資源時，其對當代華文創作的影響與啟示。

　　香港都會大學田家炳中華文化中心希望透過是次出版，能為華文創意寫作學科的推廣和發展做出貢獻，並顯示出媒體時代下華文創作的生命力。

梁慕靈博士

香港都會大學人文社會科學院副教授

創意藝術學系系主任

田家炳中華文化中心主任

各篇文章簡介

第一輯　創意寫作學科建設、跨學科發展與教學研究

● 論廣播劇創作於中國的發展潛力

　　——兼論香港都會大學創意寫作課程中廣播劇創作的培訓（梁慕靈）

　　香港曾經出現過數十年的廣播劇創作熱潮，而內地在1949年後，因為廣播劇製作便利的特質，使廣播劇成為了新中國成立後一個重要的傳播途徑，影響至今。但是經歷多年的發展高峰後，香港的廣播劇創作數量近年大幅下跌，這是由於互聯網娛樂行業的興起，人們多選擇網上的消閒活動。大陸和臺灣近年在有聲書和音頻創作上的發展極為迅速，本文將透過分析大陸和臺灣在廣播劇產業，特別是創作有聲書和音頻作品的急速發展趨勢，說明這一方面的龐大發展潛力；並以香港都會大學創意寫作與電影藝術課程的「廣播劇創作」科目為例，說明創意寫作教育如何因應社會條件的轉變，配合文創產業的發展趨勢做出改革，培育年輕寫作人才投入這個具發展潛力的寫作產業。

● 略說「中大文學地圖」（App）的設計構思及教學應用（黎必信）

　　「中大文學地圖」為香港中文大學中國語言及文學系中國語文教學發展中心與資訊科技服務中心共同開發的流動應用程式，主要用於支援校內「大學中文」課程的寫作教學，其設計採納了「眾包」、「微寫作」、「同儕效應」等理念，於內容選錄亦有特定標準，旨在能引起使用者的閱讀及寫作動機。「中大文學地圖」迄今運作已近三年，團隊於期間累積了不同的教學應用經驗，也曾檢視其具體成效，並思考出若干修改方向。因應「電子教學」已成教育發展的必然趨勢，如何借助資訊科技促進寫作教學應有其討論意義。茲編之撰，正擬從「中大文學地圖」的個案經驗出發，嘗試為有志建置線上中文讀寫平臺的同仁提供參考。

● 大學創意寫作課程的限制和可能性

　　——以樹仁大學「文學創作微課程」為例（何嘉俊）

　　2008年，香港政府針對全球金融海嘯，重新規劃香港的經濟產業發展。其中一項規劃，就是將文化及創意產業列為「六項優勢產業」之一，並投放大量資源加以推

廣。文化及創意產業因此愈來愈受重視,而相關人才的培養,也成了各大專院校人文學科的發展重點之一。最近十數年,本港大專院校紛紛設立不同類別的創作課程,甚或創辦文學或藝術創作的學位,以應時代之需。然而,受到院校各自的行政問題、課程架構、師資及經濟資源等因素所限,策劃及舉辦創作課程的困難甚多。如何在這些限制中,更靈活地規劃創作課程?再者,創作教學需要定立怎樣的課程框架或規範?如何培養師資,以及檢驗學習成果?這些議題也尚待探討。

鑑於上述情況,自2020年暑期起,香港樹仁大學中文系籌辦了一系列「文學創作微課程」,嘗試在舉辦正規學位課程之外,探索其他在大專院校推行創作教育的方法。「文學創作微課程」為短期課程,課時約四至六週,目前為止已舉辦新詩、散文、影評及歌詞等不同門類的創作班,學生參加的情況踴躍。本文將以籌辦上述課程的經驗為例,探討在大專院校舉辦創作課程的限制,並就著專業與興趣、研究與創作,資源開拓及預期成效等方面,提出反思和應對方案。

● 香港大專中文課程的創意寫作教學實踐
——從個人經驗出發(馬世豪)

談論香港的創意寫作教學,多數集中在中學和大學層面,然而大專界的創意寫作實行情況,卻甚少被深入探討。事實上,香港的中學生完成中學文憑試後,除了升讀大學外,亦有為數不少的學生進入大專院校,修讀副學位課程。這些副學位課程通常都會要求學生修讀中文科,而中文科都會包括寫作的課題。在脫離公開考試的限制下,大專中文老師可以將創意寫作的教學元素滲入課堂,塑造有別於應試教學的學習氛圍,提升學習效果。這些課程的目的不在培養學生成為作家,但他們卻受惠於創意寫作教學,培養他們創意思維,提高分析問題的能力,對他們的生活、升學和就業都有幫助。論文從本人多年來任教大專中文課程的經驗出發,結合創意寫作教學理論,從理論層面、課堂層面和學生層面切入,討論如何在大專中文課程實踐創意寫作教學。

● 香港中學、大學的新詩創作教育推廣與90後、00後年輕詩人
(陳康濤)

香港近年來針對中學生的創意寫作推廣課程及活動日趨多元化,筆者曾以導師身分參與由香港文學生活館主辦的「『過去識』本土文學普及教育計劃」,以及由香港文學研究中心舉辦的「香港文學深度體驗:文學景點考察」。本文嘗試梳理筆者參與兩個文學教育推廣計劃的教學經驗,通過新詩篇章選取、課堂活動設計、習作表現等方面,探討新詩文體的創意寫作教學策略。其次,通過回顧香港中文大學「書寫力量」推動的校園閱讀與書寫運動,探討詩歌推廣活動模式在大學校園之可能性。最後,介紹香港新生代詩人90後、00後的創作、發表、活動狀況及其與中學、大學新詩創作教育推廣的關係。

● 大專院校創意寫作課程發展的檢討與展望
　——個「斜槓族」寫作導師的觀點（黃納禧）

　　本文擬從本地文學雜誌《字花》編輯、文學散步導師、大學語言和文學課程講師，以及香港中文大學「多媒體寫作」課程設計員四重身分，以「複合視角」提出對2009年以來本地華文創意教學課程設計、學科建設及活動策劃發展趨勢的觀察，並探討以下三個課題：一、「創意寫作」在香港的發展現況；二、本地大學策劃常規語文課程以外的文學與寫作活動，以及配合「走出平面維度」的文學活動，推廣「創意寫作」的嘗試及其限制；三、香港中文大學中國語言及文學系「多媒體寫作」課程的設計意念、架構、預想教學成效及其創建。

● 作為「靈感池」的創意寫作基礎教學
　——從創意寫作課程的戲劇與影視學本科教學談起（孫慧欣）

　　「創意寫作」的學界定位與人才培養方向可從兩個層面進行探研：一是作為新興獨立學科，二是作為其他相關學科中的專業必修課或選修課。作為新興獨立學科，創意寫作專業已在復旦大學、北京師範大學、中國人民大學等高校陸續開設學位點，主要針對碩士研究生層面進行教育教學；作為相關學科的基礎課程，創意寫作課程亦在本科教學中發揮了不容忽視的作用，其一方面體現出基礎性與引導性，普及常識與基本原理，讓學生在後續的工作、求學中對相關方向有所了解與選擇；另一方面則體現出創意寫作在廣義寫作中的「靈感池」作用，激發出更豐富的廣義寫作成果，故而創意寫作課程及相關訓練在戲劇與影視學科的下設專業中普遍開設與運用。在長期的教學實踐中，戲劇與影視學科已形成了較為完備的創意寫作教學經驗，打造了作為「靈感池」的創意寫作本科教學方法。本文將從原因與目的、方法與邏輯、互動與效果三方面對作為「靈感池」的創意寫作課程戲劇與影視學本科教學進行爬梳，並形成方法的總結與方向的展望。

第二輯　創意寫作、文化產業與跨媒體創作

● 以讀帶寫——跨媒體閱讀成果展示個案探討（吳美筠）

　　本文以作為通識科的文學讀寫課程之教學個案為例，說明參考分層教學、自主探索為教學原理，要求學生應用跨媒體（multi-media）工具展示閱讀成果這種文學閱讀課程設計，如何能協助非本科主修中文的學生，通過突出主體的媒體互動學習模式（interactive learning mode），發展文學閱讀的樂趣，並誘發創意寫作的學習動機，從而探討這種教學模式，為何能超越傳統文學教育以文字解構文字的報告形式之限制，並有助無論課室內外都習慣跨文本（multi-textualization）的後數碼一代

（post-digital generations），發展多元智能，成為善於運用形象（image）及文字建構意義的持續學習者。

● 飲食・創作・社區——文學與文化結合的全民教育視野（蕭欣浩）

筆者自2017年開始，創立「蕭博士文化工作室」，以學者和組織主席的身分，展開「飲食與地區書寫計劃」，至今未斷。計劃以「飲食・創作・社區」為題，銳意將三者結合，組成有機的教學及推廣方式，衍生不同類型的項目，包括：講座、工作坊及徵文比賽，內容以文化與文學為要素，通過課堂、遊戲、交流、品嚐、考察等活動，傳授知識，鼓勵參加者思考和表達，以創作方式做書寫紀錄。

「飲食與地區書寫計劃」以持續、有效、貼近生活的全民教育為目標，以市民大眾為服務對象，項目的參加者分別為小學生、中學生、大學生、長者和一般大眾，整體提升大眾對飲食、書寫的興趣，以及對社會的關注。本計劃於2020年首辦「全港中小學飲食書寫比賽」，以「疫境搵兩餐」為題，鼓勵中學生、小學生於疫情下創作，是貼近現況並能融入飲食、寫作與社區的顯著例子。

創意寫作教學著重擴闊「文化視域」、「知識視域」、「閱歷視域」，與「閱讀視域」，「飲食與地區書寫計劃」能結合飲食、社區的內容，活動成效能一一對應，加上「個人實踐」的部分，本計劃能達成「四視域・一實踐」的教學目標。

● 遊戲互動敘事中的創意寫作
——以《俠盜獵車手5》與《巫師3》為例（邵棟）

遊戲產業作為文娛產業中勃興的新媒體形式，其可互動以及沉浸式的體驗模式，受到新世代年輕人的歡迎。本研究將聚焦在兩款電子遊戲《俠盜獵車手5》與《獵魔人3》如何在互動視覺的基礎上完成複雜的多線文學敘事以及多結局敘事，通過研究其敘事特性以及隱藏的互動敘事線索，來解析這種新媒體形式中的創意寫作的必要性與特性。

● 跨媒體敘事初探：以香港文化博物館的專題展覽為例（劉文英）

過去有關跨媒體敘事的研究，已有不少學者進行討論和剖析，尤其從文學作品延伸至其他藝術領域，例如音樂、舞蹈、戲劇表演等，以及流行的大眾媒體即電視電影、動畫、遊戲和網路平臺也有。但是，展覽和主題樂園這方面的應用則未受到太多的關注和討論。其實不少研究指出不論是博物館、藝廊或其他展示空間的展覽均可被視為媒體，有著傳遞訊息和溝通的特點。同時，展覽亦可被視一種文本，本身已具有跨媒體的特性。展覽正是與參觀者展開溝通和對話的一種過程，當中須依靠其展示的方式，文字與物件的選取、組織和排列等，使參觀者對其所敘述的內容產生想像和理解，甚至得到感官滿足。本文試圖探究近年博物館展覽，它們如何借用人物故事進行

跨媒體敘事。加上科技發展，博物館展覽在文化內容詮釋上亦更豐富多樣，除以物件和文字為敘述工具外，多媒體的使用亦逐漸成為常態，使文字影像化，甚至現實虛擬化。本文試以香港文化博物館的「武・藝・人生——李小龍」專題展覽為例，探究其跨媒體敘事方式如何使參觀者產生聯繫，及他們對展覽所產生與香港地區的感受。

● 跨媒體的創意寫作——香港廣告文案寫作的教學策略（吳麗嬋）

廣告是跨媒體的傳訊方式。廣告創意會因應不同媒體的技術規格，以文字、圖像、影像及聲音等不同的表意元素組合呈現。因此，與廣告相關的創意寫作，除包含文案撰寫，也包含更廣層面的創意思考。香港廣告以華文為主，大學及專上院校提供的文案寫作課程多以華文為主軸。本文採用訪談法，探討香港的大學及專上院校在廣告文案寫作課程方面的教學策略及實踐經驗，並總結當中的成效與限制，以期為創意寫作的教學方法，提供有用的參考。

● 文化產業中創意寫作的發展路徑（王美棋）

隨著互聯網時代的到來以及媒介技術的發展，創意寫作和文化產業都被賦予了新的定義和活力。創意寫作不再拘泥於虛構、非虛構等，也可以以創意為特點，面向文化產業實現商業化轉型。如今，信息合集使得信息由點變成面，更加開闊，再加上「焰火模式」的出現，都要求創作者從二維的圖文模式轉向立體多維的傳播形式。在這當中，信任金字塔為創意寫作提供了生存發展的空間，其較傳統媒介關聯度更高、商業轉化率更好，也能極大促進文化產業的發展。創意寫作者可以開發當地資源，以創意寫作二次重塑；也可以在空間場景模糊化的時代中從事以產品為導向的腳本、廣告策劃等工作；還可以通過網路文學、知識付費服務商、短視頻平臺等打造「個人IP」。以上都能實現創意資本，但仍有探討空間，因為IP概念的容量更大，對其合理性及方法論的分析將有助於我們宏觀理解商業化的創意寫作的發展路徑。

此外，創意寫作者應聚焦私域部分，建立較一般商業轉化更為精煉的私域商圈，直接實現內容信任到商業信任的轉化。據此，需要建立「RISPS」模式來加強創作者和受眾的兩端聯繫，即「Reach，Interest，Sieze，Precipitation，Share」，旨在以創造性表達的敘事特點為基礎，提升創意寫作與文化產業的關聯性，打造以寫作者個體為導向的IP產業。

第三輯　創意寫作與中國古典文化新詮釋

● 謂我識途馬，宜作知津告：何敬群《詩學纂要》創作論初探（陳煒舜）

兩岸四地自1950年代以降，數香港高校中文系仍勉力將「詩選及習作」設置為必

修課；而在偏重古典範疇的歲月裡，該科是少有的涉及創意寫作之課程。縱使該科任教者不乏宿儒碩學，然當日講義得以梓行者為數甚鮮。何敬群教授（1903-1994）先後於珠海、新亞、浸會諸院校講授該科，其《詩學纂要》便是課堂講義，累積多年教研與創作心得，「要在易知易行，重在能讀能寫」。此書共分為三編，上編《詩學導論》，中編《唐詩選讀》，下編《宋詩選讀》。本文嘗試依據該書對詩歌之淵源、體制、律法、聲調及作品各方面之論述，探析何氏之舊詩創作論，以窺香港高校詩歌創作課程之發展歷程於一斑。

● 從「中國悲劇意識」與「互文性」看〈孔雀東南飛〉及其電視劇集改編（梁德華）

〈孔雀東南飛〉為漢代長篇樂府敘事詩，全詩由整齊的五言詩句所組成，共三百五十三句，一千七百六十五字。詩中描寫焦仲卿及劉蘭芝淒美的愛情故事，因情節感人，鋪寫極具剪裁，而人物、對話刻畫細膩，歷來均受到文人學者所重視。2009年，內地更將〈孔雀東南飛〉改編成三十六集的長篇電視劇，其中對原詩的主要角色、情節均由有所改動。然而要從千七百多字的古詩改編成現代長篇劇集，無疑劇中創新改造的情節成為了電視劇的重心，但這些改編、增飾的情節能否符合原詩獨特的「中國悲劇意識」，仍有待深入討論。本文擬從「中國悲劇意識」及「互文性」出發，選取〈孔雀東南飛〉中具代表性的內容，與電視劇的情節對讀，以討論電視劇對原詩悲劇精神及情節改動之效果。

● 從發現到命名──論古典遊記的創作模式（李洛旻）

中國古代文人無不遊歷，遊歷則無不創作。儘管各人創作之目的不同，遊歷與寫作之契合，確實產生了大量重要文學作品。雖然，儒家學者認為從孝道層面說「父母在，不遠遊，遊必有方」（《論語・里仁》），但自司馬遷壯遊天下，「西至空桐，北過涿鹿，東漸於海，南浮江淮」（《史記・五帝本紀》），訪尋耆舊風俗與歷史遺跡，並寫就通古今之變的《史記》。自是年少壯遊，撰著文章，遂為文人所好。北魏酈道元《水經注》「以水證地，以地存古」，描繪風光，文辭倚麗，影響深邃，乃中國山水遊記之先驅。至數最重要之山水遊記，不得不推柳宗元的作品。《永州八記》為世所頌，古文選集每多收錄，遂為古文經典名篇，成為古代遊記典範。然其創作模式非其首創，實出自較早的元結。因此，中國古代典型的遊記創作模式，實始於元結，並由唐宋古文家所繼承及發揮，明清時期文人也相為仿效。本文試分析由元結以降的遊記「發現／修葺／命名」的基本創作模式，並分析不同文學家對此模式的運用及變化，並說明這種創作模式對現代創意寫作的若干啟示。

● 從中國古典文化而來的創作資源——論「故事新編」的創意思維、
創作規律及其在創意寫作學發展上的啟示（唐梓彬）

　　本研究旨在探討「故事新編」的創意思維，與培養學生寫作創意之關係，並進一步分析其創作規律，最後揭示「故事新編」的創作方式在創意寫作學發展上的啟示。本研究發現中國古典文化可以為創意寫作提供絕妙的寫作素材，學生經過對傳統故事的消化及反思，能通過「故事新編」的寫作方式，把中國古典的故事轉化成為能夠契合當下性及可供再創造的創作資源，藉以增加讀者的共鳴感。「故事新編」對於促進學生寫作的取材及立意的能力有顯著的效果，能通過分析及轉化傳統故事的元素，讓學生學習文本闡釋及批判性思維之餘，更可從創意寫作的意義上掌握虛構故事、敘事方式、人物塑造、視角切換等小說寫作的原理與技巧。最後，針對大學生之創意寫作能力的培育，本文建議將來創意寫作學的發展，或可多引導學生從中國古典文化中汲取養分，以中國古典文化作為尋找靈感與表現創意的基礎，學習並掌握古為今用的創作手法，並透過對古典文化的新詮釋，建構出以「文本詮釋」（Text Interpretation）及「反思」（Reaction）作為寫作過程的寫作認知歷程模式（Cognitive Process of Writing Model）。

● 論《我的朋友孔丘》對孔子形象的創新塑造（陳曙光）

　　孔子是中國文化史上最重要的人物，他奠定中國文明的精神面貌。後世對孔子的認識主要來自《論語》和《史記》。惟《論語》是語錄體，欠缺語境；《史記》成書時，孔子已死去數百年。數千年來，孔子的形象一直變化。近年，中國出現一片孔子熱，大量記載孔子生平的書籍出現。孔子也擺脫了傳統經學束縛，進入一般人士的視野中。王元濤《我的朋友孔丘》以小說形式，敘述孔子的生平，嘗試塑造有血有肉的孔子。半夏評論說：「那個只有語錄沒有呼吸的孔子復活了。」作者自言在重大事件上，嚴格遵從《史記》、《論語》、《孔子家語》等記載，而細節則展開想像和虛構。本書無論從敘事人稱以至內容上都顛覆傳統對孔子的理解。本文分析該小說與其他《孔子傳》的不同之處，研究作者的想像和敘事為孔子以及其生平思想帶來什麼新的詮釋角度。

● 網路文學創作「初生代」與「類型融合」書寫
　　——把君天作為方法的幾點思考（戰玉冰）

　　一般的網路文學「內部研究」往往採取以「時間為經、類型為緯」的文學史圖繪方法與作家作品定位思路，但在這樣一張看似「井然有序」、「年代清晰」、「類型分明」的網路文學史圖景中，其實存在很多被先天遮蔽的部分。比如在「前付費閱讀」時代以紙質書出版為創作導向的網路文學「初生代」作家群體，他們更多意義上

具備了網路文學與傳統紙質大眾文學的過渡性特徵。又如在經典的看似涇渭分明的小說類型劃分之外，也存在很多「跨類」、「兼類」的作家及作品。而本文即試圖以作家君天及其小說創作為例，來部分揭示出以上兩種容易被傳統網路文學研究所忽視的創作實績以及當下中國類型小說的複雜生態場域與多重文學資源。

● 創意寫作視野下的「重述神話」
——以李銳、蔣韻《人間：重述白蛇傳》為例（鄺文峯）

「重述神話」系列（Canongate Myth Series）是由蘇格蘭出版社Canongate Books發起的世界性寫作計劃，廣邀世界知名作家和出版社參與，重述各地的神話故事。當中中國作家一共撰寫了四部小說，包括李銳和蔣韻合寫的《人間：重述白蛇傳》、蘇童《碧奴》、阿來《格薩爾王》和葉兆言《后羿》。「重述神話」系列是一個大型的跨文化寫作計劃，上述四部小說亦呈現了中國古典文化的新詮釋，甚具研究價值。

神話改編作為創意寫作中的一種類型，一直備受關注。本文選擇以《人間：重述白蛇傳》作為主要研究對象，嘗試分析作者如何在保留原著韻味的同時，再次為白蛇傳注入新意。過往有關《人間：重述白蛇傳》的討論主要依循人物形象、敘事學、主題思想等傳統文學分析，本文嘗試另闢蹊徑，主要從創意寫作角度，分析作者在改編神話時的各種考慮。與此同時，本文亦從宏觀層面研究「重述神話」系列的出現背景與接受情況，由此說明它如何徘徊於商業性與學術性之間，以期剖析它為往後同類型的創意寫作帶來的啟示。

目次

第一輯　創意寫作學科建設、跨學科發展與教學研究

第一輯

創意寫作學科建設、
跨學科發展與教學研究

論廣播劇創作的發展潛力
——兼論香港都會大學創意寫作課程中廣播劇創作的培訓

梁慕靈

香港都會大學人文社會科學院副教授
創意藝術學系系主任
田家炳中華文化中心主任

一、引言：近年廣播劇創作或相關產業的發展情況

　　香港曾經出現過數十年的廣播劇創作熱潮，而內地在1949年後，因為廣播劇製作便利的特質，使廣播劇成為了新中國成立後一個重要的傳播途徑，影響至今。但是經歷多年的發展高峰後，香港的廣播劇創作數量近年大幅下跌，這是由於互聯網娛樂行業的興起，人們多選擇網上的消閒活動。大陸和臺灣近年在有聲書和音頻創作上的發展極為迅速，本文將透過分析大陸和臺灣的廣播劇產業，特別是創作有聲書和音頻作品的急速發展趨勢，說明這一方面的龐大發展潛力；並以香港都會大學創意寫作與電影藝術課程的「廣播劇創作」科目為例，說明創意寫作教育如何因應社會條件的轉變，配合文創產業的發展趨勢做出改革，培育年輕寫作人才投入這個具發展潛力的寫作產業。

　　在內地方面，因應話劇在民國時期的高速發展，廣播劇的創作人才很多都是話劇編劇，例如洪深《開船鑼》（1936年）和夏衍《「七・二八」那一天》（1937年）。到1949年後，中央人民廣播電臺製作了廣播文工團製作的多部廣播劇，使廣播劇創作進入新的發展階段。因應廣播劇各種製作便利、成本低廉的特質，廣播劇成為了新中國成立後一個重要的傳播途徑，影響至今不衰。在眾多的影響因素下，兒童廣播劇的發展最為一枝獨秀，未來更有龐大的發展潛力。在內地，目前單單是有兒童的家長約有七億人，連同他們會陪同聽廣播劇的兒童，這是一個非常龐大的潛在聽眾群。

　　另一方面，臺灣的有聲書產業亦發展迅速，在2020年有聲書銷售明顯增加，該年亦成為臺灣的有聲書元年，上架數量增長486%，總銷售金額更達850%的增長率。在四百種有聲書的類型中，青少年與兒童、文學小說和商業理財占首三名。在二千五百個聽有聲書的聽眾中，總聆聽時間為七十萬分鐘。這種發展趨勢更導向閱讀器和聲演

人員培訓的產業革新。[1]

　　因此，本文將透過分析上述地區在廣播劇產業，特別是創作有聲書和音頻作品的急速發展趨勢，說明這一方面的龐大發展潛力；並以香港都會大學創意寫作與電影藝術課程的「廣播劇創作」科目為例，說明創意寫作教育如何因應社會條件的轉變，配合文創產業的發展趨勢做出改革，培育年輕寫作人才投入這個具發展潛力的寫作產業。

二、大陸和臺灣的廣播劇和有聲書創作發展

　　隨著傳統出版行業的競爭愈來愈大，讀者量漸漸達到飽和的情況逐漸出現，實體書籍的出版需要因應社會轉變而改革。同時，數字化時代的到來改變了人們在收聽廣播劇的習慣，同時也為閱讀習慣帶來革命，這反過來甚至帶動廣播劇的創作和發展。如上所說，過去廣播劇創作非常倚重電臺的廣播，例如上海著名長篇廣播劇《刑警803》就得到上海電臺的大型製作支援，在1990年代已經加入廣播營銷、市場策劃及與聽眾集體共同創作等方法。[2]在今日電臺的收聽率下降的情況下，互聯網的高速發展令音頻平臺在中國大陸的發展一日千里。聽眾的收聽習慣其實並沒有太大的變化，例如都是在上下班的途中、交通工具上，或是餘暇時做輕鬆的收聽。但是，以學習知識為主的音頻節目成為愈來愈多人在短時間中希望獲取的主要訊息內容，因此在有聲書、音頻平臺的大力發展之下，廣播劇的發展又重現新的勢頭。

　　以成立於2011年、大陸首家網路音頻平臺《蜻蜓FM》為例，其利用網路取代電臺廣播的特色，令其用戶量總數破4.5億、每月活躍用戶數破一億、每日活躍用戶為二千五百萬，此為2019年的數據。[3]《蜻蜓FM》擁有種類繁多的電臺頻道，包括小說、評書、相聲、脫口秀、兒童和廣播劇等，[4]其中廣播劇風格多樣，例如愛情、玄幻、懸疑、搞笑、青春、軍政、鬼故事等。聽眾通過這個平臺去收聽廣播劇的數量非常多，例如一個叫「新鬼話調頻」的廣播劇專輯就有超過二千六百萬的收聽率。[5]除此以外，《蜻蜓FM》亦擁有超過1.2萬位名人或知名主播，例如創作人及脫口秀主持人高曉松、主持人及金話筒得獎者葉文、主持人梁宏達（老梁）等。《蜻蜓FM》在拓展收聽市場方面做了非常多的嘗試，例如跟汽車品牌福特、沃爾沃、寶馬、奧迪

---

[1]　參見楊安琪：〈電子書市場逆勢成長、有書聲崛起，Readmoo 2020營收突破2.5億元〉，https://technews.tw/2020/12/16/readmoo-2020-annual-reading-report/，瀏覽日期：2021年4月25日。

[2]　雷國芬：〈從《刑警803》的得與失看廣播劇的市場之路〉，《中國廣播》第5期（2009年），頁13-16。

[3]　清科研究中心：〈蜻蜓FM月活躍用戶破一億，發布2019全場景生態戰略〉，https://baike.baidu.com/reference/410525/94df40FNTVg8qSCTVCy7aUVot0L5PEym2DNT-8oIo6v-2RpOtVteVnr7jzF7jfCERylat5igzGmNJy7gGFyhN-4y0gYB4BOIXJmn2WMojPSzoeFh-DIvgUBSAYPrRsqEROoEB1bQhAdQBz6M，瀏覽日期：2021年4月18日。

[4]　可參考蜻蜓FM網頁的多種分類，網址為https://www.qingting.fm/。

[5]　可參考蜻蜓FM網頁，https://www.qingting.fm/channels/117030，瀏覽日期：2021年4月18日。

等合作，於車內提供內容接口和智能接收。[6]國內亦有研究通過問卷調查的方法了解有關《蜻蜓FM》的聽眾群，發現通過網路平臺收聽音頻節目的比率於2015年時已經超過傳統電臺廣播；而通過《蜻蜓FM》收聽音頻節目的多為年紀較小的聽眾群；對比傳統生活訊息廣播，有聲讀物等非直播類型的音頻節目在《蜻蜓FM》的收聽率在2015年已經全面超越了傳統廣播。[7]從這些資料我們可以看到，預錄形式的廣播劇將逐漸依賴網路平臺而非傳統電臺廣播為主要傳播形式，這勢必在廣播劇的劇本創作方式、思維、美學和製作方式帶來改革的必要和新的可能性。以上述「新鬼話調頻」的廣播劇專輯為例，在目前《蜻蜓FM》上發布的一百三十七集來看，大部分都是十分鐘以下的短音頻，對比二三十年前在香港電臺的懸疑靈幻廣播劇，每集通常都是三十至四十五分鐘，並且會以超過一集的連續劇模式創作，可以看到今日的廣播劇創作在創作模式上的轉變。[8]除此以外，對比上述兩種有關鬼故事的廣播劇，在風格上亦可見明顯的轉變。以香港電臺1998年由楊麗仙編導的四集《奇幻檔案之靈感追凶》為例，就是以調查恐怖凶殺案為主要劇情，與1970年代以奇談形式創作的同類廣播劇不同。但是，上述《蜻蜓FM》的「新鬼話調頻」的廣播劇專輯，則流行以笑話的方式創作鬼故事，更有專門為此題材創作的「逗逼鬼」為人物。這個專輯標榜以「驚悚懸疑的故事情節，卻以搞笑的結尾收場」，令膽小的聽眾都能收聽。這種風格除了顯示新的創作方向外，亦顯出兩地和不同時代的廣播劇創作轉變。

在眾多廣播劇或音頻創作類型中，兒童劇或相關教學的音頻資源需求極為龐大。以廣州外貿外語大學的創新創業項目《小鹿萌媽》為例，此項目於2020年獲第六屆互聯網+創新創業大賽全國金獎，是金獎項目當中唯一的語言文化類項目。這個項目利用互聯網的傳播方式，融合中國傳統國學，透過廣外的老師和學生參與不同創作，為三至十二歲的兒童創作有聲書、紙質書等，內容主要涵蓋中國傳統文化和精神的故事。《小鹿萌媽》項目中有聲書的部分，顯示與廣播劇相關的各種可能創作方向。《小鹿萌媽》於2020年獲廣東省廣播電視局推薦，其中國學類有聲書更在中央宣傳部的官方平臺「學習強國」上線，更獲廣東廣播電視臺「粵聽APP」授予「嶺南文化推廣大使」的稱號。[9]以「小鹿萌媽講100個公主故事」系列為例，包含了一百個中外古今有關公主的故事，如「三國時期深明大義的美女──貂蟬」、「花木蘭」、日本的「薔薇公主」、東歐的「金髮公主」等，以上的故事都用普通話演繹，主要以單人說

6　蕭裕佩：〈蜻蜓FM網路廣播電臺的用戶體驗和盈利模式探究〉，《新聞研究導刊》第8卷第1期（2017年1月），頁143。

7　金亮：〈網路電臺與傳統廣播的優勢比較──以蜻蜓FM為例〉，《新聞研究導刊》第8卷第20期（2017年10月），頁156-157。

8　有關香港電臺這類型的廣播劇資料，可參見香港電臺網頁，http://rthk9.rthk.hk/radiodrama/3terror/index.htm，瀏覽日期：2021年4月18日。

9　廣外創意寫作中心：〈厲害了，我的中文！廣外首獲「互聯網+」國賽金獎！一百四十七萬個項目中唯一的語言文化類金獎〉，https://mp.weixin.qq.com/s/ENj-YVXFHVZnc9gpJIDwxQ，瀏覽日期：2021年3月9日。

故事的模式講述故事。但最特別的是一些以廣州話演繹的方言類公主故事，例如「鍾意聽人講大話的公主」、「唔講話的公主」等，顯示中國大陸對方言的音頻創作相當支持。[10]在2019年11月4日，「粵港澳青年視聽內容創業孵化基地」在廣州正式掛牌，推動區內高校及年輕企業、新媒體工作室的音視頻項目發展，到2021年1月港澳青年創新創業已經有二十個項目。[11]未來，類似的音頻發展工作具有龐大的發展潛力。

　　臺灣的有聲書發展近年愈趨蓬勃，例如隸屬於日本樂天株式會社的樂天Kobo電子書，就於2016年在臺灣正式提供繁體中文電子書銷售服務，並於2018年開賣有聲書。到目前為止，Kobo有聲書的讀者主要為外文閱讀和學習為主，而其中男性使用者比女性使用者的比例為高。至於有聲書類型方面，與北美的數據不同，臺灣的最高銷售有聲書為非小說類，第二是羅曼史、恐怖、驚悚、自傳、奇幻、自我成長和兒童類，一般估計較受歡迎的科幻類型則為最少的類型。在收聽有聲書時段方面，最高的是放假時段，其次為放鬆時段、做家務時段、通車時段、躺在床上的時段等。根據臺灣Kobo內容部長胡惠君的資料，臺灣的出版目前主要為先有實體，然後再發展電子書和有聲書的形式。相比起來，大陸在這方面更為靈活，例如有些書編輯會估計在實體市場是二線書，但在電子和有聲市場是一線書，那麼整個商品市場定位就會有很不同的安排。[12]

　　有聲書的出現亦帶動聲音錄製的工作出現新的變化，有別於配音員，有聲書的朗讀或廣播劇類型的作品需要的是聲音演員，由此更發展成需要聲音導演的崗位。與動漫或電影的配音不同，有聲書包括廣播作品的聲音製作需要聲音演員作適當的調整，例如小量的修改艱澀的字眼，避免聆聽有聲書的途中聽眾需要查字典等打斷聆聽的活動。在有聲書的聲音演出中，聲演人員可分為作者本人、名人、或聲音演員，這跟作品的類型是有密切關係。由此可見，未來在廣播劇或有聲的行業中，培訓聲音演員的重要性將日益提高。[13]

　　隨著有聲書的急促發展，亦直接影響到與廣播劇培訓相關的聲演、劇本創作和製作技術等。由寫作具劇情的廣播劇劇本，到聲演小說文本，再到有聲內容的編輯、行銷和讀者／聽眾培養等，過去傳統製作廣播劇的傳統流程勢必需要改變以配合IP影視產業的興起。過去的廣播劇製作在劇本完成後，須更透過導演的調度來組合編、導和演三個元素。這個空中劇場的形成跟傳統劇場不同，無法透過燈光和布景等做場面調度，而只能透過聲音去引發聽眾的想像力。因此，廣播劇中的聲音表情就非常重要，

---

[10] 以上的故事資料，可參考〈小鹿萌媽講100個公主故事〉，https://m.yuetingapp.com/audio-album/966?shareId=KmPiERtA，瀏覽日期：2021年4月25日。

[11] 參見〈粵港澳大灣區雙創孵化基地招募港澳青創項目20個〉，https://www.chinanews.com/ga/2021/01-05/9379334.shtml，瀏覽日期：2021年4月25日。

[12] 以上資料參見〈全球有聲書發展現況與經營數據：訪Kobo內容部長胡惠君〉，https://www.openbook.org.tw/article/p-64563，瀏覽日期：2021年4月25日。

[13] 以上資料參見〈從配音到聲音導演：孫若瑜X郭霖談聲音表演的藝術〉，https://taicca.tw/article/45dcbdc3，瀏覽日期：2021年4月25日。

除了音樂和音效等基本的聲音元素外，演員需要調動自己的聲音情緒，透過錄音或直播來表現情緒。廣播劇導演則需要在各種的局限中盡量引導聽眾想像包含人物、時空、場景、情緒等多種組成劇情的元素。但有聲書的出現，往往更多的以一位演員朗讀為主，由於類近於講故事和說書的性質，故此有聲書聲演更近於香港早期廣播劇歷史中的「一人廣播劇」，例如在1950年代前後創作的《天空小說》，著名廣播劇演員李我，以一人之力身兼編導和聲演，風靡廣州、香港和澳門聽眾。他的廣播劇全部都是「空口講白話」，亦即沒有劇本，全憑李我一人扮演《天空小說》的角色，有時同時甚至身兼八個不同的角色。除此之外，這個時期的香港廣播劇演員還有鄧寄塵和鍾偉明等，都是善於創作和演出單人廣播劇。[14]這種單人廣播劇隨著聽眾的需要轉變早已於傳統廣播中沒落，近年卻透過有聲書的興起而重新發展。以臺灣麥田出版社製作的卡繆《異鄉人》有聲書為例，演員就身兼敘述者和人物對白的聲演，重回過去單人廣播劇的傳統。[15]在兒童廣播劇方面，有聲書的發展就更為蓬勃了。以隸屬於讀書共和國出版集團旗下的小熊出版為例，它出版的《小鱷魚家族：多多的生日》有聲書，就是以說故事的方式演出，除了由女演員擔任敘述者說故事外，媽媽和小孩等角色都是由女演員聲演，爸爸的角色則加入一位男演員聲演。但整體來說，其模式仍然不脫過去的單人廣播劇演出模式。[16]

三、香港都會大學創意寫作與電影藝術課程的「廣播劇創作」科目

綜合上述廣播劇和有聲演出的未來發展趨勢，香港都會大學創意藝術學系的創意寫作與電影藝術課程，早於2008年起就一直設有「廣播劇創作」科目，講授本地廣播劇的歷史、發展和轉變，讓學生了電臺媒體的歷史背景與運作過程。學生除了會學習如何撰寫廣播劇劇本，更會學習發聲讀音、音樂和音效等廣播劇元素來演繹故事。在十三週的課程中，老師會講授不同課題，例如單本劇創作會以鄂允文、劉保毅、榮磊的《二泉映月》為例，說明單本劇的結構和創作特色。在長篇連續劇創作的課題，則以香港電臺製作，由曾月娥改編自金庸小說的《鹿鼎記》廣播劇。在長篇系列劇創作的課題中，會以中國大陸廣受歡迎的廣播劇《刑警803：網上捕魚》為主要分析對象，並配合香港廣播歷史最長的系列劇《十八樓C座》，講授創作廣播系列傳的方法。在廣播劇改編與創作的課題，老師會以香港電臺製作的兩個廣播劇，包括改編自張愛玲小說《怨女》的言情劇，和改編自倪匡《藍血人》的科幻劇。除此以外，課程

---

[14] 馮志豐主編：《十八樓C座為民喉舌卅年》（香港：亮光文化出版有限公司，2013年再版），頁82-83。

[15] 有關臺灣麥田出版社製作的卡繆《異鄉人》有聲書，可從以下連結試聽：https://www.youtube.com/watch?v=5OsAilG_wbM，瀏覽日期：2021年4月18日。

[16] 有關小熊出版社製作的《小鱷魚家族：多多的生日》有聲書，可從以下連結試聽：https://www.youtube.com/watch?v=oOXAqv_i-Xc，瀏覽日期：2021年4月18日。

亦會講授兒童廣播劇創作，以奚佩蘭、李榮歸〈愛迪生的後半生〉和李曼的〈古墓遇險〉為教材。其他課題尚有微型廣播劇、單本實驗劇和戲曲廣播劇等。

在講授兒童廣播劇時，老師先講授不同年齡層的兒童作為廣播劇受眾會有不同的需求，故此學齡前兒童、小學階段和中學階段的兒童對廣播劇的要求都有極大差別。學齡前兒童需要的廣播劇為語速緩慢，並需要有適當的解釋，配合重複性的模仿。到小學階段的學生可以接受節奏較快的故事，並可加入恰當的教育意涵。但是到了中學階段的兒童，就不宜用灌輸的方式強加道理，而可以有啟發性的故事去暗示和引導。三個階段來看，目前廣播劇創作最忽視的是學齡前兒童的需求，因為一般成年人作者都以為為這個年齡層的兒童創作廣播劇太簡單，故此經常忽略重複性、遊戲性的創作方向。根據張美妮的研究，為學齡前兒童要透過「快樂」去感受社會，學習社會規範來達致「社會化」，故此，為這個階段的兒童創作的廣播劇應考慮「快樂」大於「教育意義」。[17]可以用的方法包括以模仿性的動作化情節，或是音樂音響較為豐富的製作，令他們願意扮演故事的人物等。

除此以外，針對聲演人員與廣播劇或有聲書的創作和製作有密切關係，此科目特別設立了廣播口語及技巧訓練。有鑑於香港的學生一般較少接受專門的廣州話口語發音訓練，這節教學內容將選擇一般香港學生最常發音錯誤的例子，糾正在廣播劇或聲演時常常出現的誤讀。除此以外，還會講授聲量、語速、咬字發音和其他聲演技巧。這一節的教學內容深受學生歡迎，不少畢業生在畢業後都投身了電臺或廣播行業。未來，本科目將會進行改革，加入更多與有聲書和音頻製作相關的教學內容，務求使學生更為適應未來社會的新趨勢。

四、結語

綜上所見，廣播劇創作與其相關產業的發展具有極為龐大的潛力，在形式上以有聲書或音頻方式為創作載體，逐漸脫離了依靠電臺的傳統播放方式；在類型上則以兒童廣播劇類型為重點發展方向。香港都會大學未來會依據此發展趨勢，適時調節和更新教學方向和內容，特別在培養聲音演員和聲音導師的教育工作上，將會投放更多的資源，並致力於這一方面的產業和技術培訓。

---

[17] 張美妮：〈調查後的思索：幼兒文學創作隨筆〉，《張美妮兒童文學論集》（重慶：重慶出版社，2001年），頁32-33。

附錄一：香港商業電臺廣播劇舉隅

2019年：寂寞的總和（湯駿業、薛凱琪）

2016年：熱廚房（林海峰、潘小濤、阮子健）

2015年：銀河歲月（譚詠倫）

2014年：大城小故事（楊千嬅）

2012年：等‧我愛你（森美、小儀、黃宗澤）

2012年：公子森林（森美、小儀、唐寧）

2012年：雲妮鍾情劇場：告別我的戀人們（古巨基、楊采妮、麥玲玲）

2012年：前女友（少爺占）

略說「中大文學地圖」（App）的設計構思及教學應用

黎必信

香港中文大學中國語言及文學系高級講師

一、引言

　　「電子教學」（eLearning）為各級教育發展的必然趨勢，其應用操作亦由以往「從科技學習」轉換為「運用科技學習」，意即「電子教學」已非純粹借助電子形式收發教材或習作，而是借助資訊科技支援或改進現有教學模式，以至拓展課內課外的學習經歷。隨著智能電話、平板電腦等「行動裝置」的普及，「行動學習」（Mobile Learning）及其教學應用早已成為學界討論「電子教學」的焦點，以至衍生出「無所不在的學習」（Ubiquitous Learning）等概念。學者早已指出「行動學習」的定義過於寬泛，未能突顯其「移動性」，反而「無所不在的學習」雖同樣以「行動裝置」為技術基礎，但更為強調學習者可不受特定空間或時間的限制隨時隨地學習，令教學不再局限於教室內，學習亦不再有課內外之分，有助促進學生的「自主學習」。[1]縱然「無所不在的學習」已非嶄新的討論課題，但其教學應用隨著不同教學主題的「流動應用程式」推陳出新，似乎仍具有重要的探索價值。

　　「中大文學地圖」為香港中文大學中國語言及文學系中國語文教學發展中心與資訊科技服務中心共同開發的「流動應用程式」，屬「教學發展及語文培訓補助金（2016-19, UGC／CUHK）及Courseware Development Grant（2017-18,CUHK）資助項目，主要用於支援本校「大學中文」課程[2]的「中大文學散步」教學活動，並為課程的寫作教學提供「校園書寫」主題的參考／自學資源，暫時只開放予中大師生下

---

[1]　「行動學習」與「無所不在學習」的差異，詳可參考黃國禎、朱蕙君、賴秋琳：〈行動與無所不在學習的定義與實施策略〉，黃國禎、陳德懷主編：《未來教室、行動與無所不在學習》（臺北：高等教育文化事業公司，2014年），頁20-27。

[2]　「大學中文」為香港中文大學核心課程，凡循「聯招」或「非聯招」入學的新生均須就讀（註：「已達到水平大學核心中英文課程要求」的新生可獲豁免）課程涵蓋不同的基礎語言及文學知識，著重語言自覺的培育，兼具觀察、思考及自學能力的訓練，務求為本科學生提供全面及實用的中文教學。具體課程內容及學科安排，可參考香港中文大學中國語言及文學系網站，https://www.chi.cuhk.edu.hk/university-chinese/course-information。

載使用。項目的原始構思未有參考「無所不在的學習」概念，但其教學應用既不為教室或課時所限，理念上似乎相當貼近。當前，「中大文學地圖」運作將近三年，期間累積了若干教學應用的經驗，或可為教育界同仁借鏡。茲編之撰，正擬整理「中大文學地圖」的設計理念及教學應用情況，再反思其促進創意寫作的教學成效，冀為有志於建置線上中文讀寫平臺的同仁提供個案參考。

二、「中大文學地圖」的基本功能及設計理念

「中大文學地圖」初期以網頁形式運作，僅涵蓋崇基學院的校園地景，各地景主要收錄本校「大學中文」課程教師提供的歷史掌故及描寫篇章等，亦不設「投稿」等互動功能；現時的「中大文學地圖」則為可於跨平臺運作的流動應用程式，地圖範圍已涵蓋至本校全數九所書院，更擴展至鄰近八仙嶺、吐露港等著名地景。「中大文學地圖」首頁為仿照香港中文大學校園實景繪製的卡通地圖。使用者根據實景位置點選地圖相應位置後，畫面即會縮放至具體區域，並顯示區域內的地景標記。各地景標記點擊後，將會顯示地景照片，並附有「地景掌故」、「山城筆跡」及「舞文弄墨」三個功能按鈕。

附：「中大文學地圖」的使用流程

1.「中大文學地圖」首頁為校園全景的卡通地圖，使用者可點選地圖上任何區域；	2.使用者點選指定區域後，地圖範圍亦隨之縮小，並會以標記顯示範圍內的校園地景；
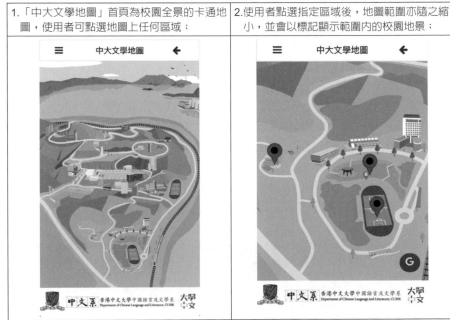	

3.使用者點選地景標記後，即可進入該地景「地景掌故」部分，並可看到相關地景照片；	4.使用者亦可點擊「山城筆跡」及「舞文弄墨」，以切換到該地景的其他收錄內容；

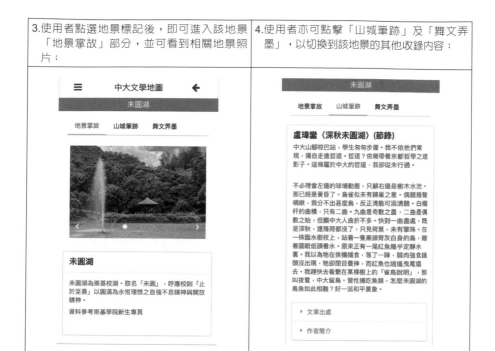

茲分述各按鈕的功能及理念如下：

（一）地景掌故

　　校園建築或風景要成為「地景」，理應有別於純粹的「空間」或「地點」，[3]特別是香港中文大學不少建築或風景的取名均有深具人文色彩的意義，故「中大文學地圖」於各標記地景均附有「地景掌故」，用以說明地景的定名含義、文化特質或理念等資訊。這些資訊不一定就能成為校園書寫的素材，於寫作中過度鋪敍歷史資訊操作上亦未必有利，但地景資訊偶爾作為書寫的參照對象，不時亦能啟發學生的寫作創意，如學生將「未圓湖」的「未圓」理解為一種人生感悟，亦有學生以「情人路」為背景寫出對愛情的看法等。「地景掌故」原有意效法「維基百科」等網站，容許學生參與編輯，但考慮到資訊準確性等問題後，最終決定參考本校正式的網頁或文件資料

---

[3] 唐睿曾參考諾亞《記憶的地域》的說法析述文學作品中「空間」、「地點」與「地景」的分別，謂：「當一個空間通過文字，結合創作者的情感被描述、被書寫，就成了地點，而當文學作品中的地點得到一再閱讀，被經典化──例如以教科書教材、名著，或者一些集體運動所肯定並傳閱的讀物，這些文學作品中的地點，就會因為積澱了人類群體的集體記憶，而由地點就變成地景，例如黃河、長江、松花江、西湖、黃鶴樓，以及咸亨酒店等，這些地景除了聯繫著讀者對一些時代的記憶，同時亦關係到讀者的身分認同。」參唐睿：〈文學地景中的身分意識──從文學散步到地景書寫〉，《人文中國學報》第25期（2017年12月1日），頁169-192。

編寫，又或直接提供相關地景介紹的超連結（案：地景所在書院／部門的網頁或文件），以免誤導使用者。

（二）山城筆跡

「山城筆跡」為「中大文學地圖」的核心部分，欄內選錄了與該地景相關的校園書寫選篇，為使用者提供豐富的線上閱讀資源。選篇按稿源可分為「名家選篇」、「徵文比賽獲獎作品」及「學生投稿」三類，其中「名家選篇」主要取材於香港中文大學中國語言及文學系編《中大‧山水‧人文》一書。該書選錄了余光中、盧瑋鑾、張曉風、黃維樑等著名作家以本校為題材的作品，性質上以「描寫」為主。[4]「中大文學地圖」團隊根據篇中提及的地景節錄原文，再置於相關地景的「山城筆跡」，並提供較詳盡的「作者簡介」，而「徵文比賽獲獎作品」則收錄香港中文大學中國語言及文學系主辦的「文學中大」徵文比賽[5]獲獎作品。該比賽至今已舉辦六屆，獲獎作品多以校園為題材，故「中大文學地圖」團隊亦會根據篇中提及的地景節錄原文，再收錄於相關地景的「山城筆跡」。儘管上述兩類作品收入「中大文學地圖」後均變成「節錄」，但使用者閱讀選篇後如有需要，亦可參照「中大文學地圖」提供的篇章資料自行搜尋全文，令「中大文學地圖」發揮類近於「提要」或「入門網站」的作用。至於「學生投稿」則為目前「山城筆跡」選篇的主要來源，所占比例亦遠高於「名家選篇」及「徵文比賽獲獎作品」兩類。究其原因，在於「中大文學地圖」於設計階段已決定採納「眾包」（crownsourcing）概念，容許使用者以「投稿」形式參與建構內容。「中大文學地圖」團隊相信「眾包」設計能確保選篇題材內容及表述風格的多元性，也能促進選篇於題材及寫法上「推陳出新」，理應可藉著「同儕效應」（peer effect）加強使用者的閱讀動機。[6]然這不代表「中大文學地圖」對「學生投稿」未有揀擇。每份「學生投稿」均須先通過本校中國語文教學發展中心的研究助理初審，再

4　《中大‧山水‧人文》的〈前言〉敘述了編著宗旨，其理念與「中大文學地圖」基本相通。該書〈前言〉提到選篇的宗旨謂：「學生在中大校園學習和生活，選擇貼近他們生活的題材，容易觸動他們的心。中大優美的自然環境為學生提供了審美想像的空間，文人學者在中大走過的足跡，帶有獨特的人文氣息，啟發學生反思歷史與價值觀念。」解釋了名家書寫中大的篇章如何能引起學生的閱讀興趣，但「中大文學地圖」則更進一步，不僅選錄名家篇章，更刻意納入更多同儕的作品，務求更貼近於學生的校園生活記憶，以提升他們的閱讀及寫作動機。〈前言〉參香港中文大學中國語言及文學系編：《中大‧山水‧人文》（香港：牛津大學出版社，2012年），前言頁。

5　「文學中大」徵文比賽於2015-16學年開始舉辦，校內外人士均可參加，早期的徵文比賽主題均與香港中文大學有關，故不少獲獎篇章都能選入「中大文學地圖」，但隨後主題範圍日趨擴闊，故選收到「中大文學地圖」亦相對較少。有關「文學中大」徵文比賽的詳情，可參看「走出課室學中文」網頁，https://www.chltcac.cuhk.edu.hk/culitrecentnews。

6　所謂「同儕效應」，意指相同背景或同一階層的成員之間會較易溝通交流，也更容易接納彼此的意見。「學生投稿」相對「名家選篇」的最大優勢，在於描寫的內容與以學生為主的使用者較為貼近。儘管「學生投稿」的文筆未必能追及「名家選篇」，但題材方面肯定較為多元，亦較為貼時，容易引起學生興趣。

通過本校「大學中文」課程教師的複審方能於「中大文學地圖」發布，故「投稿時間」與「發布時間」會有差距，藉以確保選篇的質量。值得一提的是，「學生投稿」均附有投稿者拍攝的照片，用以輔助讀者理解其創作。這種圖文並茂的形式暫為「學生投稿」所獨有，暫未擴展至「名家選篇」及「徵文比賽獲獎作品」。以下節錄數則「學生投稿」，以供讀者大致了解「學生投稿」的具體情況：

附：「中大文學地圖・學生投稿」舉隅

> 想起某個不歸的清晨，撞見天人合一池的靜謐。隱居山間，這池水好似照向外界的熠熠明鏡。鬱鬱古木，渺渺青天，連同那軟軟的雲朵，悉數倒影進此鏡中了。風拂過亭中，池水顫顫，鏡中之物如在夢境，模糊不清。可這合一亭中水，與彼岸青山，如環之海、零落的島嶼、蒼茫古樹連在一起，又如此真實。朝暮之間，皆成畫卷。於此，如夢，如仙境，是一個隱居避世者魂牽夢繞的歸處。偶有鳥聲，大學之中，又平添一點自然之靈動。

引者案：此篇「學生投稿」選錄自「合一亭」的「山城筆跡」。「合一亭」位於香港中文大學新亞書院，前臨吐露港、八仙嶺的開闊風光，曾獲稱為「香港第二景」。本文作者通過實景與想像的結合將「合一亭」的靜謐寫得相當形象化，可用於引導學生掌握「觀察」及「角度」等描寫技巧。

> 目及是寒山蒼翠，耳聞是秋水潺湲。青黃的棕櫚展葉如雲，堪堪遮住天邊雲霞。而山中有點點亮色，明黃搖曳，蕩起青翠漣漪。千里之外有人畫下一筆日光，於是眼前明明滅滅的是隨人晃動的光影金黃。
>
> 獨立小橋，清風滿袖，遙顧所來徑，輾轉憶歸途。遠離人家的小橋流水，悠然流淌在世外的山谷之中，而人煙只在這山之外，清風吹響泠泠山泉，泉上是暗暗紅橋，橋上人默然不語。靜水流深，聲下山谷邊緣，原來此山本是與世隔絕。山中無所有，唯有流水過，草木深。

引者案：此篇「學生投稿」選錄自「崇基教堂及小橋流水」的「山城筆跡」。「小橋流水」為校園某林蔭小路的別稱，因路盡處有一道紅橋、下有小溪而得名。該小道接連大學本部與崇基學院，故不少學生都曾走過。此篇作者以細緻筆觸寫出「小

橋流水」的清幽寧靜，能將學生日常路過之地寫得如此靈動，為使用者掌握「細描」技巧提供參考。

　　新亞書院的圓形廣場，由大環小環對立而成，大環護著小環，為小環擋風；小環報答大環，為大環遮蔭。大環小環的設計有助聲音傳播，令坐在不同階級的人都能清楚聆聽。廣場人潮聚散不定，有時舉行講座，人山人海，人潮湧出大環，如扇貝狀，連近圖書館的草地亦有人群。晚上環境幽靜，有人自彈自唱，音樂經大小環反覆回彈，彈向天際，形成天籟。不論散聚，人們都背靠先賢，一個個刻在牆上的名字，映射出躍動的銀光，如新亞精神照射著你我。

　　引者案：此篇「學生投稿」選錄自「圓形廣場」的「山城筆跡」。「中大文學地圖」除選錄校園地景的文藝描述作品外，亦會選錄部分能反映校園文化的作品。此篇作者仔細描述了「圓形廣場」的外貌及設計特點，但篇中最特別處，在於描述了書院學生於「圓形廣場」的不同活動，並通過景物的描述反映書院精神，有助使用者了解學校文化及校園生活。

　　夜深，進學園，考試前夕。
　　黑夜穿透樓頂的玻璃水池，此時在食物鏈上的掠食者早已休息，養精蓄銳，水族箱逐漸安寧下來。只剩下我們這一群可憐的沙甸魚，在壓迫的空間下緊緊裹作一團，目光空洞、遍體鱗傷，半浮水中，微微擺動身軀，苟延殘喘。鍵盤的清脆敲擊聲，在水底蔓延、衝擊、轟炸。還有偶爾幾句含糊不清的呵欠咒罵。但很快，又回歸平靜。
　　原來，人類在水中遇溺時，會在幻覺間不知不覺死去，成為沒有靈魂的魚兒，永遠被困。
　　夜深後的黎明，我們的海洋卻變得更安靜了。

　　引者案：此篇「學生投稿」選錄自「大學本部」的「山城筆跡」。「進學園」為大學圖書館地庫。篇中作者借助想像描述了考試前夕「進學園」內學生埋頭苦讀的情況，表述中可以清晰理解作者當時的感受。這類題材為不少學生的共同經歷，易於引起共鳴，也反映了校園的另類風景，故亦選錄於「中大文學地圖」。

（三）舞文弄墨

　　「舞文弄墨」原本構思為線上寫作介面，容許使用者直接於「中大文學地圖」

「輸入」創作及投稿，但後來改換為現時設計，即欄內僅提供facebook或google等第三方的「超連結」，以導引使用者借助其他平臺「輸入」創作及投稿。考慮到使用者以行動裝置「輸入」創作的種種不便，「中大文學地圖」團隊於「投稿須知」已明確列明「句段皆宜，字數限於二百字內」，鼓勵使用者以短篇文字書寫校園，其理念正擬借助「微寫作」概念，[7]一方面用於緩衝行動裝置投稿對使用者眼睛和手指可能造成的傷害，另一方面也希望藉此減低投稿門檻及寫作負擔，讓使用者更積極表達個人所思所感。[8]何況觸景而生的寫作意念，往往就在於瞬間，而隨身的行動裝置正好協助抓住及記錄這個瞬間。假如我們仍要求使用者「輸入」長篇文字，勢必令整個創作過程變得拖沓，削弱了行動裝置的獨有優勢。現時降低門檻，讓使用者於篇幅的選擇上更具彈性，理應更易引發其創作動機。

附：「中大文學地圖」投稿須知

1.使用者可點擊「中大文學地圖」的「加入地景」或各校園地景「舞文弄墨」提交作品。	2.「中大文學地圖」投稿須知
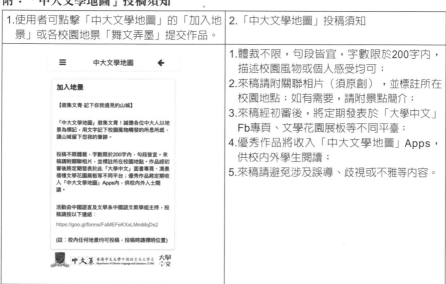	1.體裁不限，句段皆宜，字數限於200字內，描述校園風物或個人感受均可； 2.來稿請附關聯相片（須原創），並標註所在校園地點；如有需要，請附景點簡介； 3.來稿經初審後，將定期發表於「大學中文」Fb專頁、文學花園展板等不同平臺； 4.優秀作品將收入「中大文學地圖」Apps，供校內外學生閱讀； 5.來稿請避免涉及誤導、歧視或不雅等內容。

7　學者曾指出我們正身處講求快速、高效的「微時代」，而「微寫作」及「微批評」正是隨之而來的文化模式。詳見丁莉麗：〈「微時代」文化批評何為〉，《中州學刊》第2期（2015年），頁164。沈思涵、沈嘉達亦認為「微寫作是我們這個時代的表徵」，並認為「作為讀者、受眾的我們，耐性將會越來越少，思維變得越來越膚淺而直」，因而講求「微而快捷、便捷和直接」的「微寫作」更適切於這個時代。詳參沈思涵、沈嘉達：〈微寫作芻議——兼及高校微寫作教學〉，《社會科學動態》第1期（2020年），頁105-109。

8　此處應用了「微學習」（Micro-learning）的概念。所謂「微學習」，意即將原來的教學目標重組為較易處理的小單元，再讓學生循序漸進來逐步掌握。不少學者均認為這種「微學習」有助學生建立學習方面的成就感，並能引發其學習動機及效能。當然，「微學習」仍須有特定的教學指導及活動來輔助，方能達到效果。何志恆曾指出：「這概念（引者案：微學習）的成功因素不僅僅是將內容切成小塊，重要的是強調學習活動對學習者的意義和以學習者的角度、方式來嵌入內容。」詳看何志恆：〈微學習（Micro-learning）：掃屏滑幕與教學設計〉，施仲謀、廖佩莉主編：《漢語教學與文化新探》（香港：中華書局，2017年），頁98-108。

三、「中大文學地圖」的教學應用及成效

香港中文大學的「大學中文」課程涵蓋不同的基礎語言、文學及寫作知識，著重語言自覺的培育，故以選錄校園書寫作品為主要內容的「中大文學地圖」並不會直接用作課堂的教材。綜合「中大文學地圖」發布以來的使用情況，其教學應用主要有以下三種：

1. 「中大文學散步」的輔助教具：「中大文學散步」為「大學中文」課程最具特色的教學活動，歷來深受學生歡迎。[9]教師將在活動過程中帶領學生遊走於校園內的不同地景，並在抵達地景後為學生講授相關的校園書寫作品，讓學生能從臨場所見的實景與校園創作的表述對照中，領略篇中的描寫特色及寫作技巧。以往，教師會為學生準備印有校園書寫選段的紙本材料，讓學生於活動中隨時閱讀，但在「中大文學地圖」發布後，學生已可直接通過智能電話等行動裝置直接閱讀篇章，免去手提紙張印本的各種麻煩。此外，「中大文學地圖」同時為學生提供掌上操控的「寫作工具」，學生於活動過程中可隨時通過流動應用程式內的「舞文弄墨」功能「寫作」或「投稿」。相對之下，學生於活動過程以指尖於行動裝置上書寫應較以紙筆書寫便利，故部分教師會在「中大文學散步」活動借助「中大文學地圖」布置「文學寫生」活動，讓學生能在實景前閱讀校園書寫篇章之外，亦能臨場寫下觸目所及的所思所想。就筆者所知，此類「文學寫生」的作品正是「中大文學地圖」的「學生投稿」的主要來源。

2. 「翻轉課室」的閱讀資源：「中大文學地圖」選錄大量校園書寫創作，絕大部分來源於「學生投稿」，故寫作題材及風格多樣，篇中所述亦不乏校園生活的經歷，對學生的吸引力相對名家選篇更大。部分教師會選擇於課堂上講授校園書寫的「名家選篇」，先建立學生對「描寫」、「觀察」等寫作基礎知識的概念，繼而要求學生自行閱讀「中大文學地圖」的部分「學生投稿」選篇，並於隨後的課堂分享賞析意見或閱讀心得，以鞏固從「名家選篇」習得的寫作知識。由於「中大文學地圖」的選篇篇幅短小，耗時有限，且創作

9　鄧思穎教授於「第二屆大學中文論壇」曾向與會代表簡介「中大文學散步」的設計理念及預期效果：「剛才提及的中大篇章，除了書面上的閱讀外，學生也可通過「文學散步」的形式，在老師的帶領下，從文字欣賞校園，也從校園欣賞文字，尋找作者的足跡，領略作者當日的所思所想，甚至追溯中大以及香港的歷史，見證景物、文化的變遷。「中大元素」讓學生感受到語文學習是活潑的，有生命的，跟生活息息相關。學生通過中大篇章學習語文，從校園環境認識篇章，可謂「大學中文」語文學習的獨特之處。這項「中大元素」的活動，通過親身的體驗，印證篇章文字的優美，增強了學習語文的趣味，把語文學習和校園生活結合起來，深受學生歡迎。」鄧思穎：〈中文大學的大學中文：邁向第三年〉，《中國語文通訊》第2期（2014年），頁93-96。

多為同輩手筆，學生的閱讀動機於「同儕效應」的作用下自然更高，「翻轉課室」的策略也就更易成功。

3. 網上「中大文學散步」：「中大文學地圖」於「地景掌故」欄目附有地景的實況照片，而「山城筆跡」的「學生投稿」亦附有投稿者拍攝的照片，故使用者及學生即使未能親臨校園，同樣可以通過不同照片「想像」地景風貌。香港中文大學於2019-20下學期及2020-21學年因新冠肺炎疫情暫停面授課堂及各類學生活動，致令學生回到校園的機會大減，甚或有部分新生未曾踏足校園，前文提及的「中大文學散步」亦未能舉辦。有見及此，部分教師於停課期間借助「中大文學地圖」的圖片及文字，為修讀「大學中文」的一年級學生舉辦「網上中大文學散步」。[10]學生雖未能親臨實景，但能從「中大文學地圖」附載的照片中獲取校園印象，並通過「學生投稿」的圖片及文字來充實對校園的聯想，從而達致類同於過往「中大文學散步」活動的學習成果。

總結過去三年的教學應用經驗，「中大文學地圖」於「大學中文」的同步學習（synchronous learning）及非同步學習（asynchronous learning）均能發揮作用。與此同時，團隊亦嘗試蒐集「中大文學地圖」的下載數字及「學生投稿」的數量兩方面的資料，期望能進一步分析學生對「中大文學地圖」的接受情況。以下為「中大文學地圖」自2018-19學年發布後的「下載」及「投稿」數據：

	2018-19	2019-20	2020-21
下載人數	1105	1584	815
投稿人數	910	1126	423

就表中所見，「中大文學地圖」於2018-19及2019-20學年的「下載」及「投稿」人數均相當理想，但在2020-21學年的數據則同樣顯著回落。究其主因，應在於2020-21學年期間停辦了「中大文學散步」活動，削弱了學生下載流動應用程式的動因。與此同時，不少學生於疫情期間均未有回校，於校園地景未必就有體會，自然也難以「觸景生情」，書寫校園的動機亦隨之減低，以致「投稿人數」亦受明顯影響。評鑑數據以外，團隊也通過「師生諮詢會」及「焦點訪談」形式蒐集了部分教師及學生對「中大文學地圖」的意見，結果顯示大部分教師和學生均肯定「中大文學地圖」的作用，認同流動應用程式「有助拓寬大學中文課程的涵蓋面」及「為中文自學提供額外參考」，其中有受訪學生提到「中大文學地圖」有助誘發其創作動機，[11]亦有學生提

---

[10] 詳參張詠梅：〈網上文學散步教學設計〉，未刊稿，原發表於香港中文大學中國語言及文學系語文科目教學組退思會，2020年6月6日。

[11] 節錄自本校化學系賴可欣同學的焦點訪談紀錄。完整意見為：「首頁的卡通地圖相當吸睛，名家選段同樣賞心悅目。可惜山城筆跡的同學作品還少。我就想，我是否也可以塗鴉一筆呢？害羞的文筆，總算找到舞

到「中大文學地圖」提供了便利的篇章閱讀平臺，[12]可見「中大文學地圖」對學生的「寫」與「讀」均有一定作用。[13]

然而，團隊明白「中大文學地圖」於技術層面仍有待完善，方能達致更好的教學果效。未來的修訂方向致有二：

第一，「中大文學地圖」將加強選篇的互動元素。「互動性」的加強為Web 2.0的重要特徵，[14]也是電子教學相對傳統教學的明顯優勢，但現時「中大文學地圖」缺乏即時或延時的互動功能，意即使用者只能通過流動應用程式單向閱讀選篇，而未能就選篇提出回饋，更遑論與其他使用者有所交流。「建構主義」（Constructivism）的教學理論強調知識能通過學習者與教師、教學場景以至其他學習的互動中產生，[15]故「中大文學地圖」不應只停步於成為線上的讀寫平臺，而應思考如何借助行動裝置的便利性將「中大文學地圖」打造為使用者交流選篇意見的網路場域，讓知識得以在互動中產生。[16]為此，團隊有意於未來的修訂中為選篇加入「點讚」及「留言」功能，容許使用者能就選篇做出「反應」，並會加入「分享」功能，讓使用者更易將「中大文學地圖」的內容連結到不同社交平臺，從而引起更多的閱讀和互動。

第二，「中大文學地圖」將加強各校園地景的多媒體元素。「中大文學地圖」原意在支援本校「大學中文」課程的教學，使用者全為本校師生，故原始的設計僅以平面照片展示校園地景的面貌，而未有考慮使用虛擬實境等技術。惟考慮到虛擬實境技術日趨普及，團隊將考慮為部分校園地景加入三百六十度全景照片，讓使用者即使未能親臨地景，也能完整感受地景面貌。此外，團隊亦將於全景照片中加入若干資訊圖

弄的平臺。」

[12] 節錄自本校工程學院江貴民同學的焦點訪談紀錄。完整意見為：「閒來遊走校園，打開地圖，細讀各地景的名家筆跡，就會想起自己也能寫點什麼。隨時隨地的文學散步，你也必定可以找到這裡最好的風光。」

[13] 「中大文學地圖」的教學應用及成效評估曾以海報形式發表於Teaching and Learning Innovation Expo 2018，題目為「Reinforcement of Language Map of CUHK」，海報連結：https://www.cuhk.edu.hk/eLearning/expo2018/poster-cuhk/P07_2018.jpg。

[14] Web 2.0代表網路近年的最新發展。顏春煌曾析述這種網路發展趨勢對電子教學的影響，並特別強調「互動經歷」的重要性，其說法謂：「Web 2.0在人類互動（social effect）方面代表幾個改變，首先是讓每個人都能輕易地發表自己的看法，基本上Web 2.0使Web成為一種讀寫平臺，如此一來，知識的分享更方便，能集合眾人的智慧與努力。在技術上，Web2.0使Web成為一種平臺，讓軟體的功能變成一種服務，使用者可以透過平臺與服務獲得豐富的互動與經歷，而且不需要倚賴高門檻的資訊技術。這些改變正是數位學習追求的功能。」詳參顏春煌：《數位學習——觀念、方法、實務、設計與實作》（臺北：碁峰資訊股份有限公司，2015年），頁17-25。

[15] 有關建構主義學習理論與科技學習的關係，可參沈中偉、黃國禎：《科技與學習：理論與實務》（臺北：心理出版社，2012年），頁50-53。

[16] 顏春煌認為「行動學習」的優勢在於「提升效率」及「透過通訊來建立知識」，但這兩種優勢均需要借助「即時運用所取得的資訊」及「與專業知識隨時同步」等方式才能發揮，而黃國禎等亦曾指出「行動學習」以至「無所不在的學習」中「共享寫作平臺」理應做到「學生可以立即運用所學得的知識進行學習任務，並與同儕及教師進行立即性的互動」，可見「即時」的互動於「行動學習」至為重要。詳見顏春煌：《數位學習——觀念、方法、實務、設計與實作》，頁1-18；黃國禎、朱蕙君、賴秋琳：〈行動與無所不在學習的定義與實施策略〉，黃國禎、陳懷恩主編：《未來教室、行動與無所不在學習》，頁20。

標，以便照片能包含更多地景資訊，讓使用者通過「中大文學地圖」即可完成「中大文學散步」。上述修訂既可為「大學中文」課程的教師提供更多教學應用的選項，也能為「中大文學地圖」開放予校外公眾提供內容基礎，於提升選篇的傳播幅度亦有正面意義。

當然，團隊受資源所限，上述建議不一定就能付諸實踐。除上述方向外，團隊亦曾考慮為「中大文學地圖」加入「學習歷程」紀錄，容許使用者於自己的行動裝置上檢視個人的閱讀及投稿紀錄，以協助使用者規劃學習歷程，促進自主學習，其作用類近於傳統教學所用的「學習檔案」，[17]甚或在此基礎上布置不同的閱讀及寫作任務，使用者只須達到指定要求，並出示儲存於本機的「學習歷程」紀錄，即可獲得線上或線下的獎勵。惟上述修訂涉及的私隱及技術問題均較為複雜，所需成本亦相對較高，暫時將難以實現。

四、結語：以電子教學工具輔助創意教學的啟示？

總括而言，「中大文學地圖」充分發揮「行動學習」的優勢，為使用者提供閱讀及撰寫校園創作的便利工具，於培育學生的閱讀及寫作習慣不無作用。與此同時，「中大文學地圖」在內容層面參考了「眾包」及「微寫作」等不同概念，似乎也有效引起了學生的閱讀及寫作動機。然而，「中大文學地圖」目前於「互動性」等方面尚有不足，往後將會再做修訂，期望「中大文學地圖」能在掌上讀寫平臺的基本功能外，也能成為作者與讀者的交流平臺。倘若將「中大文學地圖」視為以電子教學工具促進創意寫作教學的案例，我們從中不難總結出以下兩個要點：首先，適用於行動裝置的電子教學工具雖能方便使用者隨時隨地閱讀及寫作，但行動裝置的畫面尺寸有限，難以長期注視，故電子教學工具的內容不應過於冗長，以免削弱使用者的閱讀及寫作興趣。因此，「中大文學地圖」內容的顯著特色之一，即在於採用「微寫作」概念以減輕使用者的閱讀及寫作負擔。使用者大可利用生活中的「碎片時間」通過行動裝置來完成閱讀及寫作任務，這將大大提升使用者完成任務的動機。[18]畢竟創作的質素不一定就關係於篇幅的長短，現時「中大文學地圖」內不少「學生投稿」都能在有

---

[17] 廖佩莉曾指出應用於語文學習的「學習檔案」並不單純是蒐集作品的「文件夾」，而是讓學生主動按照特定目的蒐集作品的資料夾，讓自己能隨時反思個人的學習歷程。倘若教師能將「學習檔案」適當應用於「以教師講授為主」的課程設計中，讓教師能協助學生從學習檔案中加以反思，教學成效將會更顯著。詳見廖佩莉：〈「學習檔案」在中國語文學習評估的特點〉，廖佩莉：《優化學與教：中國語文教育論》（香港：商務印書館，2017年），頁151-156。

[18] 沈思涵、沈嘉達以「微寫作」為例，指出「微學習」較易引起學習興趣的原因之一，即在於學生能在碎片時間及有限的耐性中完成學習任務，其論文曾謂：「微寫作因其微而快捷、便捷和直接，不需要做通盤考量，不需要長篇大論，不需要疊床架屋峰迴路轉，這也意味著在社會給我們的碎片時間裡，在有限的耐性驅動下，可以隨時隨地閱讀，斷斷續續接收，潛移默化吸納。」詳參沈思涵、沈嘉達：〈微寫作芻議——兼及高校微寫作教學〉，《社會科學動態》第1期（2020年），頁106。

限篇幅中寫出所思所感，關鍵處在於我們是否接受這種片段式的文字具有意義上的完整性；其次，「中大文學地圖」採用「眾包」形式，容許使用者參與建構內容，確保程式中能包含不同題材及風格的作品。事實上，所謂「創意」不一定就是無所依傍的存在，也可以是通過現有素材的「組合」及「轉換」達至創新的意念。[19]從寫作的角度看來，不同題材及風格的作品並存正好為使用者提供「組合」及「轉換」的素材，但我們亦不能忽略使用者對「中大文學地圖」選篇的意見和回饋同樣可視為「組合」及「轉換」的素材。前文已曾提及「中大文學地圖」未有為使用者提供交流的平臺，不同使用者對選篇的觀點未能相互交流，難以在觀點的碰撞中找出創新的點子。由是，我們為創意寫作設計電子教學工具時，理應注意工具的互動性是否足夠，以便充分發揮行動裝置的優勢，讓使用者能在線上完成「讀」、「寫」之外，也能藉著平臺相互交流。事實上，現時的實體教學早已由「教師主導」逐步走向「以學生為中心」，知識的起點不一定就來自教師，而是可以從同儕的交流之中產生。實體的教學尚且如此，電子教學工具的設計亦理應如是。

---

[19] 李天命提出創意策略的基本型格為「組合格」及「轉換格」，兩者均可通過現有元素達致，不一定就是無中生有。詳細定義請參李天命：《哲道行者》（香港：明報出版社，2005年），頁150-152。

大學創意寫作課程的限制和可能性
——以樹仁大學「文學創作微課程」為例

何嘉俊

香港樹仁大學中國語言文學系助理教授

一、引言：創意寫作教育的體制化和探索實驗

　　香港的創意寫作（creative writing）教育早在1960年代發軔，[1]然而其進入大專院校體制，甚至成為學位課程，卻只是近十餘年的事。近年大學積極推動創意寫作教育，與全球先進城市在千禧年前後的經濟轉型可謂密切相關。1990年代，澳洲、英國、美國等國家率先推出「創意國家」政策，投放龐大的資源於新興的創意產業（creative industry），不但藉此增強了國家的「軟實力」，[2]也獲得了相當豐厚的經濟回報。[3]這種發展方針，陸續為其他地區仿效。千禧年以後，香港政府也開始研究和推動創意產業，[4]尤其在2008年，香港受全球金融海嘯重創，政府遂重新規劃香港的經濟產業發展，而其中一項規劃，就是將「文化及創意產業」（cultural and

---

[1] 根據譚穎詩的考證，香港最早的創意寫作教育，可由1969年民間創立的「創建實驗學院」談起。其後香港也曾出現不同類型的創作課程，但大都由大學以外的機構籌辦。譚穎詩：〈香港創意寫作教育：一場民間協作的共同實驗〉，《字花》第63期（2016年9-10月），頁16-19。

[2] 中國於千禧年以後積極發展創意產業，背後就有爭取國際話語權的「軟實力」考量。譬如上海大學創意寫作系的葛紅兵教授，就曾以美國在冷戰中戰勝蘇聯為例，說明發展文化及創意產業在當代國際關係發展上的重要意義。葛紅兵：〈創意寫作學的學科定位〉，《湘潭大學學報（哲學社會科學版）》第5期（2011年），頁105。西北大學創意寫作專業碩士的導師安曉東博士也認為，美國文娛產業發達，表現出「強大的世界話語能力」，值得中國學界關注。安曉東：〈創意寫作與「IP經濟」〉，《田家炳中華文化中心通訊》第3期（2019年3月），頁13。

[3] 葛紅兵及高翔指出：「目前世界上的主要發達國家，創意產業在GDP中均占領支柱產業地位，先發創意國家創意產業產值占GDP總量25%以上。」而中國也在2001-2010年期間，「從不承認創意產業到把創意產業當作核心產業」，藉此「由資源型和勞動密集型的製造大國轉型為創意大國」。葛紅兵、高翔：〈「創意國家」背景下的中國當代文學轉型——文學的「創意化」轉型及其當代使命〉，《當代文壇》第1期（2019年），頁101-105。

[4] 謝浩麟：〈香港文創產業一片風光背後〉，https://reurl.cc/3N94KR，瀏覽日期：2021年4月8日。另外，李歐梵教授曾在《灼見名家》的一場訪談中提到，曾任藝術發展局主席及民政事務局局長的何志平，因其愛好音樂，而於在任期間積極將「創意產業」的概念介紹予政府官員，間接促成該產業的發展。參見灼見名家：〈李歐梵：香港文化創意產業只是一句口號〉，https://reurl.cc/Q7xEDb，瀏覽日期：2021年4月8日。

creative industries, CCI）列為六項優勢產業之一，[5]並投放大量資源加以推廣。[6]文化及創意產業日益受到重視，而相關人才的培養，就成了香港各大專院校的發展重點之一。目前，共有九所本地大專院校開設文化創意產業、藝術行政及文化管理等學位課程。[7]與此同時，人們相信創意思維可以經由文學和藝術創作的訓練習得，因此大學的人文學科也陸續改革課程，增設文藝創作科目，甚或開辦創意寫作學系，以培育創意產業的人才。順應本港經濟及文化的發展，創意寫作教育的「體制化」（institutionalization）似是大勢所趨。大學該如何因時制宜設計課程，以回應香港文化及創意產業的需求？另一方面，在中文系課程內增設創意寫作科目，乃至設立創意寫作學系，這些變革雖然眾所樂見，可是推行起來，卻牽涉複雜的行政、經濟考量和師資條件，難處甚多，未必適合所有大專院校。在此限制下，如何更靈活地構想其他在大學推行創意寫作教育的方法？

　　本文即以筆者為香港樹仁大學中國語言文學系籌辦「文學創作微課程」的經驗，探討在本港大學推行創意寫作教育的限制和可能性。自2020年6月起，樹仁大學中文系就以有限的資源，在暑假和學期之中，籌辦不同類型的文學創作微課程，嘗試回應本港發展文化創意產業的趨勢，以及同學一直以來對於創作課程的熱切訴求。[8]近年來，樹仁大學中文系積極革新課程架構，除了鞏固原有的古典文學課程，也增設了不少現、當代文學和創意寫作科目。可是，私立院校的資源始終較少，具備相關研究背景的導師也有限，而且整體課程架構受到招生人數所限而難以擴展，無法再增加計算學分的常規創作課。文學創作微課程，就是在上述背景中，以輔助及完善中文系課程

5　香港政府統計處：《香港統計月刊：香港的文化及創意產業在二零零五年至二零一零年的概況》，頁FD2，https://reurl.cc/bzaoKr，瀏覽日期：2021年4月8日。

6　2009年6月1日，香港商務及經濟發展局成立「創意香港」專責辦公室，負責統籌政府在創意產業方面的政策和工作，包括推行數個資助計劃，為本地註冊機構提供製作電影、音樂、數碼娛樂，以及開拓市場和培育人才的資金；又設立了「香港設計中心」，舉辦設計比賽和培訓等活動。資料詳見創意香港網頁：https://reurl.cc/e97R7Q，瀏覽日期：2021年4月8日。

7　以大專院校為單位逐一點算，這些學位課程包括：（一）香港大學文學院開設的「全球創意產業」文學士課程、港大社會科學院開設的「媒體、文化及創意城市」碩士課程；（二）香港中文大學文化及宗教研究系設立的「文化管理」文學士及碩士課程；（三）香港城市大學中文及歷史學系開辦的「文化與文化產業管理」文學士課程，以及城大創意媒體學院開設的「創意媒體藝術」碩士課程；（四）香港浸會大學文學院的「創意產業音樂學士」課程，以及浸大工商管理學院與視覺藝術院合辦的「創意產業市場學」碩士課程；（五）香港嶺南大學文學院開設的「創意媒體產業」文學士課程、嶺大視覺研究系與哲學系合辦的「創意及媒體產業」文學碩士課程，以及嶺大研究生院與林肯大學林肯國際商學院合作，即將於2022年9月開辦的「藝術與文化遺產管理」文學碩士課程；（六）香港教育大學開設的「文化遺產教育與藝術管理」文學士課程；（七）恒生大學人文社會科學學院開設的「文化及創意產業」文學士課程；（八）香港都會大學創意藝術學系設立的「創意產業與文化資產」文學碩士課程；以及（九）明德學院開辦的「媒體、文化及創意」文學士課程。此外，部份自資院校也設立了相關學科的副學士和高級文憑課程，此處從略。

8　樹仁大學中文系於每個學期均設有「師生諮詢交流會」，藉此聆聽學生對於學系課程及未來發展的意見。過去數年，筆者多次在會議上或會議紀錄文件中，得悉同學希望學系增設現代詩和文學創作等科目的意願。

架構，以及探索創意寫作教育新方向的定位而誕生。

「微課程」的性質，就是課時較常規課程短，而內容架構介乎正規課程和工作坊（workshop）之間，各取其長處的「半規範」課程。每個課程分別邀請本地不同的創作者擔任兼職導師，就著他們擅長的文類，量身定製課堂內容，至今開辦了新詩、散文、影評、歌詞及「攝影和詩」五門課。總體來說，「文學創作微課程」朝向靈活實用和「跨學科」兩大方針發展。第一，微課程強調課程內容的靈活和多元，以達致多重效果——包括試行各種嶄新題材的創作班，起教學實驗的作用；讓學生從創作的角度，重新認識新詩、散文等傳統文類；也為他們介紹作為文化及創意產業一部分的影評和歌詞等創作。導師甚至會將同學的佳作組成小輯，發表於本地文藝刊物，以鼓勵同學持續創作。第二，微課程不屬常規課程，因此不必加設修讀門檻，可以兼容來自不同學系、不同年級的學生，鼓勵他們作跨學科的接觸和對話，著重嘗試和練習，而非學業成績的評核。為了進一步闡釋微課程的理念，檢討現階段的成果和限制，本文將從課程規劃、師資問題和課堂內容三方面展開討論，並提出後續發展的構思。

二、跨媒體、跨學科的課程規劃

（一）跨媒體創作課程設計的前沿實驗

過去十數年，香港各大專院校陸續開辦創意寫作學位課程，而且大都朝向「跨媒體」、「跨學科」的方向作規劃。在相近方針之下，各院校對於文化及創意產業的關注點不一，從而發展出各有特色的學位課程。有的創辦者認為，電影在香港的發展歷史悠久，而且與文學創作的關係密切，故此規劃時以電影創作為重心，例如都會大學於2008年開辦「創意寫作與電影藝術榮譽文學士」課程，以及電影學院與浸大國際學院於2010年合辦「新媒體及影視創意寫作文學士（榮譽）」課程。也有院校以國際化的視野，規劃雙語或多語的專業寫作課程，譬如城市大學英文系於2010年開設的「英語創意寫作藝術碩士」課程，以及浸會大學文學院人文及創作系於2012年開設的「創意及專業寫作文學士（榮譽）」課程。這些學位課程培育出不少從事文化創意產業的人才，已有一定的成果。[9]

然而，創意寫作教育的目標，當然不限於培養專業作家和電影從業員。所謂「文化及創意產業」，根據香港政府的界定，包括以下十一個組成界別：（一）藝術品、古董及工藝品；（二）文化教育及圖書館、檔案保存和博物館服務；（三）表演藝術；（四）電影及錄像和音樂；（五）電視及電臺；（六）出版；（七）軟件、電腦

---

9 梁慕靈：〈大學創意寫作教學的設計與效果——以香港大專院校為例析〉，《湘潭大學學報（哲學社會科學版）》第1期（2016年），頁94-95。

遊戲及互動媒體；（八）設計；（九）建築；（十）廣告；（十一）、娛樂服務。這十一個範疇，幾乎都能和文學及創意寫作聯合發展，從而產生有趣的新學科和研究。從這個角度看，創意寫作學位課程的設計，其實尚有更多探索空間。

當前香港文化及創意產業的市場，就以「軟件、電腦遊戲及互動媒體」這個界別的發展最為蓬勃，相關人才需求也愈來愈大。根據統計處於2020年發布的調查報告，單是「軟件、電腦遊戲及互動媒體」此一界別，其生產總值和就業人數，不論在數目或增長率方面，都大幅超過其他文化及創意產業：

表1　2008年及2018年文化及創意產業生產總值及就業人數（摘錄）[10]

	生產總值（百萬元）		就業人數	
年份	2008	2018	2008	2018
電影及錄影和音樂	3,122	3,348	15,180	15,200
出版	15,716	13,412	46,950	36,830
軟體、電腦遊戲及互動媒體	18,204	53,079	43,850	61,220
整體產業	63,275	117,769	191,260	217,280

上述表格內容，僅摘錄了其中三項文化及創意產業的數據加以比照。2008年後的十年間，影視和音樂產業穩步發展，然而相比軟體、電腦遊戲及互動媒體的產業增長，便顯得稍微平緩。另一方面，過往由大學人文學院主力培養的出版業人才（專業作家、紙本媒體編輯等），以及出版業的產值，雖然比影視和娛樂業高，卻漸現疲弱下行之勢。這種現象，其實同樣見於英國、臺灣和韓國等地方。[11]軟體、電腦遊戲及互動媒體的發展前景樂觀，需求人才也漸增，創意寫作新課程的設計，或可從兩者結合的方向做進一步的構思。2017年，臺灣「赤燭」公司發行的電腦遊戲《返校Detention》風靡一時，究其原因，就是其世界觀及故事情節的吸引。《返校》是一個恐怖冒險解謎遊戲，它以臺灣戒嚴時期為背景，讓玩家在角色扮演中，體驗於高壓的政治環境中掙扎成長的感受。此遊戲的成功，足見文學元素與電腦遊戲製作結合的可行性。香港的文學和文化，也極具孕育遊戲故事的潛力。而且，此處的都市景觀和文化特質，一直是世界各地電腦遊戲設計者的靈感來源。[12]至於如何在大學體制內，培養這種跨媒體的轉化創作能力，仍需時間做研究和教學實驗。「微課程」作為非常

---

[10] 圖表內容摘錄自香港政府統計處：《2020年香港統計月刊：香港的文化及創意產業》，頁FA13-14，https://reurl.cc/ra2Egk，瀏覽日期：2021年4月8日。

[11] 根據臺灣文化部於2019年發布的研究報告，英國、臺灣和韓國等地，其出版和影視音樂業的發展較為平緩，部分地方甚至有衰退情況。相比之下，軟體、電腦遊戲業的產值卻大幅攀升。臺灣文化部文化統計網站：《2019年文化創意產業發展年報》，頁38-41，https://reurl.cc/Kx58MM，瀏覽日期：2021年4月8日。

[12] 「M+故事」網站：〈電玩中的城市：香港魅力何在？〉，https://reurl.cc/zbLqRQ，瀏覽日期：2021年4月8日。

規課程，課程設計的要求較具彈性，不必經過繁瑣的審批程序才可推行，正好可以作為學位課程設計的前沿試驗，邀請電腦遊戲業界人士及小說家擔任導師，交流遊戲設計和故事構思的經驗。

（二）實踐跨學科理念的方法

其次，「跨學科」也是大專院校規劃創意寫作教育的方針之一，而實踐跨學科理念的方法，一是調整教學內容，二則是將創作課堂開放予不同學系的學生，激發跨學科的知識交流，藉此互相啟發。後者實行起來較為容易，也是院校常見的做法。近年，本地院校的中文系都在其課程架構內，增設各種創意寫作科目，供校內學生選讀。[13]例如中文大學中國語言及文學系設有「文藝創作」、「現代小說工作坊」、「現代詩寫作坊」、「創意寫作坊」、「寫作專題」等科目；嶺南大學中文系設有「兒童文學研究與寫作」、「中文文學創作」、「中文寫作專題」等；浸會大學中文系設有「中文創意寫作」；城市大學中文及歷史系設有「創意中文」；而香港大學文學院（中文學院）也設有「創意寫作」，供同學選修。理論上，這些選修科目開放給不同學系的學生，可是外系同學往往有學分配置、難易程度和成績等方面的顧慮，而不敢輕易挑戰，以致修讀者實際上仍以中文系學生為主。

除此之外，不同院校的一年級必修中文課程，都不約而同地增設創意寫作的教學內容和習作。以樹仁大學所有一年級同學（中文系同學除外）必修的「大一國文（一）、（二）」課程為例，該課程除了教授指定篇章和一般的應用文寫作之外，由2018年起，還新增了微型小說和廣播劇的改編寫作等創作單元。導師在課堂上賞析作品及介紹創作方法，並結合大一國文的指定篇章內容設計習作題目，以檢驗教學成果。比方說，「大一國文（一）」教授現、當代文學作品，其中一篇指定課文為劉以鬯的短篇小說〈蛇〉，而該作品改編自中國古典小說《白蛇傳》。導師除了闡釋小說內容，也會介紹「文學改編」的概念，以及廣播劇的寫作特色。至於習作，同學需要將課文〈蛇〉的內容加以改編，並寫成以對白為主的廣播劇劇本。「大一國文（二）」教授古典文學，其中一篇指定篇章為《國語・越語上》的〈勾踐滅吳〉。課堂上，導師引領同學比較分析《吳語》和《越語》對於同一歷史事件的描述，指出兩者的敘述角度的差異，並延伸分析政治立場對於寫作的影響。講解課文之後，導師將進一步介紹微型小說的寫作特點，並要求同學將〈勾踐滅吳〉的故事加以改編，改寫成白話文的微型小說。講授這些涉及創意寫作的課題時，不少同學特別興致勃勃，而且他們提交的文章，不乏出人意料的佳作。然而，大一國文的課程內容龐雜，導師也往往因為趕著進度完成所有課題，難以給創意寫作單元分配更多時間。另一方面，並

---

[13] 梁慕靈：〈大學創意寫作教學的設計與效果——以香港大專院校為例析〉，《湘潭大學學報（哲學社會科學版）》第1期（2016年），頁94。

非所有教授大學中文科的老師都有創作的經驗，部分老師教起來不免感到吃力。[14]再者，因為是必修課程，導師總有時候遇上對文學和寫作毫無興趣的學生，此時課堂氣氛不免冷淡，影響教學效果。

　　吸取上述課程改革的經驗，本文認為「文學創作微課程」的推行，正能進一步實踐跨學科教學的理念，同時又能提升寫作課堂的教學質素。正如引言所述，「微課程」並非計算學分的常規課程，不必設置修讀限制，招生時可以面向所有學系的學生。2019-20年度的暑假，本系舉辦了三個創作班，分別為新詩、散文和影評寫作，並邀請了相關創作專才擔任導師，報名學生的人數及學系統計如下：

圖一　2019-20年度暑期文學創作微課程報讀人數及學系分布統計

　　從上述圖表可見，報名學生總共一百二十二人，他們不只來自中文系，也來自其他不同的學系。其中，中文系人數最多，占總人數的56.6%；其次則為新聞及傳播系（13.1%）、英文系（10.7%）、歷史系（5.7%）和會計系（4.9%）。總體來說，文學院的學生對此最感興趣。這種情況，大概因為上述三種文類，正是文學系一直以來教授的較為傳統、典型的寫作類型。相比之下，2020-21年度上學期開辦的「歌詞創作班」，便有更多來自不同學系的學生報名參加：

---

[14]　誠如關夢南先生所言，「教寫作，自己也得試寫」，才知道難點在何處，從而給同學生提供合用的指引。關夢南：〈教育經驗分享──兼談新詩及散文教學〉，收入郭詩詠、陳子謙、高俊傑編：《雲上播種──給寫作導師的10堂課》（香港：水煮魚文化製作有限公司、何鴻毅家族基金有限公司，2011年），頁45。然而，以往的大學中文課程，比較著重閱讀和應用文類的寫作，不少導師自己也是受到這樣的教育。在近年的課程改革之下，他們需要更多時間適應。

你的學系？
212則回應

● 中文系　　　　　　● 會計學系
● 英文系　　　　　　● 工商管理學系
● 歷史系　　　　　　● 工商管理學系（數碼市場學）
● 新聞與傳播系　　　● 工商管理學系
● 輔導與心理學系　　　（企業管治及風險管理）
● 心理學系　　　　　● 經濟及金融學系
● 社會工作系　　　　● 法律與商業系
● 社會系

▲ 1/2 ▼　　　　▲ 2/2 ▼

圖二　2020-21年度上學期「歌詞創作班」報讀人數及學系分布統計

　　這次舉辦的歌詞創作班邀請了本地獨立唱作歌手Serrini梁嘉茵擔任導師，報讀人數比起三個暑期創作班合起來的報名人數，幾乎翻了一倍。而且，新聞及傳播系（23.1%）和社會科學院（合共15.1%）的報名學生也顯著增加。此現象雖然反映了明星效應，但也同時反映中文系課程中較為罕見的，又或與流行文化較為接近的創作文類，廣受不同學科的同學歡迎。

　　為了提升教學質素，微課程設有修課人數上限，而且要求同學做雙重認證，以篩選出熱心於創意寫作的學生。考慮到教學效果，以及導師評改習作的工作量，每個微課程的修讀人數上限定為三十人，以先報先得的原則錄取學生。學生報名之後，將會收到一封確認郵件，他們必須在限時之內回覆以示確認，方獲修讀名額。為鼓勵同學積極參與，出席全部課堂者，可獲頒電子證書一張。執行上述措施後，最後參加微課程的同學，大都是對創作抱持濃厚興趣者，而全勤出席者，往往達到全班人數的七成或以上。即使不計學分、不計成績，他們都比一般學生更樂意參與課堂討論和提交習作。部分學生甚至在課程結束後，持續以電郵和導師聯繫，分享和請教創作心得。

　　在跨學科的學習環境中，參加者通過討論和創作實踐互相學習，而寫作上的創意，絕不為中文系學生所專美。譬如2020-21年度下學期舉辦的「攝影和詩」創作班中，在導師關天林博士的指導下，同學提交了不少佳作，最後由導師精挑細選編成小輯，發表於網刊《字花・別字》第39期，當中就有出自新聞及傳播系、心理學系、社會學系、歷史系和中文系學生之手。[15]誠如前人研究所言，創意寫作教育不應只限於文學院，它對於理學院、社會科學院等的研究和著述，也有一定的貢獻。[16]遺憾的是，樹仁大學暫時只設文學院、商學院和社會科學院三者，而未設有理學院、教育學

[15]　關天林編：〈像極了現在──習作選輯──樹仁大學「攝影與詩」創作班〉，《字花・別字》第39期（2021年），https://reurl.cc/NXgLqk，瀏覽日期：2021年4月8日。

[16]　David Morley, *The Cambridge Introduction to Creative Writing* (New York: Cambridge University Press, 2007), pp. 241-243.

院等。相信若在其他大專院校舉辦這種「半規範」的創作微課程，在課堂中碰撞而出的創意，以及對於文學系以外的學生的啟發，又會產生不同的效果。

三、師資問題

香港不乏創作專才，但是他們當中能夠進入大專院校教學，將其寶貴經驗傳承下去的，卻只屬少數，這是大學現行的學術制度使然。首先，本港大多數院校均要求全職教員持有博士學位，甚至按年審核其學術研究成果，這對一般創作者而言，可謂要求甚高，而且不利於他們專注創作。其次，申請開辦新課程和科目、執行其後的行政工作，乃至構想後續發展計劃，需要研究型的專才撰寫各色各樣的計劃書、研究報告和學術論文，在這種制度下，大學傾向聘請具研究背景的導師。而實際上的教學事務，則仍須聘請兼職導師分擔。大學近年積極發展創意寫作教學，對於全職或兼職的創作導師的需求也愈來愈大，但是兼擅創作和教學的導師卻相當有限，有經驗的導師可謂炙手可熱，往往同時在數所大學任教。

長遠而言，缺乏創作導師的問題，大概會因為大學創意寫作學系的人才培養而得到改善。回顧西方創意寫作教育體制化的經驗，譬如美國愛荷華大學（The University of Iowa）於1936年創辦「作家工作坊」（Iowa Writers' Workshop），是為西方國家之中首個創意寫作藝術碩士學科，其中首批獲得學位之一的美國詩人保羅・安格爾（Paul Engle），就於1941年成了該作家工作坊的總監。[17]可是，若要促進大學創意寫作教育，與本港文化及創意產業的發展接軌，是否應該將更多學院以外的「前線」創作者納入大學體制內，讓他們擔任導師，分享和傳授面向市場時的實際創作經驗呢？

由此觀之，創意寫作教育的「體制化」，不僅指向建立學位課程架構、推廣校內文藝創作和欣賞的風氣、促進文藝創作的學術研究而已，也應該以參與社會的文化生產，協助建立供給與需求的市場體制為目標。具體來說，大學應當招攬更多優秀的業界創作人才，借助他們的實務經驗，向有志從事文化及創意產業的學生提供指導和建議。倒過來說，這樣做也能使本地創作者獲得更多傳播思想的資源和機會，甚至從而協助他們建立「文化資本」（cultural capital）。在大專院校學術評審機制維持不變的情況下，我們可以「非常規」的應變方式，將本地「前線」創作者以兼任導師的身分招攬進來，而樹仁中文系的「文學創作微課程」，正是這個探索過程中的試驗品。過去的五個文學創作微課程，就在上述思路中籌辦起來，導師人選及其背景見於下表：

17　葛紅兵、劉衛東：〈從創意寫作到創意城市——美國愛荷華大學創意寫作發展的啟示〉，《作家》第11期（2017年），頁23。

創作班主題	導師	導師背景
新詩	陳子謙	● 香港中文大學中國語言及文學系哲學博士 ● 現任教於多間本地大學 ● 曾任本地文學雜誌《字花》編輯 ● 著有散文集《怪物描寫》（2009）及詩集《豐饒的陰影》（2016）
散文	趙曉彤	● 畢業於香港中文大學中文系 ● 富有擔任創作班導師的經驗 ● 曾任《明報・副刊》記者及編輯 ● 著有香港作家訪問集《織》（2017）及個人作品集《步》（2018）
影評	黃納禧	● 香港中文大學中國語言及文學系哲學碩士 ● 現任教於多間本地大學 ● 曾任《文匯報・副刊》記者及編輯 ● 曾任本地文學雜誌《字花》編輯 ● 影評文章見於《文匯報》、《信報》等
歌詞	Serrini 梁嘉茵	● 香港大學文學院哲學博士（文學及文化研究） ● 香港獨立唱作歌手 ● 個人專輯包括《請小心車門》（2011）、《Why Prey'st Thou Upon The Poet's Heart?》（2012）、《Too Earthly Ye Are For My Sport》（2014）、《Don't Text Him》（2017）、《邪童謠／Songs of Experience》（2019）以及《Gwendolyn：網路安全隱患》（2021）
攝影和詩	關天林	● 復旦大學中國語言文學系博士 ● 曾任教於香港嶺南大學中文系及其他機構之創作班 ● 現任本地文學雜誌《字花》總編輯 ● 著有詩集《本體夜涼如水》（2014）、《空氣辛勞》（2016）

　　首先，上述五位導師都具備相關文類的創作經驗，也曾發表不少作品，在教學中得以信手拈來、援引分享，讓學生了解創作的方法和難點。初次籌辦創作班時，我們希望先邀請富有大學任教經驗的兼職老師，試試學生的反應和教學效果，因此邀請了陳子謙和黃納禧老師。他們兩位都曾任教於本地多間大專院校，熟悉大學課程設計，善於構想深入淺出的課題、營造活潑的上課氣氛。課程結束後，我們利用問卷，調查同學對於課程導師及課堂內容的意見，兩位導師及其課堂均獲得相當高的評價。其中，陳子謙老師又從新詩創作班的同學作品裡，挑選了不少佳作，編成兩個小輯投稿，這些作品最後獲刊於本地文學雜誌《城市文藝》第108期和《聲韻詩刊》第56期，[18]對同學來說相當鼓舞。

　　此外，我們也邀請了其他任職於出版界和音樂界的導師，以探索更多「非典

---

[18] 參見陳子謙編：〈「2019-20樹仁大學中文系文學創作微課程——新詩創作坊」情詩小輯〉，《城市文藝》第108期（2020年10月），頁71-73；〈「樹仁大學中文系2019-20年度暑期文學創作微課程——新詩創作坊」小輯〉，《聲韻詩刊》第56期（2020年11月），頁114-115。黃納禧老師負責的影評寫作班中，同學也提交了一些佳作，惟影評受其時效性所限，不便投稿。有見及此，筆者計劃日後將這兩三年間的創作班佳作一併結集出版，作為紀錄。

型」的課堂主題和上課模式，讓同學深入地了解這些導師對於香港當前的市場和文化環境的看法，以及他們的應對之道。相比上述兩位現任大學兼職教師，他們的課堂展現出更為強烈的個人風格，著重創作經驗的分享。譬如在散文創作班上，趙曉彤老師跟同學分享了她發表於文藝刊物和社交媒體上的作品，包括一些自然生態攝影和紀實散文；關天林老師分析其他外國詩人的作品時，又會分享自己曾經寫過的相近題材的詩作，供同學比照閱讀；導師Serrini也不時於課堂上分析和批評自己的歌詞，分享自己練習填詞的方法，[19]甚至率先分享她尚未正式發表的樂曲。在他們的課堂中，修課者除了可以聆聽創作者的經驗談，也能感受到他們作為藝術家的個人魅力。

上述五種創作之中，又以歌詞最具市場色彩。導師Serrini不只為自己的樂曲填詞，也經常接受工作邀請，要為其他藝人量身定製歌詞，因此她較常在課堂上，與同學分享從事商業工作的心得，並由此探討如何化解文藝創作和商業考量的矛盾。譬如在歌詞創作班的第二課，講題定為「正貨？行貨？何謂一首好詞？」，她探討了作為商業活動的歌詞創作在「文學性」方面的取捨，並以她為黎明填寫的歌詞〈存入愛〉（2020）為例，闡釋她在是次商業性創作（她稱之為「行貨」）中滲入的遊戲精神。[20]另一方面，她又為受到不少香港聽眾抨擊的粵語流行歌詞平反，帶領同學從文學賞析和文化批評等角度，重新理解陳柏宇〈別來無恙〉（2015）和AGA〈小問題〉（2018）等歌曲。[21]

承上，像歌詞這種與流行文化市場較為貼近的文類，若能邀請合適的「前線」創作者擔任導師，其實大有發揮創意的後續發展空間。就以上學期舉辦的歌詞創作班為例，導師Serrini每週都為同學設定習作題目，而同學提交填詞作品之後，她都會在課堂上以嬉笑怒罵的方式加以演唱和評點，使課堂內容不但有教育性，也極富娛樂性。[22]課程結束之後，我們曾做商議，想要合作舉辦一場介乎脫口秀和迷你音樂會之

---

[19] Serrini提到，寫粵語歌詞要合調，比起其他語言難得多，需要多練習，技巧才會純熟。就此，她提議以翻譯作為練習方法，將一些外語歌曲，譜上合調的中文歌詞，藉此挑戰自己。她在堂上分享了將音樂劇《悲慘世界》（*Les Misérables*）中的經典名曲，改寫為粵語版本的練習之作。參見Serrini Youtube Channel：〈On My Own廣東話版〉，https://reurl.cc/Dv7rVR；〈I Dreamed A Dream廣東話版〉，https://reurl.cc/XegKvM，瀏覽日期：2021年4月8日。

[20] 2000年，黎明推出歌曲〈全日愛〉，作品由雷頌德作曲、林夕填詞。該歌曲因前奏混入國歌的其中一節旋律，以及饒富意味的歌詞，而為人熟知。2020年，Serrini獲邀為黎明填詞，須以親情作為題材，表達對女兒的父愛。她為此藏起個人風格，填寫了一首溫情的詞作，但又同時向監製提議，為歌詞取個諧仿〈全日愛〉的名字，命名為〈存入愛〉。

[21] 相關內容也可見於Serrini在《明周文化》的專欄文章。參考Serrini：〈「陳詠謙之亂」（上）〉，https://reurl.cc/v5xng1，瀏覽日期：2021年4月8日；〈「陳詠謙之亂」（下）之小問題〉，https://reurl.cc/Kxo6re，瀏覽日期：2021年4月8日。

[22] 受新冠肺炎疫情影響，樹仁大學去年至今的課堂，大都以線上或者混合模式舉行，微課程也不例外。也因如此，相關課堂內容也存有錄影，放在校內網上學習平臺Moodle，供本校師生瀏覽。其中，歌詞創作班的瀏覽人數最多，課程結束後仍有不少觀眾。再者，因為導師Serrini在其社會平臺上的宣傳，不少樹仁畢業生和校外人士，曾向本系查詢觀看教學影片的權限。

間的線上直播節目，請她在該節目中演唱和評點同學最後提交的詞作，兼取教育和娛樂之效，可惜因為製作費用龐大而最終作罷。通過是次籌辦經驗，筆者計劃邀請更多業界的「前線」創作者，例如圖文創作者、雜誌編輯和電影劇本撰作者等，以探索更多不同的教學模式，並向校方和自資專上教育委員會等機構申請更多資源，籌辦主題嶄新的創作班和相關活動。

四、課堂內容的設計

課堂內容設計得宜，對於學生來說可謂受用極深。根據筆者過往在大專院校教學的經驗，教學目標清晰、內容由淺入深的課程大綱，往往能幫助學生檢視自己的學習進度。而且，最為理想的情況，是導師能夠參考同學的回饋意見，調節和改良教學內容，長遠而言提升教學質量。因此，籌備微課程的時候，我們要求導師事先提交簡要的課程大綱，讓導師在課堂之前，預先計劃整體的教學內容，同時又讓同學得以參詳預備。此外，仿效現時大學的課程評核機制，微課程完結之後，我們也會利用電子問題，調查學生對於選修課程的意見，並盡可能做出改善。2020年暑假舉辦的三個微課程，一共只有四堂課，不少同學認為課時太短，建議增加課堂數目，又或延長課堂時間。故此，後來舉辦的微課程已增加至六堂課。相關課程大綱內容如下：

表三　2020-21年樹仁大學「文學創作微課程」課程大綱

創作班主題	導師	課程大綱
新詩	陳子謙	一、錯配才是幸福——強制聯想與意象（上） 二、錯配才是幸福——強制聯想與意象（下） 三、你是穿入我瞳孔的光——特殊視角 四、我走音，而且無法重複走過的走音——聲音與節奏
散文	趙曉彤	一、為何寫散文？個人的故事 二、為何寫散文？他人的故事（如何採訪） 三、散文作品賞析 四、同學作品賞析
影評	黃納禧	一、認識電影 二、方法論 三、影評撰寫 四、劇情片分析及影評
歌詞	Serrini 梁嘉茵	一、「乜仲有人聽廣東歌咩？」香港廣東流行曲發展概論 二、正貨？行貨？何謂一首好詞？廣東歌詞評論方法導論 三、倡議音樂書寫 四、對你愛愛愛不完：探討廣東流行曲歌詞的苦戀奇觀 五、粵語流行曲歌詞的多元書寫 六、抒發感情才是意義：賞析同學的歌詞作品

創作班主題	導師	課程大綱
攝影和詩	關天林	一、捕鳥記——瞬間的風景 二、窗外——敞開之必要 三、畫與照片——動詞的運用 四、遇險記——局部之必要 五、中間——敘事的底層 六、面對或背對——一種大膽的決定

　　上述課程大綱中，有些著重講授寫作技巧和練習，有些則較著重作品分享和解讀。同學在課後的問卷調查中，對於部分課程，提出了不少改良的建言，例如「想要具體的技巧解說」、「希望課程能有理論&具體的技巧」；又建議導師「或可每堂訂立主題，以免每一堂的內容都差不多」，「可以提及更多理論／作品分享」等等。綜觀同學的所有意見，他們大都喜歡和滿意導師評點作品的環節，同時希望能在課堂上，學習更多具體的寫作理論或技巧。

　　此外，同學大都喜歡課堂上的互動環節，只要導師引導得宜，他們非常樂意抒發己見。也因如此，設計課程大綱時，需要平衡講課與討論環節，預留多些時間與學生交流意見。實際上，部分微課程導師亦已因應同學的熱烈反應，在學期當中調節課程進度，甚至割捨原定的某些課題，多花時間與同學一起討論、評鑑作品。[23]去年受疫情影響，大部分微課程需要以會議程式Zoom做線上教學。出乎意料的是，比起平日在實體課室上課，同學在虛擬教室上課，似乎因為少了同儕壓力，而更勇於參與課堂討論。譬如歌詞創作班導師Serrini利用Zoom的白板（whiteboard）功能，和同學討論、分析何謂「好詞」，從下圖可見同學的回應相當踴躍。

圖三　「歌詞創作班」網上課堂討論實況

---

[23] 過往開辦的微課程中，以新詩和歌詞創作班的討論氣氛最為熱烈，兩位導師都因應此情況，取消了課程最後部分的講課時間，將剩餘課時留給師生討論，以及點評同學的作品。

另外，新詩創作班的導師陳子謙也善於引用流行文化素材，設計有趣的聯想題，要求同學打開麥克風，又或利用聊天室功能發表意見。下圖為課堂上師生討論網路紅人「低成本扮裝者」（Low-cost Cosplayer）的作品的熱烈情況。

圖四　　「新詩創作班」網上課堂討論實況

　　創作課堂之中，學生的寫作實踐，以及其成果的賞析和評鑑非常重要。然而，不少創作者都害怕規範，擔心給學生出寫作題目，就會扼殺他們的創意，反倒不設習作題目，讓學生自由發揮。其原意雖好，可是總有些學生不知如何入手，難免覺得無所適從。有經驗的研究者就認為，創意寫作教學必須有「系統規劃」，為學生設定實踐的步驟，才能逐步「喚醒」他們的創作能力。[24]進一步說，人們普遍認為，具建設性的「創意」，就是先認識某些既定規則，從而突破規則，甚至將之重置於另一語境中的思維過程。由此角度看，導師設計特定的寫作題目，實有其必要性，因為對於程度一般的學生，指定的題目可以引導他們認識某種成規；而對程度較高的學生來說，那就是他們須做深入反思，並嘗試加以突破的對象了。過往舉辦的文學創作微課程當中，導師們都設計了不少饒富意思的題目，供同學練習。譬如新詩創作班以情詩為題目，要求同學以陌生化的手法，創作一首六行以內的新詩；「攝影和詩」創作班要求學生先拍攝香港街景一幀，然後就此寫作一首十行以內的新詩；影評寫作班要求學生就同一部經典的電影《臥虎藏龍》，任選一種課堂講授的方法論，撰寫評論一篇；又如歌詞創作班要求學生在課堂上抽籤決定隨機的主題，以此為陳奕迅的〈Shall We Talk〉重寫歌詞。在多次的課堂練習之後，同學在最後一課提交的習作，普遍都有進步。

五、結語

　　總結而言，本文從香港發展文化及創意產業的背景，檢視近年大學創意寫作教育「體制化」的風潮，並以筆者為樹仁大學中國語言文學系籌辦「文學創作微課程」的經驗為中心，探討在香港大專院校推行創意寫作教育的限制和可能性。樹仁大學作為私立院校，資源有限，「微課程」就以「半規範」的靈活性，追求實用和實踐跨學科精神，藉以補充與完善中文系課程架構，甚至進一步探索大學創意寫作教學的嶄新方向。籌辦微課程的具體經驗與後續構思，本文分為課程規劃、師資問題及課堂內容三部分，從宏觀到微觀層面逐步闡述。首先，「微課程」因其課程設計和收生方面的靈活性，適合作為嶄新學位課程構思的前沿實驗，以及配合大學課程的跨學科改革方向。其次，本文認為創意寫作教育的「體制化」，應該以參與社會的文化生產、為文化及創意產業工作者創造需求與供給的市場機制，作為長遠目標。在目前大學學術評審機制的門檻之下，可以利用「微課程」的靈活性，將「前線」創作者招攬為大學兼職導師，從而孕育更具創意，而且更接近市場所需的教學內容。第三，根據「微課程」導師的課堂設計經驗，本文以為創意寫作課堂雖然講求「創意」、「自由」，但這種創意並非玄虛的觀念，而是可以經由某種課堂系統或規範的建立，檢視其教學成果。

　　相對於創辦新的學位課程而言，籌辦「文學創作微課程」所需資源較少，而且具有上述靈活性，可藉此試行各種創意寫作教學的實驗，這其實同樣適用於其他大專院校。然而，也因礙於資源，筆者難以於現階段策劃更大型的教研活動。有鑑於此，未來或可向自資專上教育委員會和其他機構申請資源，設立創意寫作教學及研究中心，為學生提供嶄新的創作課程，也為欠缺教學經驗的本地「前線」創作者，提供教學指導和培訓，使他們得以進一步走入學院。另外，期望能與其他院校合作，策劃更多面向本地文化及創意產業市場的文化活動，使大專院校進一步發揮在當前社會的影響力。

香港大專中文課程的創意寫作教學實踐
——從個人經驗出發

馬世豪

香港大學專業進修學院保良局何鴻燊社區書院高級講師

一、引言

　　談論香港的創意寫作教學，多數集中在中學和大學層面，然而大專界的創意寫作實行情況，其實有需要深入探討。事實上，香港的中學生完成中學文憑試後，除了升讀大學外，亦有為數不少的學生進入其他大專院校，修讀副學位課程。這些副學位課程通常都會要求學生修讀中文科，而中文科都會包括寫作的課題。在脫離公開考試的限制下，大專中文老師可以將創意寫作的教學元素滲入課堂，塑造有別於應試教學的學習氛圍，提升學習效果。

　　這些課程的目的不在培養學生成為作家，但他們卻受惠於創意寫作教學，提高創意思維和分析問題的能力，對他們的生活、升學和就業都有幫助。論文從本人多年來任教大專中文課程的經驗出發，結合創意寫作教學理論，從理論層面、課堂層面和學生層面切入，討論如何在大專中文課程實踐創意寫作教學。

二、香港大專中文課程的中文寫作課

　　自2009年開始，香港的教育制度實行「三三四」制度，要求學生先修讀三年初中和三年高中課程，然後應考中學文憑試，考取達標的成績，獲取入讀大學的最低資格。[1]然而，由於資助大學的學位有限，但學生達標人數眾多，資助大學的學位未能滿足所有同學的需要，[2]因此不少達標的學生需要另覓出路，例如報讀私立大學的學

---

[1] 中學生在中學文憑試（DSE）的中國語文、英國語文科達到第3級，以及數學和通識教育達到第2級的成績（簡稱「3322」），便符合資格，可申請修讀大學教育資助委員會資助的大學和院校的四年制學士學位課程。

[2] 例如2020年共有四萬五千二百五十七名學校考生應考文憑試，考獲符合本地學士學位課程基本入學要求的日校考生有一萬八千六百三十四名，但是只有一萬五千六百四十二位考生在聯招獲大學的學士學位課程取錄，有二千九百九十二位達標的考生不獲取錄。詳見考評局：〈2020年香港中學文憑考試放榜〉，

士學位課程。此外，亦有為數不少的學生，雖然未能考獲入讀大學的基本成績，但是他們會選擇報讀開辦副學位課程的專上課程，期望修畢專上課程後，再銜接大學課程。

這些副學位課程，大致可以分為副學士及高級文憑課程，一般認可為相當於四年制學士學位課程的首兩年。副學士及高級文憑畢業生報讀四年制學士學位課程，一般會銜接到三年級，並可獲豁免部分學分。另外，不少本地大學近年推出銜接學士學位課程，全日制課程學生一般可在兩年內完成。上述這些副學位課程涵蓋不同的科目，滿足不同學生的升學需要。學生修讀這些課程，除了要應付主修科外，亦需要修讀一些通用技能（Generic Skills）課程。一般而言，中文科都會獲大專院校列入通用技能課程。

以筆者任教的香港大學專業進修學院保良局何鴻燊社區書院為例，敝校開辦基礎專上教育文憑、副學士及高級文憑三類課程，基礎專上教育文憑的中文必修科是基礎中國語文科，副學士的中文必修科是高級中國語文科，高級文憑的中文必修科是實用中文科。這些課程的教學目標旨在鞏固和提升同學的中文能力，為同學日後升學和就業做好準備。無論是哪個課程，寫作課都是主要的教學重點。

作為任教專上課程的老師，日常的教學工作已經不像中學老師一樣，教授學生應付中學文憑試為主，亦需要思考怎樣才能讓學生學得更好，確立課程的性質和定位，讓他們感受大專中文課程與中學課程不一樣的體驗。[3]眾所周知，香港的中學教育非常重視考試，不少學生有沉重的考試壓力，例如根據2019年民間青年政策倡議平臺進行的《香港中學生對新高中主修科的整體評價》調查報告發現，超過七成半的受訪者認為現行的教育制度過分側重學術和學業成績，中文科更被中學生評為壓力最大的科目。[4]為了將學習從考試壓力的過去陰影中解放出來，筆者嘗試改動基礎中國語文科記敘文課題的教學內容和方法，在傳統的記敘文教學理論基礎上，加入創意寫作的元素，提高同學對學習中文的興趣。

三、理論層面

關於寫作的理論，傳統上認為有三個影響學生寫作思維的因素，分別是環境因素、內在因素和操作因素。環境因素是指影響作者寫作的各種外在因素，內在因素是

https://www.hkeaa.edu.hk/DocLibrary/Media/PR/DSE20_Press_Release_Chi.pdf；大學聯招辦法：〈正式遴選結果統計〉，https://www.jupas.edu.hk/tc/statistics/main-round-offer/，瀏覽日期：2022年6月27日。

3　關於香港大專中文課程的性質和定位，可參考李學銘：〈香港大專中國語文教學取向的思考〉，鄧仕樑編：《香港語文教學反思》（香港：中文大學出版社，2001年），頁23-34。

4　詳細報導可見以下網站：https://www.hk01.com/社會新聞/297672/中學生評教育制度只值二分，認為過分側重成績，競爭風氣嚴重；https://www.hk01.com/社會新聞/319916/dse-2019-7成受訪學生指核心科目致壓力大，中文科壓力指數高。

指作者在寫作的過程中大腦內的各種構思和記憶因素，操作因素是指作者從收題目、構思和完成文章的整個過程。[5]因此，寫作是一種在特定環境下、喚醒記憶、構思和逐步完成文章的行為。然而，上述的理論只解釋了寫作的行為，但是卻未能回應怎樣將「創意」融入寫作的課堂。

關於創意寫作的課堂設計理念，學界一直有不少討論，[6]歸納而言，有三個問題需要解答：第一，什麼是「創意」，第二，如何把寫作的行為變得「創意」，第三，怎樣寫出具「創意」的內容。在這些創意寫作的理論中，其中臺灣劇作家賴聲川的《賴聲川的創意學》，提供了重要的創意理論參照。賴聲川是臺灣知名的舞臺劇導演和編劇，曾任國立臺北藝術大學戲劇學院教授及院長，並創立劇團表演工作坊，擔任藝術總監，具多年的創作和教學經驗。2006年，他出版了《賴聲川的創意學》，從不同的角度分析創意的來源、特質和執行方法等，其中他對「創意」定下了一個非常重要的定義：「創意是一場發現之旅，發現題目，以及發現解答；發現題目背後的欲望，發現解答的神祕過程。」[7]這句說話帶出了「創意」的基本核心是「發問」。不少人認為，創意等同於創新，但是他卻認為創作者要先日常生活中發現問題，然後解決問題。他進一步解釋：

> 創意過程中首先要確認『創意題目是什麼？』是什麼力量是什麼力量促使莎士比亞寫劇本、貝多芬寫交響曲、李白寫詩？這一切基於他們內在尋找到一個適當的題目。題目種類無窮，但簡單的題目創造簡單的挑戰；複雜而具深度的題目促使創作者尋找複雜而具深度的解答。題目性質改變的瞬間，改變了創作的風險，也同時改變可能的收穫。[8]

當然，他的說話不只是針對寫作，但是這句話卻有助啟迪寫作課的重要理念，在於刺激學生明白為何要進行寫作的思維，而不是將寫作作為一板一眼的工作。作為大專教師，我們面對的學生並非尚未心智成熟的中學生，他們已經是一位年齡已過十八歲、考過公開考試的成年人。他們已經確立基本的興趣，在大專課程的選科上，選定修讀一門特定的專科。為了引導他們對一門在中學時被評為壓力最大的科目，提升興趣，我們不能再用灌輸式的教學方法，並需要以提問帶動學習的教學方式，引導學生重新發現學習寫作的樂趣。

5　謝錫金：〈寫作思維過程的研究〉，《語文雜誌》第13期（1986年），頁101-106。

6　關於創意寫作的理論書籍，有以下參考例子：David Gershom Myers, *The Elephants Teach: Creative Writing Since 1880.* Chicago: University of Chicago Press, 2006；黃正傑：《創思與合作的教學法》，臺北：師大書苑，1996年；許道軍、葛紅兵：《創意寫作：基礎理論與訓練》，桂林：廣西師範大學出版社，2012年；陳龍安：《創造性思維與教學》，北京：中國輕工業出版社，1999年；劉衛東：《創意寫作基本理論問題》，上海：上海大學出版社，2019年。

7　賴聲川：《賴聲川的創意學》（臺北：天下雜誌股份有限公司，2006年），頁45。

8　賴聲川：《賴聲川的創意學》，頁43。

四、課堂層面

接下來，筆者會從課堂層面的角度，說明怎樣在課堂實施「創意」的教學方針。創意寫作是屬於「創造思考教學」，目的是透過具創意的教學內容和方法，提高學生的創意思維和分析問題能力，對他們的生活、升學和就業都有幫助。但是如何設計一個創意寫作課呢？臺灣學者陳龍安在《創造性思維與教學》指出，要實施創造性思維教育，應該包括以下七個創造性思維教學的參考架構：

1. 提供有利於創造的環境。
2. 發揮創造的潛能。
3. 激發創造的動機。
4. 培養創造的人格。
5. 發展創造性思維技能。
6. 鼓勵創造行為。
7. 珍視創造成果。[9]

這些參考架構成為筆者設計課堂時的主要參照，尤其是第一點，教師需要在課堂上營造創意的氛圍，例如善用多媒體教具，緊扣學習元素，引導同學主動學習。接下來，筆者分享一個曾經在記敘文課堂做過的寫作教學活動，嘗試在課堂實施創意寫作的方法，並討論這個活動的成效。

記敘文一直是香港中學中文課程的教學重點，它是指以敘述為主要表達手段的文章，以記人、敘事、寫景、狀物為主要內容。除了敘述，描寫、抒情、議論、說明也是記敘文中常用作輔助敘述的表現手法。傳統的記敘文教學，教學重點是記敘六要素（時、地、人、因、事、果），教學方法多數以講解為主，提問為輔。配合上述教學內容的評估形式是命題寫作，由老師出題，然後每位同學根據這個題目進行寫作，寫作的內容需要回應題目中的重要字眼，否則便會被評為離題，因此曾被批評為局限了學生的思維。筆者會針對上述記敘文教學的不足，重新設計記敘文的教學內容，並且在任教的記敘文課節上實施。敝校每節課堂的教學時數是三小時，現將整個教案列出如下：

時間	課堂內容	備註
20分鐘	以提問引入，介紹記敘文的文體特徵，並以提問的方式，了解同學過去學習記敘文的經歷。	

9　陳龍安：《創造性思維與教學》（北京：中國輕工業出版社，1999年），頁9。

時間	課堂內容	備註
20分鐘	回顧記敘文的主要理論內容。	
15分鐘	分組活動（1）：引用相關的例子（例如文字作品和影視作品等），解釋運用記敘文理論進行寫作的局限，從而帶出故事元素和情節元素才是寫作記敘文的關鍵。	需要運用適合的分組方法，課室的電腦配合。
10分鐘	小休。	
15分鐘	解釋故事元素和情節元素在寫作記敘文的作用。	
30分鐘	分組活動（2）：播放一段臺灣衛生紙品牌的廣告短片（https://www.youtube.com/watch?v=T_uFMQGCZYg），每個組別需要從故事主題、人物塑造、場景運用、敘事角度、情節安排和對話運用六個方面切入，評述這段廣告短片能否有效地呈現故事內容。	準備工作紙和計時器。
15分鐘	每組做簡短的口頭彙報，各組可以發問，並由老師做簡評。	
10分鐘	小休。	
30分鐘	分組活動（3）：由老師安排特定的敘述元素，要求各組同學運用這些元素，並參考剛才廣告短片內容和結構，構思故事。	準備工作紙和計時器。
15分鐘	每組做簡短的口頭彙報，各組可以發問，並由老師總結整個課節的教學習重點。	

　　以上的記敘文課節設計方針，主要是利用資訊科技在課堂上進行互動式教學，並且組織學生為本的教學活動，目的是啟發學生怎樣發現知識與自己的關係，教學的重點不在老師灌輸學生知識。其中一個主要嘗試，是運用一個在Youtube上點擊數字接近三百五十萬的臺灣衛生紙品牌的廣告，作為重要的教學示例，讓學生明白在記敘一個故事的過程中，故事主題、人物塑造、場景運用、敘事角度、情節安排和對話運用如何互相配合，並以影視形式呈現，有助同學代入其中。

　　這段臺灣衛生紙品牌的廣告短片的片長一分三十三秒，由春風衛生紙公司製作，由2014年發布至今（截至2021年4月，已有接近三百五十萬點擊的數字，而春風衛生紙的Facebook專頁只有三萬九千多個讚好的數字），成功帶來宣傳的效果，引來很大的迴響。為方便討論，本文先將廣告的對白部分列出：

　　　　那一刻，我才明白，在我小的時候，阿嬤的衛生紙裡，包的到底是什麼。

　　　　在我小的時候，阿嬤的衛生紙裡，包的到底是什麼東西？

　　　　小時候，因為爸媽工作繁忙，都是由阿嬤來照顧我。阿嬤總會瞞著爸媽，用衛生紙包東西偷塞給我。有的時候，是爸媽不准我吃的糖果。有的時候，是阿嬤喜歡吃的點心。偶爾會有零用錢，或是更多的衛生紙，有時候還會出現應該不是給我的東西。雖然每次打開衛生紙，不一定都會符合我的期待，但在我童年回憶中，印象最深刻的，還是那一次次等著打開衛生紙的時刻。

　　　　長大後，手上拿的再也不是阿嬤的衛生紙，而是手機了。每天等著打開的，不再是阿嬤的驚喜，而是滿滿的未接來電，未知的語音訊息和永遠做不完的待辦

事項。雖然阿嬤有時候也會打來，但因為有太多工作等著處理，總是沒辦法即時回電。

直到有一天，阿嬤沒有打來。一開始我沒有想太多，但連續好幾天，手機都沒出現阿嬤的來電，那小小的不安不斷在我心裡擴大。那時候我才發現，原來世界上不是什麼事情都會永遠不變。

他們說阿嬤失智了，就連親人也不記得了。

男主角回到家說：「阿嬤，我回來了。」阿嬤說：「你是誰?」

看著阿嬤的表情，她真的完全忘記我是誰，更不用說記得我的電話。

（於是男主角抽出一張春風衛生紙，拿起筆寫電話號碼在衛生紙，告訴阿嬤：「阿嬤，要打給我哦。」）

男主角摸著阿嬤的手說：「那我先走了。」

（接著男主角向看護說：「阿嬤有什麼事情就盡量打給我，沒有關係，那家裡有什麼需要的話跟我講一聲……」）

（這時祖母把一包東西用衛生紙包好，再遞給男主角衣袋說）：「讀書要乖喔。」

（這時男主角把東西從衣袋中拿出來，打開衛生紙，看見是他小時候愛吃的糕點）這一刻我終於明白，阿嬤的衛生紙裡，包的不只是她的關心和呵護，還有那些我早已忘記的每一個珍貴時刻。

（鏡頭上男主角回憶超過去與阿嬤的日子，並且在當下男主角和祖母相擁完結。）

（最後出現春風衛生紙公司商標，並由畫外音說出以下一句話：「說最真實的溫柔，呵護最愛的人。」）

這段廣告短片以親情主題作為包裝，男主角是一位上班族，導演以第一人稱的敘事手法，由他視角回憶和祖母的感情變化。整段廣告最重要的情節，是反覆出現祖母用衛生紙包起東西送給男主角，這段情節具體地呈現祖母對男主角的愛護之情。當男主角成長後，進入社會工作，繁忙的生活和工作壓力令他慢慢地忘記祖母對自己的關心。直至祖母患上失智症，男主角再見她時，對方已經忘記自己了。在這個時候，男主角向祖母遞交一張寫上自己電話號碼的衛生紙，喚起了祖母照顧小時候的男主角的回憶，使她記得眼前的男主角正是她的孫子，從而再把男主角小時候愛吃的糕點用衛生紙包起，送贈給他，並告訴他「讀書要乖喔」，可見儘管祖母患上失智症，但是內心深處仍未忘記愛護男主角，然後兩人感動地相擁作結。筆者相信，涉及親情的作品能夠引起同學的共鳴，有助他們投入課堂。

基本上，假如將這段廣告短片以純文字形式呈現，它是一篇成功的微型小說，主題深刻、敘事觀點明確、人物形象鮮明、場景運用得宜和對白處理恰當，可以用作教授記敘文的教材，有助學生掌握記敘文的結構特徵和寫作的技巧。此外，筆者亦要求

同學以分組形式，參考廣告短片內容和結構，運用指定的敘述元素，例如人物和場景等，即時構思一個新故事，讓同學能夠發揮創意，即時運用課堂上學到的知識，構思新的故事。同時，課堂亦安排各組同學即時彙報成果，並鼓勵他們互相提問，有助同學互相學習。相信這些教學措施，有助改善過去記敘文教學太重視個人寫作，忽略營造整體的創作氣氛，使學習流於單向的不足之處。

五、學生層面：引發興趣，設計具創意發揮空間的寫作評核

最後在學生層面方面，筆者一直以來任教寫作課程前，內心都會問自己一個問題：「如何促進學生有效地學習寫作？」筆者在下文分享兩個重要的方法。

首先，老師需要引發同學的學習興趣，將被動的學習轉化為主動的學習。現今科技發達，各種媒介訊息交流頻繁，加上基本上每個人都擁有智能手機，老師在課堂上教學時，學生的心神不一定放在在課堂上。因此，假如老師不了解同學的求學心態，不能將課堂上的內容緊密地結合同學的興趣，他們只會將功課視之為與自身興趣無關的課程任務。因此，筆者認為要掌握同學的心態，將師生的互動關係改變，由同學被動地接收教學內容，改變為同學主動學習，提高他們的學習動機。

就創意寫作的實踐而言，怎樣才能提高他們學習創意寫作的動機？筆者認為老師需要調節教學內容和功課評核的方式。在教學的方式上，除了「以講解為主，提問為輔」的方法外，在某些教學部分上更應以「以提問為主，講解為輔」的方式進行，例如學生在中學階段非常熟悉的「記敘六要素」（時間、地點、人物、事情的原因、經過和結果），在課堂上不用再花過多的時間詳細講解，反而應該運用合適的作品例子，引導同學重新反思「記敘六要素」在記敘文寫作上的重要性。事實上，過分強調「記敘六要素」，忽視各項要素在整體的文本上的主次和組織關係，沒有顧及情節結構安排在寫作記敘文的重要性，使記敘文變成僵化地套用「記敘六要素」的文章，影響記敘文的教學成效。因此，老師應該改變講解為主的教學方法，改為提問主導，並且讓學生反思過去學習的內容，從而建構新知識。

其次，老師亦應該設計具創意發揮空間的寫作評核，讓同學能有更大的創作空間。教學和評核有密切關係，老師採用的評核方法需要緊扣課程目標，評核必須與課程理念和教學內容一致。在基礎教學的階段，命題寫作有一定的評核作用，能考核學生理解題目的能力，運用適當的寫作技巧和語言寫作，緊扣題目的考核字眼。但是，當學生升上大專，擁有基本的語文能力，但是假如評核方法仍採用單向的命題寫作，這無疑是局限學生的創意思維，不能與強調「創意」的教學內容配合，造成缺失。那麼，如何從命題寫作的限制「解放」？香港作家胡燕青提出了一個值得參考的建議。她說：

我主張老師首先設定寫作範圍，指出凡是說得出關聯場景、人物和細節的，皆

可入文，例如，『地鐵』這範圍可以包括上蓋的茶樓、對手九巴或地鐵可達的任何地方，甚至因為怕扶手電梯就不敢乘地鐵的三姨婆，和三姨婆居住的鄉下武夷山等等——只要孩子說得出聯想脈絡，幾乎沒有不對題的範圍。[10]

　　胡燕青是香港著名的作家，退休前長期在大學任教寫作課，她非常了解學生如何被中學的命題寫作折磨，並指出如何設計具創意發揮空間的寫作評核，在於老師設計評核功課時，提供簡單的「場景」、「人物」和「細節」元素，引導學生運用聯想，結合日常的生活經驗，將這些元素串聯，不再限制學生寫作的題材，亦不再規限學生的題目，將決定題材和題目的權力交予學生。至於老師亦應該具備開放的胸襟，評核時的主要方針，亦應該以學生能否有效地運用寫作元素，建立具內在邏輯和外在表現力的作品出發，使教學內容和評核內容互相配合。

六、結語

　　總括而言，在大專中文課程實踐創意寫作教學，需要從理論層面、課堂層面和學生層面做出調節，改變老師教學主導的課堂形式，配合靈活的教學法，以學生為主導，善用多媒體的教學工具，提高同學的學習動機，促進學習。關於寫作的教學目標，過去不少學者提出不同的見解，其中李孝聰的說法非常值得參考。他說：

> 教師如能認識到寫作教學的目標並不單在訓練學生寫純正的文字，或做語文考核的工具，也有鼓勵學生表達思想，發揮創意的作用，而能在教室內營造一自由、開放、和諧、沒有壓力、富鼓勵性的氣氛，那即使客觀資源有限，創造的天地卻仍是寬廣的。[11]

　　他的意見本來是針對中小學的情況，但同時亦可以作為大專程度的寫作教學的目標。大專課程已經不再由考試主導，老師有更大的自主空間，設計針對同學需要的課程。作為大專的老師，筆者在每個學期開學前，都會問自己一個問題：「為什麼同學完成中學後，仍需要在大專階段學習寫作？」學習寫作，不僅是為了學習應付考試的技巧，更是學習溝通和表達，提高分析問題的能力，長遠有助他們面對生活上的各種挑戰。因此，如何引入不同的創意寫作教學方法，讓寫作課能夠「活」起來，將會成為大專的中文老師共同關注的議題。

---

[10] 胡燕青：〈從評改靈夢中醒來——取消作文命題，只設寫作範圍〉，https://www.master-insight.com/從評改靈夢中醒過來之第一步，取消作文命題/，瀏覽日期：2022年6月27日。
[11] 李孝聰：《創意寫作教學》（香港：香港教育學院，1998年），頁38。

香港中學、大學的新詩創作教育推廣與90後、00後年輕詩人

陳康濤

香港中文大學中國語言及文學系博士生

一、引言

　　近年在香港，各種創意寫作推廣計劃對年輕作者的培育產生了重要影響。與此同時，不少香港新生代詩人投入到中學與大學的新詩創作教育推廣工作中去。「詩歌寫作如何教？」、「詩歌如何推廣？」是很多香港新生代詩人正在思考的問題。筆者曾在「『過去識』本土文學普及教育計劃」及「香港文學深度體驗：文學景點考察」兩項中學生文學教育計劃中擔任導師，以新詩為主要教材，培養中學生的新詩寫作能力。本文首先希望從個人的教學經驗中梳理出一些新詩文體的創意寫作教學策略。其次以香港中文大學「書寫力量」推動的校園閱讀與書寫運動為切入點，反思詩歌推廣在大學校園的可能性。最後，嘗試對香港90後、00後年輕一代詩人概況做一勾勒，並析述香港新生代詩人與中學、大學新詩創作教育推廣的關係。

二、「詩歌寫作如何教？」：新詩文體的創意寫作教學策略分享

（一）意念的烹調：詩歌鑑賞與寫作訓練結合模式

　　賽馬會「過去識」本土文學普及教育計劃由香港文學生活館主辦，是以中學生為對象的閱讀寫作課程。課程至今已舉辦三年，每年都設不同的主題，如2018年的「五味雜陳」、2019年的「文學居家」和2020年的「文學行旅」，實際上是以「衣、食、住、行」的生活化主題為主軸。課程在形式上共設四至六課，通過篇章鑑賞、課堂遊戲和寫作練習，最終目的是讓學生進行獨立創作，當中優秀作品經遴選後結集出版。筆者在計劃開展的三年間，都有幸參與其中，為不同中學擔任到校導師。在教學期間，筆者嘗試以新詩為主要教材，引導學生發展出創意寫作的能力，以下即總結一些個人經驗所得的創意寫作教學策略。

　　新詩鑑賞及寫作教學的第一步，是讓學生了解新詩的文體特徵。由於創意寫作與

文學批評的訓練有異，向學生闡釋新詩的文體特徵雖可增強其理論基礎，但必須配合寫作活動才有助創作實踐。由於大部分中學生都未具獨立創作的能力，因此筆者傾向設計「半創作」活動，先供學生了解新詩的寫作模式。其中一種有效的活動就是「拼貼詩」遊戲，即向學生提供詞語或短語等素材，讓他們以拼貼方式「製作」一首詩歌。拼貼詩固然是為了激發學生的創意，但是並不能提供過度自由的空間，這反而會扼殺學生的創意潛能。下面嘗試分享「拼貼詩」遊戲的教學策略：

第一，在活動進行前，先向學生說明「拼貼」與詩歌創作的關係，甚至其作為詩歌創作方法的可能性。我們用波蘭詩人辛波絲卡的拼貼畫作為例，以圖像方式說明拼貼可以達致反諷、陌生化、超現實等藝術效果，而這些元素跟新詩創作關係密切。我們接著舉出臺灣詩人夏宇的拼貼詩集《摩擦‧無以名狀》中的作品為範例，讓學生掌握活動成品的要求。

第二，導師提供予學生拼貼的素材範圍不能過闊。例如派發報紙或雜誌頁面給學生進行剪貼，由於當中詞彙量多，詞類豐富，學生傾向於預先構思好行文，再到頁面蒐集，很容易陷入日常的思維及寫作模式。拼貼遊戲一旦成為「字詞搜索遊戲」，對創意激發反而無益。

第三，導師可為創作設定限制，例如訂立具體題目、行數要求等。訂立與素材內容相關度較遠的題目，可刺激學生的思維。採用抽象題目，可以讓學生了解以具體物象表現抽象主題的寫作方式。

以下分享筆者與林大輝中學學生進行拼貼詩遊戲的個案。在一開始我們提供給學生的素材只是一張紙，內裡是八條小學生重組句子的練習題目：

a. 買了　旅遊　很多　到　紀念品　姑母　外地
b. 跳高　雙腳　也要　用　我們　你
c. 不肯說　我　爸爸　一句話　辦法　也沒有
d. 稻田　原野的　金黃色　一片片　變成
e. 農作物　颱風　損失　吹襲下　的　很大
f. 呆呆地　燈光　看著　天花板上　老人　眼睛
g. 鞋子　選不到　了　離開　合適的　媽媽　鞋店

學生只許使用這張紙內的素材，剪貼出一首五行內的短詩，主題定為「孤獨」，遊戲以分組形式進行。我們看看其中一組中三學生（梁皓薇、吳斯咏、冼天柔）的拼貼作品：

〈孤獨〉
看著金黃色原野的稻田變成離開的紀念品
撲滅了我不肯說的一句話

你呆呆地買了外地選不到的颱風

　　即使是對新詩創作感到陌生的學生，其通過拼貼詩遊戲所創作出來的作品已甚具詩質。這類可稱之為「半創作」的寫作活動，一方面可以讓學生了解新詩的寫作模式，另一方面也可以引起學生的興趣，為後續的獨立創作實踐提供內在動機。

　　在引入活動以後，便是重要的閱讀鑑賞與寫作練習。「過去識」課程採用主題式教學，有利於學生了解作家如何轉化某類型的素材而成文學作品。例如在「五味雜陳」主題下，所有閱讀篇章與寫作練習都和飲食題材有關。而以飲食為教學題材的好處，是可以喚出學生的日常生活經驗，甚至通過課堂活動讓他們進行多感官體驗。在此系列的其中一課，筆者就選用食物秋葵作為主題。在閱讀作品前，我們先跟學生討論秋葵的形貌，通過網路上的試食影片和照片再喚他們的生活記憶：其形如手爪、橫切後呈現星狀五角形、表面布滿絨毛、內裡充滿了透明的黏液。閱讀文本方面我們選用鯨向海〈永無止境的秋葵〉一詩（節錄）：

今夜又在吃秋葵了
最近因為特別沮喪
所以吃了很多秋葵
感覺自己就是秋葵
一截截毛茸茸的斷指
依然乖順虛寒
讓你厭惡
於餐桌上孤零零一角
比海葵更遙遠
連葵瓜子都不如
想起你吃秋葵反胃的往事
終究不是你的菜
注定了我們的分離
今夜又在吃秋葵了
受傷後很快就黑掉了
（雖然你說過你最美的時刻
就是被我寫詩告白的時刻）
此後一輩子我的沮喪
既粗且濃
我的秋葵
又能怎樣呢
為了愛你

把自己卑微橫切
宛如一顆一顆小星星
⋯⋯[1]

　　帶領學生閱讀此詩時，我們嘗試讓學生從詩中所描述的秋葵的形象及特性，猜想作者與「你」的感情關係。我們希望學生掌握以下重點：

一、秋葵形如手指，手指從屬於「你」，所以作者是「乖順」的。可是「斷指」
　　又說明作者被「你」割捨或棄掉，因此感到「虛寒」。這裡的「虛寒」具有
　　多義性，一方面表現作者的感受，一方面運用了秋葵在中醫角度性偏寒涼的
　　特點。
二、從「葵」字聯想到「海葵」、「葵瓜子」另外兩種食物，說自己不如它們，
　　可見作者自知不合「你」的胃口。這種字詞的自由聯想在新詩文體中是常見
　　且容許的。
三、秋葵橫切開來像一顆顆小星，作者希望照亮「你」，即使卑微帶來傷害（橫
　　切）也在所不惜，這是作者所選擇「愛你」的方式。

　　對中學生而言，此詩比較容易理解。若學生已掌握詩人如何連結食物特性與情感，則可進入寫作練習。為了讓學生運用課堂中所積累創作資源（秋葵），同時又避免他們過分受到原作影響，我們選用了製成零食的秋葵乾作為寫作練習的素材。我們首先讓學生即場試食秋葵乾，並記下進食的聲音、其味道、外形等素材，接著便以「用秋葵乾來寫你與某人的關係」為題讓學生嘗試創作。以下分享荃灣公立何傳耀紀念中學兩位中三學生的習作：

何卓恩〈秋葵乾〉
為了愛你
用盡了水分來滋潤
最終猶如秋葵乾
一咬便粉碎
體無完膚

為了愛你
努力改變自己
成為你心中最完美的存在

1　鯨向海：《每天都在膨脹》（臺北：大塊文化出版社，2018年），頁158-160。

最後變成秋葵乾
變了味道
失去自我[2]

林善怡〈秋葵〉
昔日的我
多愁善感的
厚重的
肚腸　裡　滿滿是你
流盡了淚
一身輕盈
卻再也沒有你[3]

　　兩位學生都能運用秋葵充滿黏液的特性，分別將其聯想為用以滋潤對方的水分和眼淚，更具體以秋葵變成秋葵乾的過程來書寫「我」在心境上的變化。「一咬便粉碎」、「變了味道」、「一身輕盈」等語都很好地利用了秋葵乾的特性。學生大致上能應用鯨向海〈永無止境的秋葵〉中的一些手法，並有效地調動課堂活動所得的感官經驗做出自己的創造。由於中學生對新詩文體不熟悉，在訓練他們創作時，最好讓他們向相近類型的作品範例學習，但也需要留予適當的空間及距離讓他們發展出新的意念。

　　上面使用秋葵乾作為寫作的指定素材，是希望訓練學生觀察、感受、記錄、整理素材的能力。當學生的能力提高以後，可以嘗試讓他們自行選擇詩歌素材。在「五味雜陳」系列的其中一課，筆者定「以某烹調方法處理回憶」為題，讓學生自行決定採用何種烹調方法作為素材。在創作練習前，筆者先帶領學生鑑賞夏宇〈甜蜜的復仇〉：

把你的影子加點鹽
醃起來
風乾

老的時候
下酒[4]

　　在這首詩裡，詩人借用醃製食物的過程來寫其處理回憶的方法。我們嘗試讓學生站在創作者的角度，思考詩人「為何要這樣寫？」作者為什麼選擇醃製，而不是蒸／

---

2 香港文學館編：《雞蛋是我們的隱喻》（香港：香港文學館，2019年），頁195。

3 香港文學館編：《雞蛋是我們的隱喻》，頁197。

4 夏宇：《備忘錄》（臺北：作者自印，1984年），頁29。

煮／煎／炸？從題目「甜蜜的復仇」來看，這表面上是一次復仇行為，實際上是一種甜蜜的回味。為了解釋「加點鹽」的意涵，我們在課堂上播放《少林足球》電影中女主角阿梅把淚水滴進饅頭麵粉的片段，又讓學生想像自己作為一條「鹹魚」，傷口被灑鹽時的感受。其後再喚出學生的現實生活經驗：食物經醃製風乾後會有什麼效果？學生此時都能回答出「保存期更久」、「增加鮮味」、「防腐」等答案，導師再將此聯繫到「回憶」主題上，學生便了然明白詩義。

在帶領學生細讀詩歌時，盡量在每一個細節上跟他們討論其他可能性，有助他們對詩歌的生成過程及詩人對素材的篩選及轉化有更細緻的了解。如為何詩人不寫「你」，而要寫「你的影子」，就是值得讓學生進一步思考的問題。詩的最後「老的時候／下酒」，為何將「你的影子」作為佐酒小菜，而不是將其蒸炒？這一關鍵的位置，也十分適合將其隱去，讓學生接著第一段進行續寫。這也屬於一種「半創作」活動，既為學生提供了明確的寫作方向及目標，又不失發揮空間。

以〈甜蜜的復仇〉的鑑賞及續寫活動為基礎，我們進一步開放上面的限定，讓學生進行獨立創作，題目是「以某烹調方法處理回憶」。以下分享林大輝中學中六學生陳卓軒的習作：

> **陳卓軒〈記憶〉**
> 把回憶放進烤爐
> 幸好在它黏著前拔得出來
> 放進微波爐
> 卻無法加熱
> 放進水鍋
> 趕得及在它完全蒸發前停止
> 放進壓力鍋
> 轟——
> 只好把碎片和我自己
> 放進一個玻璃容器
> 埋在泥土中
> 他們說這叫醃[5]

陳卓軒在詩中採用了多種烹調方法作為素材，包括烤、微波爐加熱、煮、（以壓力鍋）熬和醃，藉描寫各種烹調方式的嘗試過程，表達處理回憶的困擾。此詩「黏著」、「加熱」、「蒸發」、「碎片」等語沒有直接表達情感，而發揮了新詩的暗示性，是水平較高的學生作品。

5　香港文學館編：《雞蛋是我們的隱喻》，頁186。

上文以筆者在「過去識」閱讀寫作坊的教學經驗為例，分享了如何通過「半創作」活動及閱讀鑑賞結合寫作訓練的方式，讓學生嘗試掌握新詩創作的方法。下文則分享筆者在另一種文學教育活動——文學景點考察中運用新詩教學的嘗試。

（二）行旅間的碰撞：文學景點考察與創意激發

　　「香港文學深度體驗：文學景點考察」由香港文學研究中心主辦，每年邀請作家導賞，讓學生走進香港的文學風景，通過研習文學作品，提高文學賞析及創作能力。筆者曾擔任南丫島的導賞員，也嘗試以新詩為主要教材，以下分享新詩教學在文學散步中對創意激發的作用。

　　在文學散步中，寫作體驗首先希望訓練學生的觀察能力，目的是讓學生跳出日常的觀物方式。筆者認為，圖像詩的閱讀及創作能很好地配合文學散步的實地考察性質。在帶領學生遊歷南丫島時，在天后廟一站，筆者選用了臺灣詩人林亨泰的圖像詩〈進香團〉：[6]

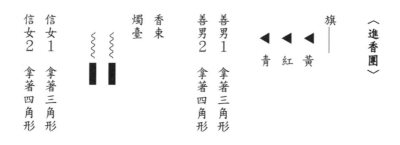

　　〈進香團〉描寫了香束、燭臺、旌旗及信眾進香的情況，恰可與學生觀覽的天后廟形成類比。考察工作紙中提供了圖像詩創作的空間，讓學生在考察的同時，也能在短時間內以詩意方式記錄所見所聞。圖像詩教學也希望鼓勵學生深入體察親歷之處與文學作品中所呈現的地景存在何種差異，引導他們逐漸形成獨特的個人觀物方式。筆者也採用了陳黎的圖像詩〈小城〉：[7]

---

[6]　林亨泰撰，呂興昌編訂：《林亨泰全集》，第2冊（彰化：彰化縣文化中心，1998年），頁118-119。
[7]　陳黎：《陳黎詩選：1974-2010》，增訂版（臺北：九歌出版社，2010年），頁292-293。

〈小城〉

遠東百貨公司
阿美麻糬
肯德基炸雞
惠比須餅舖
凹凸情趣用品店
百事可電腦
收驚
震旦通訊
液香扁食店
真耶穌教會
長春藤素食
固特異輪胎
專業檳榔
中國鐵衛黨
人人動物醫院
美體小舖
四季咖啡
郵局
大元葬儀社
紅蓮霧理容院
富士快速沖印

引者按：原詩為圖像詩，每一店名都以不同字型呈現。

　　此詩使用不同字體重現了「小城」中招牌林立的景象。在閱讀篇章時，我們先做一些輕鬆的引入：讓學生猜猜詩中的「扁食」、「美體小舖」是何指——它們實際上是同樣見於香港城市的「餛飩」、「The Body Shop」。有沒有在香港少見的店舖？「專業檳榔」就是。接下來，我們嘗試讓學生列舉「小城」中人的生活需要類型。除了衣、食、住、行的一般需求外，我們希望學生能看出宗教、美容、政治、死亡、文化悠閒等面向。由此再帶入對詩人創作動機的反思：為何作者以這種方式去寫「小城」？

　　每一個地方商店種類的分布能反映了該地的生活模式，陳黎羅列城中林立的招牌，實際上展現了一幅人民的生活圖像，我們甚至可以從此進去想像每個人的私密生活。如果要寫香港，或者把南丫島也看來一座「小城」，我們該怎麼寫？有什麼是此城特有的？小巴水牌？區建公的魏碑體？當舖？這些問題的提出，都是為了激發學生重返其在地經驗，細察並記錄以往或曾錯過的城中故事。

　　文學散步的第二個目標，是希望藉新詩釋放學生的想像力。文學散步讓學生置身於實境之中，接收豐富的感官刺激。各類訊息很容易在想像力的驅動下產生跳躍式的連結，激發創意。在南丫島的考察中，我們安排的其中一個活動，就是讓學生讀西西的〈可不可以說〉，隨即進行量詞填充的遊戲。西西〈可不可以說〉將量詞與名詞錯置，如詩中「一葫蘆宇宙」、「一位螞蟻」、「一隻七省巡按」等，營造出幽默的效果。[8]活動進行的環境是在海旁的涼亭中，以下是考察工作紙中相關部分：

可不可以這樣說？

讀了西西的〈可不可以說〉，你也試試為以下東西配上量詞：

盞　疊　本　扇　朵　劑　篇　杯
頂　聲　陣　枚　首　幅　顆　絲

1. 一＿＿＿樹		2. 一＿＿＿大海	
3. 一＿＿＿碼頭		4. 一＿＿＿海鮮	
5. 一＿＿＿天后		6. 一＿＿＿遊客	
7. 一＿＿＿豆腐花		8. 一＿＿＿海灘	
9. 一＿＿＿涼亭		10. 一＿＿＿神風洞	

8　西西：《西西詩集》（臺北：洪範書店，2014年），頁9-11。

在設計上，題目都採用跟考察環境相關的事物，讓學生嘗試調動實時實地的經驗和素材來進行小創作。題中量詞跟名詞配搭的可能性，皆出於日常用例之外。此活動嘗試利用量詞與名詞的錯置激發創意，我們事先只要求學生填充，最後才臨場請學生對他們的配搭提出解說——實際上這才是活動的重點。因為在即時的交流中，往往更能讓學生發揮聯想力。如「一□天后」一題，學生給出的配搭包括「一枚天后」、「一劑天后」、「一絲天后」等。當時請學生解釋時，他們能夠說出「想把天后廟變成一枚小紀念品」、「拜天后的人像是需要一劑藥」、「出來後就忘了天后的樣子，只記得絲絲香火味」等解說。要求學生對其答案做出解說，其實是引導他們對作品（在這裡是一則短語）的生成過程做一逆向的回溯，這將有助他們了解在創作過程中如何將獨特的意念或感受以詩歌語言來呈現。

文學景點考察一改以往創作坊的靜態形式，讓學生置身於社區及大自然中進行閱讀及寫作體驗。在創意寫作的教學中，我們都鼓勵學生讓作品植根於日常經驗再加以轉化、想像。可是在普遍的創作工作坊中，若要使學生得以調動日常經驗作為創作資源，則必須先通過文學作品或多媒體素材「喚出」其既有之日常經驗。而在文學散步活動中，由於景點考察與閱讀創作是同步進行的，學生在地方遊歷途中必然會遇上與日常經驗或同或異的素材。一方面，學生在接收與日常經驗相近的素材時，得以通過多感官方式重新對日常經驗做細緻化、具體化的記錄、補充及整理。而在接收與既有經驗相異的素材時，他們又得以通過對比既有經驗來深化新經驗的建立。

三、全民皆詩：「書寫力量」與大學校園詩歌推廣

「書寫力量」是自2012年起在香港中文大學展開的一場校園閱讀與書寫運動，由中大自學中心、香港文學研究中心、中大藝術行政主任辦公室及吐露詩社合力推動，也得到各部門如中大圖書館的支持。筆者在2012年入讀香港中文大學，在本科生修業的四年間有幸成為「書寫力量」一員，參與其中各種義工工作。故希望在介紹中學裡的創意寫作教學之後，也從「書寫力量」所舉辦的校園閱讀與書寫運動出發，談談大學裡的文學推廣情況。

「書寫力量」舉辦的活動相當多樣化，包括公開講座、詩歌分享會、工作坊、徵文比賽等，但最為所人知者大概是遍布中大的「黑板詩」／「玻璃詩」抄寫。在校內各處的黑板、玻璃上以最原始的手寫方式抄錄詩句，是「書寫力量」成立之初的意念。這一意念的靈感源自臺灣詩人、有河書店主人隱匿——有河書店的玻璃詩。「書寫力量」策劃者之一陳燕遐博士在一個訪問中曾談及此計劃最初以新詩文體做推廣的因由：

> 人人都覺得詩小眾，沒有實用價值。可是，它是最精煉、最優美的文字，是感情最純粹、最昇華的部分。假如希望透過文字進入人文世界，最好的方法也許

是透過詩歌。你不一定要讀得懂才能受詩感動。我甚至覺得，我們每個人心裡都住一位詩人，有適當的環境和土壤，他就會冒出頭來。[9]

陳燕遐博士認為詩歌是有效引領人們進入人文世界的文字媒介，而且每個人都帶有詩人的因子，等待被激發。新詩也許曾被一些人視為小眾的藝術，可是在現今世代，面對各種數碼媒體的挑戰，新詩在面向大眾的文學推廣中卻重新煥發著靈活的生命力。如臺灣「晚安詩」這種以社交媒體承載詩歌的傳播方式就成功走進大眾視野，當然這也引起了關於「流行詩、暢銷詩」的某些爭議。以新詩為主要媒介推廣文學的「書寫力量」，也在校園引起了一定的影響力。活動策劃者之一的樊善標教授曾說：「我們發覺玻璃詩的影響力很大，獲得不少同事和同學的注意和肯定，為以後的活動打下良好的基礎。」[10]「書寫力量」獲得的廣泛注意也許是始料未及的。從一開始，玻璃詩的對象就不限於中文系。後來積極參與其中，協助抄寫、編選詩歌的義工和投稿者遍布工商文理各個學系，似乎真的讓各系同學的詩人因子都「冒出頭來」。

黑板詩／玻璃詩的抄寫在數年間逐漸得到中大各書院、學院及部門的支持，因而在圖書館、教學大樓、餐廳各處都能讓同學隨處遇見詩。抄詩活動創造了有別於傳統模式的閱讀體驗，為讀者與詩歌的連結增添偶然性。讀者在非預定的閱讀狀態下偶遇詩歌，閱讀往往發生在生活的間隙之中——也許是下課後的閒聊間、散步恍神的一刻、為煩惱沉思之時……，詩歌直接與生活碰撞，人們不必預先坐上讀者位置，刻意進入讀詩的狀態，而得以在瞬間憑藉感受力「讀懂」詩歌。

詩歌抄寫的編選工作由學生義工小組合作完成，故往往容納多元的詩歌趣味。這種閱讀經驗的共享與推廣，讓學生接觸到眾多內地、香港、臺灣及外國詩人的優秀作品。除了抄寫著名詩人作品，活動也開放公眾投稿。「書寫力量」在2017年就從歷年的抄寫作品中選錄了五十六首中大師生和校友的詩作，出版了詩歌集《裁光作紙——書寫力量詩選》。值得一提的是，此書中每一首詩都邀請義工手寫其中部分句子，再由設計師置入於詩行間，這是為了在印刷書籍上也呈現玻璃詩的手抄感覺。其實對玻璃詩的抄寫義工而言，抄寫行為本身也是通過書寫藝術對詩歌作品的一次深度閱讀與再創作。在校園裡，不時有人駐足觀看義工的抄詩過程，抄寫行為對觀看者而言大概又別有一番意義。正如樊善標教授在《裁光作紙》的序言中說：

在一般人的感受裡，詩大概是最遙遠陌生的文學類型吧，「書寫力量」最初對「詩」的活動情有獨鍾，毋寧是一種在沉寂裡發聲的逆反心理，但也因而顯現了鮮明的特色。在校園的教學樓、飯堂外抄寫詩句，不僅是把文學帶到公眾面前，我們後來知道，原來抄寫的動作也感動過不少人——是什麼信念讓這些青

---

9 轉引自〈探索校園文藝足跡——透視不一樣的書寫力量〉，《中大通訊》第418期（2013年5月），頁2。
10 轉引自〈探索校園文藝足跡——透視不一樣的書寫力量〉，《中大通訊》第418期（2013年5月），頁2。

年在烈陽或冷雨下如此專注於一筆一劃？什麼奧義隱藏在這些驟眼看不明白的句子背後？文學居然可以這樣直接地召喚人。[11]

　　從編選的人、投稿的人、抄寫的人、閱讀的人、觀看抄詩的人都參與到這場詩歌運動裡面，可說是「全民皆詩」。此外，抄詩活動更結合攝影藝術，由擅長攝影的學生拍攝並上傳社交媒體專頁。2017年「書寫力量」舉辦了「裁光作紙攝影展」，展出歷年優秀的抄詩攝影作品。除攝影外，「書寫力量」也為一些玻璃詩製作「聲音詩」，由學生朗誦詩歌並為其配樂，甚至在中大圖書館「進學園」設立聲音裝置讓路過的學生隨時傾聽作品。

　　「書寫力量」希望讓詩歌走入公眾，也讓公眾參與詩歌。這種開放的推廣態度，其實也呼應中學文學推廣的理念。陳燕遐博士說每個人心中都有一位詩人等待冒出頭來，在面向中學生的教育推廣當中，教育者又何嘗不是堅信每位學生都有詩人的潛能？下面將要介紹的90後、00後香港新生代詩人，正是與中學、大學文學創作教育推廣關係至為密切的群體。

四、香港90後、00後詩人概況略述

　　「90後」詩人，是指出生於1990-1999年代出生的詩人群體，與臺灣所稱的「八年級詩人」相類，他們與「80後」詩人共同組成香港年輕詩人的核心群體。以下並非要通過90後、80後之劃分說明或解決什麼問題，而只是藉著此一權宜的劃分，嘗試介紹香港新生代詩人的概況。

　　80後詩人是香港青年詩人的重要力量，此前已有三本重要的選集加以引介。一是2011年崑南主編的《80後十位香港女詩人：詩性家園》，選收心雪、文滴、何倩彤、陳穎怡、陸穎魚、萍凡人、關洛瑤、Panini、Skarloey和Witch Isis十位香港80後女性詩人。二是2013年鄭政恆、宋子江、楊佳嫻主編的《港澳臺80後詩人選集》。這本選集選入臺灣詩人六家，澳門詩人九家，香港詩人七家。入選的七家香港詩人是西草、呂永佳、雨希、洛謀、陸穎魚、鄒文律和鄭政恆。三是2017年吳耀宗主編的《香港新詩80後二十二家》。此書的覆蓋面更廣，除了曾出現在前二書的一些詩人外，又選收了陳子謙、曾瑞明、關天林、梁智、羅樂敏、游欣妮、文於天、熒惑、洪慧、曾淦賢、黃鈺螢、洪曉嫻和陳暉健眾多80後詩人。藉此三部選集的引介，我們大致上可掌握香港80後詩人的創作概況。

　　可是，對於同樣活躍於香港詩壇的一批90後詩人，卻未有一部專門的選集對他們的創作加以引介、整合。在內地，2018年《詩刊》社主編的《我聽見了時間：崛起的中國90後詩人》一書選收過一百二十位90後中國詩人，可見90後詩人世代在內地已被

11　丘庭傑等編：《裁光作紙──書寫力量詩選》（香港：文化工房，2017年），頁9-10。

視為詩壇的重要群體。在香港，若要了解年輕一代詩人的創作情況，90後群體也是不可或缺的部分。

香港雖未出版專門的90後詩人選集，但詩壇對90後詩人的關注一直存在。一些90後詩人已將作品結集出版，近年也出現了種種以90後詩人為專題的訪談、詩輯及活動。整合起來，我們也許可以得出一張大致的名單。

已結集成書的90後詩人，有浪目《謬論》、梁莉姿《雜音標本》、李顥謙《房子安靜如獸》（散文、詩歌合集）、曾詠聰《戒和同修》、韓祺疇《誤認晨曦》（將出版）。[12]2015年分別刊載於《聲韻詩刊》第23期及第25期，由趙曉彤編訪的《90後，詩天空PART 1男詩人》及《90後，詩天空PART 2女詩人》專輯，訪問了黃潤宇、沈行舟、梁莉姿、李嘉儀、梁匡哲、吳其謙、李昭駿多位詩人。[13]2018年載於文學平臺《飛地App》，由余文翰編選的《香港90後詩人小輯》，則選收了施澄音、李顥謙、林希澄、梁匡哲和黃潤宇的作品。2018年《聲韻詩刊》主辦「薄霧裡行走：年輕詩人分享沙龍」，邀請多位90後詩人進行對談，包括梁莉姿、梁匡哲、李顥謙、韓祺疇、嚴瀚欽、胡世雅、雷暐樂、吳詠彤、沈行舟及黃潤宇等人。2020年臺灣青年文學團體「每天為你讀一首詩」編選了「香港新生代詩選」，引介盧真瑜、嚴瀚欽、韓祺疇、梁匡哲、黃潤宇五位詩人。

90後詩人近年積極創作發表，《字花》、《聲韻詩刊》、《別字》、《虛詞》、《香港中學生文藝月刊》、《大頭菜文藝月刊》、《明報》等本地文學雜誌、平臺及報刊都是他們重要的發表園地。本地大型文學獎項如青年文學獎、大學文學獎、城市文學獎、李聖華現代詩青年獎、中文文學創作獎的近年得獎名單上也屢見90後詩人的蹤影。他們當中不少也在臺灣的文學刊物上發表或參與文學獎，如梁匡哲的作品就屢見《好燙詩刊》、《吹鼓吹詩論壇》、《野薑花詩集季刊》等臺灣刊物，韓祺疇就曾獲臺灣「2017年金車現代詩網路徵文獎」首獎。

90後詩人在創作以外，亦積極參與各種文學團體及活動。李慧筠、李昭駿、吳其謙、胡世雅、曾詠聰等人2013年在香港浸會大學成立「煩惱詩社」，創辦《煩惱詩刊》。在香港中文大學，林希澄是「書寫力量」的成員，梁莉姿、施澄音、李嘉儀都曾為「吐露詩社」社員。嚴瀚欽是古典詩社璞社的青年成員。賴展堂、梁莉姿、李顥謙等人都曾出任青年文學獎幹事。90後與80後兩代詩人往往有緊密聯繫，共同舉辦文學活動，砥礪切磋，幾乎沒有世代之別。李嘉儀、梁莉姿、梁匡哲在2012年與80後的曾淦賢、阮文略、洪慧等人共組「關於詩社」，組織多次詩聚。煩惱詩社的創會成員亦包括李日康、何梓慶等80後詩人。詩人學者吳耀宗在2016年發起民間讀詩運動「香

12　浪目：《謬論》，香港：練習文化實驗室，2016年。梁莉姿：《雜音標本》，香港：石磐文化有限公司，2017年。李顥謙：《房子安靜如獸》，香港：作者自印，2018年。曾詠聰：《戒和同修》，香港：匯智出版有限公司，2019年。

13　趙曉彤編訪：〈90後，詩天空PART 1男詩人〉，《聲韻詩刊》第23期（2015年），頁43-47。趙曉彤編訪：〈90後，詩天空PART 2女詩人〉，《聲韻詩刊》第25期（2015年），頁164-170。

港十八區巡迴詩會」，由十多位80後及90後詩人組成核心成員，梁匡哲、黃潤宇、林希澄都在其中。此外，90後詩人作為年輕的新生代詩人，卻已經廣泛投入到各種文學教育及推廣的工作中去，例如多位詩人都曾在「『過去識』本土文學普及教育計劃」、「香港文學深度體驗：文學景點考察」、「香港文學夏令營」等中學生文學教育計劃中擔任導師。

以上對90後詩人的概況做一簡單的勾勒，香港新生代詩壇局面紛繁多彩，筆者囿於見聞，難免有所遺漏。不過管窺所見，90後詩人藉著各種文學團體、推廣活動、社集形成了縱橫交貫的網絡，他們的行動力不來自壁壘分明的文學論爭，反而來自一種走進公眾，推廣詩歌的殷切之心。至於90後詩人的具體創作面貌、他們與內地、臺灣新生代詩人關係，都是值得討論的問題，當俟來日另文探討。

在90後詩人以外，還有「00後」詩人。00後出生於2000-2009年代，他們當中一些人已經就讀大學，但大部分仍然是中學生。00後必然有不少人在寫詩，相信這個群體正在壯大，也許再過一些時候，才是更好的時機對其創作成果做階段性總結。所以這裡要談的，除了00後詩人，還有對00後詩人的培養工作。本文前面提及的「過去識」本土文學普及計劃及香港文學深度計劃，分別由香港文學生活館及香港文學研究中心主辦。這兩所機構歷年來舉辦了各種計劃，對中學生的文學教育推廣做出了巨大努力。下面筆者還希望介紹同樣貢獻至鉅的「學生文藝」。

香港作家關夢南創立「學生文藝」，其旗下出版的三本月刊《香港中學生文藝月刊》（2011年2月創刊）、《香港小學生文藝月刊》（2012年11月創刊）和《大頭菜文藝月刊》（2015年9月創刊），是這十年以來最重要的中小學生文藝發表園地。配合《香港中學生文藝月刊》，「學生文藝」又定期舉辦「校園創作擂臺陣比賽」、「中學生專欄小作家計劃」，而最受公眾關注的就是與沙田培英中學、中華基督教會合辦的「李聖華現代詩青年獎」。

「學生文藝」有別於一般只提供投稿園地的學生文藝雜誌，實際上它是一套包含作品發表、作家培訓與比賽活動的文學寫作教育推廣模式。如果寫作坊、講座及文學考察活動可以為學生提供閱讀鑑賞及創意寫作的系統訓練，那麼「學生文藝」則是支援學生得以持續創作，逐步成為獨立創作者的重要平臺。此一模式讓學生體驗文學創作圈子的生態模式，在創作、交流與接收各類回饋的過程中獲取持續創作的動力，引導他們從「活動參與者」或「被教育者」逐漸成為文學場域的行動者。特別是三種月刊經常通過作品專輯、專欄、訪談等形式，同時開放場域予作家、評論者及藝術工作者參與其中，讓中小學生創作群得以與文藝圈接軌。

在談到00後的創作者之前，也許需要指出，「學生文藝」提供的平臺對90後詩人的孕育其實也起了一定作用。90後詩人梁莉姿在中學時期於《香港中學生文藝月刊》發表詩歌及小說佳作，引起注意。她跟梁匡哲、李慧筠都曾是「校園創作擂臺陣」的得獎者，中學時期經常在《香港中學生文藝月刊》發表作品。梁莉姿、賴展堂、施澄音和凌志豪都曾是「李聖華現代詩青年獎」中學組的得獎人。

如果我們開始觀望00後詩人群的出現，那麼「學生文藝」平臺無疑是一個重要的觀測點。「城市文學獎2020」中學新詩組得獎者廖嘉諾（觀塘瑪利諾書院）、李昱霏（聖瑪加利男女英文中小學）都曾參與《香港中學生文藝月刊》的「中學生專欄小作家計劃」。「第五屆李聖華現代詩青年獎（2019）」中學組推薦獎得主陳諾諺（拔萃男書院）、黃蘊寧（聖公會林護紀念中學），都曾在「校園創作擂臺陣」中獲獎。陳諾諺現在甚至已經在《聲韻詩刊》、《虛詞》、《別字》、《微批》等平臺發表作品。「第四屆李聖華現代詩青年獎（2017）」中學組推薦獎得主王碧蔚（筆名「白二草」，藍田聖保祿中學）、張少良（筆名「綰之」，東華三院盧幹庭紀念中學），都是《香港中學生文藝月刊》的常客，曾發表多篇作品。這幾位同學的表現教人期待，但他們最終是否會一直走創作的道路，我們不得而知。不過可以肯定的是，00後詩人正在寫作，已經在寫作。他們在眾人努力的中學文學教育推廣中孕育出來，也許又即將走向大學、社區加入文學推廣的行列，正如他們前面的90後詩人一樣。更重要的是，他們都終將成為香港新生代詩人的重要力量。

五、結語

香港新生代詩人不僅在問：「寫詩何為？」也在問：「教詩何為？」「詩歌寫作如何教？」我們相信每個人都有詩人的因子，詩人可以培養，詩歌寫作可以教。可是在信念背後，詩歌寫作如何教、詩人如何培養，卻是需要審慎思考之事。本文從個人經驗出發，梳理了一些針對中學生的新詩創作教學策略，嘗試對「詩歌寫作如何教？」的問題進行反思，也以「書寫力量」為切入點再思大學詩歌推廣活動的理念及模式，並從90後、00後詩人狀況與中學、大學詩歌教育推廣的關係入手，對香港新生代詩人做出展望。

大專院校創意寫作課程發展的檢討與展望
——一個「斜槓族」寫作導師的觀點

黃納禧

香港中文大學中國語言及文學系及香港恒生大學中文系兼任講師

一、引言

　　創意寫作能教不能教、如何教、由誰來教，看似已是老掉牙的問題，卻一直為從事語文及寫作教學的人所關注及討論。尤其近十年來，隨著香港文化與創意產業發展，以及中學、大學學制改變，本港各大專院校都在既有課程框架中添加或新設文化與創意產業學科，以培育人才，應社會之需。檢討香港文化產業的成效得失，這自然不是檢視單一範疇足以理出結論的命題。然而，到底在政府發展文化產業的前提下，個別文化領域展現了何等的發展趨勢，此等發展趨勢又如何（或是否）應合社會甚至以「全球」為單位的文化場域所需，仍是身在其中的業者不免也不斷叩問的課題，而這也正是本文的問題意識所在。

　　下文將分成四大部分展開論述：第一部分以2009年為起點，梳理香港各大專院開設「文化及創意產業」及「創意寫作」課程的資料，並比較現有研究成果提出的外國相關課程資料，說明各個地區「創意寫作」課程的取向與類型，藉以初步提出寫作課程設計的相應問題；第二部分以香港中文大學「大學中文（一）（二）」課程為座標，輔以其他個案，藉探討大學中文常規語文課程內容融入「創意寫作」元素的各種嘗試，提出本地大專院校「創意寫作」教學範式的轉移；第三部分以香港中文大學中國語言及文學系「多媒體寫作」課程設計為重心，說明該課程的設計意念和架構，探析「創意寫作」與「多媒體寫作」的關係，並由此提出有關本地大專院校創意寫作教學發展的設想。

　　本文以「一個『斜槓族』寫作導師的觀點」為題，旨在從筆者個體經驗提出一種「複合視角」的觀察方法，藉由比對四個文化與文學工作崗位，包括文學雜誌編輯、大專院校教學人員、文學散步活動導師及寫作課程設計員，對「創意寫作」意念的思考、形塑與互動，提出各個文化領域在推動「創意寫作」互相增益的未能與可能；另一方面，以個體經驗與觀察為研究方法，也就討論「創意寫作」發展的師資問題提供了後設思考的角度，這一點將於結論部分提出。

二、「創意寫作」在香港：從文化及創意產業的發展說起

　　2009年，時任香港特區行政長官曾蔭權在施政報告乙章「經濟優先」項目中，確定支持經濟發展的「六項優先產業」，其中包括創新科技產業和文化及創意產業，藉以推動本港產業走向多元，在面對全球競爭的格局中轉向高增值的知識型經濟。[1]其中為促進文化及創意產業推出兩項政策：第一點為開拓內地創意產業市場，第二點為發展本地文化市場，當中包括建設西九文化區、提供實習機會培育藝術人才，以及經新高中課程，在中學推廣藝術。同年6月，政府更成立隸屬商務及經濟發展局通訊及創意產業科的創意香港，提出三個焦點範疇，[2]推動香港創意產業的發展，例如當年推出的「創意智優計劃」，就是為「資助目標與政府推動創意產業發展的策略方向相符的項目」的支援計劃。[3]

　　政府為應全球產業創新及轉型的潮流推出各項支持文化及創意產業的基建與措施，其整體成效如何，至今仍尚待檢討。[4]不過，上述背景已為觀察本地大專院校創辦各類型「創意寫作」課程，提供了重要的切入點。事實上，如上文所述，發展文化及創意產業是全球各地的潮流，每一國家、城市、地區都會按照該地的資源和個別文化背景導向的審美標準，構設相應的文創基建與活動，落實在大專教學層面，即創建能彰顯本校特色的「創意寫作」課程。至於香港各大專院校的「創意寫作」課程的發展情況如何？跟其他地區相比，又展了怎樣不同的面貌？《田家炳中華文化中心通訊》（下稱《通訊》）兩個「華語創意寫作教學」專題，頗具參考價值。

　　兩期《通訊》以「華語寫作」為限，集結來自港、中、臺、澳門及美國學者，主

---

1. 2009-10年代《施政報告》，https://www.policyaddress.gov.hk/09-10/chi/index.html，瀏覽日期：2021年3月29日。

2. 三個焦點範疇包括培育人才及促進初創企業的發展、開拓市場以及推動香港成為亞洲創意之都，並在社會營造創意氛圍。參考「香港便覽‧創意產業」官方文件，https://www.gov.hk/tc/about/abouthk/factsheets/docs/creative_industries.pdf，瀏覽日期：2021年3月29日。

3. 在同一官方文件中，還記錄了政府其他的支援計劃，如2015年額外注資二億元在「電影發展基金」，資助小型電影，後在於2019年再次注資「電影發展基金」，金額同達十億元，旨在為支援未來幾年各項推動電影業界發展的項目。參考「香港便覽‧創意產業」官方文件，https://www.gov.hk/tc/about/abouthk/factsheets/docs/creative_industries.pdf，瀏覽日期：2021年3月29日。

4. 如參考政府統計處文件，可發現在2008年至2018年期間，文化及創意產業的名義增加價值的平均每年升幅為6.4%，相對香港名義本地生產總值在同期5.2%的平均每年升幅為快。另一方面，在2008年至2018年期間，文化及創意產業就業人數由2008年的十九萬一千二百六十人增加至2018年的二十一萬七千二百八十人，平均每年升幅為1.3%，相比香港總就業人數在同期1.0%的平均每年升幅也呈現略快的水平。換句話說，若從統計數字來看，政府帶頭發展文化及創意產業除了帶來經濟效益，更創造了更多的就業機會。詳細資料可參考《香港統計月刊》2020年月專題文章〈香港的文化及創意產業〉，https://beta.censtatd.gov.hk/en/data/stat_report/product/FA100120/att/B72006FA2020XXXXB0100.pdf，瀏覽日期：2021年3月29日。然而，若從「質」的角度觀之，坊間對於政府的文化建基，有著有不少的批評聲音，如西九文化區中的博物館類型、選址及配套、所牽涉的資金投及後續使用問題，一直為不少人所詬病。

要從「創意寫作」教學人員經驗分享、「創意寫作」的定義與形態、「創意寫作」在不同地區的的發展概況及其影響這三個不同的角度展開討論。[5]要回應上段的兩個提問,梁慕靈〈創意寫作只有「寫作」?——在全球化視野下的創意寫作課程設計研究〉提出了一些重要的課程資料及論述。文章首先梳理明歐美、日本和韓國的大學創意寫作教學概況,指出比較各地創意寫作課程設計,粗略分為以文學創作為重點和以創意產業為重點的兩大類型;繼而附上香港都會大學人文社會科學院開設的創意寫作碩士課程列表,析述該課程的內容、架構,並總結課程的整體設計意念旨在「突出『創意寫作』不只寫作,更應強調創意思維,以及如何把寫作融入新社會的發展需求」。[6]沿這篇把「創意寫作」置於「全球化」的框架展開論述的文章審視香港的情況,我們可進一步提問:除都會大學的創意寫作碩士課程外,其他大專院校的課設設計如何?是否同樣離不開「以文學創作為重點」和以「創意產業為重點」的類型,還是另闢蹊徑,別有出路?如梁慕靈所言,在個別地區的文化潮流或創意思維迅速影響其他地區文化發展的當下,各大專院校如何從「戰略意義」層面構想其「創意寫作」課程,使其在本土的文化場域中脫穎而出?

在香港,除了上述香港都會大學新設的碩士課程,還有其他把創意寫作與創意產業結合的例子。例如香港浸會大學新媒體及影視創意寫作課程(Creative Writing for Film, Television and New Media),就是結合不同多媒體創作如電視寫本、電影劇本寫作,以及多媒體理論研究等元素的文學士榮譽學位課程;香港恒生大學開辦的文化及創意產業榮譽文學士課程,則配合香港文化及創意產業的發展方針,設有廣告文案寫作(Advertising Copywriting)、策展及藝術行政(Curatorship and Event Management),以及其他跟媒體、設計及文化遺產等相關的學科。至於兼備「以文學創作為重點」的創意寫作課程,則有香港浸會大學人文及創作系(Creative and Professional Writing Programme),這個課程除了跟上述兩個課程同樣具備新媒體寫作(Writing for New Media)、廣告文案寫作(Advertising Copywriting)等跟創意產業的科目,同時強調學生走出傳統寫作形態,以跨學科思維進入文學寫作的領域,包括跟飲食(Food, Wine and Travel Writing for the Leisure Industry)、科學(Writing for Science)相關的寫作科目。人文及創作系既保留傳統的文學訓練方法,也講求反思與跨越,兼融「文學」與「創意產業」兩大維度,在本地創意寫作課程可說是獨樹一幟。

當然,上述四個例子可說是本港「創意寫作」課程發展的「顯例」,卻並非全

---

[5] 有關「創意寫作」教學人員經驗分享,可參考Mr. Kyle Muntz的〈跨洋對話:美國和中國的創意寫作〉,文章比較了中、美兩地學生對「創意寫作」課程的期待與觀感的差異,收於梁慕靈主編:《田家炳中華文化中心通訊》第3期(2019年3月),頁4-8;有關「創意寫作」的定義與形態,可參考喻大翔的〈模式、模仿與創意寫作〉,文章從「心理」、「類型」、「篇章」三個模式析述創意寫作的方法,收於梁慕靈主編:《田家炳中華文化中心通訊》第5期(2020年3月),頁14-15。

[6] 梁慕靈:〈創意寫作只有「寫作」?——在全球化視野下的創意寫作課程設計研究〉,《田家炳中華文化中心通訊》第5期(2020年3月),頁26。

部。事實上,其他大專院校尤其跟中國語言與中國文學相關的學科,都循不同路向開始投入「創意寫作」的領域,這些嘗試或未足稱「深耕」,卻至少可見各種「細作」的嘗試與可能,而回到上文提及「戰略意義」的問題,這些剛起步的課程,又以何等的姿態步入「戰場」?

三、「細作」的可能與困難:「複合視角」的觀察與記錄

因應2009年「334學制」(3年初中+3年高中+4年大學本科課程)的教育改革,香港各大專院校紛紛在2010年前後,推出「大學中文」科目,[7]以應付四年制核心課程所需。在2014年舉辦的「四年制大學中文論壇」上,各院校的學者分別說明其所屬院校中文新課程的設計意念與取向,如嶺南大學強調文本賞析與普通話口語訓練、香港浸會大學在教授語文基礎知識之上加入辯論課題、香港大學則「量體裁衣」就不同學院所需提供實用文書的寫作訓練,[8]至於香港中文大學的「大學中文」課程,則是少數融入「創意寫作」元素的中文核心課程。

香港中文大學核心課程分為「大學中文(一)」與「大學中文(二)」,前者主要由「語文基礎知識」和「觀察與描寫」兩部分構成,後者則由「議論文寫作」與「口語傳意概論」組成。兩個課程皆包含寫作訓練的部分,各班老師可按各不同學系學生的背景,挑選中、外、古、今的文學作品供同學賞析,同時設計不同的寫作練習,以培訓學生的創意思維與寫作能力。當然,與前文所述的「創意寫作」課程相比,這種兼容寫作元素的課堂設定,仍不免令人直接聯繫傳統中文系課程的教學方式,難予學生新鮮之感。誠然,設有特定框架的常規課程,是否就完全沒有添加「創意」的可能?此處筆者想結合過往擔任文學雜誌編輯及擔任文學活動導師及統籌的經驗,並就過往的課堂實踐,提出在常規課程中經「細作」達至「創新」的可能。

(一)「文學散步」活動的延伸與變奏

以「大學中文(一)」的常規課堂「中大文學散步」為例,這個蛻變自小思「香港文學散步」概念的課堂內容,提供了革新「創意寫作」元素的空間。「文學散步」

---

7 此處「大學中文」為對各校性質類同的核心課程的泛稱。事實上,香港大學、香港中文大學、香港浸會大學、香港城市大學的課程名稱皆為「大學中文」,香港恒生大學、香港樹仁大學的稱為「大一國文」、嶺南大學的稱為「中國語文傳意基礎」、香港科技大學則就中文核心課程漢語為母語的本科學生共開設了三門課,包括「中文——普通話傳意技巧」、「中文傳意——閱讀與寫作」及「中文傳意——閱讀與口語溝通」。當然,每一學校的核心課程架構不盡相同,如香港中文大學的核心課程劃分為「大學中文(一)」、「大學中文(二)」,並因應不同入學成績或系的需要,另設有「口語傳意概論」、「中文傳意」等課程;恒生大學除必修課「大一國文」,另設有「中國文學欣賞」同為必修科目。

8 有關「四年制大學中文論壇」的詳細內容,部分學者的報告分別收錄在《中國語文通訊》第91卷第1期(2012年1月)和第93卷第2期(2014年7月)。

的概念源自小思推廣文學教育的構想：「我蒐集了很多材料，如果用嚴肅的、學術的方法來推廣，對年輕一輩，未必適用，所以我採用了較輕鬆的處理手法，這就是『散步』。」[9]小思推廣「文學散步」的原意在於知識傳播，她的對象是「年輕一輩」，至於就方法而言，則強調「用雙腿去散步」，以增添「現場感」的方式去加深學員對所述人事的認知。小思是中文大學中國語言及文學系的前任教師，歷來又有不少香港作家以中文大學為題寫作，中文大學新語文科程加入「文學散步」的授課內容，自然有著「得天獨厚」的優勢。在設計課程之初，中文大學語文組更同時編訂《中大·山水·人文》一書，[10]收入歷來書寫中文大學的作家的重要作品，以配合「中大文學散步」教學之用。

中文大學語文老師如何設計「中大文學散步」課堂，有甚大的自由度。總的來說，最初大多數老師都沿襲「香港文學散步」原先的做法，先挑選書寫地景的文章供同學細讀，繼而引領同學實景考察，達成小思閱讀兼備「現場感」的想法。至於坊間其他同類型的文學散步活動，[11]其操作方法也大同小異，例如筆者曾參與的「『當張愛玲遇上蕭紅』文學散步活動」和「香港文學深度體驗：文學景點考察2017/18」，主要都是結合地景考察、作家生平介紹及文章賞析，並以創作及創作成果分享總結活動。輔以戶外考察的寫作體驗，自然較課室內上課更能吸引學生，無論「中大文學散步」還是上述兩次文學散步活動過程中，都時有學生表示觀賞實景能有助構想描寫景物的角度與層次，而對於老師在散步過程中介紹掌故與作家經歷，亦多有學生表示能提升學習文學創作興趣；不過，亦有學生質疑以實地考察幫助寫作的成效與意義。

除了「散步—導師解說—創作」的課堂活動模式，筆者後來在「大學中文（一）」課堂上試行「散步—學員觀察與想像—創作」模式。簡單來說，這種活動模式首先把學生分組，各組根據導師事先準備的作品選段，自行到散步到作品描寫的地方觀察，繼而選取跟作家不同的觀看角度創作，並須跟成員自訂主題，設計文學散步路線，再於後續課堂上跟其他組別分享創作及設計成果。這種活動模式較老師主導的

9　小思編著：〈序，歷史有情、人間有意〉，新訂版《香港文學散步》（香港：商務印書館，2004年），頁i。

10　本書分成「山水·校園」、「春秋·畫夜」、「花樹·動物」、「青春·年華」四章；全書收錄二十八篇作品，其中余光中占文最多，共五篇，包括〈沙田山居〉、〈吐露港上〉、〈春來半島〉、〈牛蛙記〉、〈沙田七友記〉，其他作者包括小思、王良和、張曉風、小思、黃國彬等。詳見香港中文大學中國語言及文學系編：《中大·山水·人文》，香港：牛津大學出版社中國有限公司，2012年。

11　其他同類型活動，包括香港中文大學香港文學研究中心的「走進香港文學風景」計劃，此計劃參與成員舉辦包多次文學散步活動，如「輕鬆散步學中文2013/15」、「香港文學深度體驗：文學景點考察2017/18」、「筆述我城他與她：初中學生文學景點考察2018/19」，其後出版《疊印：漫步香港文學地景1（港島及九龍篇）》和《疊印：漫步香港文學地景2（新界篇）》兩書，結集陳德錦、袁兆昌、鄧小樺、張婉雯、鄭政恆、廖偉棠、唐睿、呂永佳等十八位本地文學作家，寫下記述文學、地景及社區種種關係的散文作品。詳見樊善標、馬輝洪、鄒芷茵主編：《疊印：漫步香港文學地景1（港島及九龍篇）》，香港：商務印書館，2016年、《疊印：漫步香港文學地景2（新界篇）》，香港：商務印書館，2016年；另外，水煮魚工作室舉辦性質相近的「文學寫作」活動，如「森林計劃·漫遊佐敦森林」、「文學寫生·深水埗聲音旅人」、「文學寫生·八月與鞍山」等。

「文學散步」更講求同學的想像與創意，除了先觀察後寫作，還須先觀察後思考貼題且合理的行走路線，稍微跳出純粹文學創作的設計活動，頗能得見刺激同學創意思維的成效。

誠然，「散步—學員觀察與想像—創作」模式雖在「散步—導師解說—創作」之上有所延伸，但總的來說同學仍是必須把創作回置於課室之內，以「案頭讀物」形式跟同學分享寫作成品，本質上並無突破傳統的寫作教學方式，更遑論靠攏第二輯所述在文學本質上有所跨越或配合創意產業理念的寫作形態。借用作家兼創作系教授謝曉虹於2011在《雲上播種：給寫作導師的十堂課》提出的建議，或許有助於思考「文學散步」活動如何變奏。

2009年，《字花》雜誌編輯舉辦「筆可能——在雲上播種：寫作教育培訓工作坊」邀請作家、學者及資深文藝教育工作者，討論寫作教學的方法與意義，教學對象是有意從寫作教學的老師；工作坊結束後，經水煮魚文化製作及何鴻毅基金出版一式兩本的創意寫作教學用書。[12]其中謝曉虹在〈從文字到其他媒介〉一文中，提出了甚具參考價值的課堂設計方向。她指出，常人一般誤把「多媒體」理解成文字以外的創作，如動畫、音樂，實際上應為用不同表現形式處理文字，並在這個前提之下，以詩為例說明文學與其他媒體結合的方式。例如在「字花園」社區藝術計劃中，[13]詩人陳麗娟在〈用一首詩的時間聽鸚鵡悲鳴〉寫下眾多九龍公園內所見景物，然後跟設計師討論，最終造出懸掛於較高位置的鳥籠狀裝置藝術作品，觀賞者站於作品下仰視，應和了詩中「關在籠外」的意象，而觀賞者得繞圈才能把讀品讀畢，剛應和了作品「公園的路永遠繞到同一個地方」的意思。謝曉虹反思「多媒體寫作」的關鍵在於，環境與媒介轉換的寫作活動，可從空間與形式上鬆動常人對既定事物的看法，同時間，創作者也因越界而得以拓展創作的可能。事實上，可洛在《字花》第63期「創意寫作有有課？」也曾提出相近的創意寫作教學方法，他借手提電話遊戲Pokemon go的意念設計成「文學散步go」活動，要求學生把詩句寫於膠片之上，再拿起膠片在跟詩句意念相關或錯的景物前拍照，甚至結合捉精靈、神話等奇幻的創作元素，讓學生以圖文寫作的方式創作傳說故事，藉此加強創作行為與實景的連結，以及學習如何配合繪圖、拍攝等媒介豐富文字文本的意義。[14]

歐美等地的大學把「創意寫作」跟多媒體創作、文學等組合成不同的寫作課程，如創意寫作與電影研究（Creative Writing and Film and Screen Studies）、創意寫作與戲劇（Creative Writing and Drama）、創意寫作與犯罪學（Creative Writing

---

12 郭詩詠、陳子謙、高俊傑主編：《樹下栽花——寫作教育經驗談》，香港：水煮魚文化製作有限公司、何鴻毅基金有限公司，2001年及《雲上播種：給寫作導師的十堂課》，香港：水煮魚文化製作有限公司、何鴻毅基金有限公司，2001年。

13 「字花園」為民政事務局於2012年1月主辦「藝綻@冬日」的其中一個項目，由香港理工大學設計學院策劃，《字花》雜誌為該項目的文學夥伴。活動邀請八位本土詩人為九龍公園賦詩，一班設計師及設計學生就詩作的文學意象及公園環境創作一系列裝置作品。

14 譚穎詩主編：《字花‧創意寫作有有課》總63期（2016月9-10月），頁40-41。

and Criminology）等，[15]借鑑這種課程設計意念，再配合本地作家提出的一些寫作教學意見，以香港中文大學「大學中文（一）」課程為例，有沒有可能把「傳統」的「文學散步」課堂，轉化成「創意寫作與藝術」、「地景書寫與繪畫」、「地景書寫與攝影」等課題，拓展原先的考評意念，由要求學生藉「鑑賞—寫作」學習語文，轉為經「文學—多媒體」投入創意產業的專題，引領學生思考及「牛刀小試」把寫作融入新社會的發展需求？進而去想，常規課程因教時及教學內容所限，無法落實太多的試驗，有沒有別的方式可以配合上述的「創意寫作」理念變奏？

（二）寫於課堂以外：「創意寫作」教學範式的轉移

香港中文大學中國語言及文學系於2017年取得TDLEG（Teaching Development and Language Enhancement Grant）大學發展資助項目，始在「大學中文（一）」、「大學中文（二）」常規課程加入「CAC跨學科活動」（Chinese across Curriculum），其中「語文講堂」分成「大講堂」、「工作坊」、「文化講座」三大項目，鼓勵同學在課節以外自行參與由語文組策劃的文學、電影、寫作相關的講座活動，[16]達至學生在常規課堂以外寓語文學習於生活的理念。同學能按自己興趣選擇主題，教學效果一般較佳；當然，這種課堂模式也有它的問題，實際層面來說即難以避免學生為分數參與活動，因此難言投入，教學層面來說，僅僅1.5小時的課堂難以讓師生建立關係，而以筆者曾經舉辦的「寫在新詩與流行曲歌詞之間」與「圖文『剪貼』寫作坊」為例，課堂上學生樂意參與寫作活動，但卻欠缺師生同行研討的時間，更莫談對學生作品各種「後續處理」的構想。

事實上，香港中文大學並非唯一在常規課程以外新設「創意寫作」課堂的院校，筆者於2020年參與樹仁大學於暑期開辦的網上文學創作「微課程」，可視為「寫於課堂以外」另一例子。有別於「語文講堂」1.5小時的課堂模式，樹仁大學「微課程」是為時一個月每週一課每課1.5小時的短期課程，而是次課程共三個主題，包括「新

---

15 梁慕靈：〈創意寫作只有「寫作」？——在全球化視野下的創意寫作課程設計研究〉，《田家炳中華文化中心通訊》第5期（2020年3月），頁25。

16 以2020-2021年度上、下學期的「語文講堂」講題為例，文學鑑賞課題包括「西西與香港文學」、「《葉靈鳳日記》的N種讀法」、「魯迅《野草》的生命哲學」、「走進童話裡——中西童話對讀」、「唐傳奇〈杜子春〉中的人性試煉」、「《三國演義》的前世今生」、「Cyberpunk2021：華文電馭叛客小說欣賞」、「唐代的植物與文學——桃」、「唐代的植物與文學——鬱金香之亂」；文學與香港文化課題包括「香港故事怎麼說」、「詩詞裡的香港」；文學與影像課題有張愛玲〈紅玫瑰與白玫瑰〉小說與電影對讀——兼談陳奕迅〈紅玫瑰〉和〈白玫瑰〉；語文學習課題包括「歌後不歌後？——談談歌後語」、「粵語修辭——點先最好聽？」、「古調雖自愛，今人多不彈——談幾套常見和特別的語文工具書」、「中文學期論文寫作」；文學創作課題包括「『詩中有畫，畫中有詩』——圖像詩專題工作坊」、「圖文『剪貼』寫作坊」、「不妨遊戲作詩人——古典詩歌創作」；其他課題包括「人工智能與語言學習：機器人如何學習中國語文？」、「字型之美——現代中文字型之欣賞、使用及設計」、「古為今用——古諺語中的先民智慧」、「古漢語中的色彩詞——訓詁與文學」、「談談赤腳大仙」和「近現代古典詩詞『新詞彙』」。

詩創作」、「散文創作」與「電影評論寫作」，筆者負責擔任「電影評論寫作」導師，僅就本課學生的課堂表現，可以總結：一、儘管當時因疫情之故未能當面授課，但由於學生事前已知此乃為時一整個月的短期課程，參與者大都是熱愛電影甚至曾經並有志持續撰寫影評的學生，避免了隨意「為分數參與」的情況；二、時數增長令導師可按照教學進度於每週設計短評練習，供學生試筆，並於最後一課交出篇幅較長的作品，見循序漸進之效。

此處列出兩校常規課程二以外的「創意寫作」課堂／程，意不在比較高低，反倒是希望集二者帶來的啟發，回應上節就革新香港中文大學「大學中文」課程提出的兩個提問：首先，「大學中文」有沒有可能重新分配既有的資源，一方面為學生提供適合「一堂式」的命題講座，另一方為有意參與「創意寫作」的學生提供課時更長的短期課程，合二者之好？其次，「大學中文（一）」課堂繼續保留「文學散步」課堂之餘，有沒有可能把前文建議的「創意寫作與藝術」、「地景書寫與繪畫」、「地景書寫與攝影」等課題，設計成學期以內或暑假一連數週的短期課程，供同學參與及試驗各種的多媒體寫作？正如上文提及，香港中文大學就舉辦「文學散步」活動本來就有著先生的優勢，可不可以延展這些優勢，例如讓學生在校內不同地景放置結合文學創作的裝置藝術，供校內師生以致遊人參與其中，會不會也可視作供創作者投入創意產業的「試煉場」？

由本章引例可見，一般被外間視為秉持傳統授課模式的中文學系，都已經不同方式新設多媒體課程，從「文字」引入「其他媒介」的文本內容，由「紙本」到「走出平面維度」的教學方法，以「課外」輔助甚至帶動「課內」所授，可以想見這種授課範式的轉移將成為一種新的常態。

四、香港中文大學中國語言及文學系的「多媒體寫作」的課程設計

承接上文所述，香港中文大學中國語言及文學系於2017年開始改革大學中文課程，除了加入「語文講堂」活動，同時著手設計線上微課程，供修讀學生自行之用。現有的線上微課程僅「粵拼微課程」，到了2020年中，學系規劃設計更多不同類型的線上微課程，其中包括暫名為「多媒體寫作」（New Media Writing）課程。本節筆者希望從「多媒體寫作」課程設計員的角色出發，說明課程的設計意念和架構，由此提出一些關於由「傳統寫作教學」過渡「多媒體寫作」的反思。

先談談課程的設計意念。事實上，在香港有不少包含「多媒體」元素的課程，除了第一輯羅列的四個課程，還有一些以「傳媒寫作」為核心、兼備「多媒體」教學內容的基礎課程。[17]當然，在香港中文大學，新聞傳播學系也不乏一些創意寫作跟多媒

---

17 如理工大學「中文與多媒體」課程（Chinese and the Multimedia），觀其課程大綱，其教學內容強調各

體組合而成的學科。[18]換句話說，在設計課程之先，必須思考「為何中大」，還要同時思考「為何中文系」——如何才算是有中文系特色、能發揮中文學教學優勢的「多媒體寫作」？帶著這個問題，為香港中文大學中國語言文系設計的「多媒體寫作」課程框架，暫設以下課題：

課題內容
角度與方法：如何成為一個說故事的人？
視覺敘事：圖像與創意寫作
感官敘事：香評與食評
視點與立場：從映像到人訪
故事新編：文學經典與廣告文案
玩字：漢字在媒介中的運用
如何主宰自己的創意：編輯與出版
媒體寫作的前世今生

為配合學系所長，以上課題由「說故事」開展，望以「敘事」（Narrative）的不同方法貫串整個課程；文本考量上，既選用文學經典，同時研讀流行讀物及人物專訪等；方法上，革新過往視「修辭」為「寫作技巧」的意念，把文學中的「感官書寫」元素轉化成研習的主體，並實踐香評和食評寫作；保留並突出中文系優勢，聚焦於商業廣告或品牌故事中的漢字運用，教授學生如何化用「文字學」知識於品牌設計、理念表述之上；編輯與出版除了訓練學生的組職思維，同時也能訓練學生的基本語文技巧；最後加入反思傳統「傳媒寫作」理論與寫作方法的環節。現時課程初步構思以線上微課程的形式呈現，將來若能通過成為面授的常規課程，也將考慮加入上文提及的「創意寫作與藝術」、「地景書寫與繪畫」、「地景書寫與攝影」課題，以豐富教學框架。

總的來說，上述課題旨保留文學訓練的基礎元素之餘，更希望使這些學生一般視為「傳統」、「與生常日活無關」的元素，跟產業聯繫起來，讓來自不同學院、學系的學生，都能在創意寫作的訓練過程中，培養出「新的意念能於任何文本與角落誕生」的習慣，並能使個體生活與世界連結，投身這愈漸講求創意思維的全球文化領域之中。

種媒體的文案寫作，例如紙媒、電臺、電視的廣告文案寫作，以及雜誌訪問及專題寫作。詳細資料見理工大學網頁，https://www.polyu.edu.hk/clc/web/upload/customize_page_download_table/19/file_zh-hant/5d1a0644d0648.pdf，瀏覽日期：2021年3月29日。

[18] 筆者未曾修讀或教授以下學科，僅列出課目名稱跟「創意寫作」與「多媒體」意念相關的課目編號與名稱，供讀者參考：「COMM 2300聲音與創意媒體」、「COMM 2300聲音與創意媒體」、「COMM 2922創意媒體與新媒體導論」、「COMM 2925創意媒體剪接原理」、「COMM 3920創意媒體寫作」。

五、結語：「斜槓族」寫作導師的意見

　　回到文初「創作是否能教」的問題，過往識者總是存疑，並展開了漫長的論辯過程。然而時至今天，在世界各門產業愈發重視「創意」的前提下，「創作是否能教」一類傾向純文學的討論似乎可暫告一段落，取而代之是逼切探問「如何教」和「由誰來教」兩大問題。然而，踏入電子數碼技術主導凡事講求影像化的二十一世紀，也有不少人質疑，文字相關的教育是否仍然必要？而寫作——不論「傳統」的、「創意」的還是「多媒體」的——既為文字編織所成的產物，是否可被影像主導的教學完全取代？答案當然是否定的。

　　縱使上文提及不同地區或本地不同院校在「創意寫作」的種種革新，如何加入不同的媒介，文學作品依然為製作教學材料至為重要的參考，至於改變的是學科融合的跨度較以前更大，科目的界線也愈漸模糊，過去傳統的寫作訓練課堂教授學生如何為表達情感寫詩撰文，現在已變成如何以圖文寫作組織一系列的IG story廣告，或如何借用各種過往被視為「死技巧」的修辭化成Youtube上表述自身、建立個人形象的文稿，於是媒介互通、材料互用就成了寫作教學者必須具備的條件。正如文章開首提出本文以「複合視角」觀察不同崗位對「創意寫作」意念的形塑與思考，事實上也是筆者在撰文期間也是一次自我探索與叩問：有沒有把編輯「創意寫作」專號時所獲得的意念、在擔任文學散步導賞員時構想的教學方法，融合在教學及課程設計之中？踏入斜槓（Slash）世代，創意寫作導師如何貫通自己各種專業的斜槓，讓不同的專業互相增益，達到1+1>2的效果，這是身為「斜槓族」寫作導師就「由誰來教」的問題對自身的警剔與期許，也是對「如何教」一問的一點意見。

作為「靈感池」的創意寫作基礎教學
——從創意寫作課程的戲劇與影視學本科教學談起

孫慧欣

中央戲劇學院藝術學理論專業藝術學博士

　　創意寫作與戲劇影視寫作的關係是微妙的。以中國內地為例，首開先河的復旦大學創意寫作隸屬於中國語言文學系戲劇（創意寫作方向）專業，授藝術碩士學位；南京大學創意寫作隸屬於文學院戲劇（創意寫作方向）專業，授藝術碩士學位；北京大學的創意寫作專業起初為中文系與新聞與傳播學院合辦、授文學碩士學位，2017年改為由中文系與藝術學院合辦、授藝術碩士學位。戲劇與影視學，則在2011年才因藝術學被升格為學科門類而升格為一級學科；此前，它一直是文學門類下的二級學科戲劇影視文學，畢業生被授予文學學位。無論是被認為是文學寫作的創意寫作被歸屬於藝術學科，還是被認為是藝術寫作的戲劇影視寫作曾被歸屬於文學學科，都說明了此二者間複雜、纏繞、難以分割的關係。日益專業的學科研究傾向於釐清其差異與各自的特點，但不可否認、也不容忽視，創意寫作與戲劇影視寫作生來便是一母同胞的兩兄弟。

　　事實上，創意寫作與戲劇影視寫作互相蘊含著對方的可能性。戲劇影視寫作之於創意寫作的可能性，正如張怡微所指出的，應建立起更廣闊的對接關係、拓寬當代文學學科的理論邊界，而現在「『創意寫作』與戲劇學科的交流是滯後的」，[1]這不僅「違背了藝術專業培養藝術人才的初衷」，也讓「『創意寫作』的畢業生」失去了「更廣闊的從業平臺」，打破了「教學目標、就業方向與市場需要」的「動態平衡關係」。[2]創意寫作之於戲劇影視寫作的可能性，則更為豐富多樣，自戲劇影視寫作成為高等教育專業之始，創意寫作訓練便隨之加入其中，[3]以啟動創作的潛力與想像力。在當下的研究中，創意寫作與戲劇影視寫作往往被分隔開來，本文將重回它們共同的起點，立足於創意寫作課程之於戲劇影視寫作的影響與作用，分析其作為「靈感

---

[1]　張怡微：〈隔膜與創新——兼評馬文・卡爾森《戲劇》〉，《通識教育評論》第7期（2020年），頁243。

[2]　張怡微：〈「創意寫作」學科的理論交互與實踐創新——以復旦經驗為例〉，《寫作》第6期（2020年），頁43。

[3]　如中央戲劇學院戲劇影視文學專業的散文寫作課程，上海戲劇學院戲劇影視文學專業寫作課的元素訓練、片段寫作，北京電影學院戲劇影視文學專業劇作課的人物小傳寫作，中國戲曲學院戲劇影視文學專業的基礎寫作課程等。

池」的存在。

一、「靈感池」的專業指向

在進行深入探討之前，我們首先要釐清「靈感池」的含義，這關係著創意寫作課程或相關訓練在戲劇影視寫作專業中的目的是什麼？要達成的理想效果是什麼？換而言之，其專業指向性是什麼？

在《賴聲川的創意學》中，賴聲川結合多年創作和教學經驗，總結出「創意金字塔」模型。他所引用的「創意」定義來自美國心理學教授Robert J. Sternberg和Todd I. Lubart：「創意是生產作品的能力，這些作品即新穎（也就符合原創性，不可預期），又適當（也就是符合用途），適合目標所給予的限制。」[4]賴聲川將「新穎」與「適當」合稱為「創意的二部神祕曲」，它們也可以被稱為「欲望」與「表達」、「構想」與「執行」、「想像力」與「組合力」、「感性工作」與「理性工作」、「靈感」與「製作」，一言以蔽之，就是「創作」中的「創」與「作」。這兩部分也被賴聲川作為「創意金字塔」模型中兩大部分：訓練「智慧」的「生活」場域與訓練「方法」的「藝術」領域。二者缺一不可，但賴聲川指出，目前的教育體系往往隔離了二者，「全世界的藝術及創意教育都重視明信片右邊的『方法』，甚至只教右邊的『技巧』」，更重要的「智慧」與「生活」則是被遺忘的。[5]

如上所述，亦足見當下存在的問題。在日趨專業化的學科訓練中，戲劇影視寫作強調與訓練的主要是「方法」、「技巧」、「規範」，教授的是一種專業化、範式化的寫作方法，如影視寫作所談及的「故事材質」、「激勵事件」、「布局謀篇」、「反面人物塑造原理」，[6]戲劇寫作所談及的「衝突」、「矛盾」、「事件」等等。而這一切技巧的基礎與源泉，則是對生活的觀察與感知，即作為內容的是生活、智慧與靈感。沒有這些「內容」，右邊的一切專業「形式」則無從依附與施展。這也就是創意寫作課程與相關訓練作為戲劇影視寫作「靈感池」的含義，它承擔了賴聲川「創意金字塔」中「生活」場域的任務，說明學生以文字途徑接近生活、記錄細節、傾吐感知，把客觀存在初步吸納為內部意識，進行原始、粗糙、直覺化的創作，以此為基點，去啟動更深層的靈感、構思與創作欲望。

具體看來，「靈感池」的專業指向有三個方面。

首先，要輔助學生從應試性寫作進入藝術性寫作。初入大學的學生，大都仍存在著根深柢固的應試作文寫作思維：依賴華彩文筆、文學成語、歷史典故，慣於總結「中心思想」，努力賦予一切文字以「主題」——這一切都並非病灶所在，問題在於

---

4 賴聲川：《賴聲川的創意學》（廣西：廣西師範大學出版社，2011年），頁22。

5 賴聲川：《賴聲川的創意學》，頁22。

6 羅伯特‧麥基：《故事：材質‧結構和銀幕劇作的原理》（天津：天津人民出版社，2016年），頁1。

這些優美文章的背後是空洞無物的。作為「靈感池」的創意寫作課程及相關訓練首先要完成的就是這一艱巨而龐大的任務：解開應試作文的枷鎖，讓學生進入真正的藝術性寫作或曰專業性寫作。在真正的寫作中，沒有什麼「形式」是必須採取的，沒有什麼「主題」是必不可少的，甚至現有的方法和規範都可以超越，唯一的目的，就是盡可能深入地描摹與揭示人類的心靈，真誠、飽滿、言之有物。

其次，要引導學生鋪設對生活的感知力。觀察生活是寫作中經常做的訓練，但並不是每一種觀察都能到達感知，進而激發出寫作的靈感；觀察生活訓練的終點並非「看到」，而是要在感官中「感覺」到，在思維中「理解」到，在身心中形成全方位的感知體驗。所以在中央戲劇學院教材《劇本寫作初級教程》的「劇本創作準備」中，學生要談論與寫作的敘事散文並非單純記錄一件事，而是記錄事件帶來的感知：「關於恐懼與安全感」，關於「觸覺、嗅覺、幻覺」[7]等等。所以引導學生關注並記錄生活感知是重要的，這不僅將打開視野，也將組建起最初的寫作素材庫。

同時，也要對學生進行基礎寫作能力的訓練。「我手寫我心」中的「心」固然重要，如何運用「我手」寫出這種感知同樣是不可或缺的能力。但需要注意的是，此處的寫作並不以文字的美觀為標準，而是以文字對生活的反映程度為標準。正如美國劇作家亞瑟・米勒所指出的判斷戲劇形式實效的標準：「任何戲劇形式都是一種技巧，是一種把主觀感情通過公開的象徵變為得以理解的事物的方法……根據原有的想像和感情在變化中喪失了多少或歪曲了多少而做出判斷。」[8]

綜上所述，作為「靈感池」的創意寫作課程及相關訓練，是走向專業化寫作必不可少的第一步。

二、「靈感池」的實施邏輯

在釐清創意寫作課程及相關訓練作為「靈感池」的含義及其專業指向性之後，筆者將結合教學實踐經驗試探其實施邏輯。

「靈感池」實施邏輯的基礎是工作坊的集體創作制。工坊制是國內當下創意寫作研究與實踐中的規模化現象，如《2019年中國創意寫作研究年度觀察》所指出的，「對國內外工坊制經驗與理論研究的繼續深入，構成了年度創意寫作教學實踐與研究的主線」，並且「在工坊研究的基礎上，工坊制教學實驗方面的研究有意識地聚焦中國創意寫作教育教學具體課程、活動的開展和實施」；[9]同時，也是創意寫作教學的最佳方法，正如許道軍在《創意寫作十五堂課》中指出，「創意寫作工作坊是創意寫

7　楊健、張先：《劇本寫作初級教程》（北京：文化藝術出版社，2013年），頁1。

8　馬丁（R. A. Martin）著，陳瑞蘭、楊淮生選譯：《亞瑟・米勒論劇散文》（北京：生活・讀書・新知三聯書店，1987年），頁151。

9　劉衛東、張永祿：〈2019年中國創意寫作研究年度觀察〉，《中國圖書評論》第3期（2020年），頁65。

作的標誌性教學方法。創意寫作工作坊是以創意寫作或創意寫作教育、研討等相關工作為導向，由若干參與者組合而成的活動組織」，與傳統寫作教學相比，具有「多重回饋／頭腦風暴」、「專業回饋」、「及時回饋／試錯與糾錯並行」、「不憤不啟」、「目標轉換」、「主題轉換」[10]優點。在戲劇與影視學的教學實踐中，工坊集體創作制通常呈現為小班教學、圍坐討論、作品導向的具體形式。

　　基於上述原則，創意寫作課程作為「靈感池」的實施邏輯可分為「閱讀與鑑賞的前置參與」、「思維與身體的主體參與」、「寫作與批評的終端參與」三階段。

（一）閱讀與鑑賞的前置參與

　　閱讀積累是必不可少的創作前提，有效鑑賞則是其發揮作用的前提。對於如何「閱讀與鑑賞」，許道軍給出了答案：「像作家一樣讀書。」創意閱讀不應止步於外部分析，而應走出傳統文學閱讀模式，以寫作為主體，達到創意寫作的生成性藝術性實踐本質。鑑賞的角度與其在對形式技巧的使用，不如在內容表現的深度與廣度方面。對人物的塑造，對人物情感關係的挖掘等等。

　　同時，許道軍還指出：「在閱讀範圍上，它強調以文學為主，但是不應局限於文學一隅，應跨媒介、跨文體、跨類型地去涉獵更廣泛的領域。」[11]依舊是從賴聲川「創意金字塔」原理來看，廣泛的閱讀與觀摩一方面可以積累對藝術形式的學習與借鑑，另一方面更可以形成對生活內容的感受與理解。因此，宏觀化的閱讀鑑賞，無論是小說、劇本、人物傳記、報告文學、社會新聞、專題文章、戲劇、影視劇還是網路寫作、新媒體短片等任何形式，只要在內容上對生活真正的反應與表現，都是「靈感池」的素材源泉。如小說《老師好美》由作者嚴歌苓根據2007年貴陽六中師生戀殺人的新聞事件改編而來，電影《浮城謎事》改編於2009年的天涯社區長帖《看我如何收拾賤男和小三》，話劇《美好的一天》則以十九個普通人對日常生活的敘述呈現，導演李建軍以創造「凡人劇場」為理想，從日常生活著手探索新的劇場美學。以上成果均說明了廣泛閱讀與鑑賞的重要性。

（二）思維與身體的主體參與

　　「靈感池」實施的主體過程可分為思維與身體兩方面。思維參與側重於以寫作或對話的方式進行表達與交流，身體參與則側重於形體表演與場面呈現。二者應有機結合，實現工作坊成員的高效、全面參與。

---

[10] 許道軍、馮現東：《創意寫作十五堂課》（上海：上海大學出版社，2019年），頁280。
[11] 許道軍：〈「像作家一樣讀書」：從新批評到創意閱讀──創意寫作活動中的閱讀研究〉，《當代文壇》第1期（2019年），頁110。

1.表達與交流的思維參與

按照先後流程，思維參與可劃分為「以介紹第三者為起點的自我介紹寫作」、「以感官體驗為路徑的記憶寫作」、「以啟發想像為目的的場景寫作」三個階段。

（1）以介紹第三者為起點的自我介紹寫作

中央戲劇學院戲劇影視文學專業教材《劇本寫作初級教程》與中國戲曲學院戲劇影視文學專業教材《文學寫作基礎教程》均提及了一個基礎的初始訓練：自我介紹。但不是姓甚名誰的普通自我介紹，而是以介紹第三者為起點的自我介紹。

自我介紹是寫作課中的常用方法，可以促進師生、生與生之間的了解，在第一堂課中有效地打開局面，放鬆參與者的情感狀態，進入一種比較放鬆和互相信任的課堂氛圍。但單純地自我介紹一方面是稍顯乏味，另一方面一味地自我陳述、自我傾吐對寫作的訓練增效也不大。所以寫作課可以採用以介紹第三者為起點的自我介紹，讓自我介紹的範圍由點到面，讓注目的視野從自我擴展到「自我的生活」，讓對生活的觀察、感知與陳述滲透在細節之中。如使用第三人稱介紹自己，站在旁觀者角度觀察自我；或介紹與自己有關的身邊人，通過講述一件你們之間共同發生的事情。都可以有效地通過相對客觀的寫作完成自我介紹的過程。

（2）以感官體驗為路徑的記憶寫作

感官寫作是文學性與藝術性均極強的寫作。如汪曾祺寫味覺，「高郵鹹鴨蛋的特點是質細而油多，蛋白柔嫩，不似別處的發乾、發粉，入口如嚼石灰，油多尤為別處所不及」；畢飛宇寫觸覺，「推拿的力量講究的是入木三分，那力道是沉鬱的，下墜的，雄渾的，當然，還有透徹，一直可以灌注到肌肉的深處」；德國作家派翠克·聚斯金德在《香水》中寫味覺，以及編劇王蕙玲在電影《飲食男女》中寫食物等等。感官寫作是一種極佳的呈現形式，食色性也，觀感內裡直通人的內心情感精神世界；同樣，感官寫作也是一種極佳的訓練方式，以感官體驗為路徑的記憶寫作可以引導學生從經歷中提取感知，並訓練筆觸的描述能力。而片面化的感官寫作是方法而非目的，最終需要一個綜合性的訓練組合分散的碎片，即以感官體驗為路徑的記憶寫作。如1984年賴聲川在臺北耕莘文教院上課時，布置給學生的題目：「請用任何方式表現你生命中一個重要的經驗。」這個作業便後來發展為賴聲川導演的、由臺北藝術大學戲劇系演出的話劇《我們都是這樣長大的》。

這些記憶將以靈感的形式得以保存。賴聲川以《如夢之夢》的創作經歷說明積累靈感的重要性：「……我當然在寫作的時候覺得『很有靈感』，但我不會稱那個為『靈感』本身，而是一種高度的專注力。最重要的就是前面的連結，前一天晚上所發生的融合。第二天我只需要集中專注力，就可以讓心中的一切『輸出』到紙上，讓內在的一切組合成正當的形式。」重要的是在之前的生活經歷中有所意識。所以他指出：「要發生那種靈感，需要發生兩件事：（1）我生命經驗中的許多事件必須已經

被儲藏在某處。（2）必須有一種機制被啟動，知道在哪裡找這些事件，以及哪些事件能夠跟哪些事件串聯在一起。」「當『靈感』自外降臨，它是一個火花，一個催化劑，而不是一個檔案。外在的故事或事件可能成為催化劑，刺激我們內在的作業系統，但是這些外在故事或事件無法取代作業系統。我們只能靠自己的井來取水。自己的井中有多少水，是自己長年的積蓄。」這就是記憶複現寫作的重要性。

（3）以啟發想像為目的的場景寫作

在「寫實性」的寫作訓練結束後，可試進行虛構場景的創作，調動「寫意性」的想像力。此處須釐清藝術作品與現實世界的關係問題，正如符號學家蘇珊・朗格所說，「藝術是人類情感的符號形式創造」：「藝術家的使命就是提供並維持這種基本的幻象，使其明顯地脫離周圍的現實世界，並且明晰地表達出它的形式，直至使它準確無誤地與情感和生命的形式相一致。」[12]創作脫離現實世界同時符合情感生命形式的作品，便需要以啟發想像為目的的場景寫作訓練。

關於如何在寫作練習中聯繫現實世界與藝術作品，鍾鳴教授在《文學寫作基礎教程》中提供了一種絕佳的方法。書中提及華盛頓州立大學實驗心理學家洛夫斯特曾做過一個實驗：她為參與實驗的二十四名受試者各準備了一本手冊，手冊中記有他們幼時的四個事件，其中三個事件為家人提供的真實事件，另外一個則是洛夫斯特杜撰的在購物中心迷路的虛假事件。受試者閱讀手冊，並且根據記憶寫出相關細節，若不記得此事，只須寫下「我不記得了」。令人驚異的實驗結果是，不僅有四分之一的受試者會「想起」自己曾在購物中心迷路，而且還伴隨著豐富的細節描述。洛夫斯特認為：「人類心靈慣於將事實與想像混雜，改造過的記憶反被當作確有其事，說明人心厭惡空虛，無法坦誠面對空白，所以設法填滿一切。」[13]根據這個心理學實驗，鍾鳴教授設計出一個課堂互動：讓學生在不討論、不交流的前提下，各自回憶並盡可能詳細地描述三個日常場景，其中兩個是師生曾共同經歷過的真實場景，另外一個則是虛構的師生共同經歷場景。這個互動的效果，是學生往往會用想像力填補、完成虛假場景在記憶中的復現，而這一過程，恰恰是寫作所要求的想像力、感受力、細節的設定與描述能力、場景複現能力。正如鍾鳴教授所說，「人類無中生有的傾向相當強烈且影響廣泛」，它根植於我們的內心與本能，只需要一些小小的激發。

2.表演與呈現的身體參與

「靈感池」不僅需要思維的參與，更依賴身體的加入。〈創意寫作學本體論論綱——基於個體的感性的身體本位的創意實踐論寫作學研究〉一文指出：「在創意寫作學視域中，創意是人自我實現的根本性實踐活動，人只有把自己領受為創意實踐者

---

[12] 蘇珊・朗格著，劉大基、傅志強、周發祥譯：《情感與形式》（北京：中國社會科學出版社，1986年），頁80。

[13] 鍾鳴：《文學寫作基礎教程》（北京：文化藝術出版社，2015年），頁145。

時，他才可能真正領受自己的生命本質並以其為基本原則來追求其自我完成，寫作由此被理解為主體對其創意本質的一種領受和實現活動。」[14]俄國戲劇理論家斯坦尼斯拉夫斯基的「心理－形體」演劇方法同樣認為，心理與形體是有機統一和相互影響的，演員應從行動邏輯出發創造角色，在反射作用中激發、尋找相應的情感邏輯、下意識心理狀態。思維的實現離不開身體的實現，思維的參與也需要身體的參與。

（三）寫作與批評的終端參與

以上訓練最終須產出一個具象的作品成果，即敘事性散文。張怡微在《散文課》一書中梳理了「散文」文體的定義，對其做出極高的評價：「抒情詩直接描繪靜態的人生本質，戲劇關注的是人生矛盾，唯有敘事文展示的是一個連綿不斷的經驗流中的本質。」「散文是什麼呢？情感的試金石。」「現代散文是以白話文表達內心複雜情感的文體。」最終她引用楊牧現代散文「三一律」作為此書中「散文」的定義：「一定的主題，尺幅之內，面面俱到；一致的語法，音色整齊，意象鮮明；一貫的結構，起承轉合，無懈可擊。」同時也指出，楊牧主張：「散文不妨實驗小說、詩歌、戲劇的體裁，侵略其他文類的領域。」[15]如此看來，不僅寫人記事的文章也歸類於散文，人物小傳、大綱構思也不妨歸於其中；引用其飄逸自由之特色，傳襲其情真意切之優點。作為「靈感池」的創意寫作散文成果，即是要完成這樣的任務。與此同時，不僅「寫」是重要的，「評」同樣是不可或缺的流程。「一作多評」的講評方式可使作者在此過程中獲得更多的思考。

三、「靈感池」的互動效果

在創意寫作課程結課後蒐集的學生感想與意見中，筆者總結出三個較為明顯的傾向。

首先是傾向於表達、交流、創作。學生會期待在課堂上就具體作品或話題進行討論，交流觀點，碰撞思維；同時期待有更多的創作機會，產出自己的作品。在傳統印象中，成長於應試教育體制的學生的思維與表達欲會被消磨、壓抑，但事實上，在一定的「預熱」之後，在給予充分的交流空間之後，學生會表現出強烈的表達創作欲望。筆者認為在創意寫作課程基礎教學的初始階段，教師應給予學生充足的鼓勵與肯定，並且在科學的方法下製造設計充足的機會讓學生表達與創作；引導方向，但將主動權交給學生，讓他們的表達像水一樣在河道中流淌，到達一個廣闊的海洋。但從另

---

14 葛紅兵、王冰雲：〈創意寫作學本體論論綱──基於個體的感性的身體本位的創意實踐論寫作學研究〉，《湘潭大學學報（哲學社會科學版）》第44卷第2期（2020年），頁131。
15 張怡微：《散文課》（上海：華東師範大學出版社，2020年），頁197。

一面來看，這種傾向也會帶來某種不足：因為學生本身基礎較為淺薄，沒有太深厚的可供交流的內涵，所以多數交流會流為庸俗化的討論甚至辯論；並且即便有濃厚的創作欲望，但往往表現為對自我生活的變形化抒發，甚至沉迷於自戀的表達，而懶於對作品進行真正的修改與思維的拓寬。規避以上可能出現的問題，都需要教師隨時對課堂內容進行把控。

其次是傾向於互動、參與、遊戲。相比傳統的「臺上板書—臺下筆記」模式課堂，學生對互動式課堂的興趣度更高，在調動身體的課堂遊戲中，思維的參與度往往也更高。學生更期待課堂有某種「實戰」的影子，或可以落實為更具體的目標：如作品導向，課堂上的學習、討論最終會在課下形成一個具象的作品；實踐導向，課堂上的活動是對某種社會實踐的模擬與預演；儀式導向，課堂活動本身會形成獨立的意義等等。總而言之，學生期待儘快看到課堂的「意義」。一方面，這會是一種「立竿見影」的教學實踐；另一方面，這並不符合教育的延遲滿足原理，短暫的學習無法真正獲得深厚的知識。在這個過程中，保證教學週期能達到教學成果，以及互動遊戲不淪為真正的嬉戲，仍舊都是需要教師去把握衡量的問題。

最後，傾向於作業講評與範本分析。對於自己的作品，學生期待聽到具體的修改意見；對於整體教學內容，學生期待看到具體的範本作品。筆者認為這一傾向是需要謹慎對待的：這是一種應試教育慣性下期待「範本」「正確答案」的固化思維。寫作沒有「範本」「正確答案」可言，迎合某種「規則」無法產生真正的作品。所以取而代之這種「唯一式」評點與分析的方法，可以是對經典作品的介紹、讀解與討論，讓學生在與經典作品的距離之間去發現問題所在；也可以是對不同風格和流派的賞讀，開闊學生的欣賞視野；或是對一部作品的集體評價，拉開評價的差異度，讓作品的反響呈現出雜音，交由作者參考、對比、釐定。總而言之，要謹慎給出扼殺想像力與可能性的「正確答案」。

以上總結僅是一個片面、微小甚至個體化、私人化的經驗之談。寫作是一條永無止境冒險之路，危險、新奇而充滿誘惑，難以琢磨形狀，難以確定通途，需要不斷接納新思想、新事物、新路徑，於師生雙方均是如此。在戲劇與影視學科的中高年級寫作課程規劃中，寫作任務將具體指向電影劇作、電視劇劇作、獨幕劇寫作、戲曲大戲寫作、整理改編寫作等，而這一切的基礎，均是作為「靈感池」的創意寫作課程及相關訓練。打好「靈感池」基礎，是戲劇與影視學科寫作課建設需要不斷探索的重要問題。

第二輯

創意寫作、文化產業
與跨媒體創作

以讀帶寫——跨媒體閱讀成果展示個案探討

吳美筠

香港文學評論學會顧問

一、引言：書面閱讀報告成果展示之限制

　　眾所周知，閱讀更能激發學習者對寫作的興趣，通過閱讀促成寫作，[1]從中會發展獨立思考。寫作需要技能而不是知識，寫作的過程與認知技能發展有關，可以通過故事閱讀、理解和推理等活動提高寫作效能。[2]時至今日，傳統的書面閱讀報告——以寫作作為展示閱讀成果的手段，把閱讀轉化為文字報告，不單把閱讀評估局限於文字媒體，而且大都集中在個人學習層面，而且要求用純粹語文（口頭或書面）並單向表述閱讀成果。而另一種在華語社會常見的閱讀教育，最普及的閱讀方法，是閱讀理解。經典閱讀學書籍《如何閱讀一本書》對閱讀理解這類閱讀「活動」主要歸屬於檢視閱讀（inspectional）的層次，學生在限定時間內速讀，甚或預讀，做系統化略讀（skimming systematically）是常用閱讀策略，[3]閱讀方法非常局限。長期使用速讀、略讀及預讀的策略，將削減精讀、連讀這些有助把閱讀轉化為寫作能力的文學閱讀策略培訓。而最大的問題是與二十一世紀後數碼新世代的閱讀習慣，與課室內的讀寫教學已產生斷層。[4]跨媒體教育研究專家Richard E. Meyer早已就跨媒體學習成效做了很多實驗和研究，從教育心理學範疇的理論證明語文和圖像的表達能成有意義的學習，兩者產生組織及整合（integrating）的認知過程，[5]為近十年重要的參照，惟他所舉的例子不少以工科或科學範疇做教學實驗，例如學

1　鄒偉宏：〈以讀帶寫，讀寫結合——「讀寫結合」中考寫作趨勢展示〉，《小雪花：初中高分作文》第1期（2017年），頁25-27；李金蘭：〈初中英語以讀帶寫教學實例探析〉，《英語學習》第10期（2016年），頁49-54；潘國華：〈以讀帶寫　讀寫相長——閱讀與寫作教學相滲透培養學生語文綜合能力〉，《教育教學論壇》第33期（2011年），頁83-84。

2　Bünyamin Celik, "Developing Writing Skills Through Reading," *International Journal of Social Sciences & Educational Studies*, vol. 6, no.1（2016）: 206-214.

3　莫提默・艾德勒（Mortimer J. Adler）、查理・范多倫（Charles Van Doren）原著，郝明義、朱衣譯：《如何閱讀一本書》，臺北：商務印書館，2003年。

4　Richard Andrews and Anna Smith, *Developing Writers: Teaching and Learning in the Digital Age* (England: Mc-Graw Hill, Open University Press, 2011), p. 18.

5　Richard E. Mayer, *Multimedia Learning (Third ed.).* Cambridge: Cambridge University Press, 2021.

習車軌氣泵、閃電形成，[6]卻少有涉及人文學科，在文學教育的例舉較少。

面對習慣跨文本（multi-textualization）的後數碼世代（post-digital generations），文學讀寫教育如何超越傳統文學教育書面閱讀報告的限制，同時又能通過閱讀促成寫作呢？本人曾於香港大學附屬學院任一門「閱讀與寫作」的學科統籌，設置要求學生應用跨媒體（multi-media）工具展示閱讀成果。本文以跨媒體展示閱讀成果的具體教案實踐為例，探討如何能協助非主修中文的學生，運用媒體互動學習模式（interactive learning mode），發展文學讀寫的興趣，並誘發創意寫作的學習動機。分析教案如何：

1. 嘗試開發超越傳統文學教育模式的閱讀報告互動方式，以適合數碼閱讀世代的跨文本閱讀習慣。在文學課程設計上，教室展現學生閱讀成果不再單純依重文字報告。
2. 考慮到分層教學和主體探索的需要和優勢，並以通過文學教育使學生能夠運用形象（image）及文字建構意義的持續學習者、提高學生的文學閱讀的興趣為目標。
3. 對以讀帶寫的課程增益，不同視覺媒體與文學閱讀串流、整合的學習效果，推動以不同角度審視寫作的效果，從而誘發寫作，從抒情述懷擴展到以文字建構意義的持續學習動機。

二、課室內外閱讀與寫作的斷層

後數碼世代早已厭倦以文本體裁為主的語文學習，在鋪天蓋地的文本數碼化的現實生活，電腦、手提、平板電腦的文字處理方式澈底顛覆傳統讀寫單一的紙本模式，可移動閱讀裝置使書籍變成以信息或娛樂為目的的移動工具。事實上，電子移動工具全天候連線網路和跨文本並讀或協同閱讀模式延展了傳統紙本閱讀，後數碼時代並沒有判定文字印刻出版的死刑，反之，愈來愈複雜的數碼讀物挽救了傳統閱讀消費市場的息微。[7]而最大的問題是，二十一世紀後數碼新世代的閱讀習慣，與課室內的讀寫教學已產生斷層。學生寫作多與生活無涉，所以，學生質問：「當課堂以外不存在這類寫作時，進行五段論文寫作或寫作特定公式的目的是什麼？」[8]無論英美或澳洲

---

[6] Richard E. Mayer, "The Promise of Multimedia Learning: Using the Same Instructional Design Methods across Different Media." *Learning and Instruction,* vol. 13, no. 2（2003）：125-139.

[7] Gustavo Cardoso, Carla Ganito and Cátia Ferreira, "Digital Reading: The Transformation of Reading Practices," in *Proceedings of the 16th International Conference on Electronic Publishing: Social Shaping of Digital Publishing: Exploring the Interplay Between Culture and Technology,* eds. Ana Alice Baptista, Peter Linde, Niklas Lavesson, Miguel Abrunhosa de Brito (Nieuwe Hemweg: IOS Press, 2012), pp. 126-134, https://ebooks.iospress.nl/publication/32019.

[8] Andrews and Smith, *Developing Writers: Teaching and Learning in the Digital Age,* p. 18.（原文是：

均察覺需要轉換寫作教育，從純粹文本類型改為混雜其他形式。文本數碼化、多模態（Multimodality）[9]均帶來讀寫教學的挑戰。照顧數碼世代的文學閱讀習慣，增加跨媒體multi-media的互動，閱讀成果展示作為課程習作要求，跳出以文字呈現文字閱讀的成果，有助後數碼世代的學生提升對文學閱讀信心和興趣。因為閱讀不但是看見、接收、理解，以及從文句或書卷中所有元素梳理出意義來，更是通過認知行為及技巧的協作從符號中獲得意義的作為。[10]而符號，又不止包括文字，也包括圖像或影像等等。

Richard Andrews在研究以作家培育為目標的寫作教育發展，提到後數碼世代幾項語文教育上的重大挑戰：（1）他們厭倦以文本體裁為主的學習方向，厭倦以格式簡化文體，或做工作紙等硬套路為學習重心，過往教學過分側重形式及結構，忽略寫作過程中，寫作動力和動機、與讀者連結、思想構成等元素，很多時比形式的考量更為重要。（2）過度使用目標和產品面向的評估系統，使評估方法太接近營商的生產為本，使寫作最終只以評級為目的，課堂寫作氣氛疲弱。（3）課堂與社會現實世界脫勾，課室內的寫作寫完就結束，課室以外的真實生活提供有讀者的工作，使學生更渴望寫得準確，並與現實連結。（4）多模態挑戰傳統寫作教學法。他認為構想寫作，不能沒有多模式的意識形式的認知。視覺、影像、聲音同時與寫作關聯。（5）文本數碼化之後，數碼文本並非印刻文本的延伸，電腦、手提、手機處理文字的方式澈底顛覆讀寫模式，人類可以同時處理不同介面的信息。（6）各種寫作風格皆可育成創造力，不但是傳統的散文、小說、詩的寫作講求創意，無論非虛構及虛構性寫作都需要創意訓練。[11]雖然其論述是以寫作為基礎，但也反映這網讀世代的多模態特徵。

三、後數碼世代的閱讀習慣

書寫教育由1950-60年代重視語法規範，把書寫局限在修辭及文體認知上，再到後來開始重視個人表達作為想像及創意寫作的根本，始終在語言運用上側重課堂上即時的實踐，在華文文學寫作教育上，較少發掘閱讀回饋寫作方面的可能性。而傳統閱讀報告較集中個人單向學習，單向以寫作表述閱讀成果；閱讀理解則閱讀策略傾側於檢視閱讀，重複操作短時間理解，缺乏文學精讀訓練。學生往往需要使用文字書寫的

What is the point of my undertaking five-paragraph essay training, or writing to this particular formula, when such kinds of writing do not exist outside the classroom?中文為筆者所譯。）

9　多模態指在口頭或書面交際中，交際符號的多樣性。圖像、聲音、文字、色彩、空間、動作等多模態話語同時出現，意義通過不同模態建構，在共同交際過程中體現和表達。參代樹蘭：〈多模態話語研究的緣起與進展〉，《外語學刊》第2期（2013年），頁17-23。

10　Celik, "Developing Writing Skills Through Reading," p. 209.

11　Andrews and Smith, *Developing Writers: Teaching and Learning in the Digital Age*, pp. 17-28.

閱讀報告展示學習成果。由於未能照顧學生寫作及對文學認知上的差異，以致產生距離，學生難於從文學閱讀成果得到轉化寫作能力的學習效果。另一方面，1980年代以還，文學教育已認知心理語言和話語模式的重要，意識到寫作教育包含為世代預備作家的使命，所以開始重視擬草稿、編輯、小組學習、擴大回應表述等教育。[12]進入二十一世紀，從數碼世代到後數碼世代，再思文學教育，配合後數碼年代青年的跨文本的特點是勢所必行。

四、文學閱讀成果展示教案

本教案示例取自本人撰寫之課程，名為「閱讀與寫作」，根據該科「課程大綱」（2008-2015），該科目的是以「閱讀」與「寫作」為樞紐，相互結合，強調文學閱讀及寫作的專精訓練，修讀時間為一學期，學分值為三個學分，目的是：「選取中國不同文類、不同作家、不同風格的著名作品為教材，務求『讀』和『寫』兩者相輔相成，學生從廣泛閱讀開始，培養閱讀興趣與自我學習的能力，並從中學習不同文類各種富創意的寫作技巧。」此科原為文副學士必修科，亦為筆者為香港大學專業進修學院設計之中文（榮譽）課程框架內之大一必修科（筆者時任該科課程統籌2008-2015），課程在香港教育資歷級別中為四級，銜接二年級課程，相當於大學一年級通用技術學科的文學教育，學生不必具備豐富的現代文學閱讀經驗，但要求學生參照閱讀四個層次來閱讀文學作品。「課程大綱」設定數項習得成效（Learning Outcomes），完成此科課程後，學生能夠：

1. 運用精讀、連讀、重讀、延伸閱讀和想像閱讀等不同閱讀策略，分析現、當代作家的白話文學作品如何把主題、內容思想、背景、語言風格、創意結合，成為優秀的作品。
2. 通過文本解讀、解構、詮釋及回應完成高層次的閱讀。
3. 掌握由構思、立意、下筆、命題、修改到檢討作品的寫作過程，並運用創意思維及想像力進行創作。
4. 以不同文學體裁（例如：散文或小說）寫作。
5. 自主獨立地通過文學的閱讀和創作，可以提高語文素養。

此科把書面閱讀報告轉以小組形式的跨媒體工作坊取代，要求學生藉一次參照《如何閱讀一本書》的四個層次做深入的閱讀，[13]在過程中，運用連讀、精讀、重

---

[12] Andrews and Smith, *Developing Writers: Teaching and Learning in the Digital Age*, pp. 3-5.

[13] 四個層次為解讀、解構、詮釋及回應，主要參考《如何閱讀一本書》，見莫提默・艾德勒（M ortimer J. Adler）、查理・范多倫（Charles Van Doren）原著，郝明義、朱衣譯：《如何閱讀一本書》，臺北：商

讀、延伸閱讀及想像閱讀等策略，經過感受、理解、分析、想像、欣賞、整理、比對及回應，向學生以工作坊的形式表達所得的閱讀成果，幫助學生提高閱讀能力及拓展學生閱讀視野，並以互動方式交流閱讀當代名家文學作品（見附件一）的成果，工作坊教案設計從三方面實踐上述1、2、5三項的學習成效：

第一，工作坊三十分鐘演繹：學生大概五至六人一組。每組從篇目中選一篇小說輪流主持工作坊，同學可運用視象或跨媒體的器材，跨媒體互動模式演繹或改編作品，或轉化創作意念進行二次創作。此科教學實踐七八年，學生曾運用的媒體不僅止於圖像，也包括聲音與影像的互動，例如：戲劇、錄像、混媒體劇場、電影、幻燈、皮影戲、廣播劇、朗誦、歌唱、舞蹈、遊戲、魔術等，有學生作曲獻唱，甚至編舞、玩魔術呈現對作品的感受，由於呈現形式可取其專長，部分不擅寫作的學生也能思考作品的深層意義，選取擅長的文藝形式展示閱讀成果。創作過程中，增補了對文學的認識。

第二，小組形式：小組形式的好處，小組報告的好處是「將自己閱讀過的材料加以消化，並整合個人經驗和思維運用，轉化為自我接受的知識；進一步也能傳達自我知識給他人了解」，[14]經過討論、辯證、協商，運用跨媒體資料處理（multi-media information process），更有利於引發創意的解難方法，[15]不但有能力定焦演繹對作品的體會，更可應用在寫作上，學會情感、取材如何通過敘事轉化，作家如何思考。

第三，學生為了顯示能使用合適而多元的閱讀策略，完成高層次的文學閱讀。過程中，必須從文本內容（content）及語境（context）切入，自由選取恰當、適切、獨特的詮釋角度來演繹：從文化，或社會，或心理，或哲學，或歷史、宗教、性別等角度表達形式不限，學生自由選擇表現形式及輔助媒體，再輔以演講、對話、簡報做口頭報告及互動交流。

五、跨媒體閱讀成果展示個案分享

舉研習對象王良和〈螃蟹〉為例，小說採用魔幻寫實手法，時空交錯，敘事進入小說人物的記憶和意識底層尋找奇異的對話空間，與他其他小說最不同之處，就是除了探索身體操控和反操控的問題外，更直視死亡（身體的消失）的問題；主角「我」隨身帶著身體的螃蟹與象徵操控有關，[16]實不容易理解。很多學生選擇用微電影呈現

務印書館，2003年。

[14] 文學閱讀新策略，鄭瓊月、黃寶珊：〈文學閱讀教學的新策略——線上讀書會之學習成效分析〉，《人文與社會學報》第3卷第3期（2014年），頁137-172。

[15] Mayer, *"The Promise of Multimedia Learning: Using the Same Instructional Design Methods Across Different Media,"* p. 137.

[16] 吳美筠：〈香港詩人在小說中的自我指涉——從解讀《魚咒》的話語策略開始〉，收入楊玉峰編：《騰飛歲月——1949年以來的香港文學》（香港：香港大學中文學院，2008年），頁383-406。

文本寓意，所涉概念，本文以「螃蟹小組」（見附件二）個案為例，學生皆非主修文學，為了進行跨界演繹，呈現由解讀到詮釋的閱讀過程。為了重新把文本中時空交錯的事件梳理，該組繪製一條皮影戲的短片，重組情節的順序；又別出心裁設計了一個頒獎禮，假設作品是電影金像獎得主，分別設計最佳男主角、男配角、布景來鋪述文本中人物的隱喻、關鍵意象的象徵意義等。這組學生在完成工作坊時，更因對文本產生莫大的興趣而撰寫新詩（見附件三），回應小組對小說有關父子之間帶操控和對抗的張力的詮釋。而這部分書寫並非習作要求，純屬學生投入作品而情動於中。這種引發自主寫作的例子在表現較出色的小組尤為常見。上述篇章，其他小組有製作短片、演話劇、作曲演奏來演繹閱讀成果，並不單一，顯示文學召喚想像的多重可能。

文學從解構到重構，分解作品的「言外之意」、「象外之象」、「境外之境」。陳炳良提出當中起碼分為五個層次。

1. 文字層次：從認字解碼
2. 語法或語序層次：從文字組合窺知文本意涵
3. 修辭層次：意象、隱喻
4. 主題層次：文本互涉對讀（反思性闡釋階段開始）
5. 對話層次：意義重構[17]

當學生從語序和語法層次進入對話層次，便啟動了跨文本（inter-text）的閱讀狀態。老師要求學生這時結合文字，視覺圖像和多媒體文本，構思在教室環境中探索更詳盡的上下文語境的含義，並延伸互涉的反思。工作坊創造互動、知性而充滿挑戰的多媒體環境，要求學生多才多藝地從日常遇到的圖像及文本，學習多元媒體運用，從學生角度，大學生更期望文學課混合聲音、視像、非語文的設施，這有利於無論在教室內外都活在多元文本的學生，[18]促進學生同時在視覺形象與語文中思考。參考D. Tapscott的研究，[19]這類跨媒體閱讀課堂能肯定多元媒體的學習語境，包括：

1. 高度獨立：由於演繹方式學生可以選取組員擅長的媒體，彼此配搭，無論使學生具備強調獨立性、主動性和認同感。
2. 包容涵量廣泛：通過虛擬或網路社區，從本土取向可望拓展到全球性的觀點。學生在展示成果時也可以連結其他資訊，同步使用其他軟件或載體。學生視作品為文化文本，展示的主題可涉及社會、歷史、哲學、文化等。

---

[17] 陳炳良：〈閱讀的五個層次〉，《文學論衡》第20期（2012年2月），頁37-48。
[18] Joseph M. Piro, "The Rembrandt Teaching Project: Promoting Multiple literacies in Teaching and Learning," *Art Education*, vol. 54(3) (2001): 12-1.
[19] Kathryne Speaker, "Student Perspectives: Expectations of Multimedia Technology in a College Literature Class," *Reading Improvement*, vol. 41.4 (2004): 243.

3. 使成果全然可接觸且自用：學生獲取信息和表達權利得到尊重。
4. 可試驗和查核：探索想法以了解其根源，同步探索各種技術各種可行性。在香港，這種閱讀呈現方式已延至各方各面，由公共圖書館的「文影共舞」到筆者策展的「文學串流」，皆促成本地文學與其他媒體的互動對話性和創新展演，相關的概念在大學教育已更充裕。
5. 即時性：瞬間接觸和交流信息，期望很短時間內更多線下交流。工作坊小組要在課堂報告約三十分鐘時間內展現如何進入高層次閱讀，並設計互動媒介及圖文表達，需要運用多文本、多信息量的跨媒體技巧。

六、教學成果及評估與限制

　　這種跨界媒體展示閱讀成果，比只以書寫為目標的閱讀報告，不但更容易引起學生的學習動機，教學成效更彰顯，能促成創意寫作的果效。對比閱讀報告單純表述，跨媒體閱讀成果展示要求學生自主閱讀，運用多元思考的方法，當中提高學生的觀察力、組織力、流暢力、想像力、批判力、聯繫力、對比能力等與創意想關的能力。此外，學生自主學習，無論選擇篇章的過程，或小組自行進行主題性閱讀，進入反思性闡釋階段，探研對話層次的閱讀可能，更適合後數碼世代文化的閱讀生態。因為文本隨著閱讀網路化、數碼化而擁有更高的可塑性，電子語料和網路數據提供海量的文學記錄，只細讀印刷本的傳統文學閱讀方法，已滿足不了這一代激烈的社會及文化變化。[20]

　　優秀文學作品能吸引細讀，但不僅止於細讀。這成果展示在評估方面（參附件四），不再停留學生是否理解及解讀文本方面，而多從學生能否建構及驗證文本詮釋，側重學生如何應用各種策略來構建文本解釋，包括用於加深層理解，推斷作者的寫作企圖；就文本參與詮釋性討論，考慮多角度的觀點，將文本連接到社會和歷史語境，概括和應用主題，以及參與關於文本的文化對話的策略。這種閱讀評估鼓勵學生認知文學文本的開放性、文學文本傾向歧義、多重含義的特點，以及向多種詮釋持開放態度。學生展示閱讀成果時需要詮釋性論證（interpretive reasoning）的探討過程和結果。詮釋性論證並不是一件容易掌握的技能，也不能夠輕鬆地單獨學習。人們通常會通過參加關心特定文本含義的群體來學習如何解釋文本，就像他們學會參與其他話語社區一樣。[21]這是小組模式的好處。另一好處是照應到分層教學、自主探究的需要。

---

[20] Stephen Abblitt, "A Postdigital Paradigm in Literary Studies," *Higher Education Research & Development*, vol. 38, no. 1 (2019): 97-109.

[21] 參Paul Deane, "Building and Justifying Interpretations of Texts: A Key Practice in the English Language Arts," *ETS Research Report Series*, vol. 2020, issue 1 (December 2020): 1-51.

文學閱讀作為通用技能訓練，或大一文學基礎課，學生有個別差異是必然的情況，但目前並沒有關於大專文學閱讀教育的分層教學研究。《分層教學、自主探究語文閱讀教學初探》[22]這部專書雖針對中小學閱讀教育，但當中詳析「分層教學、自主探究閱讀教學模式」，操作程序類似上述教案，目的是把文學教學的文本詮釋，由教學目的轉化成學生的內在需要：

1. 自我探究：以學生意向為主導，自主選擇篇章，自組小組成員，進行討論。學生通過已有經驗做聯想，並搜羅資料互證。
2. 共議：過程中，同學進行思考、交流、商議，為工作坊而進行辯證，過程中學生同樣須自擬探討主題。同一篇章不同組別以不同媒體演繹，發展不同對話主題，彼此豐富對文本的理解。
3. 先學後教：在報告完畢導師再作寫作教學。學生完成文學閱讀的工作坊，對相關體裁有相當認識，在寫作時能理解作者如何開展一篇作品，學習寫作少有體裁錯誤，亦較容易掌握如何把情感轉化為作品。

　　這教案最大限制是授課老師對多媒體的認知。很多時，學院學生比教授們更擅於數碼媒體的技巧，[23]在評估時便比較困難。而閱讀是複雜的認知心理過程，小組進行探討時，也受限於小組成員的認知基礎。

---

[22] 董宇光、孔凡豔、劉春榮：《分層教學、自主探究語文閱讀教學初探》，北京：語文出版社，2004年。
[23] Speaker, "Student Perspectives: Expectations of Multimedia Technology in a College Literature Class," pp. 241-255.

附件一：學生深層次閱讀成果展示篇目範圍舉隅

1. 魯迅：〈孤獨者〉，收入《彷徨》或見於《魯迅全集》。
2. 魯迅：〈傷逝——涓生的手記〉，收入《彷徨》或見於《魯迅全集》。
3. 余華：〈我為甚麼要結婚〉，收入《黃昏裡的男孩》（臺北：麥田出版社，1990年）。
4. 余華：〈鮮血梅花〉，收入《西風呼嘯的中午》（香港：明報月刊出版社，2009年）。
5. 楊絳：〈我們仨失散了〉，收入《我們仨》（香港：牛津大學出版社，2003年）。
6. 史鐵生：〈奶奶的星星〉，收入《命若琴弦》（臺北：木馬文化出版社，2004年）。
7. 史鐵生：〈毒藥〉，收入《中國小說一九八六》（香港：三聯書店，1988年）。
8. 莫言：〈透明的紅蘿蔔〉，收入《透明的紅蘿蔔》（北京：作家出版社，1986年）；或（臺北：林白出版社，1989年）。
9. 蘇童：〈香草營〉收入《香草營》（北京：海豚出版社，2011年）。
10. 王璞：〈一次目的不明的旅行〉，收入《知更鳥》（香港：文藝出版社，1998年）。
11. 伍淑賢：〈父親〉，收入《香港短篇小說百年精華》（香港：三聯書店，2006年）。（小說開端「小貞十三歲那年冬天」）
12. 潘國靈：〈莫明其妙的失明的故事〉，收入《香港短篇小說百年精華》（香港：三聯書店，2006年）。
13. 王璞：〈旅行話題〉，收入《知更鳥》（香港：文藝出版社，1998年）。
14. 董啟章：〈哭泣的摺紙〉，收入《名字的玫瑰》（香港：普普工作坊，1997）。
15. 也斯：〈使頭髮變黑的湯〉，收入《島和大陸》（香港：華漢文化事業，1987年）。
16. 也斯：〈腳的故事〉，收入《城市筆記》（臺北：東大圖書，1987年）。
17. 黃凡：〈房地產銷售史〉，收入《曼娜舞蹈教室》（臺北：聯合文學出版社，1987年）。
18. 朱天文：〈最想念的季節〉，收入同名小說集《最想念的季節》（臺北：三三書坊，1989年）。
19. 張系國：〈藍天使〉，《玻璃世界》（臺北：洪範出版社，2000年）。
20. 王良和：〈螃蟹〉，《魚咒》（香港：青文書店，2002年）。
21. 高行健：〈車禍〉，《2000年文庫——當代中國文庫精讀：高行健》（香港：明報出版社，1999初版）。

22. 高行健：〈鞋匠和他的女兒〉，《高行健短篇小說集》（臺北：聯合文學，2008年）。
23. 黃凡：〈如何測量水溝的寬度〉，收入《都市生活》（臺北：希代書版有限公司，1988年）。
24. 蕭颯：〈小葉〉，收入《死了一個國中女生之後》（臺北：洪範文學出版社，1984年）。

附件二：跨媒體文學閱讀成果展示個案

工作坊計劃書

作品篇章	《螃蟹》王良和
演繹形式	頒獎禮 （影子戲、朗誦、話劇、互動、演講）
組員	張淑怡（組長）、許雪麗、劉裕生、羅宜峻、梁葦妍

頒獎禮程序		形式	目的
1. 大事回顧	重排故事情節（按時序）	影子戲	小說情節
2. 最佳主角	主角以及他們之間的關係	朗誦	人物分析
3. 最佳剪接	分析文本中的關鍵句及結構	話劇	解構關鍵句
4. 最佳道具	解構文本中的象徵意義	話劇	意象及象徵
5. 最佳演繹	詮釋主題	觀眾投票	主題分析
6. 壓軸表演	以新詩形式回應主題	擊樂和朗誦	回應
7. 謝幕及其後	以《螃蟹》和王良和的其他作品做出	演講	延伸閱讀

附件三：學生回應詩作：《時間的沙漏》

（作者是香港大學附屬學院2008-09年度副學士二年級生）

我站在樹蔭下，
緩緩抬頭看望天空的萬花筒
從樹葉間折射出一格又一格的畫面
我睜不開眼，卻又想細看，再細看

一踏進門，我猜度著那個背心袋的玄機
是糖果？是雪糕？還是玩具？
都是我的最愛

房門砰一聲巨響
我在餐桌下顫抖，快要窒息，
呼吸著那團怒火，
我的牙不由自主的開合
是間尺？是藤條？還是衣架？
怎會帶著愛的緣故？

那隻不斷旋轉的馬，
那些悠悠自在的魚兒
那烘著香腸熱乎乎的火爐，
那個從額頭擦過的羽毛球，
那催促的聲音……
「快吃早餐上學去！」「嗯」。
「快做功課去！」「嗯」。
「快睡覺去！」「嗯」。

擲地鏗鏘的片段迴盪著我的童年，
希望挽留那些被遺忘的時間
但它在手指縫間不知不覺地溜走，
竭力堵塞著時間的沙漏，
捕捉每一刻相處的時光……

附件四：跨媒體閱讀成果展示評估表

準則	優秀	良好	符合最低水平	水平以下	分數
演繹相關概念及意念	構思巧妙，表達深入辯證詮釋見解，轉化意念高明、貼切而具創意，運用有關展示方法技巧吸引而成熟，節奏及速度控制得宜。	構思不錯，表達反映詮釋見解，轉化意念貼切而頗見創意，運用有關展示方法技巧良好，節奏及速度控制尚可改善。	展示方法展現對作品足夠的理解，意念清楚，稍欠創意，技巧尚待改善。	溝思不合理，未能通過展示方法表達，技巧差勁。	
40%	31-40分	21-30分	11-20分	0-10分	
對作品的理解	深入詮釋作品，涉及主題、呈現手法、獨特風格等；展現作品如何結合不同元素；純熟運用恰當而多元的閱讀策略；選取主題焦點進入對話層次閱讀反映文學識力高。	正確理解作品的主題、呈現手法、風格；展現作品部分文學元素；運用恰當閱讀策略，選取主題焦點反映能進入深層次。	大部分正確理解作品部分特點；運用閱讀策略反映嘗試深層次閱讀。	普遍不當，或不正確理解，未能恰當運用文學閱讀策略，欠焦點。	
30%	21-30分	11-20分	10分	0-9分	
報告及演講	充分解釋作品與演繹形式的關係及目的，與各部分銜接流暢，演說清晰優秀。	普遍準確表達作品與演繹形式的關係，有些微銜接不順，演說良好。	普遍準確表達演繹意念與作品關係，存在部分輕微誤解，演說尚可。	表達意念不清，顯著不準確。演說欠組織。	
20%	13-20分	9-12分	7-8分	0-6分	
互動交流及參與	各部分時間分配合宜，提問及回答交流表現出色，積極參與。	各部分時間分配尚可，參與提問及回答交流，表現尚可。	超時，提問及回答有不恰當之處。	控制時間失當，甚少參與討論交流。	
10%	9-10分	7-8分	4-6分	0-3分	
總分					
評語					

飲食‧創作‧社區——文學與文化結合的全民教育視野

蕭欣浩

香港浸會大學中文系一級講師

一、引言

　　2017年筆者創立「蕭博士文化工作室」，以推廣香港飲食文化為主要目標。於飲食的主題下，衍生各種活動，「飲食與地區書寫計劃」（或略寫成「本計劃」）是當中最大型的，所包含的項目多樣，一直持續至今，從未間斷。本計劃以飲食、創作與社區為題，旨在將三者融合，成為更具趣味和效益的教學內容和方法。彭兆榮從人類學角度出發，指出：

> 食物作為文化符號不獨是其本身的主題，它還是文化語境中的敘事。「吃」本身就是一種行為，它可以超越行為本身的意義，可以與其他社會行為交替、並置、互文，並使其他社會行為的意義得以突顯。[1]

　　純粹的飲食行為，具有延伸出多種意義的重要性，而個人的行為經過時間、空間的累積和聚合，形成社會上的表徵，帶有個人、群體、社區、社會的特色，能夠突顯自身的獨特性，並與他人作出區別。飲食與社區存在雙向的影響，兩者都值得深入探研，綜合了解亦有助大眾進一步思考彼此關係。

　　創作於飲食與社區當中，同樣起重要作用，個人的想法可通過書寫來記錄，創作本身同時是有助觀察和激發創意的渠道，於本計劃中，與飲食、社區起相輔相承的作用。葛紅兵及劉衛東曾指出，創意寫作學科創立的價值，與本計劃組成的元素有相同的想法，內文談到：

> 創意寫作學科建設，可以實現本土文化資源向創意的批量轉化，不但可以激活既有文化資源，實現對本土文化的保護和再生，讓它成為城市公共文化的重要組成部分，還可以立足於這些文化資源，重塑城市的文化氛圍，提高創意城市

---

[1]　彭兆榮：《飲食人類學》（北京：北京大學出版社，2013年），頁80。

文化創新活力。[2]

　　創意寫作能夠從文化與地方中獲得創意和材料，可以「激活文化」，使文化得以「保護和再生」，而文化也需要植根於社區之中。將此概念與本計劃的本質對照，創意寫作能讓大眾更深入、廣泛了解香港的飲食文化，繼而觀照社區的變遷，同時可刺激大眾創作時的創意，以及取材時的豐富程度。

　　本計劃以香港為背景，教授的文化知識具備本地的獨特性，這點同時是本計劃的重要教育內容，梁秉鈞講述香港文化時談到：

　　　傳統文化在此的變化移位，當然跟香港作為南方海港城市本身變化的性質有關，與它的西化背景、商業經營、一代一代移民的來去也有關。[3]

　　因應地緣和歷史的關係，香港文化自有演化的進路，是值得香港大眾認知，並作為談論、研究的主體，當中飲食文化更占據重要位置。焦桐談飲食時提到：

　　　人類文明的發展，靠的是一張嘴。飲食是一種文化，一種審美活動，緊密連接著生活方式，不諳飲食的社會，恐怕罹患了文化的失憶症。[4]

　　飲食充斥社會各處，為大眾每天所接觸，飲食文化處於背後，大眾未必都能了解，或具備接觸的意識，所以往往最容易受到忽略。針對這普遍現象，本計劃以飲食文化為教學、推廣的重點之一，期待大眾的飲食文化知識能得到整體的提升。

　　香港文學作品中，記錄不少與飲食、創作、社區相關的資料，閱讀和導讀的經驗，有助於教授文化、歷史的知識，並作為例子，提升創作的技巧，逯耀東談飲食文學時指出：

　　　在文學作品裡有很多描繪不同時代的飲食生活，包括蔬果、茶酒與飲食習慣或飲食行業的經營。透過這些文學作品，可以了解飲食在社會變遷中的影響。[5]

　　文學蘊含豐富的材料，切入本計劃飲食、創作、社區的題目，同時可用於閱讀、教學，是本計劃不可或缺的元素。

---

[2]　葛紅兵、劉衛東：〈從創意寫作到創意城市：美國愛荷華大學創意寫作發展的啟示〉，《寫作》第11期（2017年），頁28。

[3]　梁秉鈞：〈香港飲食與文化身分研究〉，《味覺的土風舞：飲食文學與文化國際學術研討會論文集》（臺北：二魚文化出版社，2009年），頁236。

[4]　焦桐：《暴食江湖》（臺北：二魚文化出版社，2009年），頁10。

[5]　逯耀東：《肚大能容——中國飲食文化散記》（臺北：東大圖書，2007年），頁17。

「飲食與地區書寫計劃」由飲食、創作、社區建構而成，具有多元融合的特色，當中包含文化與文學元素，豐富計劃的內容。本計劃設定多項目標，務求達到預期的教育及推廣成效，當中設計的項目有多種類型，進而發展出不同的活動，並與多家單位合作，招募不同年齡的參加者，實踐香港飲食文化與創作的全民教育。

二、要素與特色

筆者所辦的「飲食與地區書寫計劃」，包含飲食、創作與社區三大元素，特色可見於三個範疇的融合，與彼此產生的化學作用。飲食、創作與社區交疊成多重關係（如圖一所示），構成知識上的連結，衍生各種項目（本文第四部分「項目類型」會加以詳述），給參加者多元的學習和體驗。本計劃於飲食元素當中，刻意加入文化與文學的材料，用於增加參加者對兩者的認識，下文將會逐一說明：

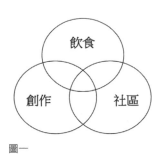

圖一

「創意寫作」一詞於香港並不陌生，但深入討論之前，需要了解創意寫作於社會各個範疇的接受程度。對一般大眾而言，創意寫作是觸手可及的範疇，只要個人做主動，不論經驗深淺均可投入其中，這類創意寫作屬於「自發式」，所以進出最為自由，絲毫不受年齡、身分等類別的規限。另一種恆常接觸到的創意寫作，可歸納成「學習式」，指學生於小學、中學、大學等不同學習階段，於課程設計上所出席的創意寫作課，當中各個學習階段差異。

香港的大學有以創意寫作為題的科目，主要為學生提供寫作教學與創意訓練，啟發學生的思考，進而將想法用文字來表達。小學與中學方面，寫作相對的創意成分較少，著重以考題得分為主，較多注意用字、結構、修辭等方面，主題傾向穩中求勝，「少創意」成為標榜的元素。小學與中學真正投入創意寫作範疇的，屬於「興趣式」的活動，於課餘時間為學生提供額外的指導，讓有興趣寫作的學生參加，或令學生從中培養出興趣，進一步提升個人的寫作水平。「興趣式」的活動不限於學校，坊間

不少機構會舉辦以創意寫作為題的興趣班，供各界人士參加。參加者是否自願不得而知，相對「自發式」的投入，「興趣式」仍有課程上的限制，並有教與學的元素在其中。

於「自發式」、「學習式」和「興趣式」的分類下，若要將創意寫作推至全面的涵蓋面，達至全民教育的目標，「飲食」是適切的題材。飲食是人類賴以為生的必需，具有「全民性」與「必要性」的特質，這對每個人而言都是一致的，所以各人都必定有其經歷，能夠抒發、交流、思考和書寫。飲食於維生的本質以外，因時間和空間的不同，交雜、滋長而成的個人經驗，聚合的口味，流轉的歷史，累積的文化，多彩多姿、千差萬別。梁實秋早有談到：「飲食一端，是生活藝術中重要的項目，未可以小道視之。」[6]正道出飲食的無限可能，但這範圍融入於生活當中，卻往往被視為小道，甚至是視而不見。飲食課題的重新審視和發現十分重要，進一步併合創意寫作的範疇，可構成知識與寫作的結合，形成學習的有機循環。

飲食的個人體驗最為貼身，是印象最深的部分，但除此以外，飲食所包含的豐富文化內涵，同樣值得探討，林乃燊談到：

> 飲食文化是人類不斷開拓食源和製造食品的各生產領域，和從飲食實踐中展開的各種社會生活，以及反映這二者的多種意識形態的總稱。[7]

飲食於個人與社會的多重關係，建構成恆久以來的文化，可作為教育時的切入，同時是創意寫作的寶貴素材。文化以外，飲食以文字方式記錄於文學當中，可以從中探索歷史、追尋文化，也可作成為創作前，經由閱讀吸收知識的渠道，並可嘗試模擬、學習前人的飲食書寫。飲食於文學中的重要位置，〈散文的創作現象〉一文談到：

> 文學裡的美食總是帶著懷舊況味，令人沉思，令人咀嚼再三。大概美食屬於記憶，曾經嚐過的美好食物，保存在記憶裡徘徊，回味。[8]

飲食文學包含記憶、思考和回味，三者正好用以勾起創作動機，逐步組成個人化的創作。

飲食從個人的文化累積，到人類群體生存聚合成社會，通過觀察社會的面貌，能夠了解飲食文化的潮流和變遷，鍾怡雯談飲食與社會的關係時，提到：

---

6 梁實秋：《白貓王子及其他》（臺北：九歌出版社，1984年），頁225。
7 林乃燊：《中國古代飲食文化》（臺北：商務印書館，1994年），頁1。
8 何寄澎審定，吳旻旻、何雅雯執筆：〈散文的創作現象〉，《1998臺灣文學年鑑》（臺北：行政院文化建設委員會，1999年），頁31。

> 飲食是一種文化方式，無論東方或西方，它具體而微的突顯出一個民族和社會
> 的特質。飲食因此可視為社會學，自有其嚴密的文化結構和社會性。[9]

從個人到社會，逐步建構出飲食的地方特色，若反向而行，從社會出發，可追溯
文化建構時的方式。社會是較為宏觀的面向，微觀可分成各個社區，認識可以從特定
的小地方出發。Tim Cresswell談地方與人時，提到：

> 地方也是一種觀看、認識和理解世界的方式。我們把世界視為含括各種地方的
> 世界時，就會看見不同的事物。我們看見人與地方之間的情感依附和關聯。我
> 們看到意義和經驗世界。[10]

深入走訪每個地方，有助於「觀看、認識和理解」，觀點變得不同，人與地方的
情感會變得更細緻，甚至更能凸現個人遊走的感覺和經驗，而這特定的小地方，套入
現今社區的概念，是貼近生活的做法，與飲食和創作起相輔相成的效果。

三、計劃目標

「飲食與地區書寫計劃」具有十個主要目標，下文將逐點略加解說：

（一）實行全民的飲食教育

「飲食與地區書寫計劃」通過不同項目，教導各年齡層的參加者，包含單一團
體、跨團體及跨年齡層的項目，務求於香港實行全民的飲食教育。

（二）認識飲食文學

通過飲食文學的介紹、導讀，為參加者提供深入閱讀的契機，接觸飲食文學，提
升閱讀與討論的興趣。

（三）認識香港飲食文化

藉由教學、交流、遊戲、創作等項目，令參加者認識不同時代的香港飲食文化，

9　鍾怡雯：〈論杜杜散文的食藝演出〉，《中外文學》第31卷，第3期（2002年8月），頁84。
10　Tim Cresswell著，王志弘、徐苔玲譯：《地方：記憶、想像與認同》（臺北：群學出版社，2006年），
　　頁21-22。

並結合生活中的例子，重新審視周邊的飲食文化元素。

（四）培養品味素質

　　焦桐談到：「品味並非與生俱來，需要點點滴滴地養成。」[11]本計劃以閱讀、接觸、烹調、品嚐作為渠道，引導參加者從食材、調味、製作等方面，仔細思考美食生成的原因，從而培養參加者的品味素質。

（五）提升創作興趣

　　通過遊戲和指導，擴闊參加者對創作的認知層面，並以飲食與社區為題，加強生活感與貼近性，引起樂趣，提升興趣。

（六）增強創作技巧

　　參加者經由文本細讀、創作方法介紹、課堂討論等活動，能於現有的創作水平上，增進創作知識，並經由寫作練習，熟練、深化各種技巧。

（七）提升觀察能力

　　參加者於食物感觸的訓練，能了解觀察食物的深入方法。於實地品嚐美食的同時，可以結合飲食主題，觀察食肆中的人事環境。通過社區導覽，參加者能結合當區的歷史、文化知識，以多重角度觀照社會。

（八）關注社區議題

　　通過堂上討論與實地探索，參加者走訪社區，了解社區的面貌與當前面對的問題。另一方面，參加者通過與業內人士溝通與商店的參訪，能認識食肆與各類公司、組織的經營生態與發展，進而了解、思考不同的社區議題。

（九）適應跨界學習

　　參加者於項目中，需進行閱讀、創作、實地考察等跨界學習活動，吸收飲食與社區的不同知識。此外，部分項目需與跨學校或跨年齡的參加者一同學習，鼓勵參加者

---

[11]　焦桐編：《臺灣飲食文選I》（臺北：二魚文化出版社，2003年），頁4。

適應各類型的跨界學習。

（十）擴大計劃的影響

本計劃的不同項目，會於網上宣傳，亦會於校內或組織內展示成果，部分文章後續印製成文案，分發予其他學生，從計劃的外與內兩方面，擴大計劃的影響。

四、項目類型

「飲食與地區書寫計劃」包括飲食、創作及社區三大元素，不同元素的交疊會形成各樣的主題，自此衍生導向不同的項目，而本計劃正正將重點置於三大元素均重疊的正中位置（見圖二），項目與活動會更為融合，下文會逐一分析。

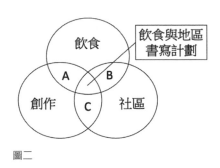

圖二

（一）飲食、創作

飲食、創作方面（見圖二A位置），曾舉辦的相關項目為「飲食與創作的講座」及「飲食書寫比賽」，講述飲食文學，教導以飲食入文的創作技巧。

（二）飲食、社區

飲食、創作方面（見圖二B位置），曾舉辦的相關項目為「社區飲食導賞」，通過相片、短片、實地考察，從歷史、文化方面，講述飲食與社區的關係，引發參加者的討論與反思。

（三）創作、社區

創作、社區方面（見圖二C位置），曾舉辦的相關項目為「社區創作導賞」及「社區創作徵文比賽」。「社區創作導賞」帶領參加者深入社區，觀察社區人事景物，進而通過歷史、文化的講解，讓參加者於學習後創作作品，表達個人對社區的看法。

（四）飲食、創作、社區

飲食、創作、社區方面（見圖二中心位置），曾舉辦的相關項目為「飲食與地區書寫工作坊」與「飲食與地區書寫講座」。兩個項目均包括上述三部分各元素重疊時所衍生的主題，教學方法、涉及素材和相關活動，因應項目的時間長短而有所調整。

五、計劃內容

根據第四部分所述，飲食、創作及社區三大元素，能併合成不同主題，衍生各樣項目，大部分與創作相關，部分可作為創作活動的補充元素。本計劃同時著重全民教育，張永祿談創意寫作工作坊時，綜合出二項獨特性，提到：

> 第一，反對靈感模式和傳統的師徒式的工坊，提倡教師和學生地位平等的開放模式。第二，採用更為開放的選擇空間，根據學生水平和需要，制定不同層次的工坊路線。[12]

創意寫作工作坊講求教師與學生的平等、開放關係，於本計劃的各個項目亦強調這點，用以更好地發揮飲食、創作及社區的主題，使參加者得到最的學習成效和創意訓練。張永祿於上文亦談到，要根據學生的水平與需要，制定不同層次的工作坊路線，這同樣是本計劃於實行時著重調整的方向，讓不同年齡、界別的參加者，能夠輕鬆學習，盡情投入學習與創作的氛圍之中，進而於同一主題下，作跨代、跨界別的溝通和共融。下文會依據項目的性質分類，引例詳述項目的對象、主題、內容及相關單位，以展示「飲食與地區書寫計劃」的多樣性。

---

[12] 張永祿：〈創意寫作研究的學科願景、知識譜系與研究方法〉，《寫作》第5期（2020年），頁49。

（一）講座

1.「粵講粵有趣」

講座「粵講粵有趣」與仁德天主教小學合辦，參加者為小學生，講座包含飲食與創作元素。講座一方面以香港文學作品為例，導讀同時揀選粵語詞彙做解釋，部分與飲食相關，例如「豆泥」、「卡位」。另一方面從生活出發，講解香港今昔的粵語詞彙，增加參加者的認識，並鼓勵他們運用於創作之中。

2.「品味古今飲食文化」

講座「品味古今飲食文化」與妙法寺劉金龍中學合辦，參加者為中學生，講座包含飲食、創作、社區元素。講座以香港文學作品為例，講解飲食與創作的結合方法，指導參加者於創作中加入飲食和生活的元素。另外，進一步延伸到飲食文化的部分，以現今潮流為例，啟發參加者對學校周邊社區的關注，從飲食生活出發，思考社會與人的關係。

3.「敬老護老計劃」

講座「敬老護老計劃」與仁愛堂胡忠長者地區中心合辦，參加者為長者，講座包含飲食與社區元素。講座向參加者講解現今飲食潮流，例如：新素食、超級食物，參加者能接觸不同食材，並通過現場的講解和烹調，品嚐食物，學習煮法，同時將知識於社區內擴散。

4.「香港文學中的飲食文化」

講座「香港文學中的飲食文化」與康樂及文化事務署香港公共圖書館、《聲韻詩刊》合辦，參加者為市民大眾，講座包含飲食、創作、社區元素。講座以香港文學為中心，引例講當中的解飲食文化，所選的文本與時代、社區相關，用以分析飲食與地方、潮流的關係，並指出作家以飲食和地方入文的創作手法。

（二）工作坊

1.「小作家培訓計劃：流動教室」

工作坊「小作家培訓計劃：流動教室」與明報合辦，參加者為中學生，工作坊包含飲食、創作、社區元素。為期一天的工作坊於烹飪工作室舉行，參加者通過製作「叉燒酥」，了解香港中、西文化融合的特色，並將親身烹調的經驗轉化成創作。煮食以外，工作坊為參加者講解香港飲食文學及文化，同時將思考帶到各自居住的社

區，鼓勵參加者將飲食、創作融入社區生命之中。

2.「飲食書寫、文化體驗與社區探索計劃」

工作坊「飲食書寫、文化體驗與社區探索計劃」與彩虹邨天主教英文中學合辦，參加者為中學生，工作坊包含飲食、創作、社區元素。工作坊為期四天，第一天於校內舉行，往後三天為社區考察。工作坊首天為「校內課堂」，包括文本閱讀、電影欣賞、互動遊戲，讓參加者從中了解香港飲食的歷史與文化，鼓勵參加者發表個人意見，進而將思考轉換到文字當中。第二天為「跨區考察」，參加者到屯門嶺南大學及井財街考察，了解屯門的文化和食肆，並經由屯門的地方組織分享，讓參加者於考察的同時，深入認識區內的生活和問題，鼓勵參加者記錄成文章。

第三天為「當區考察」，帶領學生考察學校所在的彩虹邨，與食肆的從業員交流，了解食肆的歷史，以及飲食與社區的關係，部分對話和飲食經歷，參加者整理成個人創作。第四天為「文化考察」，帶領參加者到上環海味街，入店訪問相熟店家，了解潮州人與上環、海味的歷史關係，進而到食肆「蓮香樓」和「潮味隆」，了解「粵式飲茶」與「潮州打冷」文化。工作坊完結後，參加者的文章結集成小冊子，於校內宣傳和派發。

3.「跨代屯門飲食書寫計劃」

工作坊「跨代屯門飲食書寫計劃」與僑港伍氏宗親會伍時暢紀念學校、仁愛堂陳黃淑芳紀念中學、嶺南大學及嶺大長者學苑合辦，參加者來自四個年齡組別，分別是小學生、中學生、大學生及長者，工作坊包含飲食、創作、社區元素。工作坊為期四天，第一天於僑港伍氏宗親會伍時暢紀念學校，為小學生參加者進行「校內課堂」，通過香港的文學與電影，講解飲食文化與歷史。第二天於嶺南大學進行「校內課堂」，為中學生、大學生及長者，講授香港飲食文學及文化知識。

第三天於嶺南大學進行「跨代交流」活動，四組參加者混合分成四組，就飲食題目做交流和討論，並於嘗試食物以後，表達個人意見。第四天於屯門進行「社區導覽」活動，全程以飲食為題，參加者一行人到區內數家機構參觀，包括：蒐集剩菜的「民社服務中心」、協助婦女就業的「悠閒閣餐廳」、藝術與餐飲結合的「清山塾」、為精神康復者而設的「新生互動農場」。參加者通過考察與業內人士講解，深入認知相關範疇的知識，能進一步思考社區的問題，並經過組員間的討論，合力完成小組的文章創作。

（三）徵文比賽

1.「全港中小學飲食書寫比賽」

「全港中小學飲食書寫比賽」於2020年舉辦，包含飲食、創作及社區元素，與多家單位合作。疫情之下，為提升學生對創作與飲食的興趣，比賽以「疫境搵兩餐」為題，貼近學生當時抗疫在家的生活，鼓勵小學生、中學生於疫情之下，積極創作，記錄當下的所思所想，用文字回應社區和飲食文化的變遷。比賽分為初小、高小、初中、高中四個組別，吸引更多學生參與。

2.「滋味尋元：元朗區飲食書寫比賽」

「滋味尋元：元朗區飲食書寫比賽」將於2021年舉辦，包含飲食、創作及社區元素。比賽目的為加強參加者對元朗社區的認識，同時以飲食作為觀察與創作的重點，提升大眾對飲食與創作的興趣，並通過自身的體驗，將感受轉化為文字。

六、結語

「飲食與地區書寫計劃」由「蕭博士文化工作室」建立並運作，以飲食、創作、社區作為主要元素，通過舉辦講座、工作坊與徵文比賽，將飲食、創作、社區三者融合，進而設計多種活動，包含：文本閱覽、知識傳授、多元訓練、交流分享、互動遊戲、烹飪實踐、食物品嚐、實地考察，增加參加者的投入感，並激發思考和創意。參加者於學習、遊戲、品嚐、操作、體驗等多種渠道，能找到適合個人的吸收方法，而文學、文化的養分更容易被參加者轉化，成為個人化的飲食與社區書寫。

飲食跟社會有密不可分的關係，從個人到社群，體驗、情感、思考可以依構成的組合，衍生繁雜而豐富的輸出。阿梅斯托談飲食的演進時談到：

> 生的食物一旦被煮熟，文化就從此時這裡開始。人們圍在營火旁吃東西，營火遂成為人們交流、聚會的地方。烹調不光只是調理食物的方法而已，社會從而以聚餐和確定的用餐時間為中心，組織了起來。[13]

飲食對個人和社區均有重要的影響，本計劃經由各個項目的完成，勾起大眾對飲食與社區的關注。大眾經不同項目所引發的意念，可以通過演說、討論來表達，本計劃進一步引導大眾，將想法、說法用文字記錄，並運用觀察與寫作等技巧，完成個人

---

[13] 菲立普·費南德茲—阿梅斯托著，韓良憶譯：《食物的歷史：透視人類的飲食與文明》（臺北：左岸文化出版社，2005年），頁21。

的創作。飲食、創作、社區的結合，優點在於大眾可以依照個人的經驗來表達和創作，甚至可以達至跨代、跨界別的溝通和共融。高翔談創意寫作教學法時指出：

> 創意寫作教學法應該是一種開放的、讚賞式的價值導向，它鼓勵學生自我表達，鼓勵實驗精神，尊重學生的個性，對不同的聲音採取包容態度。[14]

創意寫作的教與學，無論導師、參加者都需要有開放、尊重、包容的特質，同時需要有空間做實驗嘗試，本計劃於項目設計與實行上，正好貫徹上述的重點。飲食與社區的題材能作為創作的養分，給予參加者創作上的依據和啟發，同時又可作個人的發揮。本計劃銳意做全民教育與推廣，目標是建基於飲食、創作和社區的緊密融入，所引發的化學作用之上。

周進芳認為，推進創意寫作的過程中，要盡力擴闊參加者的視野，並突破「視域」的局限，文中提到四種視域，包括：「文化視域」、「知識視域」、「閱歷視域」，與「閱讀視域」。[15]「飲食與地區書寫計劃」的各個項目，正切合周進芳的說法，飲食文化與社區發展屬於「文化視域」，飲食歷史與創作技巧的傳授是「知識視域」，飲食體驗和社區導覽屬於「閱歷視域」，文本閱讀屬於「閱讀視域」。「飲食與地區書寫計劃」以多元的活動，擴闊參加者的視野，進而再回到創作之上，當中涉及到飲食、思考、寫作的訓練與實踐。本計劃於教育創意寫作的範疇中，加入「個人實踐」一項，達至「四視域‧一實踐」的教學目標。

---

[14]　高翔：《虛構文學創意寫作工坊理論體系和實踐研究》（上海：上海大學博士論文，2019年），頁18。
[15]　周進芳：〈創意寫作的本土化運作〉，《寫作》第12期（2016年），頁23-26及85。

遊戲互動敘事中的創意寫作
——以《俠盜獵車手5》與《巫師3》為例

邵棟

香港都會大學人文社會科學院助理教授

一、引言：不同媒體的多線敘事

二十一世紀以來，隨著技術發展與媒體革命的深入，過去常被視為電子海洛因或洪水猛獸的電子遊戲，逐漸成為不同年齡層的重要娛樂手段與平臺。而在傳統理解的娛樂之上，在常規理解的休閒與發洩的功能類型之外，許多遊戲從業人員逐漸聚焦其獨特的互動與沉浸式體驗，在這一互動媒體中解放出更多藝術表達的可能與手段，並創造出了一批過往所沒有的高質量的互動敘事作品。而其中遊戲敘事逐漸成為學界聚焦的重點問題，並與其他媒體的敘事構成了相當程度上的差異。渡邊修司認為，遊戲的敘事要素，就是向玩家闡述遊戲角色、物體、空間設計、符號以及這些要素複合構成的故事性時間與空間，使得玩家能夠向著下一個故事性的事件與空間。[1]

作為遊戲媒體，最重要的一個特質是可以通過視覺特效來引導遊玩者參與敘事，亦即敘事的互動性。一場電影，一共九十分鐘，一分鐘不多，一分鐘不少，主角登場的時間不會因觀眾個人的好惡而提前或延後，每個鏡頭的呈現角度也同樣不會有任何的更動；同樣地，在文字故事中，故事的敘述順序以及故事的表達內容也同樣不由讀者的主觀意願而改變。但在遊戲中，互動性構成了一個相當主要的參與特質，在許多的開放式遊戲中，你可以模擬自己的人生，選擇與不同人產生可選擇的對話，擇愛與仇，也可以代替主角在倫理困境中選擇不同的走向，並最終引至不同的結局。

符號學者瑪麗勞爾・瑞安對於這一種特殊的敘事也有過精確的描述：數字敘事又被稱為多媒體敘事或跨媒介敘事，遊戲敘事作為一種新媒介敘事，類屬於數字敘事。她在《故事的化身》一書中提出，不同於以往的傳統媒介敘事，數字敘事是「自生式而非腳本式，參與式而非接受式，模擬式而非表徵式，同步式而非回顧式」，[2] 從數字媒介的特徵入手比較了數字敘事和經典敘事的不同之處。

---

[1] 渡邊修司：《遊戲性是什麼》（北京：人民郵電出版社，2015年），頁73。

[2] Marie-Laure Ryan, *Avatars of Story* (Minneapolis: University of Minnesota Press, 2006), p. 86.

克雷格·林德利認為電子遊戲的敘事可以被看作是傳統敘事文學和遊戲的交叉類別，遊戲與電視劇、電視新聞、影等媒介形式具有諸多相同之處，它們都具備敘事結構，區別在於電子遊戲的敘事結構不僅僅是由故事系統或事實要素構成，還涉及到基於時間結構的三類基本符號體系：遊戲、模型和敘事。[3]實際上時下確實有許多的遊戲有著傳統敘事的背景，如角色扮演類遊戲（Role-Playing Games，或簡稱RPG）就模擬一個遊戲人物體驗故事與虛擬世界的過程，如耳熟能詳的《仙劍奇俠傳》即是此類，同樣的，文學作品也可以因其敘事特點與豐富的故事內容，成為許多遊戲的素材，如《三國志》系列或者《幻想水滸傳》等等。可以說遊戲體驗的豐富性對於文學作品的意義延伸有著相當重要的作用。遊戲對於一些文學作品的受眾來說，就是為文學體驗增加了互動性的維度。正如關萍萍〈互動媒介論：電子遊戲多重互動與敘事模式〉一文中探討了電子遊戲不同於以往的傳播模式、電子遊戲三種互動共存的受眾互動模式和電子遊戲基於遊戲選擇的敘事模式，認為電子遊戲全新的傳播模式是基於其互動性和敘事性之上的。玩家自主選擇所帶來的遊戲敘事有著不明確的中心，玩家的行為成為了遊戲敘事內容的構成成分，同時這也是電子遊戲敘事與傳統敘事形式的重要區別。[4]

而在關注互動性的基礎上，筆者也將視角聚集於多線敘事這一重要文學議題上。遊戲是如何在互動中形成多線敘事？遊戲中的多線敘事又如何組織，這都是值得思考的一個問題。

在我們都比較熟悉的文學領域，其實多線敘事有一定既有的套路，例如在中國古典小說《紅樓夢》或者《水滸傳》中，經常以說書人的視角轉換場景：「這邊廂……那邊廂」與「此處按下不表，卻說」等等書場手法來進行場景切割，其本質上是將多個故事單元進行並置，來達到多線敘事的功能，而這種多線敘事是相對簡單的；又如米洛拉德·帕維奇《哈札爾辭典》與福克納《我彌留之際》，通過轉換宗教與人稱視角，多角度描述同一事實的方法，來達到更加有機化的多線敘事，通過單一的事實本身，構成了多面解讀以及放射狀的多線敘事組織方式；再如諾特博姆《萬靈節》或胡安·魯爾福的《佩德羅·巴拉莫》則通過一種交叉的多線敘事，將死者與生者的世界密集地交織在一起，顯示出一種超越時間與空間的多線敘事；最後十分值得一提，也帶有一定電影特質的是韓邦慶的《海上花列傳》，幾乎採用了電影中的一鏡到底的方法，讀者跟隨說書人的視角，在不同角色背後遊走，穿梭在上海的大街小巷，將不同人的故事或明或暗地托出。

在電影領域，情況類似卻稍有不同；如同樣為故事單元組合，王家衛《重慶森林》以及昆汀·塔倫帝諾的《低俗小說》；如多角度敘事的典型，黑澤明《羅生

3　Craig A. Lindley, *"The Gameplay Gestalt, Narrative, and Interactive Storytelling,"* in *Proceedings of Computer Games and Digital Cultures Conference,*ed. Frans Mäyrä (Tampere: Tampere University Press, 2002), pp. 203-214.

4　關萍萍：《互動媒介論——電子遊戲多重互動與敘事模式》（杭州：浙江大學出版社，2010年），頁23。

門》，葛斯・范桑的《大象》與張藝謀《英雄》；而更具電影特色的則是平行蒙太奇的運用，也就是電影語言中的交叉敘事，諸如大衛・格里菲斯《黨同伐異》中的最後一分鐘營救等。

如上種種，都是常規藝術中處理多線敘事的常見手法，但這樣的敘事手法是否有其局限性呢？答案也是明顯的，都在於互動性的缺失：第一，觀者無法自由選擇內容，只能觀看被剪輯的內容，無論小說還是電影，多線敘事的組織方式都被作者寫定了，而所謂的「真實」，都是作者有意經營的效果，並沒有製造一個穩定可互動的敘事環境；第二，觀眾或者讀者始終是一個旁觀者，即便敘事者可能是「我」，但觀眾和讀者都無法切實代入角色，或為敘事者的決定做選擇，所以這種敘事本身是與觀眾讀者有距離的。而在這一方面，遊戲敘事有著不可取替的巨大優勢。

本文將聚焦兩款遊戲，《俠盜獵車手5》和《獵魔人3》，探討其如何在互動視覺的基礎上完成複雜的多線文學敘事以及多結局敘事，通過研究其敘事特性以及隱藏的互動敘事線索，來解析這種新媒體形式中的創意寫作的必要性與特性。

二、GTA5俠盜獵車手中的多角度敘事

俠盜獵車手系列（Grand Theft Auto）可謂是電子遊戲歷史上最暢銷的系列產品。該系列作品背景設定往往都是美國當代的一個架空城市。作為一款開放世界遊戲，玩家可以控制主角在這個城市中的大街小巷自由活動，可以進去電影院，商場，賭博色情場所，可以炒股，可以炒樓，可以加入幫派，可以與路人互動，在城市中隨意開車行動。但這個系列之所以成為電子遊戲的典範，某種意義上建基於其切入視角，標題所謂「俠盜獵車手」（Grand Theft Auto），不過是偷車賊的雅稱，而全系列的主角基本上都選擇美國社會的邊緣人，他們可能同時是幫派成員，赤貧的犯罪分子，或是凶惡的銀行劫匪，他們的行為在法律上被嚴厲禁止，但他們本身卻有著「以武犯禁」的市民道德和正義感，因此這些邊緣人展開的故事就有了批判社會的立場，有相當多對美國文化的嘲諷。甚至某種程度上，本系列可以理解為一種美國《水滸》式的群像，《英雄本色》式的當代浪漫故事。

其中最新一部作品《俠盜獵車手5》在2013年推出，雖發布已經多年，但依然長期霸占各類銷量排行榜的領先位置，這部遊戲開發成本巨大：前後五年的開發時間中燒掉了2.76億美元的前期成本，但也由於其優秀的劇情和敘事設計，以及自由的玩法，再加上過往的聲譽，遊戲發售首日銷量一千一百萬份，當天收入就達到八億美元，三小時回本，三日內營收突破十億美元，且發售八年銷量達到驚人的一億四千萬份。那這樣一部叫好又叫座的作品，其魅力究竟何在？筆者認為和其優秀的劇本和迷人的敘事方法有很大的關係。

在遊戲遊玩方法上，本作與前作差別不大，但故事和城市環境的豐富程度則達到了前所未有的量級，單單是其劇本就達到了三千五百頁。而普通電影劇本通常只有七

十至一百五十頁，這裡面除了基本的劇情之外，也包含了大量隱藏的，需要玩家操縱主角觸發的支線和隱藏劇情內容。而這些支線任務需要和特定的人物對話到一定程度才能觸發，並補完主線故事。

而在這款遊戲中，更有試驗色彩的是多線敘事的引入，同時玩家也可以憑藉自己的意願選擇任務進行的時間（先後順序）和方式（暴力或計謀）來推動故事劇情。其最重要的特點，也就是多線敘事的表現方式，是三條線並置並可以自由切換的敘事模式。《俠盜獵車手5》的故事其實並不複雜，有三個遊戲主角——富蘭克林、麥克、崔佛。遊戲最初的角色只有富蘭克林，有一天小賊富蘭克林偷了麥克的車，導致自己所在公司被老賊麥克砸了個稀巴爛。從此可操作角色變為兩人，兩人之後也在珠寶店幹了一票大的。鏡頭又切到了洛聖都郊外，反社會分子崔佛團滅了飛車黨之後在黑夜中駕車前往市區，在山頂俯瞰充滿了繁華與欲望的洛聖都夜景。自此三個主角全部解鎖，遊戲正式開始。[5]

而遊戲的奇妙之處在於，在遊戲遊玩的過程之中，其實可以任意切換三位主角，遊戲中如果玩家切換到了富蘭克林，麥克和崔佛並不會就此停止行動，他們依舊會繼續自己的生活。在遊戲的實際體驗中，當你操作一個其中一個人開車時，切換第二人可能正在酒吧打架中，第三人可能正在豪宅和瑜伽教練打情罵俏，各自的故事並不是通過故事單元的方式呈現，而是同時多線敘述，保持共時的時間軸，帶有真實事件的特質，而某些特定劇情需要切換到固定角色的固定場景才能激活，使得故事脈絡會有明線與暗線之分，也就說在主線劇情之外的多線劇情，需要玩家不斷切換不過角色，才能有進一步的了解，並進一步對故事有著更深的理解。「這三個主角是完全獨立的，有著自己的房子車子衣庫銀行帳戶。如此設計之下，玩家切換到其中任何一個角色都會有很高的代入感：玩富蘭克林感覺自己就是那個對未來迷茫的黑人小夥；玩麥克感覺自己就是那個家庭不幸的中年男；玩崔佛感覺自己就是個瘋子。」[6]

根據趙毅衡從符號學角度給敘事文本的定義：「有人物參與的變化，形成情節，被組織進一個符號文本，並且此符號文本可以被接受者理解為具有時間和意義向度。」[7]在《俠盜獵車手5》敘事文本的時間與意義的向度帶有非常自由的意涵，其並非由導演或作者剪輯，而是由玩家自己選擇展開故事的方式，先推動哪一個角色的任務，因此故事呈現的方式以及角度，乃至最後的結局都有不同。而在遊戲中，這種時間和意義，都是通過玩家自身的行動所織就，玩家會容易代入角色，認為行動的發起與發展都是自我意識，因此其真實性與成就感都會相應提升。這種自我的意識在遊戲中的體現，是極為突出的。

5　鴆羽千夜：〈從《GTA5》到《如龍0》多角色敘事的技術與藝術〉，https://www.3dmgame.com/original/3626014.html，瀏覽日期：2022年6月22日。

6　鴆羽千夜：〈從《GTA5》到《如龍0》多角色敘事的技術與藝術〉，https://www.3dmgame.com/original/3626014.html，瀏覽日期：2022年6月22日。

7　趙毅衡：〈論二次敘述〉，《福建論壇（人文社會科學版）》第1期（2014年），頁121。

三、真實選擇的後果——《獵魔人3》

　　《獵魔人3》是波蘭遊戲公司CD Project Red的王牌產品，在全球擁有巨大的銷量，作為遊戲曾作為國禮在波蘭的外交場合贈與外賓，可見其影響力。而遊戲本身是根據波蘭作家安傑・薩普科夫斯基的同名小說改編而成，近年更是改編成Netflix網劇受到全球觀眾的追捧。

　　《獵魔人》系列本身的設定並不複雜，講述擁有異能的獵魔人傑洛特在幻想大陸上斬妖除魔的故事。而其最大的魅力在於跌宕起伏的魅力以及真實而多元選擇的結局走向，其設計之精妙，人物塑造之成功都使人嘆為觀止。

　　在過往的遊戲中，常常會有對話選擇這樣的選項提供給玩家，而玩家的選擇會決定故事的走向，然而這些選擇經常會有比較明確的劇情走向的暗示，如男主角選擇和A女增加對話，則結局會與A女偕老；選擇與B女多互動，則二人後有婚姻之事，這種可預測的選擇，一定程度上是一種簡單敘事，把兩種可能的發展軌跡清晰地呈現給玩家，供他們做選擇，而過往的玩家也習慣了這樣的簡單敘事，通過一些基本的邏輯推理，可以知曉如何獲得自己想要的「好」的結局。

　　但在《獵魔人》系列中一以貫之並且廣受好評的是，其劇情設定不存在單向度的選擇，劇情選擇會有蝴蝶效應，甚至必須在兩杯毒酒中做選擇，想要獲得一些意願之事也必然會有所放棄，其多種結局也不能用簡單的好或者不好來歸納，且重要對話都要倒計時，防止玩家查攻略。比如在《獵魔人3》的主線故事中，其實主角一直在尋找自己的女兒，而找到之後會有一段時間的相處並發生許多對話，有趣的是，影響結局的選擇非常不顯眼，來自於與女兒的閒談，事後可知，對她關心愈多，她在結局中愈有可能離開父親；此外，許多遊戲都可以攻略許多女性角色，但這個遊戲中，一旦向超過一個女性示愛，結局就是孤獨的結局，被所有女性拋棄。

　　而在遊戲中有一個非常重要的支線，叫做「肉體之罪」，這個支線能充分體現一種真實選擇的價值：故事講述一個SM虐殺狂傷害了主角的一個女性朋友，重傷未死，但城中不斷有女性遇害……

　　在和法醫一起調查的時候發現凶手手段異常殘忍，但調查進度很慢，而每天都有不同的無辜女性被害：凶手通常隨機選擇女性或是妓女進行虐待，不斷追查卻始終找不到線索，然而每天都有無辜女性被殘殺，還會澆淋福爾馬林，留下挑釁的信件，而主角每次總是差一步讓凶手逃脫；這次終於收到一條線索，來到一所妓院，闖入房間後正遇到一個男性將一位女性捆綁在椅子上，手拿火鉗準備施害。這時候屏幕上出現三個選項，需要限時選擇：

　　A.你放膽來啊，混蛋。

B.你先告訴我為什麼？

C.就這樣？沒有福爾馬林

　　在這種情況下大多數為其暴行而憤怒的網友會選擇A，或B，那就會激發戰鬥，殺死這個惡人之後劇情就結束了，也沒有罪案再發生。但也有部分有心的玩家會發現，如果選擇C的話，會出現新的對話：

D.差點就騙到我了。

E.那是誰在屍體上留下信件？

F.放客氣點，不然你會後悔。

　　選擇D或者F都會激發戰鬥，劇情走向同前，只有選擇E的話才能獲知真相：眼前的這個惡徒只是凶手安排的替罪羊，真正的凶手另有他人，後面會繼續有相當篇幅的內容探索，最終可以抓到凶手，治癒自己的朋友，迎來真正的完美結局。編劇和遊戲製作人煞費苦心故意誤導玩家，不讓玩家接近真正的劇情，而將後面一段真正的劇情，作為有心人的獎勵，這違反一般遊戲作為取悅玩家的工具所既有的功能，相反有著極其重要的挑戰性，並且這種互動方式是真正能夠接近真實的，遊戲不僅有成功和失敗，也存在玩家並不知道自己失敗的情況，這種多樣選擇的互動性，帶來遊戲體驗的進一步升級。

四、結語

　　本文淺析了《俠盜獵車手5》以及《獵魔人3》這兩部作品，通過分析其敘事的獨特內容和價值，嘗試釐清遊戲作為新型的媒體互動藝術的價值以及擴展敘事學的可能性，尤其值得注意的是，遊戲敘事的自由度，環境的刺激感，參與者的自主選擇敘事之可能，都成為該類媒體大發展的基石，如果說二十世紀是電影的世紀，那二十一世紀最重要的藝術形式恐怕非遊戲莫屬，而其敘事的可能還有待學者們進一步開掘。

跨媒體敘事初探——以香港文化博物館的專題展覽為例

劉文英

香港都會大學人文社會科學院高級講師

一、引言

　　傳統上，文本敘事都集中於小說和文學作品的研究，針對語言和文字方面剖析，可是在理解文本上並不能單從其字義進行，還包括背後的觀念、語境和社會文化等，因此研究的範圍逐漸把文學擴展至不同媒體的呈現，即是文學與圖像、音樂、舞蹈、電影及戲劇等，甚至視覺藝術和表演藝術，因而文本敘事也不再局限於語言和文字，也可以是視覺的、空間的敘述。在此觀念下更發展出不少新概念，如1970年代西方便提出了互媒性（Intermediality）和互文性（Intertextuality）的研究，及後來的跨媒體敘事（Transmedia Storytelling），並以不同的延展方式來建構故事，即「媒介延展」（Media Expansions）通過與媒介類型的多模態性（Multimodality）開展；以及「敘事延展」（Narrative Expansions）以原作主題、類型及公式延伸至新版角色和場景等。尤其在今天的互聯網時代，更見證了文本敘事的多樣性及延展性。在1990年代開始出現敘事概念與博物館的研究，如Eilean Hooper-Greenhill指出：「博物館的實踐就是藉展示和建構敘事風格來呈現[……]。而博物館物件的意義，通過複雜而多層次的博物館化過程，即是包含博物館的目標、收藏政策、分類方法、展示風格、人工組合和文本框架來整合發言。」[1]因此，展覽可被視為一種文本，本身已具有跨媒體的特性。由於不同媒體有不同的呈現方式和限制，博物館人員如何組織不同的事物，透過選取不同的媒體來述說故事，並且以展覽的方式來傳遞想要傳達的訊息與參觀者溝通是其重要目的，可是本地有關這方面並未有太多的研究。根據《當代博物館展覽的敘事轉向》一書指出：「展覽敘事在博物館的應用因此成為可以分析物件與其配置如何產生意義的方法。」[2]

　　本文嘗試以香港文化博物館的「武・藝・人生——李小龍」的專題展覽作為案例，探究其作為敘事文本，如何進行人物故事敘述的展示方式，和怎樣使參觀者帶出

---

[1] Eilean Hooper-Greenhill, *Museums and the Interpretation of Visual Culture* (London: Routledge, 2000), p. 124. 引文為筆者所翻譯。

[2] 張婉真：《當代博物館展覽的敘事轉向》（臺北：遠流出版事業股份有限公司，2014年），頁8。

他的想像、聯繫和記憶並產生感受。這個展覽以他的生平故事為主軸，採用物件與情景配合展示，並設有多媒體裝置來吸引參觀者，企圖使展覽內容更豐富和多元。本文擬探討這個展覽的敘事文本與展示方式，它們如何借用展品的符號意義並使用跨媒體敘事與參觀者產生關係，經由展覽的不同媒體傳播，來與參觀者溝通並滿足其自身體驗和聯繫。

二、研究方法

由於展覽既是敘事文本，也具有跨媒體和多模態性的特點，所以在探索文獻方面主要參考了有關符號意義、展覽敘事、展覽實踐及媒體應用、跨媒體敘事等文章作為理論依據。另外，透過上述專題展覽例子，理解在跨媒體敘事中的視覺語言與溝通，並藉此了解它們如何與參觀者互動。由於博物館的參觀者來自不同地區和年齡層，甚至使用不同的語言文字，較難做出客觀的分析。因此，本文只集中研究本地的參觀者，邀請訪問的對象以成年人為主，這些受訪者均曾經到訪香港文化博物館和曾參觀有關研究之展覽。由於只是初步探索，研究的範圍只集中於展覽中的媒體敘事及符號訊息，訪問採用開放式的問答形式，設計了一些問題蒐集有關他們對該專題展覽的觀感。透過蒐集的資料進行了初步分析和比較，從中了解參觀者對該展覽敘事中那些媒體感興趣，和所呈現的符號意義與他們對香港產生的聯繫是否相關。

三、博物館展覽

博物館其中一項主要的工作，就是透過舉辦展覽，讓公眾可以欣賞不同的文物和展品等，豐富他們的觀賞體驗外，也增加他們的知識。博物館人員藉著展覽的內容，選取合適的文字與物件，並運用有趣的展示方式和空間設計，使展覽能有效地與參觀者溝通和對話，使參觀者能夠理解和接收有關內容訊息。博物館的展覽文本可引述張婉真所指「並不局限於文字本身，而是指綜合視覺與多重感官的體驗試圖與觀眾互動的言語性話語。」，它更是一個「開放性的文本空間」。[3] 展覽文本大致可分為兩類型：一、圍繞展品為中心的展覽，例如藝術品這類展覽傾向以說明（explanation）和描述（description）文本為主，讓參觀者參與發揮創意和想像去詮譯；二、以主題為中心的展覽，如科學、歷史、社會議題等，這類展覽則採用敘事（narrative）文本的方式，企圖引領參觀者根據已訂定的內容來說服他們接受其訊息。[4] 因此，主題式展覽的文本策略更著重訊息與參觀者的溝通與傳播，所以展覽時大都採用展示的事物和配置為敘述元素，同時還包括設計空間、色彩、音效、參觀者行走的路線等。另

---

[3] 張婉真：《當代博物館展覽的敘事轉向》，頁35。

[4] 張婉真：《當代博物館展覽的敘事轉向》，頁17。

外，展覽都是有目的性的溝通並不一定中立，可是在多元文化底下，這些事物代表的符號卻又是多義的，那麼參觀者是否能產生聯繫呢？

四、展覽物件的符號意義

博物館需要透過文字敘述和展示物件等方式，向參觀者傳遞資訊和內容。如王嵩山在《博物館、思想與社會行動》一書中指出：「人們的記憶往往是片斷的、選擇性的、不穩定的，因此必須透過物件加以具體化。」[5]博物館借助不同物件，組合和排列來進行詮釋性溝通與參觀者對話，引發其想像甚至聯繫其相關記憶來產生意義和引起共鳴。博物館的策展工作也「意味著文化再現（cultural representations），不但涉及物件（或客體objects）性質的定義，也涉及物件確立其主體價值（subjective value）的過程，與文化內在的意義（emic significance）」。[6]

博物館人員設計這些不同類型的展覽時，需要考慮這些事物對人們的象徵和意義。所以他們在選取文字與物件時，以及利用何種媒體的方式展示等，都是經過細心策劃和安排的，這些被展示的事物可讓觀賞者跟從某種特定選取的內容來解讀。展覽中的文字、物件和擺放方式可以作為符號來看待。瑞士語言學家索緒爾（Ferdinand de Saussure）從語言學的角度，指出符號（sign）由兩個部分組成，它們分別是：能指／意符／符徵（signifier），和所指／意指／符旨（signified）。能指是指有聲意象（sound-image），而這個意象所聯繫的概念（concept）就是所指。在日常生活中，這些符號經由人類賦予其象徵意義來產生對話和溝通。羅蘭‧巴特（Roland Barthes）在此基礎上進一步推展出相應的外延意義（denotation）和內涵意義（connotation），甚至把主要從文本的應用，推展到流行文化的研究上。巴特在〈物體語義學〉一文中說出：「意指是指對象不僅載有它們借以進行溝通（通訊）的信息，而且也構成著記號的結構化系統，即基本上是由區分、對立和對比所組成的系統。」[7]而他更加以說明物體或物件（object）本身的目的性不但可以作為功能使用或美學裝飾的用途，也同時是意義的載體，「換言之，物體有效地被用作某種目的，但它也用作交流的信息。我們可以總結說，永遠存在有一種超出物體用途的意義」。[8]物件本來就是強調某種目的並且作為符號來傳遞訊息，但當物件被設置在不同的空間或場域，便會產生和擴展出附加的意義。從第一層內涵意義延伸傳統文化的第二層內涵意義，而這個符號可以不停地延伸增加它的內涵意義，例如：加入一些城市或個人的記憶和故事在內。

5　王嵩山：《博物館、思想與社會行動》（新北：遠足文化事業股份有限公司，2015年），頁139。

6　王嵩山：《博物館、思想與社會行動》，頁86-87。

7　羅蘭‧巴爾特著，李幼蒸譯：〈物體語義學〉，《羅蘭‧巴爾特文集：符號學歷險》（北京：中國人民大學出版社，2008年），頁188。

8　羅蘭‧巴爾特著，李幼蒸譯：〈物體語義學〉，《羅蘭‧巴爾特文集：符號學歷險》，頁190。

「實際上，物體是多義的，即它可導致若干種不同意義的讀解。一個物體出現時，幾乎永遠有若干種可能的讀解，而且這不僅發生於一個讀者和另一個讀者之間，也有時出現在同一個讀者身上。」[9]所以，符號的意義是會改變的，而巴赫汀（Mikhail Bakhtin）更暗示：「符號並沒有一個固定的意義，反而認為意義是透過說者與聽者、發言者與接收者的二面關係而成形。」[10]因此，這也可以拿來解釋博物館所展示的物件，雖然它們可能代表著功能上的符號，但同時也包含策展人的意圖，可是由於參觀者的文化背景、情感和知識等的差異，在解讀的過程中便會產生其他意義，甚至出現多種文化象徵。

五、參觀者與符號的交流

　　以博物館展覽為例，在這個過程中，博物館人員先把需要傳遞的訊息內容以展品所代表的各種符號和意義來進行編碼並產生符碼（code），參觀者在參觀展品時，其過程就是在解碼（decoding），與展品所代表的符號進行交流，試圖理解展品原來所要設想傳遞的訊息內容及其意義（即是符碼）。可是參觀者在這個交流過程當中並非理所當然地接收原來所要傳遞的訊息內容。因為在這過程中，對於參觀者來說，這些符號並不是只傳遞單一的意義，而是有多樣性的。

　　然而，符號的意義與社會文化有著密切的關係。任何事物與環境互動都會產生意義，也同時與一個國家、民族、社會或事件的歷史和記憶互相連結。由於上述原因，參觀者在博物館與符號交流時，他如何接收該符號所傳遞的訊息，在很大程度上是建基於他對社會文化的認知，也只有這樣的話，該符號的意義才能被接收和理解。所以，在同一展覽空間內，就是展示同一的物件，不同的參觀者也可從不同的層面或角度來閱讀、觀賞和探索它所代表的符號，而產生的符碼並不一定相同。當不同的參觀者替不同的符碼解碼的時候，便可能生產出完全截然不同的意義和文化象徵。「也就是說，符號的意義不是固定、而是可協商的。」[11]

　　張婉真在《當代博物館展覽的敘事轉向》認為：

> 今天我們從各種理論如符號學、溝通理論等的研究成果得知，文化依賴著不同符號系統的操作並且我們總是在不同的媒介之間轉換傳遞各種訊息。博物館的展覽也建構在既存的意義、象徵、形式與物件之上，並且將這些元素以其特有的方式重新轉化、重新組織。展覽因此成為文化的製造場。[12]

9　羅蘭・巴爾特著，李幼蒸譯：〈物體語義學〉，《羅蘭・巴爾特文集：符號學歷險》，頁196。

10　Chris Barker著，羅世宏主譯：《文化研究：理論與實踐》（臺北：五南圖書出版股份有限公司，2015年），頁96。

11　Chris Barker著，羅世宏主譯：《文化研究：理論與實踐》，頁95。

12　張婉真：《當代博物館展覽的敘事轉向》，頁57。

六、博物館展覽的跨媒體敘事

　　過往博物館的展覽敘事主要圍繞物件或收藏品來進行，不過科技進步促使展覽的敘述方式和風格發展更多元。這個轉變正回應了跨媒體敘事的趨勢。其中亨利・詹金斯（Henry Jenkins）的著作《融合文化：新媒體和舊媒體的沖突地帶》中提及：「最理想的跨媒體敘事就是每一個媒體都能各盡其職——故事可以經由電影延展至電視、小說、漫畫。故事的世界或可以經玩遊戲來探索，或像遊樂園景點的體驗。」（Jenkins, 2006）[13]簡單來說就是利用多種媒體平臺來說故事，利用「媒體延展」和「敘事延展」來強化故事，並透過不同的故事點，使不同的內容在不同媒體上同時進行但又互相補足，而觀眾接觸這個故事愈多的不同媒體平臺，愈能夠掌握整個故事的脈絡。

　　對於展覽敘事來說，在媒體延展的使用上較多，主要視作展覽設計和輔助詮釋的工具，與參觀者的對話是採取感官性的溝通，這正是跨媒體敘事中的特點。今天的博物館展覽藉由不同媒體的內容來傳遞展覽的訊息。根據亨特（Hunter, J., 2002）的文章指出博物館常見的媒體類別可分為五類，從靜態到動態，列表如下（以下內容由筆者所翻譯）：[14]

媒體	類別
影像	攝影、相片、地圖、手稿、文件、繪畫、油畫、電影定格影像、海報
音訊／音效	歌曲、音樂、話劇、訪問、口述歷史、電臺節目、演講、課堂、表演、語言錄音
錄像／電影	劇情片、紀錄片、新聞片段、人類學紀錄短片、家庭電影、動畫
圖像	立體模型、模擬穿越建築物、考古遺址、虛擬實境模型圖
多媒體	報告或演講、圖片播放、數位視訊、媒體段落、同步多媒體、虛擬實境

七、「武・藝・人生——李小龍」專題展覽

　　「武・藝・人生——李小龍」專題展覽是香港文化博物館與李小龍基金會聯合籌劃的大型項目。由2013年起該展覽展出至2018年這五年間，參觀人數近二百八十萬人

---

[13] Henry Jenkins, *Convergence Culture: Where Old and New Media Collide* (New York: New York University Press, 2006), p. 96. 引文為筆者所翻譯。

[14] Jane Hunter, "Combining the CIDOC CRM and MPEG-7 to describe multimedia in museums." In *Museums and the Web 2002: Selected Papers from an International Conference,* Boston, April 17-20, 2002. http://eric.ed.gov/?id=ED482096.

次，每年平均約五十六萬人次參觀。[15]由於該展覽甚受歡迎，展期一再延長至2026年，成為該博物館開館以來展期最長的專題展覽。該展覽總面積達八百五十平方米，劃分不同的部分，使展覽可以更清晰和全面地把訊息傳遞給參觀者。它目前設有六個展區及展出超過六百件展品，包括李小龍親筆繪圖和筆記、相片、戲服、建身設備、電影道具和海報等。

圖一　「武‧藝‧人生——李小龍」專題展覽
（攝影／劉文英）

　　這個展覽圍繞李小龍的生平故事來設計，六個展區分別名為「前言」、「漢子‧李振藩」、「演員‧李小龍」、「武術家‧李小龍」、「傳奇‧李小龍」以及「收藏家珍藏」。每一個展區均布置了不同的場景設計，配合相關物件和陳設來模擬及重現他當時曾生活和工作的空間。以展區設計和命名，可看出展覽人員以時序的方式來編排展覽如人物傳記。展覽敘事風格以亨特分類的多種媒體展示，非常豐富多元，並借用跨媒體來說出人物性格，使其形象鮮明。

15　〈李小龍展延長兩年　廣邀收藏家借珍品〉，https://www.singtao.ca/2047168/2018-07-20/post-李小龍展延長兩年-廣邀收藏家借珍品/?variant=zh-hk，瀏覽日期：2021年10月29日。

圖二　「武‧藝‧人生──李小龍」展覽入口的一組多媒體裝置半圓形設計迴廊
（攝影／劉文英）

　　該展覽設有特定入口，進入展區都必須經過一組半圓形設計的迴廊，這組迴廊由
多部垂直的長方形電視屏幕組合而成，這組多媒體裝置播放著由本地藝術家特別製作
的影片作為引子，影片中以水滴的流動和變化作為主要的視覺元素，穿插著由李小龍
提倡的武術思想中的關鍵字詞「Be Water」為概念，來呈現這位傳奇人物的形象，
用以引發參觀者的感官情緒（圖二）。然後沿著路徑便會進入第一個展區「漢子‧李
振藩」，它以香港1940-50年代的家居生活面貌為設計基礎，展示的物件和圖片都是
有關李小龍年少時在香港的生活點滴，以及後來在美國生活的圖像和書信。另外兩個
展區即「演員‧李小龍」及「武術家‧李小龍」則針對他的事業發展來展示，涵蓋他
的演藝和武術生涯，當中選取了以李小龍5套經典武術電影中的主要場景，並同時展
示大量的圖片和影視片段、書刊雜誌封面和電影海報等，另更播放一段為此展區特別
設計和製作的三維動畫，把葉問與李小龍的武術精要以影像顯示出來，該影片比較著
重資訊內容的呈現。這兩個展區主要展示他在演藝和武術方面的成就。至於最後兩個
展區「傳奇‧李小龍」和「收藏家珍藏」則模擬李小龍的書室布置，放有不少有關李
小龍的文物和收藏品並為這個展覽作結（圖三至圖六）。

　　李小龍作為香港和國際上的流行文化象徵，以他作為展覽主題並不多見，加上這個
展覽展出大量有關李小龍的物件，除了公眾媒體的內容，不少更是私人的珍藏，展出的
物品多樣化，從平面和紙本的到立體模型和三維動畫，應有盡有，更有多組特別建置的
場景配合。這些物件和媒體在此展覽中起著重要的溝通作用，是不能或缺的展示元素。

圖三至圖六　「武‧藝‧人生──李小龍」展覽一景
（攝影／劉文英）

　　由於這個展覽劃分了不同的展區來配合李小龍的生平為主題，所以每一個展區都
是一個單元小故事，突顯他生命中幾個重要的里程碑，當中的物件或場景看似是敘述
李小龍個人的故事，但同時當參觀者看展覽中的物件和置身於當中的場景時也是對符
號產生意義的過程。這個展覽以跨媒體敘事的方式使參觀者聯想到的不單是李小龍當
時身處的社會環境，也比對在他們自身當下所處的社會變化，而可能使他們產生情感
上的聯繫和記憶。

八、研究結果

　　這項小型研究訪問了過去曾到訪及參觀「武‧藝‧人生──李小龍」專題展覽的
參觀者並成功訪問了十二位參觀者，他們當中有五男七女，年齡集中於二十三歲至六
十歲之間，可大約分為三組年齡組別分別是：年輕群組介乎二十三歲至三十歲（五
位），中年群組介乎三十歲至四十五歲（兩位），以及年長群組介乎四十六歲至六十
歲（五位）。這些受訪者都是大專教育程度或以上，與友人結伴而來，參觀時間由二
十分鐘至兩小時左右，大部分逗留約一小時以內。他們都認識李小龍這位人物，至於
參觀此展覽的原因，九位受訪者都是參觀另一同期舉行的其他展覽而順道參觀該專題

展覽，另外兩位是參與學校安排的課堂活動，只有一位是對該展覽有興趣而特別前往參觀的。

由於展覽的媒體是很重要的溝通符號，所以受訪者都需要從這個展覽中選取一個展區的場景或一件印象深刻的展品，加以解釋其選擇的理由，藉此從中了解該物件或場景如何與參觀者交流產生感受。在選取展品方面，四位不同群組的參觀者都對李小龍的影視作品有較深刻的印象，而且停駐觀賞，他們部分認為播放李小龍生前的影視作品，可以幫助他們認識這個名人多一點。另外兩位不同年齡層的參觀者對電影劇照及圖片較有印象，他們分別都指出因為這方面展示的材料數量很多和很珍貴，所以花了不少時間觀看和欣賞。而兩位較年長的參觀者對筆記及手稿則有深刻印象，他們認為較少機會可以觀看李小龍的文字，其中一位更因為字體漂亮而特別欣賞。而兩位分別是年輕和中年群組的參觀者則對黃色連身衣印象難忘（圖四），其中一位則認為黃色連身衣是經典的電影場面，而且也是代表李小龍的象徵，並強調這是他的兒時回憶。至於另外一位較年長的參觀者對三維動畫感興趣，因為利用動畫介紹功夫招式較為新鮮。最後一位年輕的參觀者則對李小龍立體雕像（圖七）印象深刻，他覺得雕像能令整個環境有種君臨天下的震撼，但亦因為李小龍的早逝更使人感慨。

圖七　置於博物館入口附近的李小龍立體雕像
（攝影／劉文英）

以上的展覽，從亨特劃分的展覽媒體五種類別中，只有音訊／音效沒有受訪者留意，而錄像／電影則是最令人留下深刻的印象，也許基於所展覽的主題是一位影視名人的生平故事，所以說不定相關的媒體較受喜愛。而這展覽雖然在空間布置上花了不少心思，但似乎並沒有引起參觀者的注意。至於在三組年齡組別的場景或展品選擇上，只有影像類的手稿及文件較受年長群組注意。

至於他們在參觀這個展覽後，對李小龍與香港的連結的看法，只有兩位年輕受訪者覺得李小龍和香港是沒有連結的，其他的受訪者均表示與香港有連結，內容摘要如下：

1）李小龍在香港成長或及成名，他的電影風靡全世界，令很多外國人都知道香港這個地方。
2）李小龍少年時曾在香港跟隨葉問師傅學習詠春，加上他自創的截拳道，所以亦吸引了很多外國人專誠到香港學習武術。
3）李小龍的名言「Be Water」深入香港民心，是香港人的體現。
4）李小龍是香港電影界的名人，他的電影深入港人的心，甚至他演出過的電影經典對白都套用在其他港產片上。
5）李小龍代表香港打不死精神。

從上述參觀者觀後經驗，尤其他們對李小龍和香港的連結的看法，可以被視為他們對這個展覽所產生的感受。由於李小龍在香港成長與拍攝電影，大部分受訪者都自然而然地把李小龍連結到這地區，其中常被提及他的名言或象徵都有香港人對自身的某種認同，如上述的第3點和第5點。

九、結語

從「武・藝・人生——李小龍」專題展覽這個案例，可以看到今天的博物館展覽敘事採用大量不同的媒體種類，配合參觀者的不同需要，務求使展覽內容更豐富。可是作為以人物故事為主題的展覽，在文本策略上似乎過於系統化的分類，使用傳統的時間線性來貫串人物生平無疑是安全的，只採用客觀的資訊來說明但卻因此忽略了人物的情感營造，例如李小龍從香港到美國的經歷，當中包含了他的成長和理想的追求，對於人物故事的敘述可以更立體的呈現，而這些經歷對於每一位成年人都有共鳴但卻未有為參觀者留下深刻印象。而在展品作為符號的閱讀上，似乎多媒體亦並非適合所有的展覽敘事，最重要能使參觀者得到感受，例如劇場效果的使用或可加強參觀者的感官體驗，像黃色連身衣的場景便可以利用燈光聲效來增置身電影中的感覺為參觀者帶來想像。而近年的展覽也強調加入參與性而非被動的接收展覽的訊息，這方面也可借助敘事延展的方式來建立，例如展覽可加入一些現今香港和不同地區參考了

李小龍這位傳奇人物的再創作，不論是他本人或他所演出過的角色等，可以令展覽與原主題有關但又不與時代脫節。本文試圖以展覽敘事作為文本的研究，尤其在跨媒體敘事的應用上，這項研究只是初步探討，希望能吸引更多人有興趣加入這方面的研究使展覽敘事可以在將來有更多的成果分享和發現。

跨媒體的創意寫作——香港廣告文案寫作的教學策略

吳麗嬋

香港都會大學人文社會科學院高級講師

一、引言

　　廣告是跨媒體的傳訊方式。廣告商為了有效地向消費者推廣產品，往往會在宣傳計劃中混合使用電視、電臺、報章、雜誌、戶外海報、交通工具、網頁、數碼社交平臺或手機應用程式等媒體。因此，廣告的創意內容也必須因應不同媒體的技術規格，運用文字、圖像、影像及聲音等元素組合，向消費者傳達銷售訊息，促成購買行動。例如電視及網上短片廣告可透過畫面片段、音樂、歌曲、聲響效果、字幕、人物對話及旁白等元素表達創意，報章及雜誌廣告可使用圖片與文字作產品解說。當中，以文字表達的創意部分——文案，對廣告訊息能否清晰傳達，擔當著重要的角色。因此，本港大學及專上學院開辦的廣告課程中，大都把文案寫作列為必修科，部分院校更開設高階程度的文案寫作科目以加強相關訓練，[1]以期為學生投身廣告創意行業打好基礎。

　　儘管文案寫作對廣告創意表達非常重要，然而相對於小說、散文、詩歌及戲劇等以文學為主的創意寫作，廣告文案屬小眾範疇，無論創作或教學方面，相關的研究都不算蓬勃，僅在外國及中國大陸較受關注，在香港則付之闕如。為填補這片空白，筆者嘗試探討香港廣告文案寫作的教學策略，透過與四位任教相關科目的老師深入面談，再結合個人教學上的實踐與反思，期望能總結一些可供參考的經驗，了解當中的成效和限制，為香港創意寫作的教學發展，盡一點努力。

二、廣告文案寫作的特點

　　在探討廣告文案寫作的教學策略之前，有必要先了解廣告文案的特點，以及這類文體與其他創意寫作形式的分別。

---

[1]　例如香港理工大學設有必修科Advertising Concept Writing及選修科Advertising Style Writing;香港都會大學設有必修科「文案創作導論」與「創意及高階文案寫作」。

首先，廣告文案是在指定框架下的寫作而非自由創作。大學課程教授的創意寫作，一般是指小說、詩歌、戲劇及散文等文學作品的創作，部分大學可能會針對不同的創意媒體，涵蓋動畫、電影、電視及廣播劇等文字創作。[2]這兩類創意寫作儘管在文學性和實用性之間有不同程度的側重，但大體上都容許創作人從自身的興趣、想法、經驗或感受出發，自由發掘題材，透過文字表達。然而，廣告文案卻是「代客發言」的寫作，整個創作過程均以滿足廣告客戶的宣傳需要為目的。要做到這點，文案創作人必須參照既定的創意指引（creative brief），了解廣告客戶的營銷目標與策略、受眾的心理行為、廣告媒體的特性以及社會文化等眾多因素，從中構思合適的廣告意念和文案。整個過程中，文案創作人要把自我的思想和個性放在一旁，披上客戶指定的外衣，充當「傳聲筒」，為品牌發聲。[3]相較之下，廣告文案寫作所面對的規限，比其他形式的創意寫作大得多。文案寫手的角色就像一個演員，其任務是要把客戶的產品特質、個性和形象透過文字的演繹展現出來，一時以成熟穩重的語氣講解專業服務，一時以活潑跳脫的態度分享產品妙用。由內容以至語氣風格，文案都是配合商業策略和計算下的成果，並非創作人的自我表達。這一點，可說是文案寫作與其他創意寫作的最大分別。

其次，廣告是集體創作，文案作為創意內容其中一環，必須與其他表意元素互相配合。因此，文案寫作須超越單純的文字創作，對創意策略和構思作全面的思考。有時，文案是主角，是受眾理解廣告訊息的主要工具。一句精彩的口號，足以主導整個廣告計劃（campaign）的創意方向，代表品牌的核心價值。有時，文案是配角，是對影像或圖像的補充說明。而在創意表達上，為了避免廣告內容重複冗贅或意思不全，文案寫作必須時刻考慮文字與其他表意元素之間的關係，釐清本身的角色。這種何時說、說多少的輕重拿捏，是文案寫作的重要關鍵。因此，文案寫作不僅是文字創作，更是廣告策略和意念的全盤構思。

第三，廣告文案常涉及跨媒體寫作，須在不同媒體之間把創意轉化和演繹。由於消費者對媒體的偏好和選擇各有不同，企業的廣告計劃往往會涵蓋多種媒體，務求令宣傳訊息可在不同渠道接觸目標客群，達到鋪天蓋地、無孔不入的傳訊效果。同時，為了使廣告訊息能清晰準確地傳遞，避免目標受眾在不同媒體接收時產生認知混亂，廣告文案必須按照不同媒體的技術規格要求，把創意內容演繹成風格一致的不同版本，以達至互相參照、加深受眾記憶的效果。例如一個包含電視及報章媒體的廣告計劃，前者可透過畫面影像、聲音效果、人物對白、屏幕字句、廣告歌詞以至旁白解說等眾多元素去表達內容，後者卻只能以一個版面的靜態圖像和文字說明一切。要有效地把影音展示的創意轉化成靜態的圖像與文字，除了要有適當的文字技巧，更需要對

---

[2] 梁慕靈：〈大學創意寫作教學的設計與效果——以香港大專院校為例析〉，《湘潭大學學報（哲學社會科學版）》第40卷第1期（2016年1月），頁93-96。

[3] Mark Shaw, *Copywriting: Successful Writing for Design, Advertising, and Marketing* (London: Laurence King Publishing, 2012), p. 11.

創意概念有精確的掌握。這種橫跨多種媒體的意念轉化和演繹，對一般創意寫作而言未必需要，對廣告文案寫作卻是必備的技巧。

此外，語言運用靈活多變也是文案寫作的一大特點。這種特色主要體現在兩方面。其一是書面語和口語夾雜使用，其二是中文與外來語高度兼容。由於廣告的主要目的是以最有效的方式把銷售訊息傳達，讓受眾理解之餘能產生好感和共鳴，因此廣告須以目標受眾最受落的語言撰寫。在影音媒體的廣告中，文案固然會同時夾雜以書面語撰寫的聲畫描述以及用口語表達的對話和獨白，在印刷媒體的廣告中，文案也會因應客戶品牌個性，展現多種語言共融的風格。這種靈活變化又不拘一格的語言使用，是文案寫作的特色。

以香港為例，本地人口有百分之九十二為華人，[4]廣告大都以中文表達。然而，由於地域、歷史和文化等各方面的原因，香港使用的中文（下稱「港式中文」）混雜著不同的語言。口語方面，港式中文以粵語為基礎，書面語方面則傾向較規範的共同語。[5]此外，港式中文在日常使用中經常混雜英文、日文甚至韓文的用語，有時更加入群眾自創的所謂「潮語」（潮流用語）。這種糅合多種語言的「港式中文」，在文學類的創意寫作中或會被視為毛病予以排斥，但在廣告文案寫作中卻廣被接納，甚至會刻意使用，視之為一種反映本土文化的獨特風格。這種差別對創意寫作教學而言，也是一個值得探討的課題。

三、香港廣告文案寫作的教學策略及實踐經驗

綜上所述，可知廣告文案寫作，須在創意指引的框架下同時兼顧市場營銷策略、消費者心理行為、創意元素組合、跨媒體演繹以及語言文化等多個層面，涉及範圍相當廣泛。大學及專上院校的課程要在一至兩個學科的時數內教導學生融匯多個範疇的思考，運用到文案寫作中，實非易事。為總結有關經驗，筆者以深入訪談的形式訪問了本港四位任教大學或專上院校廣告文案科目的老師，以了解他們在教學上採取的策略和方法，以及實踐後取得的成效。此外，筆者亦對自己任教相關科目的經驗加以整理及反思。兩者綜合後，歸納出以下要點，期望為廣告文案教學以至其他跨媒體創意寫作教學，提供有用的參考。

（一）把框架放下　先鼓勵嘗試

在課節與課時方面，五所院校的廣告文案寫作科目均以一個學期十三周、每周上

4　香港特別行政區政府民正事務總署種族關係組網頁，https://www.had.gov.hk/rru/tc_chi/info/info_dem.html，瀏覽日期：2021年3月25日。

5　謝耀基：〈香港的多文化現象與港式中文〉，《方言》第3期（1997年8月），頁174-177。

課三至四小時編排。其中兩所院校會清晰劃分講授和導修兩個課節，其餘三所則為每周一節，由老師自行分配講授與指導練習時間，較接近工作坊的形式。

在教學策略上，由於廣告文案須依隨創意指引「代客發言」，寫作上限制較多，不易掌握，為免學生覺得沉悶艱深，產生恐懼，受訪老師中有三位會先從想像空間較闊、形式較自由的創意寫作練習入手，以一至兩節時間讓學生先體驗創作樂趣，培養說故事和文字表達方面的觸覺和信心，然後才把相關的想像力、創作力和文字駕御能力運用到文案寫作上。例如：有老師擬題「我是一坨屎」，讓學生從這個日常生活相關的事物出發，代入沒有想過的有趣設定中，運用想像力去編寫一個故事，然後再思考這個故事可推銷甚麼產品，將之改成文案加以表達；有老師從「龜兔賽跑」的寓言故事入手，引導學生想像原著中沒有交代的情節，例如白兔為甚麼會中途睡著、烏龜的性格和動機等，讓學生重新思考原有版本視為理所當然的假設，為故事補白，最後才把討論帶到廣告創意的寫作要求；有老師以《三隻小豬》等經典童話作為起點，讓學生打破原有故事的框架，思考其他可能的情景，然後設計三隻小豬的對話，向年輕人帶出一個新的訊息。這些課堂練習的設計，驟看似與文案寫作並無直接關係，卻因為設定有趣，想像空間廣闊，能有效地激發學生的學習動機。在實踐過程中，相關老師觀察到學生對這類故事寫作顯得較有興趣和信心，相信由趣味入手的教學鋪排，能減低學生對寫作的恐懼，為挑戰難度較高的文案寫作做好準備。

（二）練習變遊戲　增加小趣味

除了用有趣的寫作題目喚起學生的寫作興趣外，部分老師會把寫作練習融入遊戲活動中。例如有老師以故事骰子的遊戲引入，用九顆刻有不同圖案的骰子作為道具，讓學生擲骰子隨機定出九款圖案，透過聯想把圖案串成故事，再以文字表達出來；有老師讓學生走出課室，到校園各處尋找觸動人心的事物，然後用手機拍下照片，寫成社交帖文，與同學比賽獲「讚」數目，從而思考社交媒體的寫作技巧；有老師請學生「出賣朋友」，找出身邊一位同學的正面特質，寫成文案即場向其他同學推銷，然後以投票方式選出「最暢銷同學」。這些課堂的設計都以活動的方式引入，把文案寫作練習化成輕鬆有趣甚至帶點玩笑性質的遊戲，讓學生樂在其中，從而提升寫作的興趣。

（三）先構思創意　後掌握寫作

在內容編排上，受訪老師與筆者均一致認為廣告整體的創意策略及意念構思是文案寫作的基礎，比教授寫作技巧更重要。有老師更稱之為「大文案」，與針對不同媒體格式而寫的「小文案」相對。創意策略包含對創意指引的分析與解讀，當中涵蓋品牌的語氣風格、受眾的特質以及廣告必須傳達的訊息或賣點；意念構思則是指呈現廣

告訊息的具體內容，包括各種表意元素的組合方式。由於創意策略及意念構思是每個廣告的核心，也是跨媒體廣告計劃中貫穿不同媒體廣告的共通點，因此在教授文案寫作前，老師均先由創意策略及意念構思入手。在比重上，大多數老師以兩至三節課堂涵蓋，也有個別老師以多達八節課堂教授，以期為學生打下更穩固基礎。從這一點可見，廣告文案寫作教學的首要重點在廣告創意訓練，組織及修辭等寫作技巧雖然也重要，卻反而是次一步的培訓目標。

（四）以實例說明　從個案學習

綜合受訪老師及筆者的意見，學生普遍認為廣告創意策略、意念構思及文案寫作風格屬較難掌握的抽象概念，而最有效的教授方法，就是透過廣告實例分析，讓學生從例子中領悟。在教學實踐上，實例分析可分為兩類。第一類是優秀作品賞析，老師在課堂上播放世界各地具代表性的廣告例子，然後以受眾的角度，分析這些廣告的銷售訊息、表達手法與文案風格之間的關係，從而解構創作人背後的策略和想法，幫助學生理解有關概念。第二類是個案研究，老師向業界人士蒐集真實個案，在課堂上分享。這類個案以廣告人的實際工作個案出發，把廣告公司的創作指引、創意人員建議過的提案和初稿，以及最終製作完成面世的廣告版本，逐一檢視，讓學生透過業界的實例，了解一個廣告誕生背後所經歷過的策略分析、意念構思和文案寫作的過程，繼而掌握有關概念，以及三者之間的關係。

在挑選作品例子方面，大致可分為兩類。一類以意念表達為焦點，挑選範圍遍及世界各地的廣告，主要參考這些例子如何以意想不到的方式表達銷售訊息；另一類以文案寫作為焦點，選取不同地區的華文廣告，透過比較廣告文案的結構、修辭和用字風格，讓學生理解不同寫作技巧對受眾產生的觀感和效果，從而提升學生的文案寫作能力。

總結實踐經驗，實例分析是教授創意構思及文案寫作最有效的方法。透過欣賞優秀的作品，學生不但體會到廣告創意的趣味，也會對不同風格的文案有所認識。部分院校的科目問卷調查也顯示，實例分析是學生最喜愛的課堂內容之一。

（五）由模仿出發　從續寫練習

參考過不同的廣告案例之後，學生必須透過實踐才能真正掌握構思創意及寫作文案的技巧。綜合受訪老師與筆者的經驗，模仿及續寫是學生最易掌握的學習方式。當中，以圖像及文字表達的平面廣告，由於表意元素組合較少，是最合適練習的起步點。在最初階段的練習中，老師都會先提供預設的圖像，讓學生解讀圖像的意思，然後再按照老師指定或學生自己覺得合適的產品，撰寫廣告文案。這個安排的好處，是學生不需要一開始就憑空構思整個廣告意念，也不必兼顧太多表意元素，只須先集中

思考文案與圖像的關係，以適當的文字配合圖像把創意完整表達。

至於電視及短片廣告，由於涉及的表意元素較多，一般會安排在科目的後段或高階的科目學習。為使學生掌握不同表意元素在電視及短片廣告中的應用，有老師設計出「謄寫」廣告的練習，要求學生觀看廣告片後以廣告劇本的格式還原片中的畫面、聲音、對白、旁白及字幕等各項元素。過程中，學生須注意不同元素在表達意思的過程中所擔當的角色，然後以純文字的方式表達廣告的意念，從中磨練撰稿技巧。這個方法為學生掌握較複雜的影音媒體創作，提供了一條易懂易通的進路。

此外，有老師以得獎電視廣告片及其劇本作為參考點，先分析廣告意念如何以純文字的方式表達，然後再播放同一品牌、同一系列的其他廣告片，解釋相同的意念如何可透過情境和人物的置換，衍生更多不同版本。最後，學生參照類似的意念和結構，為該品牌創作最新的廣告版本。

以上幾種作業設計，均從模仿與續寫的方向入手，讓學生在有例可循、有規可依的練習中逐步掌握基本技巧，然後慢慢走向自行創作的道路。原理一如自行車的輔助輪，令初學者起步更有信心，繼而掌握箇中竅訣。

（六）與業界聯繫　向專業取經

廣告文案特色之一是為企業服務，以策略性的傳播為目的。因此，文案寫作科目要做到學以致用，絕不能守在象牙塔內閉門造車，必須以專業水平作為指標，令教學內容和成果達至業界要求。在這方面，受訪老師與筆者都以不同形式加強與業界聯繫，把業界標準引進課堂之中。具體實踐的方式有以下幾種：

第一，以業界已推出市場的廣告項目為藍本，把項目中的產品基本資料和創意指引套上虛構的全新品牌，讓學生模擬真實的廣告項目要求進行創作，然後把學生作品與專業的廣告提案作出比較，讓學生從中學習，改善創作水平。

第二，與商業機構合作，由機構代表充當廣告客戶的角色，直接把尚未推出的宣傳項目訂為作業題目，讓學生分成小組，模擬廣告公司比稿的形式參與競投。過程中，客戶會親自講解其營銷策略和廣告指引，學生可提出問題以了解客戶的想法和要求。當學生的創意構思和文案完成後，客戶會親身聆聽各小組的口頭演示，對提案提出專業意見。實踐的經驗顯示，由於有真實客戶參與，又有比稿競爭的刺激，學生的自我要求相應提高，在學習動力和作業表現均有顯著提升。

第三，帶領學生參與業界主辦的比賽，讓學生從專業評審中了解業界標準。香港的廣告專業團體，如香港廣告商會，每年都會主辦學界創意比賽，由資深的廣告業人士訂出題目及擔任評審，鼓勵大學及專上院校學生提交創意方案參與角逐。由於比賽的內容要求和舉行日期大致能配合教學進程，不少院校都會把比賽融入創意及文案寫作科目中。在教學上，老師會把比賽題目套用到課堂內容上，作為分析或說明的例

子，幫助學生思考創意策略和意念構思的方向，繼而把成果應用到比賽作品上。在評核方面，比賽題目亦作為課堂練習及期終作業的其中一個選項，讓學生可隨個人意願選擇是否接受挑戰。實踐的經驗顯示，學生對這種以比賽融入課堂的模式，反應相當正面，認為可令作業變得更有趣和更富挑戰性，也可從業界評審中測試自己的能力。因此，在這個模式下，大多數學生都選擇比賽題目作為期終作業，不少更會在課堂以外的時間約見老師討論創意，展現出高度的積極性和創作熱情。

第四，邀請業界人士主講部分課題。隨著廣告媒體和技術日新月異，廣告創意與文案寫作也必須與時並進，方能追上時代步伐。有受訪老師會在科目中加入兩節嘉賓講座，邀請業界人士講授實務經驗，令課程內容更貼近市場變化，以加強實用性。

以上幾種教學形式，均從專業應用的角度出發，既配合課程內容，也令學生更投入學習，在實踐中均取得理想的成效。

（七）用本地語言　寫不同風格

在教學語言方面，受訪老師與筆者任教的廣告文案科目都以中文為主。當中，三所以全中文教授，兩所加入少量英文寫作，比重約佔百分之二十。對於港式中文的使用，所有老師均持開放態度，認為廣告文案有別於文學創作，必須考慮客戶的品牌風格和形象，以目標受眾常用的語言來溝通。因此，在教授印刷廣告的文案寫作時，老師會視乎不同客戶和受眾的需要，讓學生以書面語、粵語口語或兩者混合的方式撰寫。例如金融機構多講求專業形象，文案偏向採用書面語撰寫，展現較沉實穩重的寫作風格；日常消費品的形象較為活潑，可採用粵語口語撰寫，以塑造親切友善的感覺，與消費者拉近距離。如遇書面語和口語夾雜的情況，有老師會要求學生加入引號把口語標示；有老師則認為在書面語撰寫的文案中突然加入口語，可以令文案更加生動，也是一種破格的創意寫法。在視聽媒體的文案方面，由於涉及對白、獨白或旁白，為求傳神，粵語口語的使用被普遍接受，除了要求語法及用字正確以外，並未如一般寫作科目那樣對「文白夾雜」設下限制。至於外來語或潮語的使用，更被視為香港的文化特色，能為廣告注入本地風格，只要符合品牌形象和目標受眾的溝通方式，均可使用。總括而言，廣告文案作為一種「目標為本」的創意寫作，在語言運用方面較為兼容，教學上也從傳訊效果著眼，鼓勵不拘一格，適時而用。

四、成效與限制

總結受訪老師與筆者的經驗，上述教學策略在實踐中都獲得良好效果，這些效果主要反映在幾方面。首先，在院校就科目進行的問卷調查中，學生對科目作出「有

趣」、「實用」、「能加深對廣告業認識」等正面的評價。其次，就課堂觀察所得，學生對業界相關的教學活動明顯較一般作業或練習更投入和積極。例如：在模擬比稿的項目中，學生反應踴躍，加倍認真地準備創意方案的演示，對客戶的意見分享也虛心聆聽，表現出積極的學習態度；而在參與業界比賽的過程中，學生不但在課堂上踴躍發問，甚至在課餘時間亦透過電郵、網上會議及即時通話軟件向老師徵詢意見，展現出強烈的創作熱情。此外，部分學生以科目內完成的作品在業界比賽中獲得獎項，證明教學的成果達到一定水平，得到業界的肯定。

雖然學生的參與、回饋和成績都顯示上述教學策略頗有成效，然而老師也表示在實踐中面對不少限制。首先，時間不足是一大挑戰。由於廣告文案寫作涉及市場營銷、消費者分析、創意策略、符號表意、跨媒體創作及語文運用等多個範圍，要在短短十三周的課節中令學生融會貫通，掌握應用，實非易事。加上創意策略和構思沒有公式可循，寫作技巧也需要較長時間浸淫內化，部分能力較弱的學生在學習過程中會感到困難，老師未必能在有限課時中充分照顧，這種限制對教學成效構成一定影響。

其次，在教材方面，香港並沒有出版與文案寫作有關的教科書，各院校的教材均有賴老師自行採集資料及編寫。雖然外國、中國大陸及臺灣均有相關書籍可供參考，但這些書籍多以當地廣告作為例子，對香港學生來說缺乏共鳴。如能有合適的本地教科書作為參考基礎，應可令老師更易組織教材，學生更便於學習，取得更理想的教學效果。

此外，隨著媒體科技急速發展，廣告創意的形式不斷轉變，文案寫作教學也必須與時並進，回應發展需求。在現有的教學策略下，老師與業界雖已有不同形式的聯繫，然而，有關合作仍有加強的空間。如何在時間及資源限制下與業界更緊密合作，將是文案寫作教學上需要繼續探索的方向。

五、結語

綜上所述，可見廣告文案作為一種「代客發言」的跨媒體創意寫作，比一般創意寫作需要兼顧更多範疇，面對更多限制，在教學上實有相當難度。如何能引起學習興趣，令學生克服困難，積極投入創作中，可說是對老師教學的一大挑戰。本文透過總結五間院校老師的實踐經驗，嘗試歸納出一些可行的策略和方法，希望為廣告文案以至其他形式的創意寫作教學提供有用的參考。由於時間和資源所限，是次研究未能擴大訪問的規模，部分課題如評核的設計、成效的評估等，亦未能更深入探討。這些不足，均有待未來更多相關的研究加以充實。

文化產業中創意寫作的發展路徑

王美棋

蘇州大學文學院2022級碩士研究生

一、引言

　　隨著跨媒介時代的到來，創意寫作的定義和邊界被不斷擴展。如今我們可以將其宏觀地理解為以創意為特點的創作，而不再單純以文學寫作為主體。一些研究者已經對此做出區分，比如洛文塔爾認為文學已經分裂為藝術和以藝術為導向的商品；安曉東認為知識生產型的創意寫作不同於文藝作品的虛構性創作，等等。[1]但應當看到，目前在文化產業語境中的創意寫作的方法論還未有較系統的論述。由於它的跨學科屬性，我們需要借助文化理論、傳播學理論等融合分析。融合的合理性就在於文化產業擁有的雙重屬性——不僅有生產和商業的需求，還有人文屬性和創意內核。

　　目前，這些被「產業化」的創意寫作者能夠在去空間化的短視頻平臺等新媒介從事腳本、廣告、策劃等工作；也可以根植當地文化遺產、價值進行開發，以寫作對其進行再解讀。這些創作者不再被時間、平臺等約束，並且為了面向受眾會不斷提升豐富度。它們的媒介較傳統紙質媒介實現了轉化，從平面化的紙質材料轉化到立體空間的可感、可觸，有效契合了內容與流量重構的趨勢以及消費主義的需求。但需要說明的是，鑑於創意寫作並不是非營利性質，當我們將創意寫作放入文化產業的語境中，就意味著需要考慮經濟效益的最大化以滿足「利己主義」模型。而這樣的發展方向從產業資本現狀而言，有成本過高、多層打造造成流量流失等問題；從創作端來看，則面臨分工不明確造成寫作精力被分攤且經濟轉化率並不高等問題。因此，個人IP的打造或許可以實現以個人的創意和思想為主導的商業轉化，它囊括了各種形態的創意寫作文本，擁有高辨識度和高轉化率，可以實現文化增值。同時，個人IP作為可以無限疊加、擴充的經濟「鏈條」可以說是變現率最高的路徑之一，它相較於單一的某一方向更具有整合性，分析IP也就分析了所涵蓋的個體從業部分。因而本文將以IP打造的合理性和方法論為切入點，並將它盡可能延展至相關產業的語境。

---

[1]　安曉東：〈知識生產的創意寫作之維〉，收入許道軍編：《中國創意寫作研究（2019）》（北京：高等教育出版社，2019年），頁138。

總體來說，創意寫作在產業化中可能遇到的幾大問題有：產業化生產與傳統文學價值觀之間的矛盾；經濟效益沒有實現最大化；讀者與創作者之間沒有建立起高黏性、高轉化率的需求。傳統意義的文學創造到功能性寫作可能會過分強調語言的精確性而忽視了創造的感性，如今跨媒介的發展給了重新發現的可能，短視頻時代和知識付費時代將使得互聯網的關注對象重新變為人的尺度，受眾可以作為積極的、具有批判力的生產者和消費者，這在一定程度上緩和了工業與文學之間的矛盾；而要解決後兩個問題則需要發展消費型的創意文本，提供知識、傳達寫作意圖的同時，能夠讓受眾有情感上的愉悅和享受，並且為了持續的經濟收益，寫作者需要持續關注需求端的消費品味和動態變化。這些都可以歸屬於對個人IP方法論的闡釋，它將在一定程度上有效解決這些矛盾性問題。基於此，建立一個適應文化產業中的創意寫作發展模型也十分必要，它不僅能夠容納各種類型的創意文本，還要盡可能實現經濟效益最大化。

二、建立個人IP的理論基礎

以往，傳統的媒體基本實現定向化、專業化的傳播，對目標群體定位精準。而如今進入跨媒介時代，不再有從前那樣強的邊界感，如果將單位時間內受眾群體的輻射範圍定義為「流量」，那麼可以說我們進入了一個全新的「流量重構」的時代，受眾將有愈來愈大的能動性和消費衝動。在這樣的語境中，分析結構主義對符號等概念的定義以及對粉絲文化的把控將會幫助我們加深對創意寫作產業化的理解，同時為打造個人IP提供了存在基礎。

（一）符號價值

「文化生產者的快感和意義生產，與文化消費者的快感和意義分享及其再生產，組成了完整的生產機制，這是文化商品和服務所獨有的。」[2]對文化產品的消費不僅是獲得產品和服務，也有情感上的快感和意義的滿足作為附加價值。讓・鮑德里亞首次提出了「消費社會」的概念，並將消費視作操縱符號的系統性行為。因此，功能性已經不是唯一需求的消費樣態，受眾逐漸產生「虛假」的需求，為能夠表徵意義的符號消費。

文化產業包括了精神符號的生產、闡釋與賦權，受眾會為物品符號內涵或者指向的文化意義，如：認同、身分、階層等等消費。[3]引申到創意寫作的範疇也仍舊適用。比如，亞文化群體圈層可能會對耽改文學衍生的各種影視劇以及IP產品消費以表

---

[2] 翁昌壽：《理解文化產業：網路時代的文化與意義生產研究》（北京：中國廣播電視出版社，2016年），頁219。

[3] 翁昌壽：《理解文化產業：網路時代的文化與意義生產研究》，頁224。

達自己的身分認同；互聯網平臺上各類文本以類型符號區分，意在獲得喜愛這一類型的特定讀者群體的認同。

可以說，媒介連結了從符號到意義的消費，並使得目標群體暴露在為符號的附加價值消費的潛在語境中。這些符號價值有效區分了不同的消費者類型，為了解需求、確定受眾群體提供了基礎。IP本質也是一個符號，一旦能夠指向某種特定的意義，受眾將會為本質是符號的IP（即符號價值）支付額外費用。對符號的消費將是區別於傳統的商品經濟的顯著特徵，它能夠提升創作者的經濟效益。

（二）「粉絲」的積極性

粉絲文化是消費主義文化的典型，歷來作為亞文化的組成部分也備受爭議。亨利・詹金斯認為新技術工具和平臺讓自我表達和社群形成更便利，而粉絲更深入地「參與」模糊了文化、政治和商業之間的界限，在分析受眾時，粉絲應當被視作積極的消費者。[4]事實上，粉絲可以作為黏性更高的消費群體為IP的需求端提供基礎，突顯優勢。李康化教授也充分肯定了粉絲經濟對文化產業的構建起到的積極作用，認為：「粉絲對消費潮流和創意風向起主導作用。當下粉絲消費模式是娛樂業、文化產業以及線上經濟盈利的主要方式，粉絲消費所帶來的經濟利潤不斷升高，而粉絲經濟正是通過提升現有用戶黏度，不斷將普通消費者發展為粉絲、從而擴大口碑傳播效果和提升企業經濟效益，是一種經濟效益、社會效益雙受益的市場運作模式。」[5]

如今，粉絲所追捧的「明星」已經不僅僅是螢幕上的偶像，還可以是各領域的專家。比如，《蔣勳說紅樓夢》，就是針對原有的經典名著進行以創意為中心的二次解讀創作。由於專家本人資歷高、有一定社會名望，可以迅速積累起粉絲關注和聚集，專業化的創作以及早期受眾的積累、沉澱提供了良好的粉絲基礎。粉絲群體也為傳統文學作品的打造提供了空間，如：陳忠實的《白鹿原》，不僅被改編成電視、電影，還有「白鹿原影視城」吸引「書迷」旅遊；金庸的武俠小說已經形成一個「超級IP」，不僅有「天龍八部影視城」類型的旅遊景區，以小說構建的場景、人物為載體，為遊客提供浸入的「金庸式」的武俠體驗，又有電影、電視劇、書籍、廣播劇、各種評論、動漫、早年的單機遊戲以及同名3D手遊等各種IP形態吸引金庸的粉絲消費。[6]其實創意寫作同各種表演藝術家一樣，都有非常明顯的「明星效應」，當創作者產生出某種聚集效應，如果能保證產出品質並與受眾回饋聯繫緊密，就有可能打造出「超級IP」。這些成功案例表明基於粉絲的個人IP產業鏈更具有彈性和包容性，並

---

4 亨利・詹金斯著，鄭熙青譯：《文本盜獵者：電視粉絲與參與式文化》（北京：北京大學出版社，2016年），頁9。

5 李康化：〈粉絲消費與粉絲經濟的建構〉，《河南大學學報（社會科學版）》第24卷第7期（2016年），頁74。

6 樊天星：〈金庸武俠IP衍生品研究〉，《西部廣播電視》第14期（2019年），頁106-107。

且使我們對寫作的關注點從文本本身擴充到對受眾的考察，他們能夠在解碼的過程中與創作者實現互動，衍生出消費的強烈意圖，甚至逐步變為生產者的「粉絲」。正如上文所說，消費者為自己最初所需求的部分買單，也為附加的IP價值而消費，因此，在粉絲文化中經常出現的「定價超額現象」愈來愈普遍。由於對「偶像」的定義逐步擴大，身處各個階層的人都可能成為面向內容的KOL（key opinion leader）本人的狂熱「粉絲」。受眾喜愛的不僅是「網紅」，更回到了由拉札斯菲爾德最初在1940年所提出的那種「意見領袖」的概念上。內容生產者以自己對專業的理解和敏銳度影響受眾，因而普遍意義上來說，每個個體都可能成為「粉絲」。粉絲現象已經不再單純作為追捧「偶像」的小眾亞文化，而是逐漸演變為巴赫金所說的一種社會性的「狂歡」。由此可見，創意寫作如果想要到文化產業中融合，就必須要考慮粉絲以及潛在粉絲的力量。

三、媒介轉型助力寫作者IP打造

IP是intellectual property（智慧財產權）的縮寫，各個領域的「明星」（具有流量聚集效應的個體）、品牌、文學作品等都可以打造IP。它不僅有相關理論基礎的支撐，更有實踐案例的證明。以個人為導向的創意寫作者IP不僅可以包含大部分的創意寫作類型，還可以有效提高經濟效益，為寫作者及相關文化產業注入活力。

如今最具有代表性的數位化媒介平臺就是「短視頻」。商業化的寫作者已經關注到了網站、微信公眾號，但短視頻也可以迅速打造一個聚集化的寫作IP。短視頻概念最初源自美國，其傳播方式可以分為：使用者原創內容（User Generated Content, UGC）、專業內容生產（Professional Generated Content, PGC）、原創內容與專業生產內容相結合（Professional User Generated Content, PUGC）三種。[7]創意寫作者通常有較扎實的文字功底和創意思想，與其他方向劃分也比較明確，可以被視為有自己體系和方法論的獨立學科，但由於它有向輕鬆化、泛娛樂化轉變的趨勢，我們可以將創意寫作視為以原創內容和專業內容生產相結合（PUGC）的方式傳播。PUGC傳播模式能夠將UGC的受眾規模同PGC能夠沉澱使用者的優勢相結合，與產業化的創意寫作者的目標相契合。

企鵝智庫以娛樂性為主導的抖音平臺為例發布了一組最新資料，其中，資訊類和知識類內容對使用者在抖音上消費的重要性超過了娛樂內容，「非常重要+比較重要」的比例接近70%。使用者在短視頻上開始渴望獲取知識、資訊等，而平臺也在積極把內容來源和演算法向「高價值」內容傾斜。[8]這就為創意寫作者的知識生產提供

---

[7] 高瑞龍、尚夢婷：〈融媒體視域下移動短視頻發展策略研究〉，《藝術科技》第34卷第1期（2021年），頁74。

[8] 企鵝智庫：《2020-2021年數字內容產業趨勢報告》，https://new.qq.com/rain/a/20201209a07kf000.

了有效的突破口。大部分功能性創意寫作者（如自媒體大V）都可以獲得比傳統紙質媒介更高的曝光率，即更大的公域流量。這一獲取通常通過官方資料推薦的方式，一旦受眾選擇關注帳號所有者，意味著一種信任關係的建立。但對寫作者群體來說，在短視頻變現的方式集中於協力廠商廣告贊助和一些書籍類、知識類產品，本質仍以協力廠商商家為主導，因此變現方式比較局限。如果有打造創作者IP的概念，則可以推出一系列知識付費課程、文創產品周邊、線下簽售會等等，但這種建構方式目前並不完善。短視頻平臺為個人原創性知識產品提供的連結往往是可以實現智慧財產權保護的協力廠商APP，如釘釘、CC Talk等，不同媒介之間也需要互為補充，比如在微信建立社群以維護粉絲關係等。這樣長鏈條的轉化對於讀者而言沒有做到精簡，可能會對需求造成影響，並且在多重環節之中造成經濟效益的流失。

　　知識付費類媒介的流量雖然較短視頻而言比較低，但產業鏈更完善，有許多值得借鑑的地方。比如「知乎」APP開設的「鹽選專欄」，內容既有視頻形態的專業性講座、課堂，也有以網文敘事模式創作的與生活話題相關的小說，且一般會採取「體驗+付費」的模式連接讀者。以後者為例，鹽選內容一般會先以網文的寫作技巧或是一個非虛構的話題吸引眼球，讓受眾有「沉浸式體驗」的快感，然後在故事推進的高潮戛然而止，留有懸念。這種讓使用者親身體驗的方式，弱化了交易中資訊不對稱的風險，但實際上試用體驗也是商家為強化消費者的先驗認知所構建的一種消費場景，通過這種方式，商家向消費者顯示自己的信心與能力，又強化了消費者的先驗認知。[9]官方保留評論區的開通，一些已經看過的用戶可以分享自己的真實感受，從而形成一個分享性的社群，促使受眾迅速引起情感共鳴。他們經過「鹽選」被官方推薦，不僅在會員的介面出現，也會在一些常規的問答社區中出現，如：「你遇到過哪些細思極恐的事情」、「有沒有關於人性的故事」等等。由於其回答的角度有文學作品的性質，又創造性地打破了「你問我答」的常規，因此往往可以收穫高讚量的優先順序排序。這樣就加強了與生活的交互，極大提升了曝光度和流量，且因為貼合消費者生活實際而有效占據了生活場景。平臺還會以低廉的「打包」價格鼓勵用戶開通連續包月的「會員服務」，提供許多無門檻的會員專屬閱讀作品。這樣就加強了兩端的黏性，使得消費者在多次互動中逐漸建立情感聯繫，變為「追更」的粉絲，實現重複購買或續費。但實際上，很多消費者最終會成為APP本身的黏性使用者，這種方式本質上很難引起對寫作者本人的關注，或者說難以轉化為願意在超出平臺的範圍繼續額外消費的粉絲。所以，建立「自產自銷」的以個人為導向的IP將是未來發展創意寫作的有效著力點。

　　由此可見，跨媒介融合以及數位化發展趨勢對以內容為創作核心的創意寫作者產生了重要影響。一方面，內容形態在進化，不論是知識付費類APP還是短視頻平臺，

---

html，瀏覽日期：2021年3月20日。

9　杜智濤、徐敬宏：〈從需求到體驗：用戶線上知識付費行為的影響因素〉，《新聞與傳播研究》第25卷第10期（2018年），頁133。

都不再拘泥於傳統圖文的模式，而是向立體多元的形態轉化，拉近了用戶與創作者的距離；另一方面，內容價值不斷提升，使得知識類、創作類等有廣泛傳播的可能。

如今的內容創作模式可以被概括為「焰火模式」，即「內容從一個根源發射升空之後，綻放出多元化的煙花」。[10]這使得受眾在需求端能夠看到多元形態的內容，而對創作端優質內容的評判標準也會「去單一化」。寫作不僅是審美意義上的表達，而且開始作為功能性表達進入人們的視野。創意寫作者的作品需要在多互聯網平臺傳播，以適應跨媒介時代的互文性特徵，同時還要在縱向上為知識需求提供深度滿足。另外，由於跨媒介是互文性、分散式的，網路小說有被改寫為電影、電視作品的可能，甚至可以開發衍生產品；新聞、科普、專業化寫作則可以向知識付費方向延伸，實現變現。面對如此龐雜的分類和內容形態的轉變，IP概念可以有效地將不同類型囊括其中，進行總體性分析和把握。

另外，在文化產業語境下的創意寫作一定要考慮邊際成本的問題。長尾理論強調互聯網時代的數位技術會帶來邊際成本下移。針對個人IP而言，伴隨受眾愈來愈龐大以及範圍經濟的形成，固定成本也會逐漸被個體用戶分攤，生產知識的平均成本將不斷降低。而且，根據前文對粉絲經濟的分析，可以發現創作者與粉絲化的讀者會形成情感連結，產生「邊際效用遞增」的習慣養成型消費者行為。[11]寫作者還可以接收來自協力廠商的贊助，以廣告等合作方式降低成本。這些都促進了經濟效益的提升，有利於創作者的生產積極性。綜上，創意寫作在媒介轉換的背景下發展是十分有利的。

四、個人**IP**打造的方法論

基於以上理論和實踐層面的分析，我們可以將創意寫作與文化產業的融合問題轉化為創意寫作者自我定位以及如何確定完整產業鏈的問題。從本體論和方法論的角度來看，創作者的IP打造大致可以分四步走：

首先，找準定位，對寫作者自身特點及市場受眾進行理性分析。

第二，明確用戶畫像，找到用戶的聚集地。目前的短視頻平臺主要有「抖音」、「快手」、「視頻號」等，他們的「草根性」顯著，有解構精英話語、突顯大眾文化趣味的特點，適合泛娛樂化、能夠瞬間抓住受眾心理並能營造相對輕鬆的氛圍的寫作者。同時也要求寫作者將「作品」以視頻的樣態呈現，這將涉及由媒介之間的轉換帶來的表達方式變化的問題。所以，寫作者也可以到知識付費類APP，如：「知乎」、

10　企鵝智庫：《2020-2021數字內容產業趨勢報告》，https://new.qq.com/rain/a/20201209a07kf000.html，瀏覽日期：2021年3月20日。

11　李康化：〈粉絲消費與粉絲經濟的建構〉，《河南大學學報（社會科學版）》第24卷第7期（2016年），頁74。

「得到」、「喜馬拉雅」等，借助平臺已經搭建的付費模式和讀者群發展，它們相對而言有比較傳統的傳播方式，更便於專業化的創作者寫作。

第三，持續輸出。在霍爾看來，受眾所接受到的資訊不是原始自然狀態，生產者會以自己的預設偏好選擇和重構，並將其自然化。編碼過程為創作者提供了能動性，因為編碼的符號和意指也是商品化的作品甚至產品擁有的內核。此外，寫作雖然區分類型，但出色的文本通常有鮮明的個人特色，也就是個性化的編碼，比如有的寫作者偏愛使用「黑夜」的場景、「凋零」的意象，不同作者對文學所用詞語、修辭把控也帶有個人化傾向，這其實就是對各級符碼的合理運用，從專業到創意的實現，以實現核心競爭力的提升。持續輸出的過程其實也是完成一個建構世界的過程，創作者需要讓受眾感受到「自然化」的價值認同與情感認同，甚至讓受眾產生依賴，使文學創作真正變成核心的生產要素。

第四，提升IP價值。伴隨平臺曝光率放緩，受眾群體會逐漸趨於穩定，所以應當繼續保證內容品質。同時正如前文所論述，創作者不僅需要適應面向受眾的創作，而且將十分依賴群體的分享和傳播。他們不再是被動的接受者，而是慢慢具有主體意識，能根據個人需求與其他受眾進行交流分享，因此創作者需要加強互動以鞏固受眾群體。如果寫作者能夠提供扎實的內容，與受眾形成信任，那麼他們將有很大可能消費衍生出的服務或產品。持續地曝光和輸出讓消費者產生依賴，就會將內容信任轉變為商業信任，受眾也因此轉化為具有消費能力的、黏性高的「粉絲」。

需要另外說明的是，針對創意寫作者而言，要將粉絲建立在與公域相對的私域領域。公域領域「去中心化」，旨在為公共構建開放的話語空間。在這當中，粉絲在不斷解構「統治階級」或者所謂「精英階層」建構的話語體系，力圖成為以自身為主導的文化生產者，用以傳播代表大眾的話語。所以創意寫作者的聚焦點應在私域領域，它能夠以低成本、高轉化率直接觸達讀者。文本生產者要能夠合理運用寫作所預留的想像空間，使受眾形成討論，並以線上+線下「社群」的方式建立一對多的資訊直達。由此形成的私域空間較公域更能實現點對點的商業轉換，且涉及其他經濟鏈條少，能夠在生產端和消費端實現效益最大化。

粉絲經濟最終的結果就是通過產品連結形成生態圈，並通過互惠關係和粉絲驅動的C2B來實現粉絲經濟的創收性商業經營，但粉絲的互惠關係並不那麼容易建立，一種方法是在交換的基礎上，通過持續的對話、互動和個性化的溝通，形成人—人的社會關係；另一種是從實物上建立信任的交往關係。[12]後者不僅體現在實體的禮物，還可以是為受眾提供「場所」。如果說線上的互聯網平臺是「去空間化」的，那麼在現實生活中寫作者能不能「場景化」將是信任模式建立的重要一環。比如改編的影視IP

---

[12] 李康化：〈粉絲消費與粉絲經濟的建構〉，《河南大學學報（社會科學版）》第24卷第7期（2016年），頁77。

如果能夠在電影院線上映，或者是以有聲書、電視劇的方式占領受眾的碎片化時間，將會有利於粉絲經濟的長效發展。

五、產業結構中的「RISPS」模式

最後，我們還需要將文化產業和創意寫作澈底串聯起來。

文本內容生產的轉向代表了創意寫作的邊界被打破，那麼這樣的IP結構有沒有模型化的可能呢？目前針對互聯網的商業運營模式主要有AISAS、SICAS、ISMAS模式等。AISAS創造性地引入了兩個互聯網的典型行為模式：搜索與分享，開始強調商家與用戶之間的互動關係；SICAS模式開始注重品牌參與，並且引導消費者的分享行為；ISMAS模式則突出強調口碑和分享的作用。此外，受眾對寫作者的追隨愈來愈有符號化的趨勢，人們會為「類型」、「知名度」而買單，藉此表達自己的身分認同等。而IP本質雖然是符號，但其實暗含了逆轉「符號化」的邏輯——創作者個體以及創意重新被置於核心位置。因此筆者搭建了一個適用於創意寫作的「RISPS」產業模型，這一建構能夠具體有效地對此類IP現象解構，並為創意寫作者的產業化發展提供具體步驟。它包括：

(1) R：Reach（觸達），這一過程強調平臺與用戶的交互性，在高曝光率下擴充受眾的基數。

(2) I：Interest（興趣），這一過程依賴內容品質，而不再局限於寫作的類型。寫作者需要以創意和個性化為導向，同時在泛娛樂化的時代，要掌握快速吸引受眾的能力。

(3) S：Seize（轉化），進一步與受眾建立信任關係，培養潛在消費者。

(4) P：Precipitation（沉澱），建立私域，打造具有良好口碑的商業化的個人IP，逐步推出各種形態的付費產品和服務。

(5) S：Share（分享），不斷擴大受眾群體，形成分享式的集群社區，將更多的潛在消費者納入到「粉絲」群體之中。

能夠打造付費產品和服務是「RISPS」模式區別於其他傳統商業模式的一大特點，也是核心競爭力。目前主流的各大平臺都是在商家、創作者、消費者進行三方的互相轉化，而基於創意寫作的個人IP打造才是以創作者本人為核心形成「自產自銷」的「團隊協作模式」。

具體來說，從創作端，可以認為創意寫作者的發力點應該集中在：R（Reach）：對市場動向和高流量、高曝光的熱點問題關注；I（Interest）：提升自身的創造力和內容品質，形成個性化符碼；S（Sieze）：信任關係的建立主要依靠情感連結，創作者要以長效的讀者需求為重要目標之一；P（Precipitation）：抓住私域部分，建立

創作者與讀者之間的良性關係，以線下分享會、社群運營等方式維護黏性，將讀者轉化為有強消費欲求的「粉絲」，同時，學會將多平臺相關資源整合，形成以「創作者個體」為核心的運營模式；S（Share），口碑和創造性空間是促成讀者分享的重要因素，創作者情節設置、人物性格要能夠與讀者建立廣泛共鳴，使自己的作品有被二次改編、創作的空間（即「盜獵的空間」），在分享之中實現經濟鏈閉環以及經濟效益的轉化，如：推出周邊付費產品、影視劇改編等。

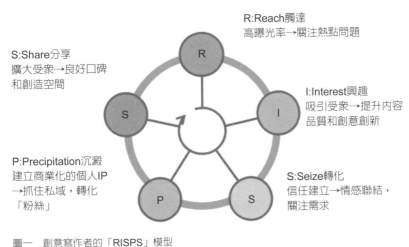

圖一　創意寫作者的「RISPS」模型

六、產業化發展中應警惕的問題

　　個人IP也要警惕「泡沫化」問題。應用粉絲文化去建構文化產業中創意寫作IP的初衷是加強創作者與讀者兩端的緊密聯繫，讓作為粉絲的消費者能夠促進經濟效益提升，但並不意味著對IP的盲目追捧。創意才是被突出的核心，知識和文本應當作為IP個體生產者首要關注的生產要素，而不是讓人的標籤大於傳播內容本身，從而造成品質問題，使得受眾無法建立長久有效的信任。同時應當看到，粉絲群體較一般大眾更為激進，其非理性的情感衝動消費模式也不能代表整體產業經濟的需求，如果過分追求滿足粉絲的意願或是以不停轉化粉絲為目的而失去對內容的把控，會造成僅集中於某個階段的現象消費，也無法長久。另外，文本當然應當給讀者留有想像的空間，但是否應該留給讀者一定的改造空間，如果有，應當預留到何種程度？對於寫作者而言，普遍關注的是自己的創意核心、面世後的版權以及收益問題，而對受眾對文本是否能夠進行再創造並未引起足夠重視。以如今的閱讀現狀來看，過度專業化的寫作仍舊面向少部分讀者，是無法迅速擴充群體基數的，一方面是因為人們的審美變化太

快，另一方面閱讀專業化的文學作品需要耗費大量時間，不適宜很多人的生活節奏和碎片化閱讀習慣。如果我們能給讀者提供一個「可盜獵的空間」，可以擴充內容的延展性，形成持續的討論，不論是審美創造性寫作還是功能性寫作都能在泛娛樂化的產業中找到經濟效益的突破口，有效與信任金字塔相契合，並且以立體多元的模式為創新提供可能。

　　從文化研究的視角，創意寫作者也有許多值得警惕的問題。比如法蘭克福學派的阿多諾和霍克海默都認為文化產業可以用「文化工業」概念替代，而文化工業所生產的文化產品具有同質性和可預見性，喪失了批判資本主義的功能，淪為意識形態的統治工具。本雅明也認為文化複製技術改變了社會文化的功能，對文化文本與實踐所具有的「本真性」形成挑戰。給受眾留有可「盜獵的空間」，意味著粉絲可以在已有的文本上二次創作，但並不是忽略複製技術的負面影響和智慧財產權的重要性。在如今時代，互聯網技術使得複製變得非常容易。即便平臺有各種各樣的反盜用機制，也不禁促使我們思考日益標準化、模式化的網路環境以及複製技術會影響創意寫作的發展嗎？目前已知的是，一旦進入「產業」的語境，就很難保持個體的純粹。關於這一問題目前很難找到相關經濟模型或科學依據來解釋，因為它受創作者主觀情緒和價值觀等因素影響很大——如果他希望自己的作品被「商業化」，那麼複製將是促進大規模傳播、打造「時尚」風向標必不可少的一環。此外，委託團隊將不再被視為過度商業化的負向指標，因為大多數個體創意者只能集中精力投身於內容創作中，最多考慮到產業因素，很難再有其他精力管理銷售、傳播等環節，這也是產業化帶來的必然結果。

七、結語

　　為了解決開篇引言的三個問題，筆者建立了以創意寫作者為核心的IP發展模型，它可以有效連接產業中受眾和創作的兩端。為了論證這一模型的必要性和合理性，首先要對創意寫作者的受眾進行分析，以了解他們的需求。通過對粉絲經濟的分析以及對符號、編碼等概念的移用，不難發現在知識經濟的多媒介平臺中，「粉絲」較傳統的文學愛好者或者是傳統媒介的讀者有更強的黏性，消費能力也會更強，是一個值得關注的群體。將潛在的讀者轉化為粉絲並不是鼓吹消極的消費主義，而是看到了粉絲群體同時作為生產者和消費者能釋放的積極力量。當他們轉化建立為寫作者的「私域」，可以實現產業鏈條的精簡，從而擴大經濟效益。

　　當然歷來關於文學作品作為一種藝術的表達是否應該走向產業化有很大爭議。通過分析可以發現，阿多諾等人對其激烈批判的原因是作為文化工業的文化產品會喪失批判性，淪為意識形態的統治工具。因此，創意寫作者需要給讀者留有一定的闡釋空間，即「盜獵」的空間，這不僅能夠促進分享以形成社群，也為受眾積極思

考提供了可能。

最後，對於新的媒介平臺，創意寫作者要抓準文化產業結構中的生存空間和數位時代的網狀傳播、指數化擴散的趨勢。我們希望創作者和讀者兩端通過緊密的市場聯繫形成情感連結，從而引發良性對話的互動模式，而IP恰好是關注兩端的理論。了解其中完整的閉環鏈條的運作機制，並以「RISPS」模式發展，可以有效提高效率，實現經濟效益最優化。

第三輯

創意寫作與中國古典文化新詮釋

謂我識途馬，宜作知津告
——何敬群《詩學纂要》創作論初探

陳煒舜

香港中文大學中國語言及文學系副教授

一、引言

何敬群（1903-1994），名鑑琮，字敬群，號邋翁，齋名天邋室、益智仁室，以字行，江西清江人。自幼好學，因家貧經商鬻藥，而手不釋卷，博學多聞。1949年遷港，先後任教於珠海、新亞、浸會諸大專院校。著述頗富，梓行者有《易義淺述》、《孔孟要義探索》、《老子新繹》、《莊子義繹》、《念佛方便法門》、《邋翁詩詞輯》、《邋翁詩詞曲集》、《詩學纂要》、《詞學纂要》、《益智仁室論詩隨筆》、《楚辭精注》等及單篇論文若干。此外尚有《中國文學史綱》、《詩經纂要》、《宋六家詞導讀》、《益智仁室詩詞曲論彙》、《益智仁室詞曲集》、《詞曲論》、《各體韻文選註》、《邋翁文彙》等，惜已無存。這些著作中，有不少肇端於課堂講義，《詩學纂要》便是值得注意的一種。蓋兩岸四地自1950年代以降，數香港高校中文系仍勉力將「詩選」設置為必修課；而在偏重古典範疇的歲月裡，該科是少有的涉及創意寫作之課程。縱使該科任教者不乏宿儒碩學，然當日講義得以梓行者為數甚鮮。何敬群先後於諸院校講授該科，《詩學纂要》作為課堂講義，累積了多年教研與創作心得。然其最後脫稿則在1973年秋：「去年（案：即1973年）秋為浸會學院課詩，即用此本，易其名曰《課詩纂要》，油印發諸生為講習之範本。文系主任徐伯訏先生見而善之，謂不若排印成書，以廣其用為便。」[1]至若此書之宗旨，「要在易知易行，重在能讀能寫。雖未能使其器盡利，其事盡善；然使從學者，以最短之時間，能循宮牆而得門，能知堂奧之所在，雖若近於速成，而不無利於初階也。」[2]對於「詩選」課，何氏有這樣的認知：

> 近代教制，小學終學僅課語文而不課詩，必大學文科，始有一年課程之詩選。
> 其為講習之時間，不足百小時；僅能使修習者，略知某時代有某詩家，某詩家

---

[1] 何敬群：〈序〉，《詩學纂要》（香港：遠東書局，1974年），頁2。

[2] 何敬群：〈序〉，《詩學纂要》，頁2。

有某名篇某佳句而已！至何以為名為佳，則大半茫然，以云寫作，自戛戛其難矣！論者於此，則以為學詩之時間過少，學者無法多取資，自無以宏其用，教者為所限，亦無所施其技矣！[3]

　　課時嫌短，幾乎是所有科目共有的問題。且民國以前，作詩是兒童啟蒙的主要課程，因其不僅關涉文字之駕馭、品味之培養，於聲韻、訓詁乃至文法等「小學」知識範疇也能打下堅實的基礎。五四以後的新學制呼應著白話文運動的精神，兼以分科益為細密，故舊體詩創作便成為大學中文系才會提供的科目。然即使大一新生亦屆成年，對詩歌欣賞固有較高領悟力，但於「小學」方面的起步已頗晚於舊時蒙童。不過，何氏對如此窘況仍抱樂觀態度：

> 余謂不然。詩之所資，不外經史語文；今大學生徒，正當窮經繹史之年，正作經史語文之攻治，不可謂無資，但有資而不知用於詩耳！若能發其蒙而導其前，則如棒喝而悟，破翳得明，一轉移之間，即可以悠然而逝，翼如以趨。故一年時間，不可謂短，要在學者與教者之能得其要耳！[4]

　　何氏指出「詩選」一科並非孤立的，其他科目皆可為詩歌創作提供素材，這端賴於任課教師如何提點學子「轉識成智」，將其他科目的學習成果應用於詩歌創作之上。如此一來，為期一年的「詩選」課便游刃有餘了。

　　近古以來，詩學啟蒙選本往往偏重於唐詩，而輔之以宋詩。如南宋劉克莊所編《分門纂類唐宋時賢千家詩選》共錄詩一千二百餘首，此後南宋謝枋得、明代王相有所增刪，今日通行之版本，入選詩人計有唐代六十八家、宋代五十四家、明代二家、無名氏一家，共二百二十餘首。而作品僅有五絕、五律、七絕、七律四卷，而不及於古體。至若清乾隆間孫洙（蘅塘退士）有鑑於《千家詩》「其詩隨手掇拾，工拙莫辨，且止五七律絕二體，而唐宋人又雜出其間，殊乖體制」，[5]故編成《唐詩三百首》，共入選詩人七十七家、作品三百十一首，除五七言絕句、律詩外，還增入五古、七古兩卷。不過誠如論者所言：「《唐詩三百首》所選僅三百餘首，雖無魚目混珠之弊，終不免滄海遺珠之憾。而且僅及有唐一代，其涵蓋面反不如《千家詩》之廣泛；尤其是對宋詩的忽略，更產生一些不良的影響。現代一般人讀古典詩，往往只知有唐詩而不知有宋詩，更不用說去辨明唐詩與宋詩之異趣，推究起來，或許就是《唐詩三百首》廣為流傳後之結果。」[6]再如近代桐城派殿軍高步瀛（1873-1940）所編《唐宋詩舉要》，對於《千家詩》和《唐詩三百首》的缺憾「顯然是有糾

3　何敬群：〈序〉，《詩學纂要》，頁1。
4　何敬群：〈序〉，《詩學纂要》，頁1。
5　[清]孫洙：〈自序〉，《唐詩三百首》（北京：中華書局，2004年），頁1。
6　里仁書局編輯部：〈出版說明〉，高步瀛編註：《唐宋詩舉要》（臺北：里仁書局，2004年），頁1-2。

補作用的」。[7]此書共收錄詩歌八百一十六首，其中唐代詩人八十四家、作品六百一十九首，宋代詩人十七家、作品一百九十七首。在五七言古體、律詩、絕句以外，還選錄了十首五言排律，更完整地反映出唐代詩歌的面貌。且高氏於每一種體裁下，皆有文字論述體裁源流風格，「宛如精要之詩學流變史」，也頗具參考價值。正因「這部選集無論在選錄標準或數量比例上應該都是比較適宜的，其性質也已超越童蒙讀本的作用，而適合引導學者一窺唐宋詩之堂奧」，故中文大學中文系長期選用此書作為「詩選」之課本。誠然，高步瀛於義理、考據、辭章之學皆功底頗深，故選詩恰當、註釋謹嚴。然而正因高著卷帙較廣，且註釋詳博古雅，於學界同仁固有典範意義，於大學新生卻未必便利。兼以1990年代後，「詩選」課由一學年改為一學期，區區十餘週更難覆蓋高著之內容。因此僅以中文大學中文系為例，歷來「詩選及習作」任課教師於《唐宋詩舉要》以外往往會提供額外講義，或自編，或指定他書（如喻守真《唐詩三百首詳析》等），以便學子參考。何著《詩學纂要》開列之「修習本課程應備用參考書」中，便有《唐詩三百首》及《唐宋詩舉要》，因何著以此為基礎，故能更為精簡。

　　《詩學纂要》全書共分為三編，上編〈詩學導論〉，包括〈詩之淵源及體制〉、〈詩之聲韻及律法〉、〈詩之聲調〉三節。中編〈唐詩選讀〉，下編〈宋詩選讀〉，則以詩人為綱，依時代先後為次，繫以作品。中、下編各有總序，概論一朝詩風。中編〈唐詩選讀〉分為初、盛、中、晚四節，下編〈宋詩選讀〉分為北宋、南宋兩節，每節各有小序。至於詩人詩作詳情，則表列於下：

表一　《詩學纂要》所收詩人作品一覽

	時期	詩人及作品篇數	家數	作品
唐詩選讀	初唐	王勃（2）、宋之問（2）、沈佺期（2）、杜審言（2）、陳子昂（2）	5	10
	盛唐	張九齡（2）、王維（15）、李白（20）、杜甫（28）、孟浩然（8）、儲光羲（2）、王昌齡（6）、李頎（2）、岑參（3）、韋應物（7）	10	83
	中唐	劉長卿（2）、盧綸（2）、韓翃（2）、錢起（2）、司空曙（3）、韓愈（7）、柳宗元（5）、劉禹錫（3）、白居易（9）	9	35
	晚唐	杜牧（9）、李商隱（14）、溫庭筠（4）、韓偓（2）、韋莊（3）	5	32
宋詩選讀	北宋	歐陽修（10）、梅堯臣（3）、王安石（13）、蘇軾（16）、黃庭堅（14）、陳師道（2）	6	58
	南宋	陳與義（2）、周必大（1）、朱熹（1）、范成大（3）、楊萬里（4）、陸游（14）	6	25
總計			41	243

7　里仁書局編輯部：〈出版說明〉，高步瀛編註：《唐宋詩舉要》，頁1-2。

整體而言，中編共收唐代詩人二十九家、作品一百六十首；下編共收宋代詩人十二家、作品八十三首。唐宋作家之比例約為三比一，作品比例約為二比一，然皆未及高著之懸殊。值得注意的是，作品選錄超過十首者，唐代僅王維、李白、杜甫三大家，宋代竟有歐陽修、王安石、蘇軾、黃庭堅、陸游五家。不過，對於北宋之晚唐體、西崑體、南宋之江湖派、永嘉四靈等，其作品則未有選錄。何氏自言：「北宋自仁宗以前，可謂無詩。非真無詩也，無宋人自己之詩也。」[8]此主要就西崑體而論。又云：「爭一字一句之巧相衒，以吟風弄月之詞相詡。不過復晚唐纖巧之尖酸之舊，則宋詩之尾聲矣！」[9]此就四靈及江湖派而論。由此可見，何氏講授「詩選」仍以唐詩為主，故包納之詩家、作品分布較為全面，至於宋詩方面則舉其要者，尤其著眼於江西詩派源流及中興諸家。在下文中，筆者嘗試依據《詩學纂要》對詩歌之淵源、體制、律法、聲調及作品各方面之論述，探析何氏之舊詩創作論，以窺香港高校詩歌創作課程之發展歷程於一斑。

二、論詩歌之淵源

何著繼承了《千家詩》及《唐宋詩舉要》的傳統，以唐宋詩為授課內容。童蒙習詩，當以掌握格律為務；《千家詩》止錄近體，自然回應了如此需求。但《唐宋詩舉要》所針對的並非童蒙，而創作的體裁也當包含古體。誠如明代李攀龍所言：「唐無五言古詩而有其古詩。」那麼學習創作古體者，應當取法唐人古體，抑或先唐古體？我們可先觀何氏自序所論：

> 原夫詩為天籟，為心聲，學之而工自非易，學之而能則非難。能明於聲調格律而熟其規矩，則十得四五矣！能讀唐宋詩三二百篇，紬繹其規矩運化之所在，則十得六七矣！能不斷嘗試為寫作，則十得八九，而能入言志永言之塗徑矣！再進而泛濫漢魏晉六朝之篇什以鍊其辭，再進而涵濡國風騷雅之韻味以厚其氣，則可以為言必己出，斐然成章矣！而此一年之講習，則為之開扃啟鑰以窺其祕，指路示途以助其行也！[10]

何氏此言將學詩分為五個階段：其一為熟規矩，關鍵在於掌握聲調格律；其二知運化，關鍵在於熟讀唐宋詩；其三為試言志，關鍵在於不斷寫作；其四為鍊其辭，關鍵在於泛覽漢魏六朝篇什；其五為厚其氣，關鍵在於涵泳《詩經》、《楚辭》。然就為期一年之「詩選」課而言，僅能帶引學子進入前三個階段。這三個階段乃是以體式

8 　何敬群：《詩學纂要》，頁91。
9 　何敬群：《詩學纂要》，頁117。
10 　何敬群：〈序〉，《詩學纂要》，頁1。

論和欣賞論為基礎，而以創作論為依歸。在何氏看來，二三百篇唐宋詩便能做較完足之體式展示、欣賞範例，而不必如文學史教學那般，依照時序由先秦詩開始講起。將漢魏六朝詩、先秦詩之瀏覽涵泳置於後二階段，不在「詩選」課程範圍之內，乃因鍊辭、厚氣屬於進階創作之修為，須假以時日，且有賴學子之自發性，未可一蹴即就。參考高步瀛的論述：「五言古詩，當探源《三百篇》而取法漢魏。〈古詩十九首〉，鍾記室稱其驚心動魄，一字千金。[……]唐初猶襲梁、陳餘習，未能自振。陳伯玉起而矯之，〈感遇〉之作，復見建安、正始之風。張子壽繼之，塗軌益闢。至李、杜出而篇幅恢張，變化莫測，詩體又為之一變。」[11]高氏又云：「唐初七言古詩亦沿六朝餘習，以妍華整飭為工，至李、杜出而橫縱變化，不主故常，如大海迴瀾，萬怪惶惑，而詩之門戶以廓，詩之運用益神。」[12]五古成熟於東漢中後期，〈古詩十九首〉為其代表，故高氏提出「取法漢魏」。而七言古詩要到「綺麗不足珍」的宋齊之際才逐漸成熟，故高氏就論七古源流時於先唐階段幾乎避而不談，逕以陳隋迄唐之「妍華整飭」概括之。進而言之，無論五古、七古，高氏皆將李白、杜甫之作推為發展之高峰；站在創作的角度，李、杜也成為五古、七古的主要取法對象。如此一來，無論學習近體、古體，皆可聚焦於唐、斟酌於宋，漢魏六朝則僅供涵泳爾。

　　不過，為便學子把握詩歌史之概貌，上編〈詩學導論〉第一節〈詩之淵源與體制〉依然簡單扼要地講述了先唐詩發展之軌跡。他指出：

> 詩之興，出於人聲之天籟，始於生民有文字以記載其語言之時。《孟子》：天下謳歌訟獄者，不之堯之子而之舜。《尚書》：舜命夔典樂，以詩言志、歌永言教冑子。則知詩歌在唐虞之前，即盛其作用，成為聲教。夏有〈五子之歌〉，殷有〈商頌〉及夷齊、箕子之歌，至周代更以詩為六教之首；國風雅頌，彬彬於春秋之世，雖夷狄之人，亦能諷詠之。孔子曰：「不學詩，無以言。」詩之成為文藝中心，則《三百篇》，為其淵源矣！《三百篇》以四言為主，以言簡意賅，義正辭誠為美。至戰國而有荀子之〈成相〉，屈宋之《楚辭》，其體為雜言，其辭盛文采，詩歌即從此而日趨美化。[13]

　　這段文字雖然簡短，卻向學子揭櫫了幾個重點：第一，詩歌產生於初民時期，淵源久遠。第二，唐虞三代的官方、貴族便將詩歌視為言志、教化之工具。第三，《詩經》的成書使詩歌成為文藝之核心，地位崇隆。第四，荀子、屈宋之辭賦以雜言變易《詩經》之四言，辭藻豐贍，追求文采之風氣由此日益盛行。以此歸納《詩經》、《楚辭》及先秦古逸詩在詩歌史上的地位，十分精準。

　　何氏繼而指出，兩漢至劉宋的六百餘年是詩賦地位此消彼長的時期：

11　高步瀛編註：《唐宋詩舉要》（上海：上海古籍出版社，1978年），上冊，頁1。

12　高步瀛編註：《唐宋詩舉要》，上冊，頁140。

13　何敬群：〈序〉，《詩學纂要》，頁1。

兩漢於是有五言七言之詩，如〈大風〉、〈秋風〉、〈鐃歌〉、〈天馬〉、〈四愁〉、〈五噫〉，以及蘇李〈河梁〉，〈古詩十九首〉之作，言情寫怨，上紹風騷；然僅為賦之附庸，雖為後世所憲章，而未得為當時所重視。及東漢之末，乃見發皇：蔡邕父女，曹操父子，踵蘇李張五言之幟，以清剛爽朗作其氣，撫事感時發其情。建安七子：孔融、陳琳、王粲、徐幹、阮瑀、應瑒、劉楨等人，則以清麗交輝，華實並茂之辭羽翼之，而曹植為之首，於是五言之詩以盛。西晉統一中國，江南文學，與中原文學交流；則有：阮籍、張華、陸機、陸雲、潘岳、張載、張協、左思、郭璞之倫，其所作辭新語麗，秀潤流轉，謂之太康文學，而陸機為之首。詩至此時，已進而與辭賦，平分文學之領域矣。東晉南渡，文風稍替；至晉宋之際，乃再復甦，則有：謝瞻、謝混、謝靈運、謝惠連、鮑照、顏延年等人出，其所作皆風華掩映，組練精工，謂之元嘉文學，而謝靈運為之首。獨有一陶潛，於綺羅錦繡之中，自標縕衣幕巾之致，為詩壇樹一不待雕繪而美之大旆。於時：顏延年等人，創文筆之分，詩乃進而為文學之主流。[14]

　　何氏所謂「七言」，包括了雜言樂府乃至楚歌騷體之作，然其討論之重點，更在五言詩之發展軌跡。除了點出幾個重要時期的詩風及代表作家的特徵之外，他還精確地指出，〈古詩十九首〉以及蘇李詩雖在後世具有典範意義，但在「登高能賦可以為大夫」的漢代，卻頗為邊緣化。歷經建安、正始、太康幾個時代後，詩歌地位日益提升，與辭賦平分文學領域；至東晉劉宋之際，更成為文學之主流。《南史・顏延之傳》：「（宋文帝）嘗問以諸子才能，延之曰：『竣得臣筆，測得臣文……。』」[15]顏延之將文筆對舉，二者自有區別。《文心雕龍・總術》云：「今之常言，有文有筆，以為無韻者筆也，有韻者文。」[16]而近代黃侃更指出：「屬辭為筆，自漢以來之通言；無韻為筆，自宋以來之新說。」[17]顏延之為劉宋時人，故其文筆之分，當即黃侃所云「新說」。且如程章燦所論，南朝賦以體物抒情小賦為主流，語言上也有詩化的趨勢。[18]則詩在「文」中之地位更不止於與賦平分秋色而已。綜而觀之，何敬群此論當可令學子進一步清楚詩歌在整個文學發展史中的定位與價值。

　　至於齊梁陳隋之詩歌，何氏進而論述道：

　　自永明以下至梁陳，百年之間，前有梁武父子，謝朓、王融、沈約、范雲、任

14　何敬群：〈序〉，《詩學纂要》，頁1-2。
15　[唐]李延壽：《南史》（北京：中華書局，1997年），頁879。
16　王運熙、周鋒譯註：《文心雕龍譯註》（上海：上海古籍出版社，2012年），頁288。
17　黃侃撰，周勛初導讀：《文心雕龍札記》（上海：上海古籍出版社，2000年），頁211。
18　程章燦：《魏晉南北朝賦史》（南京：江蘇古籍出版社，1992年），頁205。

昉、江淹、何遜，後有陰鏗、江總、徐陵、庾信，皆辭采富麗，錦繡交豔。而周顒、沈約，揭四聲之祕，發揮聲調音律之美，不徒為詩一新面目，亦為漢語文運用文藝之美之一大發展；唐宋之各體詩，及宋元明清之詞曲戲劇，亦莫不於此孕毓矣！然齊梁詩風，至陳隋之世，華豔過多，有桃李之春榮，欠稻粱之秋實，亦為後人所詬病。又其體制，雖包有吳歌西曲之雜言，然仍不出五言之範疇。唐承其後，乃自五言發展而盛於七言，自聲律發展而成近體，至盛唐而詩之體制乃大備。[19]

頗為標榜這個時期詩歌之辭采，且對永明聲律論大為推崇。但是，何氏又進一步指出：唐代以前的詩歌體制未備，縱然兩漢魏晉之作多可稱道，但亦不出五言藩籬；齊梁以降，近體逐漸形成，卻流於雕雲鏤月、氣骨不足。這一方面，何敬群顯然承襲了高步瀛之見。易言之，無論是就體裁還是內容來看，何氏都相信漢魏六朝詩未足成為初學者模擬的首要對象。這也是他將先唐詩之瀏覽涵泳置於第四、五階段之原因。有了如此交代與鋪墊，後文於先唐詩歌便可不復齒及。

三、論詩歌之體制

上編第一節在簡介詩歌之淵源後，隨即從五言古風、七言古風、樂府、五言律詩、七言律詩、排律、絕句七方面，就詩歌之體制展開論述，這幾種都是當時學生在詩選課上必須習作的體裁。何敬群論五言古風云：

> 古風者，漢魏風格之詩，別於齊梁近體而言，故謂之古風。漢魏六朝詩，均以五言為主，至齊梁時，乃側重辭藻之靡麗，聲調之諧協；其風格，溺於嘲風弄月，而日以軟熟婉變。隋代及初唐，仍承其風。至王維、孟浩然，乃越徐庾而師淵明，然齊梁之餘韻，猶未盡淨。至太白、子美，乃上追蘇李，方駕曹劉，其風規乃高出六朝之上，而為漢魏之江河矣。[20]

當今學者一般認為，班固〈詠史〉是現存最早之五言古詩。何文匯師指出，班固此詩共十六句，除了第一、二、七、八和十六句外，其餘每句的二、四字，都是平仄相異的。此外，除第四聯外，每聯上下兩句的末字，也是平仄相間的。[21]可見五言詩在逐漸成熟之東漢初年，已萌生了音律意識。不過稍後的〈古詩十九首〉，乃至三曹七子的五言詩，除了押韻外，音律猶是渾然天成，並無太多講究。曹魏國李登撰寫

---

[19] 何敬群：〈序〉，《詩學纂要》，頁2。
[20] 何敬群：〈序〉，《詩學纂要》，頁2-3。
[21] 何文匯：《詩詞曲格律淺說》（臺北：臺灣書店，1999年），頁15。

《聲類》，晉代呂靜「別放故左校令李登《聲類》之法，作《韻集》五卷，宮商角徵羽各為一篇」。[22]故在永明聲律論出現以前，晉宋五言詩已漸有音律意識，因此唯有漢魏五古方宜視為古風之典範。至於辭藻對仗方面，太康詩人陸機、潘岳及元嘉詩人謝靈運、顏延之便已頗為注重。永明詩人將聲律論應用於詩歌，以求諧協，形成介乎古風與近體之間的「新體」。梁代宮體詩人更獨鍾豔情，去漢魏古風益遠。清初馮班以齊梁至初唐之詩「氣格有差古者」，何焯亦就而評曰：「齊梁自為一體，不可與古詩混也。」[23]何敬群所言，正承此意。再者，他將盛唐視為五古重振的轉捩點，而以李杜古風直承漢魏，推為正宗，如此論調與高步瀛如出一轍。何氏進而認為，李白「才氣縱橫，如天馬騰驤」，故其五七古能「出入屈宋」；[24]而杜甫詩「雄渾博大，沉鬱深厚」，「不故為豪語而健，不乞靈羅綺而麗，不事雕琢而巧，不矜奇詭而新」，故其古體「渾渾淪淪」。[25]根據何氏對杜甫的評價，尤其能窺見他對漢魏五古的典型風格有怎樣的認知。此外，他又就五古之句式論云：「五言古風為齊言詩，兩句一韻，其篇章長短無限制，自三韻至數十百韻均可。」[26]將五古與後文所論之七古加以判別，以利學子把握其特徵。

錢志熙指出，因為古體產生於近體之前，唐人會稱其為古體詩或「往體詩」或「古風」。所謂古風，多是指學習漢魏六朝、具有興寄精神的五言古體詩。與此相對，一般的古體詩則稱「古體」。但元明以後，也有稱七言歌行為「古風」的。其與原初的概念有所不同。[27]何敬群採用的「七言古風」一詞，來源雖然較為晚近，然亦自有原因。其言曰：

> 除五言古風外，凡雜言詩、樂府詩，均可歸入此門類。七言詩蓋本於樂府，如〈易水〉、〈垓下〉、〈柏梁〉、〈薤露〉。魏晉以後，五言特盛，七言間見於樂府歌詞，大都風光綺旎，軟語纏綿之句。至盛唐，始脫出其範圍，至李杜，始從〈四愁〉、〈五噫〉，上追屈宋，開闢七言古風之風格與領域。[28]

歷來所謂七言古詩，固然包括了漢樂府〈薤露〉、鮑照〈擬行路難〉、杜甫〈兵車行〉之類的雜言；甚至陳子昂〈登幽州臺歌〉四句中並無一句七言，然亦因雜言之故而被視為七古。漢代樂府已有不少雜言體，而曹魏以降的七古也往往具有樂府標題，故何氏云「凡雜言詩、樂府詩，均可歸入此門類」，是也。另一方面，七古可細分為騷體七言與純七言，而以前者時代更早，如何氏所舉〈易水歌〉、〈垓下歌〉皆

---

[22] [北齊]魏收：《魏書》（北京：中華書局，1997年），頁1945。
[23] [清]馮班著，何焯評：《鈍吟雜錄》（北京：中華書局，1985年），卷三〈正俗〉，頁40。
[24] 何敬群：《詩學纂要》，頁33。
[25] 何敬群：《詩學纂要》，頁41。
[26] 何敬群：〈序〉，《詩學纂要》，頁3。
[27] 錢志熙、劉青海：《詩詞寫作常識》（北京：中華書局，2012年），頁3。
[28] 何敬群：〈序〉，《詩學纂要》，頁3。

是。然而，騷體七言與純七言作品之間依然存在著一定差異。葛曉音就論純七言作品道：「戰國後期的楚辭和民間謠諺的節奏隨著語言的進化而同步發展，提供了形成七言節奏的條件。但是早期七言篇章由單行散句構成、意脈不能連屬的體式特性，使七言只能長期適用於需要羅列名物和堆砌字詞的應用韻文，而不適宜需要意脈連貫、節奏流暢的敘述和抒情。」[29]如純七言的〈柏梁〉聯句的確有意脈不連貫、節奏不流暢的問題，但這種問題卻不見於〈易水〉、〈垓下〉乃至東漢張衡〈四愁〉等騷體七言。學者一般將曹丕〈燕歌行〉視為時代最早而成熟的純七言古詩，正是基於如此緣故。且〈燕歌行〉以後，六朝較為知名的純七言古詩當推〈白紵辭〉、〈河中之水歌〉、〈東飛伯勞歌〉等，的確像何氏所言「風光旖旎，軟語纏綿」。不過，既然純七言古詩要到六朝才告成熟，其時代精神已與漢魏五古頗為不同，若稱之為七言古風，似乎不僅不能拓展「古風」之內涵，反而產生意義上的混淆。然觀何氏羅列〈易水〉、〈垓下〉、〈四愁〉、〈五噫〉諸篇，又有「上追屈宋」之語。可見其所謂七言古風之範疇非僅限於六朝隋唐之歌行體，且包含騷體七言，更上及屈宋楚辭。如是一來，對七古的內涵可謂作出了重新界定。七言詩之來源甚為複雜，若僅將先秦之楚辭視為主要源頭，吳乃過於簡單化。然而就初學者而言，如此論述卻能讓他們快速有效地了解七言詩的發展概貌。故何氏如此論述，是不難理解的。此外，中編岑參詩選錄〈輪臺歌送封大夫出師西征〉及〈走馬川奉送封大夫西征〉兩首，註云：「右兩首均句句韻，可覘七古韻法。前一首兩韻一轉，後一首三韻一轉，平韻仄韻相間，詩家謂之岑參體。」[30]特別以岑參詩作為例，蓋其作品仍能保留先唐七古逐句用韻及奇數句法，蒼健老勁，與〈春江花月夜〉、〈長恨歌〉、〈連昌宮詞〉等作之流暢婉轉頗亦其趣也。

近體詩方面，何氏概說云：「五言七言律詩排律絕句六體為近體詩。近體云者，近出於齊梁體之謂也。此六體詩，均為齊言，均有一定之聲韻句法與對仗，蓋由齊梁聲律發明以後，進展而成者。」[31]其論五律道：

> 五言律詩，權輿於沈佺期、宋之問，而大成於王孟李杜。齊梁時，如范雲之〈巫山高〉：「巫山高不極，白日隱光輝。靄靄朝雲去，冥冥暮雨歸。巖懸獸無跡，林暗鳥疑飛。枕席竟誰薦，相望徒依依。」此詩八句四韻，中兩聯對，即為五律濫觴。但當時只偶然有合，其平仄亦未盡調，亦無和應踵作者。至唐高宗、武后時，以入聲樂，沈宋起而推廣之，遂成定式之五律矣！[32]

何氏認為五律到沈宋手上才告成熟，而盛唐王孟李杜將之發揚光大，其說固是。

---

[29] 葛曉音：《先秦漢魏六朝詩歌體式研究》（北京：北京大學出版社，2012年），頁225。

[30] 何敬群：《詩學纂要》，頁60。

[31] 何敬群：〈序〉，《詩學纂要》，頁3。

[32] 何敬群：〈序〉，《詩學纂要》，頁3-4。

齊梁諸家八句四韻之五言詩，平仄未能盡調，亦屬事實。然如明人楊慎所編《五言律祖》，便收錄了不少八句四韻之新體詩。由這些作品可見，諸句已多為律句，偶有拗句，惟時有失黏失對之處。至於第二、三聯之對仗，則幾乎篇篇如是。因此，謂「八句四韻，中兩聯對」的特徵「當時只偶然有合」，殆未必然。且如湘東王蕭繹作〈折楊柳〉而太子蕭綱和之，兩首皆為「八句四韻，中兩聯對」之新體詩，謂「無和應踵作者」也非屬實。進而言之，新體詩之篇幅一般短則四韻八句，長則十韻二十句，除了首尾二聯外，中間諸聯皆須對仗。因此，五韻以上的作品便是唐人五言排律之祖。而何氏論排律云：

> 唐代應進士試詩，以五言律詩十二句六韻，或十六句八韻為程式，於是有長律之體。元代楊士宏編《唐音》，乃目之為排律。排如排比排列之排：謂重複連續八句四韻之聲律，排列之，成長篇之律詩也。有五言，有七言，唐人均謂之律詩。此體短章六韻，長篇可數十百韻，除起結句外，餘均對句。必平韻，必全篇一韻，唯可用通轉韻，如工部〈夔州詠懷〉，即先元刪韻通押。作法以鋪敘流美、對仗典雅、氣勢貫通、波瀾壯闊為勝，此亦以杜甫最為擅長。[33]

　　排律之流行，故與唐代以詩取士頗有關係，然謂該體之興起乃因進士試詩，則不然矣。唐人將排律稱為律詩的傳統，亦源自齊梁。排律之最短者便是八句四韻，入唐以後，由於這種短律的篇幅較小，兼以對仗精工、聲韻流暢，故而蔚為大國。逮至元代，方有律詩與排律之區隔。故此，謂排律係「重複連續八句四韻之聲律」，於觀感上雖無大謬，考諸詩體發展脈絡則不盡然。初唐詩人沿襲齊梁餘風，創作之排律為數猶夥，且未必限於押平韻。如唐玄宗〈校獵義成喜逢大雪率題九韻以示群官〉十八句九韻，便是押去聲十七霰韻，惟尚有五聯失黏，一如齊梁之作。此外，唐代試帖詩仍要求一韻到底，不可使用鄰韻。即便何氏言及之杜甫〈秋日夔府詠懷奉寄鄭監李賓客一百韻〉，亦以押先韻為主；如詩中所用「員」字見於元先二韻，「孱」字見於刪先兩韻，未必可謂先元刪韻通押。惟杜甫鍾情此體，平生創作之五言排律達一百二十七首之多，甚至絕筆詩〈風疾舟中伏枕書懷〉亦為三十六韻之五排，故而五排在杜甫手中已突破應制、奉教、酬贈之藩籬，不僅篇幅超出了永明體的限度，獨抒胸臆的特色也日益濃厚。故何氏稱杜甫於此體最為擅長，實非虛言。惟五律、五排之關係極為密切，若能將二者並置共論，當可使學子更清晰地了解近體詩之流變。

　　絕句方面，何氏頗能拿捏五七絕之異趣，以及絕句不同於律詩之處：

> 五言絕句，音節短促，不易迴旋，故作者多從拗體仄韻，以清峭冷雋為工，以偏師出奇制勝。七言語句紆徐，利於舒捲，故其體出不旋踵，即於近體之中，

---

33 何敬群：〈序〉，《詩學纂要》，頁3-4。

蔚成大國。蓋律詩有如垂紳立朝，瑟入合樂，要在鋪陳典重，吐屬高華。而絕句則當如持麈引盃，清談戲論，么絃低唱，妙趣橫生，此其大較也。[34]

所論可謂引喻得宜，搔到癢處。他認為五絕篇幅短小，採用拗體仄韻能在有限的文字中產生更多的變化；而正因拗體仄韻之不和諧感，導致清峭冷雋的詩風。箇中因素可謂環環相扣。而正因七絕句式較五絕為長，有轉圜之餘地，故能以近體律句為依歸，音調和諧，為人所喜作喜讀。相對於律詩而言，絕句之對仗並非必須，間以篇幅短小，故能靈動活潑，不似律詩之莊矜典重，故何氏喻為「么絃低唱」。

然而，何氏認為「五七言絕句，蓋隨五七律之發展而成者」，「絕者，截取古近體為短章，以四句三韻或兩韻為定式，蓋律詩之一種」。[35]中編又在杜審言〈渡湘江〉詩後進一步提出「七言絕句，全為擷七律體式而成」，杜氏此作便是截一二聯者。復如王維〈靈寶池送從弟〉為截二三聯者，杜甫〈江南逢李龜年〉為截三四聯者，賀知章〈回鄉偶書〉為截一四聯者。五絕情況亦復如是。[36]此說最遲於明代王用章《詩法源流》中便已提出。[37]若僅就平仄對仗而言，絕句的確係從律詩中截取四句而成；但從詩歌發展流變的角度來看，則頗有可商榷之處。晚明胡應麟《詩藪·內編》便批評道：「謂截近體首尾或中二聯者，恐不足憑。五言絕起兩京（指兩漢），其時未有五言律。」[38]誠如何氏所言，絕句之名在六朝便已出現，《玉臺新詠》便有〈古絕句〉。但何氏以此為「樂府曲調之名」，則未必然。漢代樂府機構便蒐集了一些五言四句的歌謠，如〈上留田行〉、〈枯魚過河泣〉等。晉宋之際採集的大量吳歌、西曲，基本形式也是五言四句，詩人模擬者甚多。絕句的另一個起源是聯句詩。西晉初年，賈充和夫人李氏聯句，每人五言兩句。晉宋之際，陶淵明與郗愔、郗循聯句，發展到每人四句，蟬聯而下。這種聯句方式在南北朝時頗為盛行。如果某人先作四句，而聯詩者無以為繼，那麼先前的四句就是「斷句」或「絕句」了。絕句一詞，由此產生。如果逆向思考，絕句也可能是從較長篇的詩歌中截取出來的，但所截之詩只可能是五言古詩或五言樂府，而不可能是五言律詩。如宋孝武帝截取徐幹〈室思〉四句而成為〈自君之出矣〉，便是一例。七絕方面，齊梁之際已有七言四句的小詩。然如〈白紵詞〉仍與傳統七古一樣句句用韻，惟蕭綱〈夜望單飛雁〉則已接近唐人之作：

天霜河白夜星稀。一雁聲嘶何處歸。早知半路應相失，不如從來本獨飛。[39]

---

34 何敬群：〈序〉，《詩學纂要》，頁5。

35 何敬群：〈序〉，《詩學纂要》，頁4-5。

36 何敬群：《詩學纂要》，頁24。

37 王用章：《詩法源流》，臺南縣柳營鄉：莊嚴文化事業有限公司據蘇州市圖書館藏明嘉靖刻本影印，1997年。《四庫全書存目叢書》集部第415冊。

38 [明]胡應麟：《詩藪》（上海：上海古籍出版社，1979年），頁105。

39 [南朝梁]蕭綱著，蕭占鵬、董志廣校註：《梁簡文帝集校註》（天津：南開大學出版社，2012年），頁450。

此詩首尾聯失黏，除了第四句外皆為律句，或有傳鈔訛誤（如第四句「如」字可能為「若」字之訛）。不過七言詩成熟較晚，直到唐代才將七言四句的小詩也稱為絕句。不僅如此，由於七絕成熟較晚，故以近體為正宗；五絕一體可上溯漢世，故古絕為數不少。何氏論王維五絕時，亦謂「五絕介乎古近之間，故仄韻之作為多，可拗句，亦可重字」。[40]然其仍以為六朝時絕句「僅為偶見，且只五言無七言」，進而推斷「絕句之體，是初唐五七律興起時之副產品」，[41]恐非事實。

四、論詩歌之律法與聲調

《詩學纂要・上編》第二節題為〈詩之聲韻及律法〉，共分為〈辨平仄〉、〈明韻法與對仗〉兩目，第三節題為〈詩之聲調〉。辨平仄方面，何敬群將漢語音調歸納為陰平、陽平、上、去、入五聲，參合《中原音韻》與粵音發音相同、可以同讀之字，編成〈五音聲調腔譜〉，並標出「清長」、「最清稍短」、「低濁」、「次濁平長」、「清濁之間短」五音等，並將之與律呂、笛色、西樂音階相對應，以資學子練習。觀此譜所列，僅平水韻平聲三十韻中之十二韻，[42]可見主要是讓學子透過對調值的認知，分辨各聲，舉一反三。茲不細論。至於「詩之聲調」，則頗有可圈可點之處。其概論云：「古風歌行，無定式之聲調；清代王士禎有《古風平仄論》，大抵須與近體相反，宜拗不宜順。此則寫讀稍多，自能通其意而得之，當於說古風時隨篇闡發之，此不先復。至近體則有定式之聲調，此聲調，即不外起句入韻與不入韻之兩體，平起仄起之兩調而已。起句第二字仄聲者，即為仄起調；起句第二字平聲者，即為平起調。只須各熟絕句一首，即能熟其調而因應無窮矣！」[43]不論五七言，律句皆為四種，故何氏舉例以絕句為先，復相互搭配，以見律詩之聲調。茲先將何氏所舉各種絕句聲調之詩例表列於下：

表二　絕句聲調詩例

聲調			詩例	首句
五絕	仄起調	起句不韻者	李白〈重憶賀監〉	欲向江東去
		起句入韻者	盧綸〈塞下曲〉	林暗草驚風
	平起調	起句不韻者	李端〈聽箏〉	鳴箏金粟柱
		起句入韻者	皇甫冉〈婕妤怨〉	花枝出建章

40　何敬群：《詩學纂要》，頁31。

41　何敬群：〈序〉，《詩學纂要》，頁5。

42　何敬群：《詩學纂要》，頁6-7。

43　何敬群：《詩學纂要》，頁11。

聲調			詩例	首句
七絕	仄起調	起句不韻者	李商隱〈送臻師〉	昔去靈山非拂蓆
		起句入韻者	柳中庸〈征人怨〉	歲歲金河復玉關
	平起調	起句不韻者	李商隱〈詠李衛公〉	絳紗弟子音塵絕
		起句入韻者	王昌齡〈長信宮詞〉	真成薄命久尋思

值得一提的是，何氏在就論同一聲調之起句時，還會舉例說明如何將「不韻」轉化為「入韻」。如李白〈重憶賀監〉：「欲向江東去，定將誰舉杯。稽山無賀老，卻棹酒船回。」何氏云：

> 仄起調，起句入韻者，只須將李白第一句「欲向江東去」，改為：「欲去向江東」。即將下三字之平平仄，倒轉為仄平平即可。[44]

換言之，務必緊守第二字仄起，以及全句皆為律句之前提，方可將仄收轉為平收。但若轉為「欲向去江東」，文法有瑕疵，須調整為「欲去向江東」方可。由此可見其善巧。當然，何氏此處只是就該句而論，而不及全篇。此句韻字「杯」、「回」屬上平十灰，「東」則屬上平一東，若首句採用，則有犯上尾之虞。此外，何氏論七絕聲調，謂李商隱〈送臻師〉「昔去靈山非拂蓆」下三字可改為「拂蓆非」，[45]〈詠李衛公〉「絳紗弟子音塵絕」下三字可改為「絕音塵」，[46]所論亦如李白〈重憶賀監〉，皆就該句而發，未及全篇押韻之考量。然學子配合課堂解說，當可明瞭耳。至於論五絕平起調，則舉例更為熨貼。李端〈聽箏〉：「鳴箏金粟柱，素手玉房前。欲得周郎顧，時時誤拂絃。」何氏云：

> 平起調，起句入韻者，按此只須將李端詩第一句「鳴箏金粟柱」，改為「鳴箏綺席邊」，即將下三字之平仄仄倒轉為仄仄平即可。[47]

此例更優於上文所論之三例，因改後之「邊」字與「前」、「絃」同屬下平一先，無上尾之問題矣。不過，「金粟柱」指帶有金色紋點的箏柱，與「綺席邊」的內容大不相同。可見首句若要入韻，功夫不僅在於調整既有文字，且有更改內容之可能。

基於絕句與律詩在格律上的密切關係，何敬群論聲調時以絕句為主，而律詩次之。如他在論五絕仄起首句不韻之聲調時以李白〈重憶賀監〉為例，便云：「將右調

---

44 何敬群：《詩學纂要》，頁12。
45 何敬群：《詩學纂要》，頁17。
46 何敬群：《詩學纂要》，頁18。
47 何敬群：《詩學纂要》，頁14。

重複，即翻成仄起句不入韻五律聲調，如杜甫〈旅夜書懷〉。」論五絕仄起首句入韻之聲調時以盧綸〈塞下曲〉為例，則云：「前用此調，後用李白調，即聯成仄起調，起句入韻之五言律詩調，如杜甫〈月夜憶舍弟〉。」[48]茲再將其所舉詩例表列如下：

表三　律詩聲調詩例

	聲調	前半	後半	詩例
五律	仄起仄收	〈重憶賀監〉	重複	杜甫〈旅夜書懷〉
	仄起平收	〈塞下曲〉	〈重憶賀監〉	杜甫〈月夜憶舍弟〉
	平起仄收	〈聽箏〉	重複	韋應物〈賦德暮雨送李曹〉
	平起平收	〈婕妤怨〉	〈聽箏〉	杜甫〈漫成贈東山隱者〉
七律	仄起仄收	〈送臻師〉	重複	杜甫〈聞官軍收河南河北〉
	仄起平收	〈征人怨〉	〈送臻師〉	杜甫〈登高〉
	平起仄收	〈詠李衛公〉	重複	杜甫〈野望〉
	平起平收	〈長信宮詞〉	〈詠李衛公〉	白居易〈初到江州寄翰林張李杜三學士〉

如此可謂一目了然，十分便捷。無論仄起或平起之五七言絕句，只要首句不入韻，便能將四種律句依序運用一輪。以何氏所舉李端〈聽箏〉五絕為例，四句基本句式分別為平起仄收（鳴箏金粟柱）、仄起平收（素手玉房前）、仄起仄收（欲得周郎顧）、平起平收（時時誤拂絃）。如果首句改為「鳴箏綺席邊」，句式則變成平起平收。換言之，不管哪種聲調，但凡首句入韻，則首句、末句之基本句式必然相同，第二、三句保持不變，而原本首句不入韻之基本句式便不再出現。亦即首句入韻之絕句，全篇只會出現三種基本句式。就首句不入韻之絕句而言，將之擴充成律詩，不過是將原本四種基本句式依序重複一次而已，也就是四種句式各出現兩次。如果是首句入韻的律詩，就變成一、四、八句的基本句式相同，二六句、三七句兩兩相同，第五句的基本句式則僅出現一次。

再者，何氏在本節還論及四種基本句式的音律宜忌。茲以其論李白〈重憶賀監〉五絕之格律為例：

〇｜〇－｜，⊖－〇｜－。〇－⊖｜｜，〇｜｜－－。
　　宜平　　　　　　宜平　　　　　　必仄

又補充云：「此式第二句第一字、第三句第三字宜平，如仄即啞。第四句第三字必仄，如平即失黏。」[49]其以圓圈出之者，皆為可平可仄之字。首句基本句式「仄仄平平仄」，第三字用仄便成為「仄仄仄平仄」。清人發現唐代近體詩若有這種情況，

48　何敬群：《詩學纂要》，頁12-13。
49　何敬群：《詩學纂要》，頁12。

對句往往作「平平平仄平」，如杜甫〈天末懷李白〉「鴻雁**幾**時到，江湖**秋**水多」便是；如此似有拗救之意，故稱之為「雙換詩眼」。實際上，這只是一種特殊的平仄安排。出句第三字即使平而作仄，對句也不一定需要補救。如王維〈輞川閒居贈裴秀才迪〉「復值**接**輿醉，狂歌**五**柳前」。何文匯認為：「出句第三字用仄，對句第三字不用平。此實緣乎出句第三字用仄不犯聲，故不成拗句，是以對句不必救也。」何敬群此處僅標以圓圈，不加說明，足見其同樣以為此處非拗。第二句第一字、第三句第三字宜平，原因有所不同。第二句基本句式「平平仄仄平」，首字用仄便成為「仄平仄仄平」，導致第二字成為「孤平」，音調不響，何氏以「啞」稱之，是也。不過，如果第三字作平聲，成為「仄平平仄平」，便可避開孤平。第三句第三字若作仄聲，亦即「平平仄仄仄」，便成了三仄尾。實際上，唐人近體中犯孤平者頗為罕見，而三仄尾則不時可見。如杜審言〈和晉陵陸丞早春遊望〉「雲霞出海曙」便是一例。甚至此句首字作仄的例子也有，如孟浩然〈贈道士參寥〉「蜀琴久不弄」即是。足知三仄尾在唐代並非禁忌。蓋在何氏看來，學子入門未久，在打基礎的過程中多用平聲字、追求音調和諧、更為相宜。至於第四句第三字必仄，則是為了避免犯三平尾。三平尾在初盛唐尚偶爾可見，此後便與孤平一樣成為詩家大忌，以其音調過於和諧，導致疲軟乏力也。何氏僅以「失黏」稱之，當是不欲學子因新名目而眼花繚亂爾。至於七言基本句式方面，何氏則以李商隱〈送臻師〉一絕為例而論之，[50]內容大致相同，茲不贅言。

至於拗救方面，何氏並未在此節談及，而是隨作品而申發。如王維〈歸嵩山作〉五律：「清川帶長薄，車馬去閒閒。流水如有意，暮禽相與還。荒城臨古渡，落日滿秋山。迢遞嵩高下，歸來且閉關。」何氏論云：

> 右詩第一句第三句，平仄均拗。按五律可入拗句，此拗在第三、四字，如「平平平仄仄」之句，可拗為「平平仄平仄」。「仄仄平平仄」之句，可拗為「仄仄平仄仄」。惟只能用於一、三、五、七句，不能施於二、四、六、八句。如第一句：「清川帶長薄」，第三句：「流水如有意」，第五句：「泉聲咽危石」（筆者按：此王維〈過香積寺〉句），第七句：「襄陽好風日」（筆者按：此王維〈漢江臨眺〉句）。唐人作者，以第七句拗為多。又一首之中，止可拗一句或兩句。如「清川帶長薄」、「泉聲咽危石」（筆者按：此句當為「流水如有意」之訛），不宜四句盡拗。五律如「仄仄平平仄」施於起句——即第一句，亦有用全仄者，如孟浩然：「士有不得意（志）」、「寂寂竟何待」。但三五七句，則不宜耳。[51]

---

50 何敬群：《詩學纂要》，頁16。

51 何敬群：《詩學纂要》，頁29-30。

「清川帶長薄」、「泉聲咽危石」、「襄陽好風日」為單句拗救，亦即第三字本平而用仄，導致音律不諧，是為「拗」；第四字改仄而作平，增益該句音律的和諧度，是為「救」。「流水如有意，暮禽相與還」為雙句拗救之罕救格，出句第四字本平而用仄，是為拗，對句第三字本來可平可仄而必須用平，是為救。孟浩然〈廣陵別薛八〉首聯「士有不得志，棲棲吳楚間」，則是更為常見的雙拗，初句三四字皆作仄，而對句依然是第三字用平以救。孟氏〈與諸子登峴山〉五律「人事有代謝，往來成古今」，李商隱〈落花〉五律「高閣客竟去，小園花亂飛」，〈登樂遊原〉五絕「向晚意不適，驅車登古原」，倒皆是首聯雙拗。至於孟氏〈留別王維〉首聯「寂寂竟何待，朝朝空自歸」，格律為「仄仄仄平仄，平平平仄平」，亦即前文所言之雙換詩眼，並非拗救，何氏蓋一時失察。且唐人近體於首聯以外使用雙拗者，並非罕有。如裴迪〈夏日過青龍寺謁操禪師〉五律「有法知不染，無言誰敢酬」便是用於頷聯，杜牧〈江南春〉七絕「南朝四百八十寺，多少樓臺煙雨中」便是用於尾聯，如是不一。當然，雙拗改變平仄較多，和諧感不足，如果用於首聯，更能營造拔地而起的氣勢，用於後三聯則音韻未盡圓美流轉。此當是何氏強調「三五七句不宜」之故。進而言之，拗救能使近體格律更富彈性，但若入門者創作時不願仔細推敲文字，動輒訴諸拗救，養成不良習性，則未必是正道矣。何氏云「一首之中，止可拗一句或兩句」，當是發自此意。

五、結語

1971年時，何敬群應珠海創作社之邀，為社刊題發刊詞，遂作五言古詩一首。這首〈珠海創作社發刊題詞〉的創作視《詩學纂要》之初版僅早三年，何氏詩學思想理應變化不大。其詩曰：

> 作文當如何，創作是其竅。言必出諸己，說必得其要。諸君皆英俊，踴躍屬且蹈。已能著先鞭，必能知其奧，惟茲事體大，有路分仁暴。經緯本萬端，何以盡其妙。謂我識途馬，宜作知津告。且書寸所長，聊為助談笑。文章忌因襲，所貴能出新。出新非詭異，要在美善真。美則遠鄙倍，善則存性情。真則無誕妄，總在立其誠。三者能不失，然後蔚成軍。文章忌無用，所貴在經世。經世非叫囂，要在能利濟。或冶性陶情，或深慮遠計。毋隨潮流靡，明辨涇與渭。要作潮流導，導之無決潰。惟能依於仁，然後可游藝。游藝夫如何？非幻非譸張。要在淪智仁，要在裁猖狂。毋為消閒文，令人意志荒。毋謀眾取寵，毋為虎作倀。須從人生中，作指路之光。須從溫故中，得知新之力。不與流俗合，不茹柔吐剛。世譽所不屑，卓為砥柱當。是乃為創作，斐然庶成章。[52]

52 何敬群：《遯翁詩詞曲集》（香港：志文出版社，1983年），頁53-54。

若謂《詩學纂要》的主旨側重於詩歌之體（如淵源、體制及律法、聲調等技巧），則這首五古更側重於文學之用，所論更為宏觀。吾人可從此詩中歸納兩大端，其一係文貴出新，其二乃文貴經世。其論誠可與《詩學纂要》之內容相互參照明。早在齊梁之際，蕭子顯便提出「若無新變，不能代雄」，但對「發唱驚挺，操調險急，雕藻淫豔，傾炫心魂」的新風卻頗有微詞。[53]何敬群一樣支持新變，《詩學纂要》少選初唐詩，對宋初詩更幾乎不選，正是因為他認為這兩個時代的作品還未發展出自身的風格。此外，何氏排斥「詭異」之風，而本於《易傳》「修辭立其誠」之說，以為作者應當秉持誠正的思想，透過言詞來表現自己的美好品德，以有益於社會。在此基礎上，他提出：「美則遠鄙倍，善則存性情，真則無誕妄。」若就詩歌而言，其美感能予廣大讀者以精神之愉悅，年輕學子也能藉以培養審美品味。聞一多在1926年發表〈詩的格律〉一文，拈出「三美」——亦即音樂美、繪畫美、建築美的觀念。這雖是就論新詩，然放諸舊詩亦準。何敬群長年致力於舊詩之創作與教學，其對體制、聲調辨析毫釐，正是基於對詩之形式美的追求。進而言之，一如韋政通《中國文化概論・藝術》所言，中國傳統藝術精神的主要特徵之一乃是「美即象徵善」，何敬群論詩顯然也繼承了這種精神。換言之，他認為形式美必須有與之配套的內容美、精神美，而內容與精神之美，則有賴於作者得性情之正。唯有眾美相合、美善相通的詩歌，才算得上佳作。結合《詩學纂要》而觀之，其選詩以唐詩為宗、以宋詩為輔，而相信漢魏六朝詩未足成為初學者模擬的首要對象，正是本於美善相通的原則，看重作者的性情。而書中對於拗句、拗體等課題並不在上編詳談，僅於中、下編隨文略作申發，則是期待學子在打基本功時以不影響詩歌格律為宗旨，吾人由此可見他所認知的近體詩之形式美，在於音調和諧，而非詰屈突兀。這顯然與內容、精神之美是相呼應的。至於「真則無誕妄」，乃是對藝術真實之強調，無庸置疑，這與「經世」一端也存在著緊密聯繫。

至於何敬群所謂「經世」的內涵，主要在於「利濟」。「利濟」一語乃是指救濟、施恩，可參五代齊己〈送譚三藏入京〉詩：「阿闍梨與佛身同，灌頂難施利濟功。」而所謂救濟，也有著自救救人、自利利他的層面。「冶性陶情」便是自救自利的「內聖」，「深慮遠計」則是救人利他的「外王」。從逆向角度來說，前者是「毋譁眾取寵」，後者是「毋為虎作倀」。「冶性陶情」的關鍵在於「依仁游藝」，「依仁」就是培養自身仁民愛物之心，「游藝」作為「依仁」的助力，在於調劑生活、增長智慧、剪裁不合中道的狂簡習氣，兩者相輔相成。「譸張」為欺詐、誑騙之義，出自《尚書・無逸》：「民無或胥譸張為幻，此厥不聽，人乃訓之。」何氏後文所謂「消閒文」，正與「譸張為幻」相扣，乃是指充斥著妄念綺思的無根之談。這種寫作方式固或可解一時之悶，卻令人沉溺耽迷於顛倒夢想之中，意志消磨而不能自拔。正

---

53 [梁]蕭子顯：《南齊書》（北京：中華書局，1997年），頁907。

因如此，何氏才會揭櫫「真則無誕妄」之理。藝術真實取材自生活而高於生活，能令讀者產生共鳴與反思，並轉化為進步之動力，不媚流俗，不畏強禦。在這個意義上，好的作品當然可視為「指路之光」了。即便世風急功近利、人情好逸惡勞、文風炫奇爭勝，好的作者面對「世譽不屑」之際也應該「毋隨潮流靡」、「不與流俗合」、「要作潮流導，導之無決潰」，嘗試將世道人心撥亂反正，挽狂瀾於既倒。若緊扣《詩學纂要》之論，何敬群謂杜甫「不故為豪語而健，不乞靈羅綺而麗，不事雕琢而巧，不矜奇詭而新」，正符合他對好詩人、好作品的標準。他又論李商隱：「義山博學強記，辭采富贍，所為駢文，冠絕當代。其詩出少陵，沉鬱清壯，而以美人香草出之，外極穠麗，內實蘊藉。溫庭筠韋莊等人，以綺羅香澤和應之，義山遂被目為香奩之祖矣。」[54]此論固對李商隱有所迴護，但在何氏看來，正因李商隱詩有「美人香草」之寄興，故不失之輕豔，而能成為杜詩之傳承者。

　　何敬群這首〈珠海創作社發刊題詞〉乃是統論創作，無分體裁新舊。但就其個人的創作興趣而言，卻始終偏向於舊體詩文，這當然關乎其個人成長背景、學術興趣與文學好尚。然而，中國古典詩發展至清末民初，幾乎已窮盡變態；加上五四白話文運動的影響，舊體詩之創作在中國文學場域自然日益邊緣化，甚至長期無法納入現代文學史。這種體裁之創作早已從清末蒙童必修轉變為大學中文系學生的課程。兼擅舊體詩創作與欣賞者為數日少，這些中文系學子縱使透過訓練後諳熟舊體詩之創作，其創作固能「不與流俗合」，但是否能「作潮流導」卻頗令人懷疑了。因此，創作舊體詩之技能，往往更多地應用於對前代詩歌作品之欣賞與研討，其小眾化可謂不言而喻。自《詩學纂要》初版至今已達近半世紀之久，儘管社會風氣、學生之文化基礎與文學喜好，視半世紀前大有不同，但香港幾所大專院校的中文系仍能勉力維持將「詩選及習作」設為必修科目。不僅如此，自1990年代開始，在以何文匯教授為首之學界先進與社會賢達的推動下，香港新市鎮文化協會及公共圖書館籌辦全港詩詞創作比賽，至今不輟。又如2002年，浸會大學中文系鄺健行教授帶領一眾學生成立古典詩社璞社，成員包括浸大及香港各大專院校的師生，定期聚會，並將作品結集出版。中文大學程中山博士主持詩社未圓社，並主編《吐露滋蘭》。這些舉措令年輕一代學子對舊體詩創作更具興趣。兼以近年網路交流發達，香港舊體詩人與世界各地同好多有互動，本地的整體創作風氣更得到進一步的推廣。回首何敬群毅然在高步瀛《唐宋詩舉要》之外另行撰著《詩學纂要》，其內容雖因成書倉促而偶有瑕疵，卻深入淺出，頗能配合香港學生之程度、習慣與愛好。且當年在香港高校負責詩選課之老輩學者中仍有自編教材流傳至今者，《詩學纂要》可謂首屈一指，其篳路藍縷之功，誠不可沒也。

54　何敬群：《詩學纂要》，頁31。

從「中國悲劇意識」與「互文性」看〈孔雀東南飛〉及其電視劇集改編

梁德華

香港中文大學中國語言及文學系高級講師

一、引言

　　〈孔雀東南飛〉為漢代長篇樂府敘事詩，全詩由整齊的五言詩句所組成，共三百五十三句，一千七百六十五字。詩中描寫焦仲卿及劉蘭芝淒美的愛情故事，因情節感人，鋪寫極具剪裁，而人物、對話刻畫細膩，歷來均受到文人學者所重視。2009年，內地更將〈孔雀東南飛〉改編成三十六集的長篇電視劇，其中對原詩的主要角色、情節均由有所改動。然而要從千七百多字的古詩改編成現代長篇劇集，無疑劇中創新改造的情節成為了電視劇的重心，但這些改編、增飾的情節能否符合原詩獨特的「中國悲劇意識」，意見紛歧，如鄭明霞〈論〈孔雀東南飛〉的電視劇改編〉認為該電視劇對原作改編極佳，新增的主題能帶出更邃深的訊息，[1]然李士奇〈電視劇《孔雀東南飛》悲劇主題的批判性弱化〉則以為該電視劇虛構了太多的人物和情節，令原詩批判性的主題減弱，[2]因而相關的研究仍有待深入討論。本文擬從「中國悲劇意識」及「互文性」出發，選取〈孔雀東南飛〉中具代表性的內容，與電視劇的情節對讀，以討論電視劇對原詩悲劇精神及情節改動之效果。

二、〈孔雀東南飛〉的「中國悲劇意識」與其電視劇改編所呈現的主題之差異

　　〈孔雀東南飛〉在南朝徐陵《玉臺新詠》中題為〈古詩為焦仲卿妻作〉，及後宋代郭茂倩《樂府詩集》收入《雜曲歌辭》，改題為〈焦仲卿妻〉。後人為了稱述之方便，取首句命名為〈孔雀東南飛〉。此詩的作者已經失傳，歷代學者的意見不一，或謂漢人作，或謂六朝人作，然大部分學者以為該詩當是漢末作品，而在流傳時經

---

[1]　鄭明霞：〈論〈孔雀東南飛〉的電視劇改編〉，《名作欣賞》第8期（2019年），頁58-59。
[2]　李士奇：〈電視劇《孔雀東南飛》悲劇主題的批判性弱化〉，《電影評介》第2期（2010年），頁53及62。

文人加工。[3]其詩之〈序〉云:「漢末建安中,廬江府小吏焦仲卿妻劉氏,為仲卿母所遣,自誓不嫁,其家逼之,乃沒水而死。仲卿聞之,亦自縊於庭樹。時人傷之,而為此辭也。」[4]可見詩中記述了焦仲卿與其妻劉蘭芝悲慘的愛情故事,兩人雖然相愛,但因焦母對蘭芝極為不滿,希望其子能休妻再娶;另一方面,蘭芝亦受其兄的壓迫,要求蘭芝改嫁於太守之子。最後兩人由於不能廝守終老,各自尋死以明志,成為家長嚴權下的犧牲品。從以上的故事情節,可以知道該詩有濃厚的悲劇色彩。然而,這種悲劇色彩或與西方的悲劇有所不同,那麼該詩如何反映中國的悲劇意識的特點,實在值得探討。唐君毅《中國文化之精神價值》曾討論中西文學作品悲劇意識之差異,其云:

> 中國文學之缺點之一,常言為缺西方之悲劇。莎士比亞之悲劇中,羅密歐與朱麗葉只相遇於墳墓。在中國之牡丹亭中,則必有杜麗娘之還魂。在歌德之《浮士德》中,馬甘淚被焚,即魂飛天國,一去不還。而中國之長生殿中,則必求楊貴妃之重返人間。一般中國小說戲曲,大皆歸於大團圓。……西方悲劇之使人有解脫感,並使人對純粹精神價值或純善,有一直覺的觀照,乃西方文學之最能提高人類精神境界之處。至於西方悲劇恆不免過於激蕩人之情志之流弊,亦不足以掩其提高人類精神境界之功。唯中國文學之未有此種悲劇,其故亦可得而言。即依中國文化精神,恆不願純粹精神價值之不得現實化,亦不忍純精神世界,不得現實世界之支援是也。欲使精神世界得現實世界之支援,則人之德性,宜與福俱。百備之謂福。則人之行善而犯小過,終於悲劇,即不能使人無憾。……然自己為善而意在求樂求福,固非真純之求善者。若對他人之為善者,皆使之終於得樂得福於現世,則亦可謂出自吾人使福樂隨德行以俱往,以使現實世界隸屬於精神世界之大願與深情,所以免精神世界之寂寞虛懸於上者也。若中國文人之作小說與戲劇者,……若出於後一動機,以使悲劇歸於喜劇,歸於團圓,又可以表現百備無憾之人生要求。夫然,《西廂記》之「願天下有情人皆成眷屬」,亦無私之至仁精神之表現。而續《紅樓夢》、續《西廂》、續《水滸》之意,亦未可厚非者也。[5]

唐氏解釋中國無西方悲劇之原因,在於中國文學作品出於對善人的鼓勵,希望其精神境界得到現實世界的支持,從而發揮人的德性。而唐氏又曾分析中國之悲劇意識云:

---

3. 可參考劉躍進:《中古文學文獻學》(南京:江蘇古籍出版社,1997年),頁253-254。

4. 凡本文所用〈孔雀東南飛〉之文本,參考自曹旭:《古詩十九首與樂府詩選評》(上海:上海古籍出版社,2002年),頁115-126。下同。

5. 唐君毅:《中國文化之精神價值》(桂林:廣西師範大學出版社,2002年),頁256-259。

中國小說戲劇中，雖少西方式悲劇，然亦非全無中國式之悲劇意識。《紅樓夢》、七十回本之《水滸》之本身、王實甫之《西廂》與孔尚任之《桃花扇》等，皆表現一種中國式的悲劇之意識。中西悲劇意識之不同，吾意為西方之悲劇，皆直接關涉個體人物或人格之悲劇。中國之悲劇意識，則為「人間文化」之悲劇意識。故《紅樓夢》之悲劇，非只寶玉、黛玉二人之悲劇，乃花團錦簇之整個榮、寧二府之悲劇。七十回本《水滸傳》，收束於一夢，實亦使整個《水滸》，籠罩於一中國式之悲劇情調中。……吾人讀西洋之悲劇性之小說戲劇，恆見其悲劇之所以形成，一方由悲劇主角之沉酣於其理想或幻想，力求所以達之，而堅執其行動與事業，終以其性格缺點之暴露、客觀宇宙社會之力量與內心要求之衝突，而形成悲劇。故西方式之悲劇，實即主觀之力與客觀之力二者相抗相爭之矛盾之所成，而悲劇之結局，則歸於自我意志之解脫，與精神之價值之凸顯，如吾人上之所論。然在中國，則根本缺乏此種形態之悲劇意識。[6]

可見唐氏認為中國的悲劇不同於西方，因中國的悲劇不僅止於牽涉主角一人的命運與性格，而是整個社會、文化、背景所形成的。後唐氏又分析了西方悲劇的特點在於主角個人與社會之矛盾衝突所形成，而中國則欠缺這種突顯個人意志解脫的悲劇。

唐先生的分析重於中國的小說戲曲，不及古詩〈孔雀東南飛〉。首先，在〈孔雀東南飛〉中，主角焦仲卿及劉蘭芝因焦母、劉兄的反對與迫婚，最終殉情自殺，其屬悲劇無疑，然故事最後「兩家求合葬，合葬華山傍」，以家人贊成合葬的結局，使死者得以同死，這未嘗不是「有情人終成眷屬」的另一形式。如是看，這與唐氏所言中國悲劇傾向大團圓結局相合。

又詩最後兩句言：「多謝後世人，戒之慎勿忘！」則詩的作者希望世人以此愛情悲劇為戒，勸導為人父母兄長者不應再壓迫兒女，使之輕生，又上引詩〈序〉云：「時人傷之，而為此辭也。」則此詩是以唐氏所言「使精神世界得現實世界之支援」為目的，以免此種悲劇重蹈覆轍，則又與唐氏的觀點吻合。而唐氏認為中國悲劇劇情的產生在於社會、人間文化，而非單純地由主角推動，這亦可從〈孔省東南飛〉中引證。如上所言，焦、劉二人的悲劇，皆非純粹個人對愛情的追求而產生，先是焦母對劉女的不滿，而令仲卿休妻再娶。再者，劉女被棄回家後，又被長兄迫婚而再嫁，可見兩人最後殉情，是由於中國傳統的封建觀念而引起的，即唐氏所言之「人間文化」。郭精銳〈從〈孔雀東南飛〉的人物形象看該詩的悲劇意義〉一文就曾詳細解釋云：

---

[6] 唐君毅：《中國文化之精神價值》，頁259-262。

焦母這類人的可悲就在於她既代表著封建勢力，推行著封建禮教。從另一個角度上，她又是這一制度與封建禮教的受害者。正是在這個角度上，我們便不難看出，封建禮教與封建家長制是如何在家庭中造成畸形的關係的。〈孔〉詩的主題思想及其悲劇意義正是通過詩中的人物形象體現出來的。已如前述，「多謝後世人，戒之慎勿忘。」詩作者主要是有感於蘭芝與仲卿之死，要告誡天下人，特別是作父母的切不要專擅頑固，造成子女的悲慘結局。但是，〈孔〉詩的客觀效果卻要比作者的創作意圖更為深廣。它在展示焦、劉的愛情悲劇時，客觀上暴露了家長制的罪惡，從一個側面使人看到封建禮教吃人的本質。按理，老實厚道的仲卿與勤勞、能幹、善良的蘭芝是可以建立一個很好的家庭的。但是，封建禮教與封建勢力卻將生活中這「美好的東西撕得粉碎」，這便是〈孔〉詩的悲劇意義。[7]

據郭氏之論，可見詩中的悲劇結局固然與主角堅貞的愛情觀有關，但整個悲劇的形成主要是封建的「人間文化」——特別是「家長制的罪惡」所致。由此而觀，〈孔雀東南飛〉雖非小說戲曲，但其中國式的悲劇特點亦如唐氏所言，與西方的悲劇精神並不相同。

然而電視劇《孔雀東南飛》因將原詩改編為三十六集長編劇集，以致該劇情節在原詩原來的情節之上，增添了大量虛構的成分，或令原詩的悲劇主題，特別是對古代家長封建權威的諷刺有所削弱。電視劇對原詩劇情最大的改動在於，由焦母對蘭芝主觀的厭惡，變成由原來只是配角的高主簿成為導致此愛情悲劇的主因。在原詩中，主簿對焦劉的愛情是沒有任何影響的，如詩中云：「說有蘭家女，承籍有宦官。云有第五郎，嬌逸未有婚。遣丞為媒人，主簿通語言。直說太守家，有此令郎君，既欲結大義，故遣來貴門。」可見主簿只曾擔當媒人之職，幫太守牽合其子與芝蘭之婚事而已。但在電視劇中，主簿化身為引致焦、劉愛情悲劇之源頭，如他阻撓仲卿升遷，以及謠傳芝蘭不能生育等，令焦母產生為其子易妻的念頭。然如上所述，原詩之悲劇核心在於封建家長之干擾，在父母之命不可違——特別原詩故事背景的漢代是一個極注重孝道的時代之情況下，才能突出焦、劉不能相愛的遺憾，但現在電視劇將所有罪過都歸咎於本是配角的主簿，固然使劇情變得曲折，或能吸引部分有強烈褒善貶惡觀念的觀眾，但另一方面，這無疑削弱了原詩對父母專橫的批判。當然，從另一角度看，貪官污吏對民眾的侵害，也可以是上述「人間文化」的類型之一，然電視劇大幅度的改編，卻欠缺了原詩對父母子女關係下，那種無奈「原罪」之諷刺，誠如李士奇所指出：「該電視劇有一項敗筆是不能不指出的：那就是編劇對該悲劇主題的把握有偏離或失當之處，削弱了悲劇的批判性。」[8]

7　郭精銳：〈從〈孔雀東南飛〉的人物形象看該詩的悲劇意義〉，《中山大學學報》第3期（1985年），頁121。

8　李士奇：〈電視劇《孔雀東南飛》悲劇主題的批判性弱化〉，《電影評介》第2期（2010年），頁53。

另外，原詩的結尾云：「兩家求合葬，合葬華山傍。東西值松柏，左右種梧桐。枝枝相覆蓋，葉葉相交通。中有雙飛鳥，自名為鴛鴦；仰頭相向鳴，夜夜達五更。行人駐足聽，寡婦起徬徨。多謝後世人，戒之慎勿忘！」詩中描寫劉、焦合葬的墓地，有松柏、梧桐枝葉相交，且鴛鴦出雙入對，其鳴叫聲響徹夜深，後更有行人寡婦駐足徬徨，整個傷感、淒美的氣氛烘托得宜，能渲染焦、劉兩人殉情結局的悲劇色彩。且如上所言，此焦、劉兩人合葬之結局，既包含了對善人現實之支援，亦帶有勸導世人之意，因而焦、劉合葬之情景，沒有誇張的場景，而是委婉地寄託作者之深意。

　　然而電視劇亦改編了原詩這富有深意之結局。首先，電視劇在合葬場景上，既沒有利用松柏、梧桐連枝之景象，又大概因為劇名的緣故，劇組將原詩之鴛鴦換成孔雀，甚至兩人的葬禮，改變由原詩另一大配角李大守主持，這些改動都令原詩淒悲的氣氛有所破壞。其實，原詩的「鴛鴦」，是古代夫妻共諧連理的象徵，相關的意象亦廣泛見於漢魏的詩文中，如〈古詩十九首‧客從遠方來〉：「文綵雙鴛鴦，裁為合懽被。」又徐陵〈鴛鴦賦〉：「特訝鴛鴦鳥，長情真可念。許處勝人多，何時肯相厭。聞道鴛鴦一鳥名，教人如有逐春情。」且原詩首句「孔雀東南飛，五里一徘徊」乃詩歌起興之法，即先言他物，再引入主題。詩歌乃以孔雀向東南飛翔，五里一回頭，來引入焦、劉的愛情悲劇，實藉景色來引發聯想，再引入主題，從而營造全詩的氣氛。但電視劇結局將原詩之鴛鴦改為孔雀垂淚，不但扭曲了原文利用鴛鴦象徵焦、劉夫妻身分之設計，亦無視了漢魏時代，即原詩產生時代的文化符號。雖表面上利用了孔雀做劇集的前後呼應，然而事實上整個結局的編排亦淡化了焦、劉至死不分的形象，甚至李太守主持合葬之情節，亦虛化了原詩那種以此悲劇創作成詩歌以便流傳，從而達致勸戒世人的意圖。

　　故此，從原詩的「中國悲劇意識」及其情節之安排而言，電視劇之改編實在未能深化原詩的主題及其悲劇色彩。

三、從「互文性」看電視劇集對原詩情節之改造

　　如上所論，〈孔〉詩的內容情節既然有那麼邃深的悲劇意識，當電視劇改編它成三十六集長編電視劇時，改編的內容能否留保原詩的悲劇意味及藝術技巧至為關鍵。以下先從「互文性」理論出發，解釋熟知詩作的觀眾對電視劇可能存在潛在的審美要求。

　　所謂「互文性」，是指任何文本都不是獨立的存在，而是與不同的文本、前代作品產生關係，法國學者蒂費納‧薩莫瓦約在《符號學‧語意分析研究》中指出「互文性是研究文本語言工作的基本要素」，並認為：「橫向軸（作者—讀者）和縱向軸（文本—背景）重合後揭示這樣一個事實：一個詞（或一篇文章）是另一個詞（或文本）的再現，我們從中至少可以讀到另一個詞（或一篇文本）。……任何一篇文本的

寫成都如同一幅語錄彩圖的拼成，任何一篇文本都吸收和轉換了別的文本。」[9]由此而論，所有文學作品，或多或少，都是由轉換前代的文本、作品而來，而非一獨立於其他文本的文本。

其後邱于芸《用故事改變世界——文化脈絡與故事原型》曾利用「互文性」理論研究中國古典小說與現代小說之關係，其云：「『任何一部小說都是重複現象的複合組織，都是重複中的重複，或者是與其他重複形成鏈形繫的重複的複合組織。』——希利斯・米勒《小說與重複：七部英國小說》。本書從原型闡述到文化脈絡，主要用意就是說明在所有故事中永恆不變的根本要素，以及在不變之中如何能透過文化脈絡差異求取千變萬化的創作結晶。而異中求同、同中求異的過程就是『互文性』的動態呈現。」[10]以上可見，就「互文性」理論而言，文學作品是一個吸收、轉化、呼應前人作品的成果，而非一獨立於其他文本之存在。而就影視改編而言，雖然電視劇集並非文本，但其中的情節、畫面之再現，實際上是由轉化、改造文學作品之文本而來。故此，可以說文學原典與改編的劇集，存在著「互文性」之狀態。特別當觀眾熟知該文學原典，對電視劇集中的原典再現，更可能涉及對「互文性」的追求，即不自覺地，以還原經典作為評價該影視改編是否成功的標準。當然，如邱于芸所指出，一個成功的小說作品可以因應前代作品而有所改造，劇情、人物性格等未必需要跟隨原典如出一轍，如書中舉出施蟄存〈石秀〉對古典小說《水滸傳》之承繼與改造。但本文認為，當所改編的劇集與文學原典距離太遠，或不能滿足觀眾「互文性」的期待，即期望影視改編對原典加以再現之心理要求，而下文將利用「互文性」切入，選取原詩有代表性的內容，與電視劇進行對讀，以見電視劇改編之問題。

首先，〈孔雀東南飛〉原詩結構非常完整，故事主要由劉蘭芝與焦母、仲卿與焦母、蘭芝與劉兄以及蘭芝與劉母之間的矛盾展開，情節一環接一環，非常緊湊，內容安排有致。然而因電視劇改編成三十六集，在原作上加添了很多虛構的情節與人物，令上述情節的層次變得模糊，如上文已指出劇集加重了高主簿在情節推動上的作用，如劇中的結局是：高主簿借故派焦仲卿到遠處理公務，並在途中派人加以殺害，其後因蘭芝誤信仲卿已死，繼而投河自盡，而仲卿亦因未能趕及與蘭芝見面，自經於樹上，殉情而死。[11]故此可見，劇集令原詩父母對子女之束縛的主題加以轉化，並在殉情之專貞上，加入了惡人的干擾，與原作的安排差異極大，這亦減低了原作與劇作「互文性」之聯繫。

又〈孔〉詩之特點在於剪裁巧妙。由於〈孔〉詩是一首整齊的五言詩，而中國古代的長篇敘事詩極為少見。詩歌有別於中國小說、戲曲，要利用整齊的詩句對故事、

9　轉引自王先霈、王又平：《文學理論批評術語匯釋》（北京：高等教育出版社，2006年），頁430。
10　邱于芸：《用故事改變世界——文化脈絡與故事原型》（臺北：遠流出版事業股份有限公司，2014年），頁318-319。
11　此點李士奇〈電視劇《孔雀東南飛》悲劇主題的批判性弱化〉亦曾指出。

人物、對話進行刻畫，難度極高。然而此詩內容雖長，但剪裁得非常精煉，非一味冗長拖沓，清人沈德潛在《古詩源》中評道：「作詩貴剪裁。入手若敘兩家家勢，末段若敘兩家如何悲慟，豈不冗漫拖逤？故竟以一二語了之。極長詩中具有剪裁也。」[12] 又清人陳祚明《采菽堂古詩選》：「前此不寫兩家家世，不重其家世也，後此不寫兩家倉皇，不重其倉皇也。最無謂語而可以寫神者謂之不閒，若不可少而不關篇中意者謂之閒，於此可悟剪裁法。」[13] 可見詩中的情節複雜，若不加剪裁，使之集中，就會顯得鬆散。上文沈、陳二氏亦已指出裁剪中最難駕馭的就是那些看似不可缺而又不切故事主題的材料，本來在小說、劇曲等體裁中，可以加以刻畫的細節，在進入五言古詩後，如關於兩人背景、家世的材料，都不能不加以省略，甚至焦、劉兩人死後家人悲痛的情節亦可略而不提。且作品要寫得感人，就必須在內容上安排有致，如詩中人物衝突時的對話及反應都寫得非常詳盡，突出了其愛情悲劇的意識。但電視劇在改編原詩改為三十六集的長劇時，令原詩在有限的篇幅中加以剪裁的特色完全退減，不獨加強原詩中配角的情節，令故事的焦點模糊，甚至虛構出在原詩中不曾出現的人物與情節，如原詩云：「東家有賢女，自名秦羅敷。可憐體無比，阿母為汝求，便可速遣之，遣去慎莫留。」可見詩中之「秦羅敷」從來沒有登場，只作為焦母理想的媳婦而存在，然電視劇集中大大增加了秦羅敷的劇分，既使原詩的剪裁被破壞，亦模糊焦、劉愛情悲劇的主線。

再者，原詩具備極佳的照應技巧，如陳氏《采菽堂古詩選》云：「凡長篇不可不頻頻照應，不則散漫。篇中如十三織素云云、吾今且赴府云云、磐石蒲葦云云及雞鳴之於牛馬嘶，前後兩默無聲，皆是照應法，然用之渾然，初無形跡故佳，乃神化於法度者。」[14] 如詩中當兩人第一次分別時，蘭芝對仲卿說：「君當作磐石，妾當作蒲葦。蒲葦紉如絲，磐石無轉移。」其後當仲卿找蘭芝時，他又言：「磐石方且厚，可以卒千年；蒲葦一時紉，便作旦夕間。」可見詩中曾前後兩次出現蒲葦、磐石的比喻，既表現了焦、劉兩人堅貞的約誓，同時照應前後的情節，加強上下文的連貫。但在電視劇中，原作這些精妙的呼應亦被修改，劇集要到了第三十集中，磐石的比喻才由仲卿的口道出，指出自己心如磐石，不會再娶，而說話的場境亦由仲卿送蘭芝回娘家的途中，改變成兩人在閨房中相擁而泣，其後芝蘭才以「君當作磐石，妾當作蒲葦」回答仲卿之深情。蒲葦、磐石的比喻是整首詩中極有代表性的意象，不但是兩人深情的化身，同時帶有推動情節與照應的作用，且詩中提及這些比喻時，兩人的心境、處境亦有所變化。但電視劇不獨不能重現原詩中這些具代表性的場景，反而破壞了詩中前後的呼應，亦影響了劇作與原詩的「互文性」聯繫。

---

[12] 沈德潛：《古詩源》（北京：中華書局，2006年），頁76。

[13] 陳祚明：《采菽堂古詩選》，《中國基本古籍庫》（北京：北京愛如生數字化技術研究中心，2009年），卷2，頁29。

[14] 陳祚明：《采菽堂古詩選》，卷2，頁26。

四、結語

　　本文嘗試從「中國悲劇意識」與「互文性」兩方面，深入討論〈孔雀東南飛〉原詩及其電視劇改編之關係。本文指出，〈孔〉詩原來的情節具有典型的「中國悲劇意識」，然而電視劇的改編，或令原詩對封建家長批判的主題有所淡化，且其結局的安排，亦削弱了原詩的悲劇意識。另外，本文從「互文性」理論出發，指出影視改編雖然並非文學作品，但與文學原典有極密切的「互文性」關係，因而影響熟知原典的觀眾對該影視改編之審美要求，即觀眾或會從原典出發，評價改編能否達到「重現經典」的水平。本文舉出詩中具代表性的內容，與電視劇進行對讀，認為該劇的改編削弱了原詩的節情推進、剪裁及照應。當然，此觀點的闡發，建基於筆者對「互文性」的追求，若觀眾對原作了解不深，將該劇集視作新的創作，可能會有不同的評價。

從發現到命名——論古典遊記的創作模式

李洛旻

香港都會大學人文社會科學院助理教授

一、引言

　　中國古代文人無不遊歷，遊歷則無不創作。儘管各人創作之目的不同，遊歷與寫作之契合，確實產生了大量重要文學作品。雖然，儒家學者認為從孝道層面說「父母在，不遠遊，遊必有方」（《論語・里仁》），但自司馬遷壯遊天下，「西至空桐，北過涿鹿，東漸於海，南浮江淮」（《史記・五帝本紀》），訪尋耆舊風俗與歷史遺跡，並寫就通古今之變的《史記》。自是年少壯遊，撰著文章，遂為文人所好。北魏酈道元《水經注》「以水證地，以地存古」，描繪風光，文辭綺麗，影響深邃，乃中國山水遊記之先驅。至數最重要之山水遊記，不得不推柳宗元的作品。《永州八記》為世所頌，古文選集每多收錄，遂為古文經典名篇，成為古代遊記典範。然其創作模式非其首創，實出自較早的元結。因此，中國古代典型的遊記創作模式，實始於元結，並由唐宋古文家所繼承及發揮，明清時期文人也相為仿效。本文試分析由元結以降的遊記「發現／修葺／命名」的基本創作模式，並分析不同文學家對此模式的運用及變化，並說明這種創作模式對現代創意寫作的若干啟示。

二、山水探索轉型及遊記模式的奠定

　　元結（719-772）在道州寫下不少山水名篇，開啟了柳宗元（773-819）的經典遊記模式。吳汝綸嘗云：「次山放恣山水，實開子厚先聲。」元結的遊記文章雖然大都篇幅短小，文字簡樸，但向被視為遊記文學的重要轉捩點。其遊記，從六朝遊仙風氣盛行，對仙境的追求，至元結一變而探索真實「可家」的「人境」。同時又從對名山大川的嚮往，轉型成對「無人賞愛」（元結〈右溪記〉）怪石異水世界的鍾愛。[1]元文既開子厚之先聲，不少學者對元柳遊記的寫作模式，提出不同

---

[1]　詳見蕭馳：〈從「山水」到「水石」：元結、柳宗元與中唐山水美感話語的一種變化〉，《中正漢學研究》總第24期（2014年第2期），頁293-332。

意見。例如Richard E. Strassberg 在其著作*Inscribed Landscapes: Travel Writing from Imperial China, A Chinese Bestiary: Strange Creatures from the Guideways Through Mountains and Seas*指出元結〈右溪記〉開啟了中國旅遊書寫的典型，包括（1）旅者對迄今為至未為發現及欣賞的地點的遇上（the encounter of a traveler with a hitherto undiscovered or unappreciated scene）；（2）旅者反映的書寫（lyrical responses）；（3）適當的命名（appropriate naming of it）。[2]美國學者楊曉山（Xiaoshan Yang）指出元結文章的四重結構，分別是（1）對地標建立的陳述（the narration of the building the landmark）；（2）景物描繪（the description of the view from the spot）；（3）對該地點的道德論述（the moral discourse deduced from, or added to the view）；（4）短總結（a short conclusion）。[3]又如何瞻（James M. Hargett）在其新近著作*Jade Mountains and Cinnabar Pools: The History of Travel Literature in Imperial China*也對元結的遊記文章元素歸納為四個部分組成的結構（Quadripartite Structure），分別是：（1）簡介或前言（an introduction or preface）；（2）描寫（description）；（3）作者對該地的反應（author reaction to the land）；（4）結束部分（a closing section）。[4]何氏並指出，元結這種被柳宗元繼承及轉化的創新寫作模式，並不在六朝駢文中看到。[5]以上諸家均能夠歸納出元結、柳宗元遊記作品的各種元素，為我們了解其文章結構有更好的引導。筆者認為，若站在作者與遊歷地點的互動，其實際行動的歷程，則可歸納為「發現／修葺／命名」的基本創作模式。這種創作模式在元結的散文中有完整的展現，並由其奠定典型。後來的柳宗元、韓愈、歐陽修、蘇軾等古文大家，都不約而同，而且程度各別地繼承及發展這一模式。「發現／修葺／命名」的模式，在作者的實際行動而言是順序的，但在文章的創作書寫上卻又是能變化的。這三重結構呈現了一個地點（或其所象寓之人和事）由隱到顯的歷程。「發現」、「修葺」與「命名」三者既互相緊扣，在不同作者的筆下，各部詳略亦有不同，甚至省略某些部分。「發現」的歷程、「修葺」的目的以及「命名」的意義，在不同作者的經歷、背景下又有不同。以下，就始以元結，遞下至各古文遊記名篇為例，對這種「發現／修葺／命名」創作模式加以說明。

---

2 Richard E. Strassberg, *Inscribed Landscapes: Travel Writing from Imperial China, A Chinese Bestiary: Strange Creatures from the Guideways Through Mountains and Seas* (Berkeley and Los Angeles: Univ. of California Press, 1994), p. 21.

3 Xiaoshan Yang, "Naming and Meaning in the Landscape Essays of Yuan Jie and Liu Zongyuan," *Journal of the American Oriental Society,* vol. 120, no. 1 (Jan-Mar 2000,): 84.

4 James M. Hargett, *Jade Mountains and Cinnabar Pools: The History of Travel Literature in Imperial China* (Seattle: University of Washington Press, 2018), p. 72.

5 James M. Hargett, *Jade Mountains and Cinnabar Pools: The History of Travel Literature in Imperial China*, p. 88.

三、元結〈右溪記〉及其他

元結的遊記作品，以〈右溪記〉、〈峿臺銘序〉最為著名。本文所論的「發現／修葺／命名」模式在這兩篇文章中最先呈現。試觀〈右溪記〉原文：

> 道州城西百餘步，有小溪。南流數十步，合營溪。水抵兩岸，悉皆怪石，欹嵌盤曲，不可名狀。清流觸石，洄懸激注；佳木異竹，垂陰相蔭。
> 此溪若在山野之上，則宜逸民退士之所遊處；在人間，則可為都邑之勝境，靜者之林亭。而置州以來，無人賞愛；徘徊溪上，為之悵然。乃疏鑿蕪穢，俾為亭宇；植松與桂，兼之香草，以裨形勝。為溪在州右，遂命之曰右溪。刻銘石上，彰示來者。[6]

「右溪」本無名，僅營溪一小支流，古今無人發現和賞愛。作者在道州城西百餘步發現此溪，此溪兩岸悉皆怪石。對此小溪怪石，元結愛之，並感慨此溪可為隱退之士所遊，又或可為都邑之名勝。在元結眼中，如斯佳境何以無人賞愛？元結因而加以修葺，過程是「乃疏鑿蕪穢，俾為亭宇；植松與桂，兼之香草」，修葺的目的當然是為了今後「有人賞愛」，有使其地由隱而顯的目的。既修葺其地，順理成章按其地理命名為「右溪」，其目的著於篇中，希望將此地「彰示來者」。可見，〈右溪記〉作者與小溪的互動上，歷經了「發現」、「修葺」和「命名」的三個過程。儘管元結並無強烈懷才不遇、或是像柳宗元被貶黜的情感，但「無人賞愛」一語，足見他對所有不為人發現的人、地都有著憐惜感，並希望彰顯其名，以垂後世來者。遊記中見此三歷程的，始自元結，此前是沒有這種寫法的。比較接近的，惟謝靈運（385-433）的〈登江中孤嶼〉。謝客被貶永嘉，雅好遊歷，喜於發掘新山異水，使他成為中國山水詩之鼻祖。〈登江中孤嶼〉一詩，便描繪他如何「發現」新的觀遊地點：

> 江南倦歷覽，江北曠周旋。懷新道轉迥，尋異景不延。亂流趨孤嶼，孤嶼媚中川。雲日相暉映，空水共澄鮮。表靈物莫賞，蘊真誰為傳。想像崑山姿，緬邈區中緣。始信安期術，得盡養生年。[7]

對江水南北名勝的厭倦，從而找尋「新道」和「異景」，從中得到所謂「蘊真」，並感嘆「誰為傳」。雖然「蘊真」一語略帶玄學色彩，但找到「異景」的喜悅之情，與元結是頗為一致的。然而，謝詩末段仍流於當時玄言詩的慣性，將看到的

---

6 ［唐］元結：《元次山集》（北京：中華書局，1960年），頁146。

7 ［東晉］謝靈運：《謝康樂集》（上海：文明書局，1911年），卷5，頁6。

孤嶼想像成崑崙山，希望依此新道異景頤安天年，並稱之為「安期術」。從〈右溪記〉中「發現／修葺／命名」的架構中，謝詩只有「發現」，卻並無「修葺」和「命名」，至少並無在詩中陳述出來。江中孤嶼對於謝靈運來說，是一個寄托性情之地。右溪之於元結，則是一個為他所獨有、並且「可家」的水石世界。[8]楊曉山就指這是所謂的「個人地景文章」（Personal Landscape Essay），[9]傳之後世的這個「右溪」（雖今已不存），與元結個人的心靈是融結為一的，是其家。既為其家，欲使其真正可居，必須加以修葺。觀乎〈右溪記〉的「修葺」是「乃疏鑿蕪穢，俾為亭宇；植松與桂，兼之香草」。在「香草美人」的文學傳統底下，對蕪草的鑿去，花草的種植，自有其深厚意涵。香草以喻美好品德，王逸《楚辭章句・離騷序》云：「故善鳥香草，以配忠貞；惡禽臭物，以比讒人妄。」[10]此云建彼亭宇，種植香草，其義呼之欲出。《楚辭・九歌・湘夫人》就大肆描寫築室及飾以香草之況：

> 築室兮水中，葺之兮荷蓋；蓀壁兮紫壇，播芳椒兮成堂；桂棟兮蘭橑，辛夷楣兮藥房；罔薜荔兮為帷，擗蕙櫋兮既張；白玉兮為鎮，疏石蘭兮為芳；芷葺兮荷屋，繚之兮杜衡。合百草兮實庭，建芳馨兮廡門。[11]

　　若熟悉中國文學傳統，在讀到〈右溪記〉「俾為亭宇」「植松與桂，兼之香草」，自然會聯想到〈湘夫人〉這段文字。姑勿論屈原著此文的意義尚有爭議，但築室並以香草，以喻品德，則為必矣。元結修葺右溪時，可能真的有種植松桂和香草，也說明他對「香草」象徵的崇信。而且，「植松與桂」者，在六朝書寫中屢有其例，亦呼應香草美人之喻。南陳張正見〈白頭吟〉：「平生懷直道，松桂比真風。」鮑照〈登廬山〉；「松桂盈膝前，如何穢城市？」《南史・隱逸傳》「德標松桂」[12]等，比比皆是。修葺種植松桂香草，其深層意義在於其「無人賞愛」的人或地，要由隱及顯的重要過程，其地則植以香草，其人則修以品德，人地之理其一。修德已成，松桂植全，則名隨之而來。故順理成章，繼之以命名。

　　當然，「命名」與元結之好「銘」不無關係。銘的本意就是為了「彰示來者」。《禮記・祭統》：「夫鼎有銘，銘者，自名也，自名以稱揚其先祖之美，而明著後世者也。」[13]迄至六朝，劉勰《文心雕龍・銘箴》亦說：「銘者，名也，觀器必也

8　詳見蕭馳：〈從「山水」到「水石」：元結、柳宗元與中唐山水美感話語的一種變化〉，《中正漢學研究》總第24期（2014年第2期），頁293-332。

9　「個人地景文章」，楊氏定義為those that are prompted by their exploration of certain hitherto unknown and unappreciated scenery. 參Yang, "Naming and Meaning in the Landscape Essays of Yuan Jie and Liu Zongyuan," p. 82.

10　[宋]洪興祖撰：《楚辭補注》（北京：中華書局，2006年），頁2。

11　[宋]洪興祖撰：《楚辭補注》，頁66-67。

12　[唐]李延壽撰：《南史》（北京：中華書局，1975年），卷75，頁1881。

13　[漢]鄭玄注，[唐]孔穎達正義：《禮記注疏・祭統》（臺北：藝文印書館縮印嘉慶二十年南昌府學十三經

正名，審用貴乎盛德。」[14]元結對銘刻於石情有獨鍾，〈右溪記〉就說「命之曰右溪，刻銘石上，彰示來者」，命名是該新發現的景地的一種「儀式」，刻銘石上則是媒介，彰示來者是目的。不獨〈右溪記〉，他的三吾銘更是傳頌千古。檢〈浯溪銘〉云：「溪古地荒，蕪沒已久。命曰浯溪，旌吾獨有。人誰知之，銘在溪口。」[15]〈唐䴡銘〉云：「命曰唐䴡，旌獨有也。」[16]〈峿臺銘〉云：「作銘刻之，彰示後人。」[17]諸如此類，悉可見「命名」、「銘刻」與彰示來者、後人、為人所知的緊密關係。再如〈異泉銘〉又云：

> 何故作銘，銘於異泉？為其當不可閟，坼石出焉。何用作銘，銘於異泉？為其當不可下，窮高流焉。君子之德，顯與晦殊。為此銘者，忘道也歟？[18]

此篇更清晰突顯作銘是為了使其地「顯」，從而聯想到君子之德，「顯與晦殊」。在其地在「發現」、「修葺」、「命名」（刻銘）體現出「無人賞愛」到顯露於世的過程，也同時感人事（君子之德）的顯露，也需要有其為人發現、修德進業，及稱名於世的歷程。

四、韓愈〈燕喜亭記〉

韓愈以古文名家，惟其撰寫遊記不多。〈燕喜亭記〉是他絕少遊記中的名篇，然而在文學史上此文並未為人所重。燕喜亭今座落廣東省連州連州中學內，並設碑刻有韓愈此記。〈燕喜亭記〉之纂著背景，乃在貞元二十年（804），韓愈因諫宮市而被貶至嶺南連州陽山此一「天下之窮處」任縣令。同年，王仲舒自吏剖員外郎被貶為連州司戶參軍。王仲舒貶秩南行，厭遊山水，至連州又與僧人同遊，發現一優美小丘，且修葺置亭其上，韓愈為其所置的亭及相關地勝命名，亭取《詩・魯頌・閟宮》而名「燕喜」，故是著是文。篇章既稱頌王仲舒的品格德行，也暗寓自己亦為貶謫，同病相憐之感。

根據楊曉山的分類，這篇應可屬於「大眾地景文章」（Social Landscape Essay）。[19]此地由王仲舒及同行僧人景常、元慧發現，開鑿丘泉，建築亭宇。韓

注疏本，1962年），卷49，頁838。

[14] [南朝梁]劉勰撰，范文瀾注：《文心雕龍注》（北京：人民文學出版社，1958年），卷3，頁193。

[15] [唐]元結：《元次山集》，頁151。

[16] [唐]元結：《元次山集》，頁153。

[17] [唐]元結：《元次山集》，頁152。

[18] [唐]元結：《元次山集》，頁85。

[19] 「大眾地景文章」，楊氏定義為those that are occasioned by the authors visits to some newly completed landmarks, such as a pavilion. 參Yang, "Naming and Meaning in the Landscape Essays of Yuan Jie and Liu Zongyuan," p. 82.

愈更遊，且為命名。作為元結古文創作的後繼者，韓愈此文不乏元結遊記風格的痕跡。在結構上，〈燕喜亭記〉亦完整地呈現「發現／修葺／命名」三個與地景互動的元素。其「發現」者，文云：

> 太原王弘中在連州，與學佛人景常元慧遊，異日從二人者，行於其居之後，邱荒之間，上高而望，得異處焉。[20]

篇首簡要地說明如何「發現」此幽勝之景。最後一語「得異處焉」值得細味，與元結諸文所謂「得怪石焉」（〈峿臺銘序〉、〈五如石銘序〉）如出一轍。得異處後，王仲舒又對其地加以修葺：「斬茅而嘉樹列，發石而清泉激，輦糞壤，燔榾翳。卻立而視之，出者突然成邱，陷者呀然成谷，窪者為池，而闕者為洞，若有鬼神異物陰來相之。」[21]在王仲舒和韓愈眼中的「異處」經過修葺後，本來位於丘荒間之地，突成邱谷池洞，其地可供州民休憩，其泉水可以惠澤人民生活，其地景也歷經隱及顯的過程。本篇重點，韓愈則放在「命名」一部分，以排比鋪張之法，一連臚列諸亭石泉洞之名義：

> 既成，愈請名之，其丘曰「竢德之丘」，蔽於古而顯於今，有竢之道也；其石谷曰「謙受之谷」，瀑曰「振鷺之瀑」，谷言德，瀑言容也；其土谷曰「黃金之谷」，瀑曰「秩秩之瀑」，谷言容，瀑言德也；洞曰「寒居之洞」，志其入時也；池曰「君子之池」，虛以鍾其美，盈以出其惡也；泉之源曰「天澤之泉」，出高而施下也；合而名之以屋曰「燕喜之亭」，取《詩》所謂「魯侯燕喜」者，頌也。[22]

韓愈細緻地將其丘、石谷、土谷、洞、池及泉分別命名。其中「竢德之丘」者，以「蔽於古而顯於今」成義，正展示了地景由隱及顯的特點。元結對「無人賞愛」地景「惜其蒙蔽，不可得見」並加以命名彰顯的情結，至韓愈有明顯的繼承。而元結對君子之德的顯露並透過命名地景來完成者（如上引〈異泉銘〉及其他〈七泉銘〉、〈退谷銘〉等），此〈燕喜亭記〉又有極大程度的仿效。韓愈所命名者，不乏採摭經典為名，如「謙受之谷」用《尚書・大禹謨》「滿招損，謙受益」、「秩秩之瀑」用《詩・秦風・小戎》「秩秩德音」等。然而，諸地景之新名僅一筆帶過，只有「燕喜之亭」引述出處謂「取《詩》所謂『魯侯燕喜』者，頌也」。是篇冠名「燕喜亭記」，又特於此亭之命名標示出處，目的是為了強調全篇旨意在於「頌也」。此「頌也」二字十分關鍵，既代表〈閟宮〉一詩為《魯頌》外，也指出此亭之名（或引申至

---

[20] [唐]韓愈著，閻琦校注：《韓昌黎文集注釋》（西安：三秦出版社，2004年），卷2，頁127。

[21] [唐]韓愈著，閻琦校注：《韓昌黎文集注釋》，卷2，頁127。

[22] [唐]韓愈著，閻琦校注：《韓昌黎文集注釋》，卷2，頁128。

本篇所有丘谷泉洞之命名）及此篇之撰作，實為以頌揚為本。〈閟宮〉一詩，《詩序》云：「頌僖公能復周公之宇也。」孔穎達《正義》云：「周公之時，土境特大，異於其餘諸侯也。伯禽之後，君德漸衰，鄰國侵削，境界狹小，至今僖公有德更能復之，故作詩以頌之也。」[23]韓愈引此詩，表面上是頌揚王仲舒之功德，實際上韓愈與之同貶連州，遭遇類同，也是對自身品格的自我肯定，並與二人被遠貶嶺南形式對比和反差。故此，韓愈〈燕喜亭記〉的命名，比元結每每以「彰示來者」為目標，有更豐富的內涵。

〈燕喜亭記〉同樣以「發現／修葺／命名」為基本框架，歷經此進程，其地「蔽於古而顯於今」。顯於今的具體情況，文中自述：

> 於是州民之老，聞而相與觀焉，曰：『吾州之山水名天下，然而無與燕喜者比。經營於其側者，相接也，而莫值其地。』凡天作而地藏之，以遺其人乎？[24]

不待後來者，燕喜亭一帶自王仲舒的修葺及韓愈的命名後，為民眾蜂擁而至，觀其勝景。這裡呈現了地與名的巧妙關係：民眾所「聞而相與觀」乃聞其名，即聞「燕喜亭」、「竢德之丘」、「謙受之瀑」等新名。慕其名而身至其地，一探究竟，遊人觀賞風光之外，更考察「名」與「地」是否相稱。民眾的反應正面，視其地為連州之最。這種「名」「地」關係，與傳統儒家的名實觀互相呼應。再者，這樣更強調在燕喜亭一帶附近，未為「修葺／命名」的地景，不能與之相比。可見「修葺／命名」的重要性。文末點出「智者樂水，仁者樂山」，並謂「弘中（筆按：弘中即王仲舒）之德，與其所好，可謂協矣」，又為其間名實關係，再添一層次。

五、柳宗元的遊記

柳宗元的遊記膾炙人口，若將之放於「發現／修葺／命名」的框架底下詮釋，更能發現其深妙之處。柳氏之文，不得不論其永州時期所撰寫的《永州八記》。《八記》分為前四遊和後四遊，依時序而撰，路徑儼然可觀。眾所周知，柳宗元的《永州八記》直接受到元結諸遊記如〈右溪記〉、〈峿臺銘序〉等的影響，柳氏承襲呼應之跡，極為明顯。惟元結之文，為「發現／修葺／命名」模式的典型展現，柳宗元的《八記》中，則更重視「發現」的部分，對「命名」部分均作省略。《八記》有關「發現」的元素，須從首篇〈始得西山宴遊記〉談起。篇以「得」字為重點，篇

---

[23] [漢]毛亨傳，[漢]鄭玄箋，[唐]孔穎達正義：《毛詩注疏·閟宮》（臺北：藝文印書館影嘉慶二十年南昌府學十三經注疏本，2001年），卷20，頁776。

[24] [唐]韓愈著，閻琦校注：《韓昌黎文集注釋》，卷2，頁128-129。

首文云：

> 自余為僇人，居是州，恆惴慄。其隟也，則施施而行，漫漫而游。日與其徒上
> 高山，入深林，窮迴谿，幽泉怪石，無遠不到。……以為凡是州之山水有異態
> 者，皆我有也，而未始知西山之怪特。[25]

柳宗元在發現西山之前，以為山水有異態者「皆我有也」，以對比西山之「未
有」。整個《永州八記》就是由「未有」到「我有」、「未得」到「得」的歷程。這
種「有」，具體而言是「意有所極，夢亦同趣」，人與大自然的靈神契合，即也是下
文所謂「洋洋乎與造物者遊，而不知其所窮」的體驗。在〈鈷鉧潭西小丘記〉中，更
以四「謀」來說明這種精神的契合：「清泠之狀與目謀，瀯瀯之聲與耳謀，悠然而
虛者與神謀，淵然而靜者與心謀。」這類體驗，可算是柳宗元的「得」。在其語境
中的「得」，與元結〈峿臺銘序〉「得怪石焉」及上引韓愈〈燕喜亭記〉的「得異
處焉」那種純粹發現的「得」，具有更深層意義。而這種意義是精神上的契合，也
是柳宗元遊記中至關重要的部分，也即是〈始得西山宴遊記〉開篇說的「我有」。
在柳宗元的《八記》中，充分體現到宇文所安所說中唐文人那種「占有」的意識。
尤其在〈鈷鉧潭西小丘記〉中，他甚至「憐而售之」，購買其地，從法律上擁有此
小丘，並因而賦予自身規劃此空間的權利。然而，《八記》中柳宗元與西山等地的
關係，未算真正的擁有。用宇文所安的話來說，之於西山等地，柳宗元仍然停留在
「享有」（having），而非真正的「擁有」（owing）[26]，充其量只是在法律上的擁
有。他的精神與此山丘溪澗契合，但他卻清楚地指出「予得之，不敢專也」[27]（〈袁
家渴記〉），甚至一些地景是「不可久居」[28]（〈至小丘西小石潭記〉）。從〈袁家
渴記〉所謂「予得之，不敢專也」可見，在柳宗元的語境下「得」和「專」是不同等
次的。發現了這些地景，與之精神契合而「享有」之，依然是「得」、「我有」的層
面，未達致「專」。也因為他對這些地景「不敢專」，即使法律上已經擁有其地，卻
由始至終不敢為這些地景命名，以完成真正「專」而擁有的過程。不同於元結透過命
名並銘於石上「以示來者」，柳宗元示其地於來者的手段是撰作遊記，〈石渠記〉就
明確指出：「惜其未始有傳焉者，故累記其所屬，遺之其人，書之其陽，俾後好事者
求之得以易。」[29]而命名之於柳宗元，卻是一種「專」其地的最終手段。對比〈袁家
渴記〉「予得之，不敢專也」的自述，我們可以發現他在〈愚溪詩序〉中如是說：

---

[25] [唐]柳宗元：《柳河東集》（上海：上海人民出版社，1974年），頁470。
[26] 宇文所安著，陳引馳、陳磊譯，田曉菲校：《中國『中世紀』的終結——中唐文學文化論集》（臺北：聯
    經出版事業公司，2007年），頁13-36。
[27] [唐]柳宗元：《柳河東集》，頁474。
[28] [唐]柳宗元：《柳河東集》，頁473。
[29] [唐]柳宗元：《柳河東集》，頁474。

灌水之陽有溪焉，東流入於瀟水。或曰：冉氏嘗居也，故姓是溪為冉溪。或
曰：可以染也，名之以其能，故謂之染溪。予以愚觸罪，謫瀟水上。愛是溪，
入二三里，得其尤絕者家焉。古有愚公谷，今予家是溪，而名莫能定，士之居
者，猶齗齗然，不可以不更也，故更之為愚溪。……天下莫能爭是溪，予得專
而名焉。30

〈愚溪詩序〉作於《八記》之後，遊歷西山等地時他仍不敢專其地，始終未有任
何命名的舉動。而且，他對於西山等地有無其名，其名如何，並沒有十分關心。然
而，〈愚溪詩序〉則全文圍繞命名出發。兩者之於柳氏有著鮮明的對比。《八記》
中的述其地「不敢專」及「不可久居」，而愚溪者柳氏則「家焉」並「予得專而名
焉」。比對二者，即展現出「不專」與「專」之別。得「專」故命名其地，更強調出
「士之居者，猶齗齗然，不可以不更也」，說明居其地而地命確定的必要性，同時展
現出柳宗元是真正擁有愚溪。他不僅「愚溪之上，買小丘，為愚丘」、「得泉焉，又
買居之，為愚泉」，在法律上擁有其地，更藉由命名為「愚」而完成真正擁有的過
程。柳氏之所以認為愚溪等地為他能「專」之地，乃由於他認為自身的特性與此溪契
合。篇中云：「今予遭有道而違於理，悖於事，故凡為愚者，莫我若也。」31他還煞
有介事般撰寫〈愚溪對〉，透過與愚溪神一番名實辯論，去解釋名溪為「愚」的原
因，強調了溪之「愚」。這種特性的契合，甚至超越了《八記》中「與造物者遊」的
精神契合，成為了柳氏能夠「專」而居之的重要原因。

至於「修葺」一部分，《永州八記》也有特別描寫。〈鈷鉧潭西小丘記〉購置
「唐氏棄地」後，便「更取器用，剷刈穢草，伐去惡木，烈火而焚之」，32並使「嘉
木立，美竹露，奇石顯」。在香草美人的文學傳統下，穢草惡木為柳氏所焚，從而展
現地景的嘉木、美竹及奇石，象徵意義昭然欲揭。這裡所謂的惡木和嘉木，所指者
何？檢諸〈石渠記〉有所謂惡木者，謂：「予從州牧得之，攬去翳朽，決疏土石，既
崇而焚。」33翳朽之木，即所謂惡木者。又〈石澗記〉「折竹掃陳葉，排腐木」，34
腐木陳葉也是惡木所屬。嘉木者，〈袁家渴記〉具體地指出：「其樹多楓、柟、石
楠、楩、櫧、樟、柚，草則蘭、芷。又有異卉，類合歡而蔓生。」35這些嘉木異卉，
也就是與「翳朽」、「腐木」相對的好木，而且或帶香氣，或可用於建築，或四季長

---

30 [唐]柳宗元：《柳河東集》，頁408。

31 [唐]柳宗元：《柳河東集》，頁408。

32 [唐]柳宗元：《柳河東集》，頁472。

33 [唐]柳宗元：《柳河東集》，頁474。

34 [唐]柳宗元：《柳河東集》，頁475。

35 [唐]柳宗元：《柳河東集》，頁474。

綠，或可入藥，其自然之屬性，除可以想像品德節操外，也象徵著柳宗元自身有用之身。這種焚腐朽惡木，展露嘉樹美竹的動作，在柳宗元經歷永貞革新失敗，遠貶荒州的背景下，有其自省與積極之意義，其旨趣與元結、韓愈修葺「無人賞愛」之地而使之由隱及顯者，旨趣又有不同。

六、歐陽修及蘇軾的遊記

古典遊記「發現／修葺／命名」的基本框架，宋代文人亦有所繼承，卻有著與唐人不一樣的內涵。當然，也有與唐人意態相類的作品，如蘇舜欽〈滄浪亭記〉便記錄他被貶為庶人寓居蘇州時，偶然發現地景，並加以修葺及命名的過程。此文尤其重視發現的歷程：

> 一日過郡學，東顧草樹鬱然，崇阜廣水，不類乎城中。並水得微徑於雜花修竹之間。東趨數百步，有棄地，縱廣合五六十尋，三向皆水也。槓之南，其地益闊，旁無民居，左右皆林木相虧蔽。訪諸舊老，云錢氏有國，近戚孫承右之池館也。坳隆勝勢，遺意尚存。予愛而徘徊，遂以錢四萬得之，構亭北碕，號「滄浪」焉。[36]

全文著重如何發現此地，並像柳宗元及其他文人般，「愛而徘徊」並購買此地，建亭於此，遂以命名。得此地之後，修葺、命名的「儀式」雖然仍然存在，但其意義並不突出。然而經過「發現／修葺／命名」的過程後，作者由「不能出氣，思得高爽虛闊之地，以舒所懷，不可得也」的鬱悶，成為「沃然有得，笑閔萬古」的逍遙意態。[37]這種意態，在他的其他作品如〈蘇州洞庭山水月禪院記〉也有所展現。這種由「不可得」進而為「得」的過程，正正即唐人遊記所感悟者，尤其這種「得」體現出對該地的「擁有」和「占有」，不論是法律上抑或心靈上，又或是通過「修葺和命名」而體現此地為其所有，均強調彼（地景）與我（作者）的聯繫。

在一些宋人的遊記作品中，儘管他們都有著「發現／修葺／命名」的元素，但其旨要卻與前代不同。較顯著者莫過歐陽修的〈豐樂亭記〉。此文被譽為「六一文之最佳者」，反映了歐公最為人所稱道之精神。不同於前人的文章，歐公此文對發現及修葺的描寫，比較省略：

> 修既治滁之明年，夏，始飲滁水而甘。問諸滁人，得於州南百步之遠。其上則豐山，聳然而特立；下則幽谷，窈然而深藏；中有清泉，滃然而仰出。俯仰左

---

[36] [北宋]蘇舜欽著，沈文倬點校：《蘇舜欽集》（上海：上海古籍出版社，1981年），頁157-158。
[37] [北宋]蘇舜欽著，沈文倬點校：《蘇舜欽集》，頁157-158。

右，顧而樂之。於是疏泉鑿石，闢地以為亭，而與滁人往遊其間。[38]

　　其修葺，再無香草美人的象徵意義，展現了歐陽修修葺「闢地以為亭」的目的再與個人修養、品格等無關。但宋人修葺，一般是修建供休息遊憩的亭臺為主，或新建其亭，或修其舊臺如峴山亭、超然臺之類，至其修葺宗旨一轉而為「與民共樂」的主旨。以〈豐樂亭記〉為例，據上方引文而知歐陽修疏泉鑿石、闢地建亭的目的是「與滁人往遊其間」。這樣的舉措展示了滁地太守的風範，修葺再也不是個人與地景的互相契合，太守之樂亦不在於對其地景的「擁有」或「占有」，而是與民共樂。因此，歐陽修在下文更點出此正是他所關心著意之「事」，甚至視為作為太守的責任及本分，云：「夫宣上恩德，以與民共樂，刺史之事也。遂書以名其亭焉。」[39]而且，歐公對此亭之命名，亦與他闢地建亭（修葺）的目的一致，云：「幸其民樂其歲物之豐成，而喜與予遊也。因為本其山川，道其風俗之美，使民知所以安此豐年之樂者，幸生無事之時也。」[40]歐陽修指出滁地之所以風俗閒適，因其正當無事之時。滁州在五代之時，為兵家「用武之地」，至宋初休養生息，方成為無事安樂之地。加上歐公撰此文時為慶曆六年，此年歲收大成，故歐陽修即以「豐樂」以名其亭。試想若值亂世，滁地仍然是「用武之地」，又或歲收失利，民生飢餒，則歐陽修何由得以「修葺」豐樂亭而與滁人遊之？歐陽修及其民眾亦不得其樂。此正與《孟子》的論述完美契合，〈梁惠王上〉即記「賢者而後樂此」的說法：

　　孟子見梁惠王，王立於沼上，顧鴻鴈麋鹿，曰：「賢者亦樂此乎？」
　　孟子對曰：「賢者而後樂此，不賢者雖有此，不樂也。《詩》云：『經始靈臺，經之營之，庶民攻之，不日成之。經始勿亟，庶民子來。王在靈囿，麀鹿攸伏，麀鹿濯濯，白鳥鶴鶴。王在靈沼，於牣魚躍。』文王以民力為臺為沼。而民歡樂之，謂其臺曰靈臺，謂其沼曰靈沼，樂其有麋鹿魚鼈。古之人與民偕樂，故能樂也。《湯誓》曰：『時日害喪？予及女偕亡。』民欲與之偕亡，雖有臺池鳥獸，豈能獨樂哉？」[41]

　　周文王之經營靈臺，人民俱樂，是為「與民偕樂」，對比夏桀之時即有臺池鳥獸，而「民欲與之偕亡」。兩者之不同，乃在統治者不得「獨樂」，也解釋了歐陽修為何沒有唐代文人那種專事「擁有」和「占有」心態。反之，乃待民樂而經營修葺之事，以與民共樂，此所謂「賢者而後樂此」之義，趙岐注解此語道：「惟有賢者，然

---

[38] [北宋]歐陽修：《歐陽修全集》（北京：中華書局，2001年），卷39，頁575。
[39] [北宋]歐陽修：《歐陽修全集》，卷39，頁575。
[40] [北宋]歐陽修：《歐陽修全集》，卷39，頁575。
[41] [漢]趙岐注，[宋]孫奭疏：《孟子注疏・梁惠王上》（臺北：藝文印書館影嘉慶二十年南昌府學十三經注疏本，2001年），卷1上，頁10-11。

後乃得樂此耳。謂修堯舜之道，國家安寧，故得有此以為樂也。不賢之人，亡國破家，雖有此，亦為人所奪。」[42]處國家安寧之時，人民方有其靈池鳥獸之樂，正是歐陽修〈豐樂亭記〉所展現歲物豐成，幸生無事才有遊亭之樂。因此，發現豐山之樂，修葺建亭之事，以至於命名，均立足於「與民共樂」的基礎上。這種情況當然亦見於為人樂道的〈醉翁亭記〉：「醉翁之意不在酒，在乎山水之間也。……樹林陰翳，鳴聲上下，遊人去而禽鳥樂也。然而禽鳥知山林之樂，而不知人之樂；人知從太守遊而樂，而不知太守之樂其樂也。」[43]〈峴山亭記〉記襄陽太守重建峴山亭，也說「襄人安其政而樂從其遊」、「襄人愛君而安樂如此」，其意相仿。

歐陽修這種表述，在蘇軾的文章中也有類似的體現，舉如〈超然臺記〉。蘇軾遷官密州，初至之時，遇上當地累年旱蝗之災，人民飢寒，盜賊四起，生活艱苦。蘇軾到任後著力整肅民事，驅逐蝗禍，開倉振災，密州人民生活稍安，遂修葺密州城上廢臺，以作遊覽之用，並請其弟蘇轍為臺命名。其修葺超然臺而與民同樂，文云：

> 始至之日，歲比不登，盜賊滿野，獄訟充斥；而齋廚索然，日食杞菊。人固疑余之不樂也。處之期年，而貌加豐，髮之白者，日以反黑。予既樂其風俗之淳，而其吏民亦安予之拙也。於是治其園圃，潔其庭宇，伐安丘、高密之木，以修補破敗，為苟全之計。而園之北，因城以為臺者舊矣，稍葺而新之。時相與登覽，放意肆志焉。……臺高而安，深而明，夏涼而冬溫。雨雪之朝，風月之夕，予未嘗不在，客未嘗不從。擷園蔬，取池魚，釀秫酒，瀹脫粟而食之，曰：「樂哉遊乎！」[44]

這種在整頓民事後，修葺舊臺，與民同樂之情，與歐文所見無異。這種與民同樂，正是蘇軾要貌加豐，白髮反黑的原因。而修臺的原因，也同樣在於供人民之遊，而蘇軾亦與人民「時相與登覽」而得其樂。當然，在文末也特意點出蘇轍命名之事：「方是時，予弟子由，適在濟南，聞而賦之，且名其臺曰『超然』，以見余之無所往而不樂者，蓋遊於物之外也。」與歐陽修〈豐樂亭記〉不同者，其命名與「與民共樂」關係不大，且牽合蘇軾個人的處世智慧，與其全文大旨「凡物皆有可觀。苟有可觀，皆有可樂」契合。若放於「發現／修葺／命名」的框架下，〈超然臺記〉只有「修葺」和「命名」，而沒有「發現」。修葺之樂與民眾和樂之同步，亦見於蘇軾的〈喜雨亭記〉。蘇軾於嘉祐六年為鳳翔府判官，並於其房舍之北建喜雨亭，時亦正值當年歲旱，後得雨而民喜。因而其亭之建及其命名，亦與人民之喜相掛勾。他於文中更強調：「無麥無禾，歲且荐饑，獄訟繁興，而盜賊滋熾。則吾與二三子，雖欲優遊

[42] [漢]趙岐注，[宋]孫奭疏：《孟子注疏‧梁惠王上》，卷1上，頁10。

[43] [北宋]歐陽修：《歐陽修全集》，卷39，頁576。

[44] [北宋]蘇軾撰，劉乃昌、高洪奎編：《蘇軾散文選集》（上海：上海古籍出版社；香港：三聯書店（香港）有限公司，1997年），頁151。

以樂於此亭，其可得耶？今天不遺斯民，始旱而賜之以雨。使吾與二三子得相與優遊以樂於此亭者，皆雨之賜也。其又可忘耶？」[45]他指出亭之所以供於優遊飲樂，乃建基於人民之和樂，與趙岐所謂「國家安寧，故得有此以為樂也」者同趣。

七、結語：古典遊記創作模式對現代創意寫作的若干啟示

本文重新詮解重要古典遊記作品，歸納其基本的創作模式為「發現／修葺／命名」，展現了作者在創作時與地景的接觸與連結，最後將整個活動歷程歸諸文學作品，對現代文學及創意寫作足具啟示。

首先，從上述分析中可見，諸篇遊記既是文學創作，也是心理活動。不同文學家因其不同的經歷，有不同的心理活動；或因其時代之不一，對地景的嚮往和詮釋也有不同。當代文學創作，尤其是遊記，創作者對大自然、鄉郊及城市中不同面貌的重新發掘與探索，都是尋找及描繪個人心理活動的過程，此是一層；甚或是反映了整個時代文學創作者的心理活動，以及潛藏的文化記憶，此又是一層。即以元結、韓愈、柳宗元諸篇為例，數者均以「發現／修葺／命名」的實際活動而追求「由隱及顯」的目的，然之於創作者各自又具有差異，不盡相同。此外，作者對地景的實際活動（發現、修葺、命名），致使此地景的由隱及顯，與文學創作者的心理渴望（由隱及顯）及其真實狀況形成了落差。這種由實際活動帶動的心理活動對創作者而言是種心靈上的安慰、或心靈上的昇華和超脫。在實際意義上，這種帶有心理活動的文學創作，對後世的影響也可以是具體的、大眾的。文學創作者以地景（不論新或舊）作為軸心，衍生各種文學作品，亦即作家或所處時代的群體心理活動，達到一種群體心態的展現，從而向後世呈現這個時代的特色和理念。在文學家不斷對新地景的追求、探索和發現，以及對舊地景的新詮釋並賦予意義，形成了作者與龐大地景網絡的深厚聯繫，同時也能因應對地景的詮釋而回歸作者自身的寫照。

其次，這種文學創作以「發現／修葺／命名」為基本架構，雖然創作者在不同篇章中有各種詳略的處理及敘次的安排，然就大部分而言，「發現」對於作者自身而言，都是其實際活動／心理活動的開端。事實上，代表著探索新事物的「發現」活動，不論古今，在文學創作上是極為重要的元素，也是拓展創作空間的重要媒介。所以，儘管一些作品的側重點並不放在對地景「發現」的描寫，但在創作者的實際活動上必定經過一番「發現」。一些篇章則尤其重視「發現」的描繪，如元結、柳宗元、蘇舜欽的作品即是。不論在寫作上的何種處理，「發現」在遊記創作上是一個必需的過程，甚至大部分是文學創作的啟發點。而所謂「發現」，未必一定是全新的經驗，可以是對舊有或固有地景的新體會、新詮釋，歐陽修之於峴山亭、蘇軾之於超然臺，均為其例；又或者是將自身固有的思想、理念融注在剛剛發現，「無人賞愛」的偏僻

45　[北宋]蘇軾撰，劉乃昌、高洪奎編：《蘇軾散文選集》，頁70。

新地景、新場域，像韓愈、柳宗元等作品即是。再進一步言，文學創作者對這些新發現的地景，或地景有新發現的原因何在，又按其經歷而各有差異，形成了創作者個人經歷與地景發現及文學創作的深切聯繫。由是，現今創作者在實際／心理活動的「發現」，仍為啟發嶄新文學創作的重要一環。

次之，古典遊記創作者與地景的深厚關係中以「發現」為其開端，同時亦帶動我們對文學創作中「物」、「我」關係的再思考。遊記創作必然有著對該遊歷地景的描述，惟從古典遊記「發現／修葺／命名」的分析框架下，地景的描寫作為文學修辭的一部分，而作為創作者自身的實際活動及心理活動而言，則突顯了地景（物）與作者（我）關係的互動。這種互動比單純以文字描述的藝術方式，更能說明創作者心靈與地景的融合。本文分析中，元結與柳宗元的作品最能反映這種互動層次，尤其柳宗元〈愚溪詩序〉、〈愚溪對〉絕不落俗套的巧妙互動，就展現出物與我的深厚關係、連結，甚至於相憐的意興。與《永州八記》的物我關係有著重大落差。柳宗元與愚溪的互動相扶，以至於愚溪神對柳宗元的質問，歸因於柳氏對染溪一帶的「專有」的渴望，並利用修葺和命名作為「專有」的手段和儀式。因此，在創作者發現並且探索新的地景時，思考自身是何種程度地「得」、「有」，甚至「專」有新的地景，專有的過程又經歷了何種實際活動或心理活動（以本篇所分析遊記而言即以修葺命名為其活動），如此種種，都能更完整地捕捉物我互動關係的眾多面相，從而讓「遊」的意義更趨複合多元。

從中國古典文化而來的創作資源
——論「故事新編」的創意思維、創作規律及其在創意寫作學發展上的啟示

唐梓彬

香港都會大學人文社會科學院助理教授

一、引言

　　創意寫作的教學，長久以來存在著兩種大相逕庭的觀點，到底創意寫作應該一空依傍還是有本可循呢？不少人認為，創意寫作重在思維培訓，因此教學不能被閱讀材料束縛；也有人認為，閱讀是寫作的基礎，如果創意寫作的教學沒有足夠的範文參考，學生將缺乏寫作的材料。以此觀之，這是創意寫作學上的一個兩難問題。假如一空依傍，不依靠指定文本作講授材料，教師如何在課堂進行教學呢？假如有本可循，按照所選的文本講授有關寫作的種種技巧，又會否讓學生創作出千人一面的模板文章，而有違創意寫作的初衷呢？

　　就著這個問題，葛紅兵在〈創意寫作：作為一種教學方法〉一文中曾涉及相關的討論，其云：

> 創意寫作學把「創意思維」的養成看作是目標，而把「寫作能力」的養成看作是上述目標的實現，其對教學目的的認定與傳統寫作學不同，導致其對教學內容的指認也迥異於傳統寫作學，進而其在教學方法上的追求也與傳統寫作學不同。[1]

又云：

> 傳統寫作學把師生圍困於大量的強迫症式的「文本生成」訓練，而實際上對學生創作能力的提升卻收效甚微，其根本的原因就在於此。這種方法，沒有強調對學生觀察方法、體驗手段、判斷方式的訓練，沒有觸及學生內在創意能力的

---

[1] 葛紅兵：〈創意寫作：作為一種教學方法〉，《語文建設》第6期（2020年），頁9。

提升及其外化為創作能力的實現。[2]

　　葛紅兵揭示出傳統寫作學與創意寫作學兩者的根本性差異，在於傳統寫作學在教學方法上以文本教學為主，但創意寫作學卻以「創意思維」的培養作為教學目標；初步觸及對創意寫作教學問題的思考，認為創意思維上的培養無疑比文本教學更貼近創意寫作學的本質。其後葛紅兵、李鼻銀又提出「創意型細讀」的折衷觀點以解決在具體的教學實踐時遇上的難題，其云：

> 創意寫作教學法的建構是一個重要的維度。因為一個學科能夠在現代大學體制中獲得一席之地，就必須具有一套具有可操作性、可推廣性的教學法，這既是彰顯學科特色的需要，也是具體教學實踐的需求。何謂「創意寫作教學法」？簡單地說，在承認了創意寫作可以教以後，我們需要思考的是創意寫作該如何教？本文的回答是：以「創意型細讀」為核心建構一套教學方法。[3]

　　主張須以「創意型文本細讀」作為教學法，可見創意寫作終究不能離開文本。[4]然而，「創意型文本細讀」的具體內涵卻是有待開拓的研究範疇，如葛紅兵、李鼻銀在論文結尾時便指出：

> 從感受出發，建立理性的分析從而養成獨立思考及生成創意的能力，是現代社會公民所必要的品質。在這個基礎上，伴隨著實踐閱歷，進入多元的閱讀層次，形成自己的個性化創意閱讀，是創意型閱讀期望促成的高標。從這個角度而言，本文僅僅是一個構想的提出，「創意型細讀」的諸多話語資源仍需要深入分析，它的具體實施步驟也需要進一步深化。因此，「創意型細讀」，是一個「待完成的事業」。[5]

　　另一方面，本研究也受到張怡微的觀點所啟發，其論文〈潛在的與缺席的——談「創意寫作」本土化研究的兩個方向〉曾推流溯源地指出：

> 從寫作意圖和策略上來看，明清小說續書可看作中國「創意寫作」的前身。……續書作者圍繞原著的核心議題、主要人物或枝蔓進行意義的補充，無

---

[2] 葛紅兵：〈創意寫作：作為一種教學方法〉，《語文建設》第6期（2020年），頁10。

[3] 葛紅兵、李鼻銀：〈創意寫作學視野下的「文本細讀」研究——作為教學法的「創意型細讀」〉，《黃岡師範學院學報》第1期（2021年2月），頁59。

[4] 與此同時，王海峰也提出了相類近的觀點，詳細參見王海峰：〈重審新批評視角下的創意寫作教學〉，《廣西科技師範學院學報》第1期（2021年2月），頁1-13。

[5] 葛紅兵、李鼻銀：〈創意寫作學視野下的「文本細讀」研究——作為教學法的「創意型細讀」〉，《黃岡師範學院學報》第1期（2021年2月），頁59。

論是採取續、補或改，其實都是一種修正行為。若要追究寫作者身分及他們的寫作動機⋯⋯，如胡適就曾經改寫《西遊記》，而魯迅則有《故事新編》，他們可以以評論、評點等其他方式表達自己對於文本意義的理解，他們卻選擇了雙重身分（讀者、寫作者）的再創作，這是頗具深意的。⋯⋯把每一次細讀都創作出一種「起源」和「在場」的幻影，是「創意寫作」借助中國古代小說續衍、改編資源可以抵達的訓練方向。中國小說的續衍，是一種「大語言」、「大文本」的集體現象，它不僅僅應該放置在文學史的框架上加以文學定位，更應該與寫作學合流，從創作發生方法的研討上取得新的突破，這是「創意寫作」中國化教育教學的潛在動能。[6]

張氏的觀點揭示出明清小說續書與創意寫作的聯繫，其觀點成為了本文研究的立足點，引導了本研究的思路。據此，本文將以魯迅為線索，推而廣之作地探討「故事新編」的創意思維，與培養學生寫作創意之關係。

針對以上有關創意寫作教學的問題，本文欲據「故事新編」之創作現象作為考察創意寫作教學的切入點，探討「故事新編」的創意思維，並進一步分析其創作規律，以期能豐富葛紅兵對「創意型細讀」的思考，評估「故事新編」成為「創意型文本細讀」的可能性。本文主要討論的是，「故事新編」如何對應原典的創作產生出「創意思維」？如何在人物、情節及主題結構進行創造性詮釋？又可以為創意寫作學的發展帶來何種啟示？

二、「故事新編」的源起、概念及創意思維

「故事新編」四字，最早見於魯迅（1881-1936）於1935年初次出版的短篇小說集《故事新編》。[7]按魯迅的話，「故事新編」就是「從古代和現代都採取題材，來做短篇小說⋯⋯，以為博考文獻，言必有據⋯⋯，只取一點因由，隨意點染，鋪成一篇」。[8]即主要以中國古代傳說、神話故事為藍本，在推流溯源的基礎上，深入了解故事根本意義，並選取作品中最獨特、最吸引人之處，加以想像和發揮，加入現代題材與意義，最後通過重寫（Rewriting）賦予傳統故事全新面貌的創作方式。[9]這種創作方式一直被後來的創作者所汲收，並逐漸定型為一種創作規律及文體類型。誠如朱

---

6 張怡微：〈潛在的與缺席的──談「創意寫作」本土化研究的兩個方向〉，《上海文化》第9期（2019年9月），頁34-42。

7 有關故事新編的討論，參見D・佛克馬著，范智紅譯：〈中國與歐洲傳統中的重寫方式〉，《文學評論》第6期（1999年），頁144-149。

8 魯迅：〈序〉，《故事新編》（北京：人民文學出版社，1981年），頁I-II。

9 有關「重寫」與「故事新編」的研究，本文的觀點參考祝宇紅：《「故」事如何「新」編──論中國現代「重寫型」小說》，北京：北京大學出版社，2010年。

崇科指出：

> 《故事新編》是魯迅小說性走向成熟與豐富過程中的一個重要驛站或里程
> 碑。……這種多元共存、百家爭鳴又並蓄的敘事模式卻恰恰是另一種小說次類
> 型（Subgenre）——20世紀中國文學史上「故事新編體小說」的鼻祖。[10]

據朱崇科《張力的狂歡——論魯迅及其來者之故事新編小說的主體介入》一書的
觀點，魯迅以後，若使用「故事新編」創作方式的作品，如施蟄存〈將軍底頭〉、劉
以鬯〈西苑故事〉、《故事新編》、〈蛇〉、〈蜘蛛精〉、李碧華《青蛇》、西西
〈肥土鎮灰闌記〉等等，均屬「故事新編體小說」。[11]本文大體同意朱崇科的說法，
並以此作為論述基礎，認為現當代所有使用「故事新編」的方式所創作的文本，包括
小說、詩、網路文學等新編文本，均符合本文對於「故事新編」的定義。

以此觀之，「故事新編」的創意思維就是要從與常規不同的新的角度認識文本，
這與中國創意寫作學的教學法是一脈相承的。在「故事新編」的創意思維中，原典非
必然的、確定的、不容更改的權威文本，而是可以按創作者的時代背景、喜好興趣及
原創力，在原典框架的基礎上，嘗試轉化中國傳統文化的內涵，成為個人的創意寫作
活動。至於「故事新編」的創作規律，其運作大體是沿著以下三項原則進行的。

（一）重視創造力及創作者主觀的自我意識

根據麥克爾（Michael）所歸納的創造力內涵，創造力是產生新資訊或產生過
去從來沒有出現過的產品（Product）及歷程（Process）。[12]重視創造力在「故事新
編」中，可體現在對原典文本主題思想的變更、人物設定的轉換、敘事方式的創新等
幾個方面。首先，「故事新編」多在原典文本的基礎上進行創造性的開拓，例如魯迅
《故事新編·理水》把傳統大禹治水渴望控制洪水的主題思想變更為對時人的種種劣
根性予以批評及諷刺，以突出人遠比天然災害更可怕的主題思想。所以，魯迅在故事
中毫不留情地批評了文化山的學者、水利局局員的種種思想行為，在內容上體現出對
原典文本的創造性詮釋。[13]其次，「故事新編」也會通過轉換人物設定，以體現創造

---

[10] 朱崇科：《張力的狂歡——論魯迅及其來者之故事新編小說的主體介入》（上海：上海三聯書店，2005
年），頁200。

[11] 朱崇科：《張力的狂歡——論魯迅及其來者之故事新編小說的主體介入》，頁200。

[12] Michael, W.B, "Cognitive and affective components of creativity in mathematics and physical sciences,"
in *The Gifted and the Creative: A Fifty-Year Perspective*, eds. J.C. Stanley, W.C. George and C.H. Solano
(Baltimore, MD: John Hopkins Press, 1977), 141-172.

[13] 例如魯迅嘲笑文化山的學者只會埋首於考古研究，卻不關心現實，其云：「你們是受了謠言的騙的。其實
並沒有所謂禹，『禹』是一條蟲，蟲蟲會治水的嗎？我看鯀也沒有的，『鯀』是一條魚，魚魚會治水水水
的嗎？他說到這裡，把兩腳一蹬，顯得非常用勁。」又諷刺水利局局員漠視民間疾苦，其云：「麵包是每

力，例如劉以鬯的短篇小說〈蛇〉，用了身分調換的方式進行故事新編，把傳統《白蛇傳》中的千年蛇精白素貞設定成一個真正的人類女性，使故事的重心轉移至對許仙的心理描寫上，主題也隨之產生重大變化，體現出劉以鬯對人性的探索。[14]第三，敘事方式的創新，例如西西〈陳塘關總兵府家事〉改編《封神演義》中的哪吒故事，卻以十個不同角色的敘事觀點，分別從李靖、哪吒母親、兄長金吒、木吒、馬、侍女等角度切入，豐富了對原典文本中哪吒拆骨還父、割肉還母情節內涵的多元性思考。[15]

（二）打破固有的時空觀念

「故事新編」的創作者可以在作品中展現出對原典文本固有的時空觀念的干預性創造，創作者能在改編文本中串聯古今，透過古今的對話、碰撞、衝突、融合等以彰顯主題，例如魯迅《故事新編・理水》便因為加入了「大學」、「幼稚園」等現代漢語及「古貌林」（Good morning）、「好杜有圖」（How do you do）、「OK」等英語，使故事背景更貼近當下的時代背景，呈現出今古不分之感，加強了諷刺的性質。又如董啟章〈少年神農〉的後半部分，嘗試把中國神話傳說中神農氏的形象，置身於當下香港的現實處境，極力描寫了神農與周遭環境的格格不入，竟成了「沒法相處的綠色怪物」及極端的環保分子，表現出董啟章對現實的反思。[16]

（三）其創作的元素必定是原典文本的參照或延續

「故事新編」的創作並不是隨意的文本改寫，其中部分意義必定是建立在原典文本的基礎上生發的，例如魯迅《故事新編》中的小說全都不脫原文框架，或如〈理水〉取材《史記・夏本紀》，或如〈起死〉取材《莊子・至樂》；或如蘇童《碧奴：孟姜女哭長城的傳說》取材自顧頡剛關於孟姜女故事的研究材料，均有互文性（Intertextuality）的效果。誠如朱崇科的概括：

> 顧名思義，故事新編要先有「故事」才可「新編」。舊文本無疑充當了輸出參照的角色；而「新編」不能新得徹頭徹尾，它必須是在傳統文本部分符碼意義上的延續、調整與更改，這體現了舊文本對新文本的約束。[17]

月會從半空中掉下來的；魚也不缺，雖然未免有些泥土氣，可是很肥，大人。至於那些下民，他們有的是榆葉和海苔，他們『飽食終日，無所用心』——就是並不勞心，原只要吃這些就夠。我們也嘗過了，味道倒並不壞，特別得很……」見魯迅：《故事新編》，頁28-43。

[14] 劉以鬯：〈蛇〉，《劉以鬯卷》（香港文叢）（香港：三聯書店，1991年），頁282-286。

[15] 西西：〈陳塘關總兵府家事〉，《故事裡的故事》（臺北：洪範書店，1998年），頁1-25。

[16] 董啟章：〈少年神農〉，《安卓珍尼》（臺北：聯合文學，1996年），頁95-127。

[17] 朱崇科：〈神遊與駐足：論劉以鬯「故事新編」的敘事實驗〉，《香港文學》第201期（2001年9月），頁46-53。

三、「故事新編」在創意寫作學發展上的啟示

　　創意寫作學就是要培養同學的創造力，從而產生新的創作（Product）及歷程（Process）。通過以上對「故事新編」的初步考察，本研究發現創造力生成的前提是繼承，而「故事新編」繼承的正是中國的古典文化資源。事實上，如果以中國古代的傳統故事作為教授創意寫作的文本，中國古典文化可以為創意寫作提供絕妙的寫作素材。學生經過對傳統故事的消化及反思，並參考不同作家對相同原典文本的改編方法，最終能通過「故事新編」的創作方式，把中國古典的故事轉化成為能夠契合當下性及可供再創造的創作資源，並藉以增加讀者的共鳴感，產生文本互涉的文學效果。

　　根據本人在香港都會大學任教創意寫作課程中的「創意寫作坊」經驗，「故事新編」對於促進學生寫作的取材及立意的能力有顯著的效果。通過分析及轉化傳統故事的元素，讓學生學習文本闡釋及批判性思維之餘，更可讓學生了解「故事新編」的各種表現方法及創作技巧，向學生展示不同作家在人物設定、主題思想、時空觀念及敘事方式等方面對原有故事的創造，並從創意寫作的意義上掌握虛構故事、敘事方式、人物塑造、視角切換等小說寫作的原理與技巧，幫助學生汲收創作素材，學習如何通過對傳統故事進行開拓與改造，展現出自身獨特的想法。[18]

　　以「創意寫作坊」的作業「故事新編——孟姜女哭長城」為例，課堂會先以原典文本「孟姜女哭長城」為素材，[19]講述傳統孟姜女故事的情節架構、在流傳過程中的變異情況，並引導同學思考當中需要進一步解釋和說明的可能性，再以張恨水《孟姜女》、劉以鬯《故事新編・孟姜女》及蘇童《碧奴：孟姜女哭長城的傳說》為例，通過文本細讀的方式，分析作家們如何將古老的故事賦予自身的獨特性及切合時代的現代性。[20]然後，作業要求同學以原著為本，並結合單元所學，將原有的故事進行改編創作。根據近五年的教學經驗，同學的創作大都能適當轉化孟姜女故事的元素，在原典文本的基礎上進行再創造和重寫。正如荷蘭學者佛馬克認為「任何重寫都必須在主題上具有創造性」，[21]又強調：「重寫是有差異性的重複，它是引起驚訝的差異，是新的看待事物的方法。」[22]同學或能以當代中國香港或內地城市作為背景進行故事

---

[18] 有關香港都會大學（前稱香港公開大學）「創意寫作坊」的課程設置與內容，參考唐梓彬：〈大學創意寫作的授課方式及教學過程——以香港公開大學創意寫作課程為例〉，《寫作》第1期（2021年2月），頁41-48。

[19] 有關素材，參見施愛東：《孟姜女哭長城》，北京：中國社會出版社，2006年。

[20] 參見張恨水：《孟姜女》，太原：北嶽文藝出版社，1993年；劉以鬯：〈孟姜女〉，劉燕萍編：《故事新編》（香港：中華書局，2018年），頁93-241；蘇童：《碧奴：孟姜女哭長城的傳說》，重慶：重慶出版社，2006年。

[21] D・佛克馬著，范智紅譯：〈中國與歐洲傳統中的重寫方式〉，《文學評論》第6期（1999年），頁144。

[22] 杜威・佛克馬著，張曉紅、董方峰譯：〈關於比較文學研究的九個命題和三條建議〉，《深圳大學學報（人文社會科學版）》第4期（2005年7月），頁59。

改編，改寫了孟姜女「池邊邂逅」、「送寒衣」、「哭」等核心情節，在略微今古不分的時代背景中，呈現現代性及個人的思考；又或能抽取孟姜女故事的某些意象，例如「長城」、「葫蘆」等等，作為與孟姜女傳統故事的主要聯繫及貫串全文的敘事線索，藉以推展略帶意識流的故事情節，富意在言外的藝術效果；又或能以秦始皇、士兵等其他身分作為敘述者，配以喃喃自語式的獨白，解釋孟姜女故事的薄弱環節，並討論故事當中的種種被忽略的細節與問題，呈現出同學對傳統故事的現代反思；又或能以小說的筆調，以不同的敘述者的思維活動，拼接出孟姜女的故事。同學的創作內容大都觸及對當下生活的思考，藉「故事新編」的創作作為觀察與想像香港與內地城市的一種方式，嘗試討論女性自主權及社會地位、古今愛情觀、婚姻、同性戀、炒作新聞、教育、基礎建設等社會議題，具有現實意義。

四、結語

　　最後，針對大學生之創意寫作能力的培育，本文建議將來創意寫作學的發展，或可多引導學生從中國古典文化中汲取養分，進一步建構「中國創意寫作學」。[23]嘗試以中國古典文化作為尋找靈感與表現創意的基礎，學習並掌握古為今用的創作手法，並透過對古典文化的新詮釋，建構出以「文本詮釋」（Text Interpretation）及「反思」（Reaction）作為寫作過程的寫作認知歷程模式（Cognitive Process of Writing Model）。[24]

---

[23] 葛紅兵、許道軍：〈中國創意寫作學學科建構論綱〉，《探索與爭鳴》第6期（2011年），頁66-70。

[24] Linda Flower and John R. Hayes, "A cognitive process theory of writing," *College Composition and Communication*, vol. 32（1981）: 365-387.

論《我的朋友孔丘》對孔子形象的創新塑造

陳曙光

香港教育大學中國語言學系助理教授

一、引言

孔子是中國文化的奠基人物，對中國思想、政治、教育等方面有極重要的影響。孔子雖曾為魯國司寇，但政治建樹不多；他周遊列國，曾到齊、衛、陳、楚等國以求用，卻到處碰壁，反而聚徒講學，開創民間講學的風氣，成為萬世先師。孔子晚年歸魯後潛心刪訂《六經》，成為中國學術的骨幹。孔子的弟子各有成就，子路曾仕魯、衛；子貢是成功的商人；子夏居西河，為魏文侯之師。然而，孔子死後，儒家已經分裂，各派之間爭辯不休。戰國以降，學者或統治者喜歡虛構孔子的言行以配合個人需要，令到孔子的形象產生巨大變化。張榮明曾分析孔子在歷史上的十種形象，包括「聖化」、「神化」、「矮化」等，[1] 其中神聖化的歷程最為明顯。經學時代，學者解說《論語》或研究孔子時，往往曲意維護。如《論語・陽貨》「唯女子與小人為難養也」，本來不難解釋，但學者出於「為聖人諱」的原則，出現不少不合理的詮釋。

隨著帝制結束，學者主張讓孔子從神壇走回人間。[2] 近年，中國掀起「孔子熱」，各種與孔子相關的講座、論壇、電影甚至卡通相繼推出。透過流行文化、新媒體對傳統經典和人物的重新塑造，讓經典走入一般人的視野。陳雪虎指出：「在當代中國，這種大眾文化生產和消費機制也正一步步地發育和生長。不僅如此，中國特色的言情小說、武俠小說、世情小說和黑幕小說雖一度在二十世紀中期潛隱沉默，但如今也在娛樂旗幟下浮出地表，並迅速發展。而在當代市場氛圍中，各類流行讀物、大眾散文和青春文學也舉擢而出，並逐漸形成自己的生產和消費機制。」[3]《我的朋友孔丘》就是這種流行讀物，讀者的對象是廣大消費者而非學術界；在分類上，該書定位為「心靈小說」而非「歷史小說」，正是努力擺脫歷史敘事的方式，以獨特

---

[1]　張榮明：〈孔子在中外歷史上的十種形象〉，《科學大觀園》第5期（2008年），頁70-73。

[2]　詳參李零：《去聖乃得真孔子》，香港：三聯書局，2008年。

[3]　陳雪虎：〈當代經典問題與多元視角〉，童慶炳、陶東風主編：《文學經典的建構、解構和重構》（北京：北京大學出版社，2007年），頁42。

視角和豐富想像力，顛覆傳統孔子的固定形象。本文從創作角度切入，分析這部小說與其他《孔子傳》的不同之處，研究該小說為孔子以及其生平思想帶來什麼新的詮釋角度。

二、《論語》的敘事局限和孔子形象形成

《論語》是學術界公認研究孔子最重要的依據，是孔子死後弟子追記老師的語錄。撇除文獻的可靠性，《論語》是語錄體，無法完整記錄孔子的生平，而且由弟子筆錄，更缺乏孔子早年生活的記述。《論語》裡孔子少年相關的記載，僅「吾十有五而志於學」、「吾少也賤，故多能鄙事」數條，都是孔子壯年以後的回憶。其次，語錄欠缺語境，各條之間也缺乏邏輯關係，以致後世對部分語句的詮釋大相逕庭。如孔子曾稱病不見孺悲，卻又故意鼓瑟而歌，使對方聽見。[4]這與孔子重禮的主張不符，也令後世疑惑。

孔子晚年時，弟子已有意抬高老師至聖人的地位。《論語》記載太宰感嘆孔子多才多藝，子貢回答云：「固天縱之聖，又多能也。」[5]宰我亦曰：「以予觀於夫子，賢於堯、舜遠矣。」[6]漢代司馬遷以孔子繼承者自居，他整理孔子的記載，破例撰寫《孔子世家》，這是第一部《孔子傳》，並評云：「孔子布衣，傳十餘世，學者宗之。自天子王侯，中國言六藝者折中於夫子，可至聖矣！」[7]其後，孔子的地位愈來愈高，在漢代已被尊為「素王」，地位不斷提升。周予同指出：「真的孔子死了，假的孔子在依著中國的經濟組織、政治狀況與學術思想的變遷而挨次出現……，其實漢朝所尊奉的孔子，只是為政治的便利而捧出的一位假的孔子，至少是一位半真半假的孔子，絕不是真的孔子。」[8]傳統的《孔子傳》都是在文獻有限的情況下，呈現相對真實的孔子。《孔丘》卻大相逕庭，它開宗明義提到結合史實和想像的形式創作，於是孔子年輕時事蹟便成為很好的創作題材、《論語》背景的模糊性也變為可以發揮的情節。作者無意在眾多《孔子傳》中再添一部，而是在基本符合史實的情況下，把一個文化的重要人物進行經典重塑。作者試圖塑造「溫暖而親切的孔子，寫他的幽默與善良，寫他的困惑與迷茫，寫他的痛苦與成長，寫他的愛與欲，寫他的堅持與豁達」。[9]可見他並非考證歷史上的「真正」孔子；而是以文學的筆觸，還原一個有情感的「真實」孔子。

---

[4]　「孺悲欲見孔子，孔子辭以疾。將命者出戶，取瑟而歌，使之聞之。」楊伯峻譯注：《論語譯注》（北京，中華書局，1980年），頁81。

[5]　楊伯峻譯注：《論語譯注》，頁88。

[6]　[明]焦循：《孟子正義》（北京：中華書局，1987年），頁217。

[7]　[漢]司馬遷：《史記》（北京：中華書局，1963年），頁1947。

[8]　蔡尚思主編：《十家論孔》（上海：上海人民出版社，2006年），頁204。

[9]　王元濤：《我的朋友孔丘》（蘇州：古吳軒出版社，2010年），頁2。

三、去聖人化：《我的朋友孔丘》的敘述視角

以往的《孔子傳》悉數以第三人稱敘事，以「非聚焦型」視角敘述孔子生平，除了客觀呈現文獻所見的孔子外，也能有條理地敘述春秋時代的紛亂史事。胡亞敏指出：「[非聚焦型]是一種傳統的、無所不知的視角類型……，非聚焦型視角擅長作全景式的鳥瞰，尤其描述那些規模龐、線索複雜、人物眾多的史詩性作品時，非採用非聚焦這一類型不可。」[10]至於以第一人稱敘事，則多屬於「內聚焦型」，胡氏云：「在創作上它可以揚長避短，多敘述人物所熟悉的境況，而對不熟悉的東西保持沉默。在閱讀中它縮短了人物與讀者的距離，使讀者獲得一種親切感。這種內聚型的最大特點是能充分敞開人物的內心世界，淋漓盡致地表現人物激烈的內心衝突和漫無邊限的思緒。」[11]《孔丘》以第一人稱敘事，因作者並希望在芸芸《孔子傳》外再添一部，而是希望塑造與傳統不同，但卻更具人性的孔子。當然，「內聚焦型」在敘事上會有限制，「它須固定在人物的視野之內，不能介紹自身以外貌，也無法深入地剖析他人的思想」。[12]故此，小說改以「鄒曼父」為第一人稱敘事。《禮記·檀弓》云：「孔子少孤，不知其墓。殯於五父之衢。人之見之也，皆以為葬也。其慎也，蓋殯也。問於郰曼父之母，然後得合葬於防。」鄭玄云：「曼父之母與徵在為鄰。相善。」[13]曼父是孔子的鄰居及兒時玩伴，他可以看到孔子外貌、思想及社會地位的變化，而《孔丘》更把他設定為孔子的車夫，陪伴孔子度過人生的不同階段。於是無論是杜撰的孔子年少時偷酒、被陽虎帶到齊國妓院；有文獻基礎的孔子仕魯、遊歷和絕糧等事，作者都進行大規模「本事遷移」。[14]

作者細心挑選這位「敘事者」以塑造「溫暖而親切」的孔子，更打破漢代以來不斷「神聖化」的形象。在曼父眼中，這位共同成長的人自然沒有半點聖人的影子，整部小說逕稱孔子為「孔丘」，更有意把他變為平凡人，讓讀者以平等角度審視這位改變中國文化的人物。《小說》雖大抵符合目前所見的史實，但作者本顯志不在此，他以大膽想像，重構孔子少年的事蹟。《史記》對孔子少年的記載甚少，他的感情生活更是一片空白。《家語》只提及「至年十九，娶於宋之亓官氏」。[15]作者卻創作出孔子年少時的愛侶——喜翠。她是季孫家的小姐，並已許配他人。平民出身的孔子與她

---

[10] 胡亞敏：《敘事學》，第2版（武漢：華中師範大學出版社，2004年），頁25。

[11] 胡亞敏：《敘事學》，頁27。

[12] 胡亞敏：《敘事學》，頁27-28。

[13] [清]孫希旦：《禮記集解》（北京：中華書局，1989年），頁170-171。

[14] 楊春忠指出：「所謂本事遷移，指的就是特定原發性事件被其他所引用、轉換、擴充、改編、改寫、重寫、戲仿等。在這裏，本事遷移並非本事的照搬，也非闡釋本事原型中為人所共知的主題或思想，而是在處理、改造本事材料的基礎上，利用本事原產原型所提供的相關材料與想像之間，來進行新的藝術世界的重構。」，童慶炳、陶東風主編：《文學經典的建構、解構和重構》，頁42。

[15] 羊春秋注譯：《新譯孔子家語》（臺北：三民書局，1998年），頁525。

根本不可能有未來，但卻無法控制內心的感情，生死相許。有次他們幽會時被季氏家臣陽虎發現，結果孔子被暴打。不久喜翠突然離世，孔子非常傷心，甚至邀約曼父一起偷掘喜翠的墓，打算殉情。這是孔子刻骨銘心的愛，直至快要離世時，仍然掛念著她，孔子憶述當時每次到季氏家都抱著必死的心。曼父認為：「這樣一個寂寞的生命，卻曾實實在在溫暖過孔丘的懷抱。五十年前我這麼想，今天我還是這麼想。」[16]《史記》載：「[叔梁]紇與顏女野合而生孔子。」[17]孔子少時依母而居，沒有得到孔家的接納。直至母親死時，孔子也不知生父的身分，故此把屍首放在五父街口，到處打聽。《孔丘》記述曼父懷疑孔母之死與陽虎有關，以為孔子是針對陽虎，結果此事驚動了國君，承認孔子為叔梁紇之後。孔子最終如願把父母合葬，母親成為他爭取身分的手段，因此曼父認為：「照這樣發展下去，他將來非成為大奸雄不可，玩弄權術於廟堂之內。」「我發現，禮現在好像管不著他，而是為他所用的武器。」[18]孔子成人禮時被陽虎帶往齊國「女市」，他只能假冒曼父的名字，面對妓女姜花時非常窘迫，拚命抗拒，但最後卻不敵情欲，這成為孔子與曼父之間的祕密。在車夫的視角下，塑造孔子只是個有權力欲望、有情感的普通人。

　　曼父見證孔子的升遷之路，卻與世人有不一樣的想法。《家語》記載孔子初任中都宰時，訂定各種制度，令人民嚴防男女之別，路不拾遺，政通人和，其他諸侯甚至爭相效法。[19]《孔丘》裡曼父所經歷的卻不一樣，他載著孔悝到中都找孔子，剛進入中都，馬車的輪子便陷進泥坑，結果引來大批居民幫手拉車，藉此敲詐，原來這是居民所設的陷阱。接著孔悝在路上拾到錢，據為己有，這回卻是官府的陷阱，更預先在錢上做了記號，結果兩人因「證據確鑿」而被關進牢房。後來曼父質問孔子：「這就是你要的禮義之邦」，「這分明是恐怖手段，離禮治也太他媽遠了。」[20]原來這是子路的計謀，孔子本來不贊同，但由於管治太困難，所以默許了。後來魯國君要來視察，子貢又安排了人民夜不閉戶卻毫無損失的把戲，騙過國君，結果四方的城邑都要來中都學習。孔子一方面責備學生的所為，但又為因此得到賞識而沾沾自喜。王元濤顯然覺得《家語》的記載並不可靠，藉描寫中都的造假政績，呈現孔子進退失據，既想堅持理想卻又不得不向現實妥協的窘態。後來孔子一直升至司寇，主持齊魯夾谷之會，齊大夫黎彌命萊人劫魯君，孔子識破齊國的計謀，成功令魯君撤退。其後齊國又令俳優侏儒為舞，以辱魯國。孔子令斬侏儒，令齊君面有慚色。兩國會盟時，齊國要求日後遇有戰爭，魯國須出戰車三百輛相助。孔子答應但提出齊國必須先歸還汶陽之

16　王元濤：《我的朋友孔丘》，頁380。

17　[漢]司馬遷：《史記》，頁1904。

18　王元濤：《我的朋友孔丘》，頁32。

19　「孔子初仕，為中都宰。制為養生送死之節。長幼異食，強弱異任，男女別塗；路無拾遺，器不彫偽；為四寸之棺，五寸之槨，因丘陵為墳，不封不樹。行之一年，而西方之諸侯則焉。」，羊春秋注譯：《新譯孔子家語》，頁3。

20　王元濤：《我的朋友孔丘》，頁149。

田，結果齊國連鄆及龜陰等地一併歸還。[21]這是孔子政治生涯的顛峰，既保障魯君的面子和安全，更在談笑之間收復失地。《孔丘》卻有不同的解說，身為車夫的曼父本來無法參與夾谷會盟，作者安排他和舊情人藍棣見面，卻因天雨而只能在會盟臺下躲避，突破第一身視角的限制，結果他偷聽到國君在臺上討論養虱子的事，「如果不是親耳所聞，打死我也不會相信，兩位國君堂而皇之坐在會盟臺上，聊的居然是這些瑣碎事。臺下的官員和兵士遠遠地看著，一定以為他們正在討論國家大事，為天下操勞呢」。堂堂國家會盟的嚴肅氣氛變得蕩然無存，也令接著發生的斬殺侏儒、官員交鋒變成了笑話。更重要的是，小說指出晉人退讓的真正原因是晉國已陳兵邊境，吳國亦蠢蠢欲動，齊國恐怕魯國借道，令晉、吳合兵攻齊，孔子所立下的大功其實只是大國之間角力的結果而已。

曼父也和孔子經歷患難，魯昭公被三桓趕走後赴齊，孔子決心相隨卻被拒。昭公也決定放棄國君之位，到晉國居住。曼父批評孔子大張旗鼓地出來，現在走投無路，若回回也沒法向三桓和弟子交代，只能被迫留在齊國等待機會。[22]孔子依靠曼父的關係見到齊相晏嬰，卻不歡而散。後來又依靠裁縫程本子才見到國君齊景公，結果卻觸怒晏嬰，倉皇逃回魯國。孔子愁眉苦臉，反思己過。曼父卻反而高興，認為能從敵手的攻擊中學習，孔子會有進步。作者接著寫道：「一個姜杵臼，就讓孔丘窺破君王們的祕密。那就是他們壓根沒有什麼祕密。一個姜杵臼，就已經暗示了，孔丘治國平天下的志向終將是個夢。」[23]作者記述曼父晚年時的感慨，表達孔子終將失敗的同情。後來孔子因外貌與陽虎相似而被匡人圍困。孔子逃亡時，顏回落後。《論語》記載：「子曰：『吾以為女死矣。』曰：『子在，回何敢死。』」[24]這是後世學者津津樂道的一段，表達孔子師徒之間的深厚情誼。然而，《孔丘》敘述曼父在這情景，卻是「心裡連連叫苦，完了完了，連顏回也學會了拍馬屁，孔子這夥人豈不是要澈底敗壞？」[25]顏回雖非以言語見稱，但發言往往最得孔子之心，在曼父這個不受後世儒家

---

21 「夏，公會齊侯于祝其，實夾谷，孔丘相。犁彌言於齊侯曰：『孔丘知禮而無勇，若使萊人以兵劫魯侯，必得志焉。』齊侯從之，孔丘以公退……，將盟，齊人加於載書曰：『齊師出竟，而不以甲車三百乘從我者，有如此盟。』孔丘使茲無還揖對曰：『而不反我汶陽之田，吾以共命者，亦如之。』……齊人來歸鄆讙龜陰之田。」洪亮吉：《春秋左傳詁》（北京：中華書局，1987年），頁832；「定公與齊侯會于夾谷。孔子攝相事，曰：『臣聞有文事者必有武備，有武事者必有文備。古者諸侯出疆，必具官以從，請具左右司馬。』定公從之。至會所，為壇，土階三等，以遇禮相見，揖讓而登。獻酢既畢，齊使萊人以兵鼓譟，劫定公。孔子歷階而進，以公退……。有頃，齊奏宮中之樂，俳優侏儒戲於前。孔子趨進，歷階而上，不盡一等。曰：『匹夫熒侮諸侯者，罪應誅，請右司馬速加刑焉。』於是斬侏儒，手足異處。齊侯懼，有慚色。將盟，齊人加載書曰：『齊師出境，而不以兵車三百乘從我者，有如此盟。』孔子使茲無還對曰：「而不返我汶陽之田，吾以共命者，亦如之。」……齊侯歸，責其群臣曰：『魯以君子道輔其君，而子獨以夷翟道教寡人，使得罪。於是乃歸所侵魯之四邑及汶陽之田。」，羊春秋注譯：《新譯孔子家語》，頁6-7。
22 王元濤：《我的朋友孔丘》，頁90。
23 王元濤：《我的朋友孔丘》，頁104。
24 [清]劉寶楠：《論語正義》（北京：中華書局，1990年），頁462-463。
25 王元濤：《我的朋友孔丘》，頁249。

觀點束縛的人看來，自然就是顏回以言語取悅孔子。曼父的陪伴孔子的時間比任何一位弟子更長，以他的視角就能書述孔子不敢在弟子面前顯露、不能見於《論語》的一面。

孔子死後，子貢、有若已把孔子塑造為「聖人」，到了戰國，孔子更走向神祕化。《荀子》云：「仲尼之狀，面如蒙倛」，並與周公、皋陶甚至堯舜等聖賢並列。[26]《史記》云：「生而首上圩頂」，司馬貞認為即頭頂凹陷。[27]這些都顯示孔子形貌異於常人，和前代的聖人相似。後出的文獻更為神怪，《拾遺記》云：「孔子未生之先，有麟吐玉書於闕里人家，文曰：『水精之子，係衰周而為素王。』故二龍繞室，五星降庭。徵在賢明，知為神異，乃以繡紱繫麟角，信宿而麟去。」[28]民間更傳說孔子出生後，父親見其貌醜，便棄於山洞，結果一雌虎銜入洞餵養，有老鷹為他打扇，這已是西周始祖姬棄故事的翻版。

《孔丘》是小說，作者沒有考證的壓力，把去神聖化做得很徹底。小說記載孔子入太廟每事問，目的卻是挑同僚的毛病，在問魯國用八佾舞是否違禮時卻被教訓，因魯國開國君主周公旦有大功，成王特賜魯君可用天子儀仗、八佾舞甚至祭祀泰山，結果孔子灰頭土臉；孔子初見子路，訴說自己出生的神祕事蹟，子路索性回應：「吹吧，你就吹吧，孔大炮！」孔子到了陳國，有鷹被石箭所傷，孔子認出是肅慎人的箭，和陳國後宮所藏的相同，結果確如孔子所料，但真相是該箭是弟子巫馬施在陳國後宮偷出來的；顏回和孔子在匡地失散，原因是因為要大便；孔子曾在茶館聽到說書人敘述子貢曾周旋於齊晉吳越諸國，以外交辭令解救魯國。孔子迫問後，說書人承認只是道聽途說。[29]上述的事件都有文獻依據，但在作者的筆下，種種神祕現象都是人為的，而且解釋得合情合理。當子貢說孔子是聖人時，曼父嗤之以鼻，認為孔子一生沒有幹過什麼大事，只有隱居山林的才是聖人，而孔子卻一生與政治人物打交道，完全不像聖人。[30]作者把種種神奇的傳說改造、不避粗鄙的言語，固然有顧及大眾讀者的考量，也令孔子師徒形象變得有血有肉，揭示「造神運動」的不可信。

---

26 「仲尼之狀，面如蒙倛。周公之狀，身如斷菑。皋陶之狀，色如削瓜。閎夭之狀，面無見膚。傅說之狀，身如植鰭。伊尹之狀，面無鬚麋。禹跳湯偏。堯舜參牟子。」王先謙：《荀子集解》（北京：中華書局，1988年），頁74。

27 「[孔子]生而首上圩頂，故因名曰丘云」，司馬貞云：「圩頂言頂上窊也，故孔子頂如反宇。反宇者，若屋宇之反，中低而四傍高也。」，[漢]司馬遷：《史記》，頁1905。

28 [晉]王嘉：《拾遺記》（北京：中華書局，1981年），頁70。

29 王元濤：《我的朋友孔丘》，頁53、56、65、273、249、349-351。

30 「孔丘會是聖人？那閻卯豈不也是先知了？就更別提什麼管仲、晏嬰、子產、蘧伯玉了。聖人滿街走，叫聲賽過狗……他做過什麼轟轟烈烈的大事，足以名垂青史？喝大酒？追喜翠？路不拾遺？夜不閉戶？或者像衛國那些老不死誇他的，在夾谷談笑間收復三座城池？孔丘自己也說過，不知多少世外高人隱身在山野林間，掘草根，飲清泉，潔身自愛，他們才是聖人坯子。而孔丘卻專安喜好和一肚子男盜女娼的王公貴族士大夫打交道，他渾身上下哪塊肉有一點聖人的氣味？」，王元濤：《我的朋友孔丘》，頁316。

四、顛覆與重構：孔子的母親弟子和政敵

（一）母親

　　叔梁紇與顏徵在「野合」而生孔子，為了切合「聖人」的出生，傳統多認為「野合」是不合禮的婚姻，而顏氏是名媒正娶的妻子，如張守節認為：「二八十六陽道通，八八六十四陽道絕……，婚姻過此者，皆為野合。」[31]《家語》更具體記述叔梁紇向顏家求婚的過程。[32]按理說，孔子是孔家唯一健康的男嗣，理應受孔家接納。然而，孔子三歲喪父後便依母而居，其弟子顏路、顏回等很可能也是母黨宗親，孔子更不知其父親是誰，都證明「野合」不能解作「不合禮婚姻」。另一說法是孔子是私生子，現代學者從婚姻制度考察，認為孔子時代很多男女會在特定日子在野外幽會。「私生子」一說能解釋孔子不能在孔家生活的原因。而蔡尚思更認為「野合」是指顏徵在遭叔梁紇強姦而生孔子，否則不會感到恥辱而不把父親的身分告訴兒子；另外，身為大夫的兒子，孔子也不會「吾少也賤，故多能鄙事」。[33]《孔丘》採取「私生子」的說法，孔子和喜翠的私情被發現後不久，母親便離世了。曼父本不知顏氏的死因，後來聽孔子說母親自盡是人生最大的悲痛，因為自盡是代表母親拋棄了自己，他懷疑顏氏因為孔子闖下大禍而自盡。他說：「這是孔丘心底永遠難癒合的暗傷，將滲血陪伴他一生。」[34]孔子晚年在曼父的安排下再見陽虎，才得知母親為了令他脫離平民階級，繼承孔家的身分，用盡了所有辦法，最後才出此下策：「她了解你，知道你會為爭墓地。所以，你娘不是丟下你不管了，她是在用命護著你。」[35]小說只用了兩個片段，便把顏氏慈母的形象刻畫得栩栩如生。

（二）弟子

　　小說著力描述孔門弟子，比較特別是對巫馬施及榮祈的設定。巫馬施是孔子在魯時的學生。由於《論語》記述他和陳司敗的對話，有學者認為他是陳人。小說把他設定為陳國公子，令孔子在陳得到禮遇，後來孔子帶巫馬施前往楚國，結果遭到

---

32 「夏殷叔梁紇。曰：『雖有九女，是無子。』其妾生孟皮，孟皮一字伯尼，有足病，於是乃求婚於顏氏。顏氏有三女，其小曰徵在。顏父問三女曰：『陬大夫雖父祖為士，然其先聖王之裔。今其人身長十尺，武力絕倫，吾甚貪之，雖年大性嚴，不足為疑。三子孰能為之妻？』二女莫對。徵在進曰：『從父所制，將何問焉？』父曰：『即爾能矣。』遂以妻之。徵在既往，廟見，以夫之年大，懼不時有男，而私禱尼丘山以祈焉。」，羊春秋注譯：《新譯孔子家語》，頁525。

33 蔡尚思：《孔子思想體系》（上海：上海人民出版社，1982年），頁5。

34 王元濤：《我的朋友孔丘》，頁37。

35 王元濤：《我的朋友孔丘》，頁289。

兄長陳劍的毒手，更把其頭顱當作禮物送給孔子，結果孔子傷心得投河自盡。巫馬施的死讓孔子徹底體現諸侯骨肉相殘的現實，明白王公貴族的腐敗，以致被困陳蔡時對自己的質疑，但孔子最後仍不改其道，更顯出其人格的偉大。榮祈的生平不詳，小說卻顛覆傳統，把他設定為女性，混進孔門學習，後來更下嫁子貢。在以往所有《孔子傳》裡，除了衛靈公夫人南子外，女性基本絕跡，而南子卻是淫名昭彰的人物。在男性絕對主導的時代，小說以榮祈帶來女性的敘述視角。當孔子講述衛國父子相殘的事，眾人都沉默了，只有還是男裝的榮祈提出從另一個角度看，卻是父親要殺害長子，次子卻因有情而捨身相救。連孔子也說「榮祈打掃完房子，又要來打掃我的心了。」只有榮祈才能逗孔子說出數十年前和喜翠相遇的經過，讓孔子真情流露。

　　至於著名的子貢、顏回、子路等大都符合文獻記述。其中「孔子厄陳蔡」是〈孔子世家〉最為動人的一段，孔子被困七天卻仍弦歌不絕，但弟子卻已失控。孔子召子路等三人，同樣以《詩經》「匪兕匪虎」詢問，子路認為孔子的仁德不夠、子貢認為孔子的道太大，應該降低標準，結果都受到孔子斥責，只有顏回認為「不容何病，不容然後見君子」得到老師讚賞。[36]《史記》描繪的是孔子堅持理想，「知其不可為而為之」的精神。《孔丘》呈現的孔子卻不大一樣。首先是子路大罵孔子的所作所為，更說：「難道當君子就得這樣不知羞恥的嗎？」然後子貢勸大家散去，各奔前程，連曼父都看出這是孔門的大危機。接著孔子請子路進去，哭著對子路說自己想過也試過著錦衣玉食的生活，但卻良心不安，他責問老天為什麼要把傳道的重擔交給他，他想起少正卯與宰予可以為自己的理想而犧牲，也希望自己為了信念而堅持。子貢進去後被孔子痛罵，孔子說若世人覺得實行禮治、大同是個傻瓜，他願意做，若子貢不願意，可以離開。曼父特別描寫兩人出來時的情形：「[子路]眉眼之間，還有些懵懂，但已平靜了許多。」「這是子貢第一次遭孔丘嚴厲責罵。可是，和我預想的不同，子貢鑽出窩棚時，臉上卻像喝了陳年老燒一樣滿足。」最後顏回入棚回答：「犀牛、老虎流落在曠野，就算餓死了，也還是犀牛、老虎。在人家簷下討生活的豬狗，就算養得再肥再壯，也不過還是豬狗。」[37]這段話和魯迅《蒼蠅與戰士》異曲同工。小說裡的孔子不像《史記》般冷靜，三次用同樣的詩句詰問弟子；孔子也不是為了理想而義無反顧，反而透過苦訴和責罵，表現出孔子內心的矛盾與痛苦。他也曾想同流合污，但始終面對不了良心的責備，他的掙扎顯得更人性化。當巫馬施、顏回、子路都已離世，孔子一刻也離不開子貢，害怕萬一子貢也有意外先死，這種老人的孤獨感和師徒情誼都是正史裡看不到的。

36　[漢]司馬遷：《史記》，頁1930-1932。

37　王元濤：《我的朋友孔丘》，頁321-323。

（三）政敵

　　陽虎以欺侮孔子而聞名，《史記》載孔子初得到士的身分時，曾想到季氏家饗宴，但遭陽虎阻攔。作為季氏家臣，陽虎反而控制了三桓，進而掌握魯國的實權，孔子非常反感，認為這是「陪臣執國命」，國家將會大亂。然而，《論語》記載，陽虎掌權後反而邀請孔子為官，最初孔子避而不見，但依禮又要回訪。孔子特意在陽虎離家時到訪，卻在路上碰個正著。陽虎教訓孔子要把握時機，孔子雖口頭答應，但結果沒有出仕。[38]孔子更曾貌似陽虎而被匡人圍困。[39]《史記》云：「孔子長九尺有六寸，人皆以『長人』而異之。」[40]匡人誤認孔子為陽虎，則兩人的身高長相理應相若。現代學者推斷孔子高兩米，在當時極為罕見。有學者認為兩人是兄弟關係，都是叔梁紇的私生子，李碩更推測《禮記》裡的「孟虎」就是陽虎。[41]《孔丘》採用這個說法，並記述陽虎因喜翠之事暴打孔子，又以「成人禮」為名，帶孔子到齊國女市，以此製造二人的對立。到了晚年他們再相見，作者特別以陽虎用第一人稱敘述自己阻撓孔子赴宴、喜翠和孔母的死。孔子則以第三人稱敘述自己成長的心路歷程。陽虎承認自己不想輸給孔子，最後他向孔子透露祕密：他的父親也是叔梁紇，所以他們兩兄弟的命運本應一樣，但陽虎最終沒有得到貴族的身分，只能做「陪臣」。孔子面對陽虎比任何人更坦白：「他也試過和別人一樣，過庸碌的生活，可是他心裡實在難過，他不能忍受自己同流合污……他寧可去當一條喪家的狗。」「他已經看到了自己的結局，明知不可為而為之，最後將死於奔走的道路。」「他是找不到自己的出路，就幻想用拯救世界來解脫自己。」[42]孔子和陽虎就像兩條不會相遇的平行線，孔子提倡禮治，陽虎講究霸道。陽虎承認孔子提倡的世界很理想，而孔子也承認自己根本沒有能力改變世界。

　　另一位重要人物是衛靈公的夫人南子。南子素有淫名，《史記》記述南子欲見孔子，孔子不得已而見之，兩人隔著絺帷，孔子稽首而南子前在帷中對拜，子路得知後不悅，孔子為了澄清，竟然在弟子面前起誓云：「予所不者，天厭之，天厭之。」[43]民國林語堂創作獨幕劇《子見南子》，寫孔子為求在衛國謀得一官半職，拜倒在南子

38　「陽貨欲見孔子，孔子不見，歸孔子豚。孔子時其亡也，而往拜之，遇諸塗。謂孔子曰：『來，予與爾言。』曰：『懷其寶而迷其邦，可謂仁乎？』曰『不可。』『好從事而亟失時，可謂知乎？』曰：『不可。』『日月逝矣，歲不我與。』孔子曰：『諾，吾將仕矣。』」，楊伯峻譯注：《論語譯注》，頁191。

39　[漢]司馬遷：《史記》，頁1919。

40　[漢]司馬遷：《史記》，頁1909。

41　李碩：《孔子大歷史——聖壇下的真實人生與他的春秋壯遊》（臺北：麥田出版社，2020年），頁137-140。

42　王元濤：《我的朋友孔丘》，頁288-291。

43　[漢]司馬遷：《史記》，頁1920-1921。

石榴裙下，結果此劇引起了軒然大波。《孔丘》寫孔子見到南子時也怦然心動，後來才收斂心神。接著南子訴說委屈，說《左傳》歌謠說母豬（指南子）已得到滿足，應該歸還公豬（指宋朝），其實宋朝是衛靈公的男寵，卻要南子承擔罪名。南子也對孔子對出奇地了解和同情，她認為孔子的大道可行，只是君主不想做而已，南子理解孔子的痛苦，鼓勵他離開衛國，到列國罵醒國君。兩人互相傾慕，幾乎情不自禁，但小說清楚記載所有事情都「隔著紗帷」。不久，孔子與衛靈公及南子招搖過市後便離開衛國，留下一句說話：「吾未見好德如好色也。」然而曼父心裡疑惑：「但我懷疑，他指的是自己。要不然，他也不至於當場就做出決定，馬上離開衛國。」[44]小說有意替南子「洗白」，顛覆孔子與南子的傳統形象以及見面情形，同樣也以女性的目光看孔子的處境和遭遇。在講求出身的封建社會，昏庸無能的衛靈公能掌權，女子也能替國君擔當了罪名，成為代罪羔羊，身為女子的南子更能真心孔子的無奈與困境。南子真心傾慕孔子，對他的了解甚至在眾弟子之上。孔子受到南子的鼓勵，接著面對不同國君也愈加嚴厲的斥責，最後要在曠野流浪。兩人既有情欲之念，也惺惺相惜，形象比起文獻記載立體。

五、「狼骨共和」與孔子政治理念

《孔丘》裡孔子的主張大抵依據文獻的記述，最特別的是作者創作了「狼骨共和」的故事，詳細描述孔子思考民主而最後選擇賢人治國的心路歷程。《論語》載孔子曰：「道不行，乘桴浮於海。」劉寶楠認為此條當為孔子周遊列國後所言。[45]小說卻把放在前期在魯之時，孔子的朋友漁二捕魚時遇颱風，眾人以為他已亡故。後來他回魯，並分享在極北之地的經歷，他們的首領由成年男子選出來。男子必須獨自打死過一頭狼，才有資格參選。每人用一根狼骨投票，多者當選。當時宰予認為與上古禪讓異曲同工，卻遭孔子訓斥。[46]「狼骨共和」在書中屢屢出現，如少正卯是孔子的競爭對手，曾令孔門三盈三虛。[47]後來少正卯因為發布邪說令很多人自殺，為孔子所誅。小說描述少正卯死後，孔子反思當時大眾利用了他嫉妒之心，令他一生蒙上污點，因為嚴格而言少正卯並沒有犯罪。孔子開始思考大眾並不一定可靠，更會形成多數人的暴政。即使狼骨故事不假，但群眾也可能推舉出不可靠的人。[48]其後孔子在陳蔡之間，宰予在齊國推行共和，引起權臣高張和國穀的覬覦。結果大臣田乞以平亂為由，發動兵變，並殺了宰予。孔子得知後，又和曼父討論「共和」問題，認為只能在

---

44 王元濤：《我的朋友孔丘》，頁254-258。

45 [清]劉寶楠：《論語正義》，頁170-171。

46 王元濤：《我的朋友孔丘》，頁141-142。

47 「少正卯在魯，與孔子並，孔子之門，三盈三虛，唯顏淵不去，顏淵獨知孔子聖也。」黃暉：《論衡校釋》（北京：中華書局，2006年），頁724。

48 王元濤：《我的朋友孔丘》，頁194-195。

小部落實行，因為大家都是熟人。若在國家實行，有人會為了利益而造假，欺騙群眾，而且君主有貴族可以制衡，但當選的國君有了大眾的支持，便沒有任何制約。[49]

筆者估計此段是王元濤所杜撰。姑勿論小說中孔子的觀點是否合理，但對於民主及賢人治國的思路明顯超越春秋時代士人的知識和見解，顯然是作者敘述干預的結果。作者似欲藉此表達政治主張，然而透過虛構事件硬栽成孔子重要的政治主張，與作者最初訂立嚴格遵照《史記》、《論語》等文獻界定孔子的精神內核以及人生脈絡牴牾，實乃本書最大的敗筆。

六、結語

後世不斷改造甚至消費孔子，令他變成不吃人間煙火的聖人。在創作上，本書和眾多以第三人稱敘事的《孔子傳》不同，運用了車夫的視角，讓讀者以平等眼光審視孔子；特意改造榮祈和南子的角色，為小說帶來女子的觀點與視角，都打破大眾對孔子固有的形象。楊春忠指出：「後現代性本事改寫、戲仿與經典再生產又的確契合了大眾文化消費時代的精神特徵，這就使其生成與現實運作有了特定的必然性與合理性，使其具有了平民化、世俗性及至自由性的精神特徵……，也承繼了新時期以來文學與思想探索的一切有益成果，如打破了傳統的對歷史一元化與線性的理解藝術處理上的複雜化、個性化與人性化。」[50]當然，小說也有不足之處，如把個人的主張強加於孔子的頭上，但仍成功把孔子從神壇帶回人間，在現代重構孔子的文學作品中當占有一席位。

---

[49] 王元濤：《我的朋友孔丘》，頁306-308。
[50] 童慶炳、陶東風主編：《文學經典的建構、解構和重構》，頁144。

網路文學創作「初生代」與「類型融合」書寫

——把君天作為方法的幾點思考

戰玉冰

復旦大學中文系博士後

　　現在的網路文學研究往往不外乎兩條常見路徑：一是聚焦「媒介」、「受眾」、「傳播機制」與「商業屬性」等文學外部因素，分析網路文學的「新媒介」特徵，這姑且可以稱作是關於網路文學的「外部研究」；另一種是借鑑傳統通俗文學與類型文學的研究經驗，採取以「時間為經、類型為緯」的文學史圖繪方法與作家作品定位思路，來確認不同作家作品的時序先後、影響承續和類型歸屬，相應地，我們可以稱其為關於網路文學的「內部研究」。在後一種研究思路的關照下所形成的這樣一張看似「井然有序」、「年代清晰」、「類型分明」的中國網路文學史圖景中，其實存在很多被先天遮蔽的部分。比如在「前付費閱讀」時代以紙質書出版為創作導向的網路文學創作「初生代」作家群體，他們更多意義上具備了網路文學與傳統紙質大眾文學的過渡性特徵。又如在經典的看似涇渭分明的小說類型劃分之外，也存在很多「跨類」、「兼類」[1]的作家及作品。而本文即試圖以作家君天及其小說創作為例，來部分揭示出以上兩種容易被傳統網路文學研究所忽視的創作實績以及當下中國類型小說的複雜生態場域與多重文學資源。

一、網路文學創作「初生代」作家

　　關於中國網路文學的「創作元年」，存在著很多不同的說法。其中比較常見的「起點追認」，或者是將其定位於1998年3月22日至5月29日痞子蔡在臺灣成功大學貓咪樂園BBS上連載小說《第一次親密接觸》，或者是上溯至更早的1997年12月25日美籍華人朱威廉創建「榕樹下」網站主頁。而最近，學者邵燕君又提出將中國網路文學的「起點」進一步提早至1996年8月「金庸客棧」的創立。當然，對網路文學起點不同指認背後的意義絕不在於簡單的「比誰更早」，而是要借助於不同起點的確立，打開全新的認識框架與研究視閾。對此，邵燕君在提出以「金庸客棧」的創立作為中國

---

[1] 關於「跨類」、「兼類」等相關理論概念的提出與闡釋，可參見葛紅兵：《小說類型學的基本理論問題》，上海：上海大學出版社，2012年。

網路文學起點時體現出了相當自覺的文學史意識:「所以,如果1998年之說主要考慮到影響力的話,我們需要考量的是,這個影響力的輻射範圍是在傳統文學圈還是網路文學圈?弄清這一點後,結論也就顯而易見了。《第一次的親密接觸》和榕樹下之所以被更多的主流學者關注,正說明了其過渡性質,紙質文學基因相對更強一些。」[2]

而如果進一步考察中國網路文學發展史,我們不難發現,「2003年起點中文網建立VIP付費閱讀機制」對網路文學的運營模式和作品生產都產生了巨大且深刻的影響(甚至在某種程度上來說,我們可以稱其為「根本性的影響」)。同樣如邵燕君所說:「這個機制之所以能成功建立,背後最關鍵的因素是,起點團隊一開始就直接明確地將讀者置於消費者的位置,以消費者為中心建立經營模式。」[3]這裡的「以消費者為中心建立經營模式」大概可以解讀出兩層意思,一是2003年以後的網路文學職業作者與此前更富理想主義的、相對較為純粹的、以興趣為主要創作動力的早期網路文學作者有所不同,後來者更深層次地被捲入到了「創作/生產—閱讀/消費」的經濟利益結構之中;二是新興的作為文學(經濟)消費者的網路文學讀者逐漸成為了網路小說作者(尤其是職業作者)的主要經濟收入來源之一(付費閱讀與打賞機制),進而改變了早期網路小說作者仍在一定程度上以傳統紙媒出版作為其與讀者建立穩定聯繫和最終職業出路的創作導向。

在這個意義上,我們來重新考察君天、蔡駿、那多、周浩暉、雷米、江南、滄月、燕壘生等早期「網路小說作者」(有趣的是,他們的確是在網路小說時代獲得廣泛關注,但往往又不被認為是網路小說作者,起碼不是典型意義上的「網路小說作者」),不難發現他們彼此之間的一些共同特徵:他們基本上都是由文學業餘愛好者憑藉其文學興趣和理想而涉足網路文學創作,並取得一定創作成績和網路知名度。但在網路文學自身完成「讀者即消費者」的付費制度與商業模式轉型之前,他們仍以紙質通俗文學雜誌和實體書出版為創作導向,並在文學創作「時間」與「實踐」上填補了新世紀初國內類型文學閱讀市場的空白。而在網路文學付費閱讀機制普遍確立之後,他們又相當程度上抽離於網路文學之外,借助於紙質流行雜誌、暢銷小說和影視改編作為其主要創作陣地和經濟收入來源。這一點即如邵燕君在追認「金庸客棧」作為中國網路文學創作起點時所指出的:「金庸客棧孕育的大陸新武俠、東方奇幻並沒有在後來的網路文學中得到延續,而是回到線下發展,依託《今古傳奇·武俠版》、《科幻世界·奇幻版》、《九州幻想》等雜誌。」[4]我們完全可以將邵燕君在這裡所說的文學紙質刊物拓展到更多小說類型與相應雜誌上——比如《知音漫客》以及後來的《懸疑志》、《懸疑世界》、《歲月·推理》、《推理世界》、《最推理》等等。即在網路文學誕生之日起,就一直存在著一支以雜誌刊載和實體書出版為主要閱讀管道的大眾文學與類型文學創作群體,而這一創作群體其實又和中國網路文學創作「初

2　邵燕君、吉雲飛:〈為什麼說中國網路文學的起始點是金庸客棧?〉,《文藝報》第2版,2020年11月6日。

3　邵燕君:〈文學網站創始者:一群深患「閱讀饑渴症」的生意人〉,《文藝報》第5版,2020年8月24日。

4　邵燕君、吉雲飛:〈為什麼說中國網路文學的起始點是金庸客棧?〉,《文藝報》第2版,2020年11月6日。

生代」作者群體有著相當大面積的重合。但與此同時，不同創作平臺與路徑、導向也影響了這些當代中國類型小說作家們在審美趣味、內容選擇和書寫方式上都和一般意義上的網路小說作者有所不同。而在這幾重意義的相互疊加與作用之下，我們或許可以稱其為「中國網路文學創作『初生代』作家」與「當代中國類型小說作家」兩個創作群體的交集或者合集，而他們的共同性即可以簡要概括為「紙媒大眾文學向網路文學的過渡性或融合性特徵」。[5]

需要特別指出的是，這裡對不同作家群體的劃分並非「自來如此」和「涇渭分明」，比如本文所劃定的這批姑且可以稱之為「當代中國類型小說作家」的創作群體，其實也大都有過「觸網」的經歷，甚至他們接觸並介入互聯網的時間比我們現在通常所認為的網路小說作家們還要早，借鑑邵燕君的說法：「中國第一批網民是在1995年上網的，由於網路資源、網費、技術門檻等限制，大都是帶有技術精英色彩的『理工男』，年齡上以『70後』為主體。此後，上網用戶逐年上升，2002年激增至5910萬。一批後來被稱為『小白』的讀者、作者湧入，其中有不少是剛入學的『80後』大學生（可以享受校園免費網路）、沖淡了早期網路空間的理想主義色彩。」[6]結合作家君天的「觸網」和網路創作、活動經歷來看：他因為大學讀電腦專業，接觸互聯網較早，1999年左右就開始上網（和邵燕君所勾勒的中國第一批網民「大都是帶有技術精英色彩的『理工男』，年齡上以『70後』為主體」等特點具有高度一致性）；2001年開始在各文學網站嶄露頭角，創作《三國兵器譜》並引起廣泛關注；2001年9月任「榕樹下」武俠論壇「俠客山莊」版主，並於同年10月創建由七大網路武俠論壇加盟的「網路武俠聯盟」。從這些早期經歷來看，君天可以說是名副其實的「中國網路文學創作『初生代』作家」。

但隨後君天的短篇武俠小說《大漠風起》2003年刊發於《今古傳奇‧武俠版》，並於2004年入選小說集《新古典武俠風雲榜》；2005年，君天早期的兩部小說集《三國兵器譜》和《華夏神器譜》由文匯出版社出版；2006年，他的早期代表性長篇小說《縱橫》由花山文藝出版社出版；2007年至2008年，其《異現場調查科》系列和《X時空調查》系列分別在《懸疑志》、《懸疑世界》和《漫客懸疑》等多家紙媒雜誌連載，其中小說各分冊也先後由新世界出版社、萬卷出版社、長江出版社、中國畫報出版社等多家出版社出版；2013年，君天的懸疑武俠小說新作《踏雪者》在《最推理》雜誌連載，並由長江出版社連續出版。從這些創作、發表與出版經歷來看，君天又是一名典型的「非網路文學的」，或者起碼不能以網路文學簡單涵蓋的「當代中國類型小說作家」。

如果我們將君天自身所帶有的身分複雜性推演開去，拓展到與他有著相似經歷的

---

5 稱其為「過渡性」特徵，似乎仍存在一種網路文學是必然趨勢和最終歸屬的指向性意義內涵，因而本文更傾向於「融合性」特徵的說法。

6 邵燕君：〈以媒介變革為契機的「愛欲生產力」的解放——對中國網路文學發展動因的再認識〉，《文藝研究》第10期（2020年），頁63-76。

一批作家來看：他們不僅有著網路文學創作的早期經歷（君天、江南），也有著實體雜誌發表和出版的基本訴求（滄月、燕壘生），甚至於還有過實體大眾文學雜誌創辦和運營的文學／商業經驗（蔡駿），而且有些人後來又出現了重回網路文學寫作的「再度試水」（君天近期就在重新嘗試三國題材的超長篇網路小說寫作《碎裂三國》）。此外，他們還在國家作協體系內的嚴肅文學刊物上發表作品（蔡駿《無盡之夏》發表於《收穫》雜誌），或者有著投身影視改編的「觸電」經歷和編劇經驗（雷米）等等。因此，網路小說作家、類型小說作家、影視劇原作者、電影／電視劇／網劇編劇等單一身分限定似乎都很難完整而妥帖地概括他們的創作經歷以及前後複雜的演變、轉型過程，因而本文提出「中國網路文學創作『初生代』作家」與「當代中國類型小說作家」兩個創作群體的「交集」或者「合集」的說法——「交集」主要指這批作家通常兼具網路文學的創作意識，甚至吸收了不少網路文學文化中的流行元素（所謂「梗」），同時又在一定程度上多少保持了傳統大眾文學與類型文學寫作的自我約束；「合集」則主要是想說他們通常在網路文學與一般大眾文學間穿梭往來（不是單向度轉型），甚至還有向傳統嚴肅文學或影視改編進軍的不斷嘗試和挑戰。這就是網路文學創作「初生代」作家群體們的多元生態圖景（之一瞥），也是本文所謂「把君天作為方法」想要揭示出的第一層文學創作現場和演變軌跡的複雜面貌。

二、武俠、懸疑、東西方幻想的「類型融合」書寫

如果說從「時間經線」的維度來考察君天及其同時期的中國網路文學「初生代」作家們的創作經歷和文學身分定位，會遭遇到他們在網路文學與傳統大眾文學之間不斷進行創作轉型、交替、融合、穿梭的複雜狀況；那麼以「類型緯線」來對他們各自的創作進行劃分、界定和區隔似乎更具有可操作性，比如蔡駿、那多之於「懸疑小說」、周浩暉、雷米之於「推理小說」、滄月、步非煙、鳳歌之於「新武俠小說」等等（當然，這裡先姑且不論「懸疑小說」與「新武俠小說」提法本身作為類型小說範疇的合理性與模糊性）。但當我們「把君天作為方法」來重新審視這些看似「涇渭分明」、「牢不可破」的類型小說歸屬時，就會遇到新的問題和言說困境。

我們先沿著君天自己的創作發展軌跡來看：

在最初的《三國兵器譜》（文匯出版社，2005年）中，君天就已經展示出其運用武俠小說手法來重寫歷史小說的「類型融合」特徵，比如全書最突出的一點就是將整個三國歷史進程結構為一場又一場名將之間的對決，並用最為詳盡和細膩的筆法來「雕琢」高手過招的每一回合。君天通過將每一個武打動作的瞬間拉長，並在其中添加進風景描寫、心理刻畫、情感表達以及其他時空的故事插敘或閃回，進而在比武對決的過程中完成了整個故事情節的建構與敘述。與此同時，君天在比武動作書寫的過程中流露出強烈的英雄主義情結，特別是一種英雄遲暮或獨孤求敗的落寞心理，這是

他最為擅長的情感表達類型，甚至於他對名將手中的每一件兵器都進行了「擬人化」與「神格化」處理（更不用說這本小說集就是以「兵器」為名的），彷彿這些兵器本身也都是擁有靈魂和性格的「英雄」般的存在。此外，《三國兵器譜》中還依稀出現了諸如青龍、白虎、朱雀、玄武等玄幻元素，只是這些玄幻元素在《三國兵器譜》的整體構成中仍屬於偶爾為之的「點綴」成分。

之後的《華夏神器譜》（文匯出版社，2005年）則可以視為是《三國兵器譜》的「升級」和拓展，其不僅延續了《三國兵器譜》以武俠寫歷史、以動作寫情感、注重對兵器的刻畫以及將兵器「擬人化」的書寫特點，還進一步擴大了小說中「兵器」的範疇與內涵——比如「項羽的烏騅」、「袁崇煥的城牆」、「文天祥的心」、「鄭和的船」、「鄭成功的水師」等統統都被納入到了君天所說的「兵器」範疇之中。這也就意味著《華夏神器譜》不僅是在時間上將三國一朝擴展為華夏五千載，更是在對兵器的理解、定位本身，以及對兵器書寫「人格化」、「英雄化」，甚至「人兵合一」等方面取得了新的突破。

第一部較為突出的體現出君天小說創作「類型融合」特質的作品應該是《縱橫》（花山文藝出版社，2006年）。小說一方面以玩家穿越到遊戲內部的科幻設定引出了遊戲內外兩個世界之間的區別與聯繫，另一方面又將遊戲規則與情節作為整本小說的故事主線，藉此兼具了「科幻小說」與「遊戲小說」的部分結構性特徵。與此同時，《縱橫》又移植了《三國兵器譜》中以武俠寫歷史的基本方法，並借助遊戲空間內不受現實時空局限的虛擬性特點而把歷朝名將、能臣，甚至詩人都匯聚到「三國大陸」這一具體時空之中，就此上演了一出出真正意義上的「關公戰秦瓊」的幻想大戲（或者說他是把《華夏神器譜》的人物寫進《三國兵器譜》的時空之中）。除此之外，小說中諸如「大地之鼉」、「太白神劍」等玄幻元素較之此前創作進一步增強，並且還首次出現了華天晴與晨雪，以及顏淚兒等言情成分與情節線索。

在接下來的《異現場調查科》（新世界出版社，2008年）與《X時空調查》（中國畫報出版社，2009年）等系列作品中，君天小說裡的「類型融合」趨勢進一步得到充分發揮，相應內容層面的「君天宇宙」也開始不斷被構建並逐漸得以完善。這兩大小說系列都是以「偵探社查案」作為串聯各個故事章節的基本情節線索，使不同系列中的每個故事之間都保持了一種既相互關聯，又相對鬆散、彼此獨立的關係。在這樣一種基本的敘事框架下，小說一方面通過對主人公與其對手「超能力」（小說中稱之為「異能者」）的設定，自然而然地將西方大眾流行文化中的隱形人、魔法師、吸血鬼、狼人、時空旅行者、智慧型機器人、外星人、平行宇宙與中國武俠高手（唐門暗器、少林武當）等元素橫向的、盡情包攬於其中，進而形成了「這是魔法陣和科技的高度結合！」的閱讀／觀賞／「拼貼」效果；[7]另一方面又借助於主人公可以「時空穿越」（小說中稱之為「時間能力者」）的便利，而將中國歷史上的各個重要節點都

7　君天：《時間飛揚》（廣州：花城出版社，2018年），頁9。

作為小說主人公得以發揮其能力的時空舞臺，同時也將歷史上不同朝代中的英雄人物作為小說主人公的知己或對手，進而完成了一種時間縱向上的「囊括」。值得注意的是，君天在小說裡對「歷史」的挪用也是虛虛實實，既有相對更貼近史書記載的呂不韋、趙括、樂毅等人物，也有明顯是來源於《三國演義》中的郭嘉和孫策。對此，君天是有著明確而自覺的創作意識的，在《時間飛揚》（花城出版社，2018年）一書的的〈後記〉中，他就明確指出：「最後仍是那句話，君天的小說世界，從來不對武俠、科幻、奇幻、懸疑、歷史做任何強行的限制，小說的世界本就是包羅萬象。重要的是，希望你能喜歡這個故事。」[8]正是這種試圖打破不同類型文學之間的創作壁壘，嘗試將古今中外各種流行文化元素熔於一爐的創作野心，才使得君天小說創作呈現出某種萬花筒式的駁雜之感。

其中，小說《風名事件簿》（長江出版社，2015年）中對於「風名市」的設計和描繪大概可以視為君天小說「類型融合」的一個視覺化縮影：

> 獨立於世界的隱藏都市風名市，位於中國東海晉玄島，在此定居的不僅有武道家和異能者，更有真正的妖魔，所以也被外界稱為「妖都」。
> 這座城市被傲來河一分為二，東城是東方古典文化社會，西城則是西方現代科技社會。無論是建築風格還是城市布局，都涇渭分明地展現著兩種城市景觀。有人說東城若古之長安，西城則是今之紐約。東城馬車穿梭，西城則是跑車飛馳。若從空中望去，兩塊區域組成了光怪陸離的魔幻世界。[9]

在與君天小說寫法上博採眾家、「類型融合」相對應的故事內容層面，就是所謂「君天宇宙」的構建，即「君天宇宙」在不同的小說文本，乃至不同的故事系列中以一種有意的互文式書寫而得以完善——比如場景借用、人物客串或者是一些關鍵性器物道具在不同小說時空的重複出現等等。比如《異現場調查科》中大量出現了《魔幻世界盃》中的地下武場設定和眾多人物客串（西門大叔、杜青鋒、「武尊」艾哲爾、文惡來等）；而小說中沒有言明的時雨霏穿越三千個時空去尋找的人物恰恰就是《魔幻世界盃》中的主角樂麟；更不用說小說中非常神祕且富有魅力的配角時飛揚正是《X時空調查》（與其後來增訂版《時間飛揚》）中的男主角……，君天借助一些或明或隱的人物與線索，很巧妙地將不同的系列、文本與故事時空關聯在一起，進而完成了對「君天小說宇宙」的構建。而這種對「君天宇宙」的關聯與構建，正是在「類型融合」書寫的基礎上才有其得以實現的可能。換句話說，正是因為敘事層面的「類型融合」，才使得內容層面的東西方元素拼貼、雜糅，古今人物「共聚一堂」不會顯得生硬突兀，反而變得順理成章。

8　君天：《時間飛揚》，頁434。
9　君天：《風名事件簿》（武漢：長江出版社，2015年），頁14。

此外，值得一提的君天作品還有：《風虎北望》（長江出版社，2014年）是其唯一一部作為「九州系列之一」的軍事歷史題材小說；《岳家軍：風起》（中華書局，2016年）以歷史小說為底本，又匯合了不少作者最擅長的武俠寫法，同時還加入了美髯公朱仝等「水滸」人物元素；以及《踏雪者1、2》（長江出版社，2018年、2019年）在延續了君天最擅長的武俠、懸疑與偵探情節的基礎上，第一次大規模嘗試言情題材的書寫（杜郁非、羅邪、蘇月夜）等等。雖然這幾部作品並沒有像「異現場」系列一樣「包羅萬象」，但其在某一類型方面探索的成熟度卻是有著更進一步的發展趨勢。

當然，君天小說中的「類型融合」與內容元素上的「包羅萬象」也並非是完全沒有邊界。在小說《未知罪案調查科：外星重案組》（北京聯合出版公司，2019年）結尾部分出現過一段主人公懷疑自己是否身處小說之中的頗有些類似於「後設小說」式的寫法：

> 「你說我們會不會是活在別人的小說裡，我們只是一個普通的角色，我們的一切，其實根本無法掌控。」哥舒信慢慢道，「如果是這樣，那我們從小到大那麼拚命的意義在哪裡？」
> 「別人小說的主角，可以有後宮百萬，有毀天滅地的能力，能夠主宰一個世界，可以一不高興就屠戰一個星球，可惜……，那只是別人的小說。」唐飛罵道，「他娘的，我們這個一定是假小說。」
> 「假的不能再假了。」哥舒信道。[10]

我在這裡並非是要把君天小說中的這處人物討論、懷疑、「吐槽」小說本身的情節硬塞到後現代主義與「後設小說」的理論框架之中，而是想指出：一方面，引文中小說人物對小說本身的懷疑與「吐槽」與其說是故意為之的「後設」寫法，不如說其實更類似於《縱橫》裡遊戲中人物（NPC）對遊戲本身真實性及其作為主體生命意義的懷疑的高級翻版——簡而言之，即從小說中打破虛擬遊戲內外世界之間的界限（《縱橫》）上升為嘗試打破小說自身與現實之間的壁壘（《未知罪案調查科》）；另一方面，這段話也隱喻性地說明了君天小說中看似「無所不包」的內容集合其實有著明確的輪廓與邊界，即熱血燃燒的激情與抗爭進取的精神（小說主人公不能擁有毀天滅地、主宰世界的能力，而是需要從小到大一直都很「拚命」），凡是圍繞這一立意而展開的題材內容與類型元素，不論是武俠、歷史、魔幻、科幻，都可以採取一種「拿來主義」的態度大膽融入到自己的小說創作之中，而所謂小說的不同類型其實只是在不同側面推動熱血進一步燃燒，人物繼續前行的敘事手段。用君天自己的話說，即他的小說不做類型限制，不想自己畫地為牢，只追求故事本身的「好看」，而這種

10　君天：《未知罪案調查科：外星重案組》（北京：北京聯合出版公司，2019年），頁287。

「好看」落實到文本層面，即是燃燒熱血與抗爭進取的精神在持續吸引著讀者。

打破類型束縛，締造「君天宇宙」，創作「好看」的故事，對一名創作者而言，能夠在類型敘事、題材內容與創作目標上完成這三個層面的突破已然相當難得。但作為研究者，我們必須還要嘗試進一步追問，即君天小說中的「類型融合」在敘事層面究竟是如何被整合在一起的？

具體來說，君天小說中所融合的各種類型元素彼此之間其實是不平衡的：君天小說中最核心的情節類型其實是冒險小說，小說主人公不斷探索新的世界（進入遊戲世界或穿越至古代時空），遭遇各種奇遇、困難和敵人構成了小說最為根本的敘事框架；而在小說主人公不斷冒險、遭遇世界的同時，也必然會伴隨著其向外對懸疑事件的破解，以構成每個獨立故事展開的基本動力，和向內主體心靈的成長（這一點在君天小說中表現的其實並不明顯，他小說中的人物經常從頭至尾都保持了一種內在性格與心理認知上的穩定性）；此外，小說中一旦遭遇到具體人物之間的關係，其衝突解決的基本方式就往往會回歸到武俠小說之中，即通過最傳統的比武、打鬥來作為一切矛盾和紛爭的解決形式；而在關於如何冒險以及具體比武的表現手段上，君天則結合了超能力、科幻、魔幻、東方武術、玄幻、時空穿越、虛擬遊戲等一系列紛繁複雜、煞是好看的文學裝置圖景，為整個故事構建了一個「萬花筒」般的故事外殼。一句話簡單概括，即君天小說的「類型融合」其本質上是以冒險小說和懸疑故事作為核心情節動力，以比武打鬥作為具體衝突的解決方式，以科幻、魔幻、玄幻等無邊幻想構建出一套華麗的文學裝置和故事外殼。而這一套「類型融合」的基本手法與書寫策略，是我們常見的幾種經典類型文學模式研究所無法完全涵蓋的。這也正是本文所謂「把君天作為方法」想要揭示出的第二層意義內涵，即在類型文學研究框架中／框架外，通過「兼類」與「跨類」創作實踐後所形成的「類型融合」混雜性特徵。

三、結語：關於當代資訊爆炸、多元與新世紀類型小說創作 資源的反思與遐想

在一般意義上的類型小說閱讀和研究中，正如楊照所說：「類型小說和純文學小說最大不同的地方——類型小說不能唯讀一本，沒有人唯讀一本武俠小說，沒有人唯讀一本羅曼史小說，也沒有人唯讀一本偵探推理小說。當然不是有什麼巨大的權威規定不能唯讀一本偵探推理小說，而是讀偵探推理小說的樂趣，就藏在各本小說彼此之間的呼應指涉關係裡。」[11]把楊照的說法平移到類型文學研究中，即類型文學研究一定要放在某種類型文學發展脈絡之下予以考察，這當然是必要且正確的研究思路。但難題在於，在當今社會，面對著「資訊爆炸」與「類型融合」——前者決定了作者知識來源的複雜性，後者又呈現為作品表現形式的複雜性，我們究竟應該如何在一種類

[11] 楊照：《推理之門由此進》（北京：中國文聯出版社，2015年），頁2。

型文學脈絡中進行「知識考古」，或者說該如何考察當代類型小說作家或網路小說作家的文學淵源與知識構成？

仍以君天為例，拿其「出道」作品《三國兵器譜》來說，我們不難發現其中最重要的知識根源就是《三國演義》，及後世一系列三國題材的文學、影視，乃至遊戲等「文化衍生品」（據君天自己說，對他格外有影響的「三國」文化產品是遊戲《三國志10》）。此外，君天作為網路文學創作「初生代」作家中的一員，在他《三國兵器譜》小說創作的同時或稍早些時候，今何在的《悟空傳》、林長治的《沙僧日記》、江南的《此間的少年》等作品都是當時網路文學創作場域中最「炙手可熱」的作品，而這些作品共同的特點就是它們都是在經典名著（《西遊記》、《三國演義》或金庸武俠小說）基礎上重新演繹而成的「同人小說」，很難說君天《三國兵器譜》的創作沒有受這股「早期網路文學同人風」的影響。或者說為經典名著撰寫「同人故事」、借助經典名著的肩膀來完成一名青年網路作家的「新手試煉」，是當時最容易獲得讀者關注與認可的「出道捷徑」。當然，以「武俠小說」出道並以「類型融合」為自己創作特色的作家君天，還在自己的「處女作」中明顯地融入了金庸、古龍等人的武俠小說寫法。比如小說中對於各種兵器的「擬人」和強調，就很容易讓人聯想到李尋歡與「小李飛刀」，在某種意義上，他們共同表達出了一種武俠小說中的「兵器觀」，即對武者而言，兵器是生命的延伸，甚至於不同兵器往往體現著使用者不同的行為方式與性格特徵。

之後，君天創作的「異現場」系列與「X時空」系列中則隱約有著黃易的「異俠系列」（《破碎虛空》）、「玄幻系列」（《尋秦記》）、歷史英雄書寫（《大唐雙龍傳》）等作品的風格和影子；而其將科幻、武俠、偵探等多種類型元素熔於一爐的手法頗有幾分倪匡「衛斯理系列」的膽氣和野心；甚至於君天在兩大系列小說中對「異能偵探」的設定也很容易讓人聯想到溫里安的「四大名捕」。按照君天自己的說法，金庸、溫里安、黃易幾位前輩作家對他的影響最大：比如黃易將比武打鬥結合場景描寫的書寫方式，以及其將虛構人物與真實歷史相融合的做法都給君天早期小說創作以很大啟發；而溫里安小說中將幾個彼此獨立的故事進行相互串聯，構成所謂「溫里安小說宇宙」的總體性設計，也啟發了君天開創自己「君天宇宙」的想法；甚至於君天還坦陳自己的筆名「君天」正是來自於溫里安小說《神州奇俠》中的權力幫幫主李沉舟，而李沉舟正是以「君臨天下」為號，其中的影響、繼承與致敬不言而喻。

甚至於我們可以繼續把這種「知識考古」不斷向前上溯，即不難發現在君天的古代題材小說創作大致可以分為兩條脈絡與線索：一是以《三國兵器譜》、《華夏神器譜》、《縱橫》和《岳家軍：風起》為代表，其可以追溯至古代歷史演繹與戰爭題材的小說傳統之中，即所謂「長槍袍帶」一脈；二是以《踏雪者》系列為代表的古代懸疑題材小說，則可以回歸到明清俠義公案小說的傳統之中（武俠＋破案的基本故事構成），即所謂「短刀公案」一脈。「長槍袍帶」與「短刀公案」的劃分方法也不失為我們理解君天古裝題材小說創作的一條有效途徑，當然其中複雜的具體展開非本文所

能涵蓋，或許要另寫一篇進行專門討論。

　　但回過頭來重讀君天的小說創作，我們會感覺到無論是「同人還原」、「類型考古」或更為久遠的「歷史追溯」似乎都不能窮盡我們對於君天小說文學創作資源的理解和認知，其中還有很多文學之外的，基於當代大眾流行文化元素（電影、電視劇、遊戲）作為其小說創作的重要資源值得去探究和分析。比如「異現場」系列對於美劇《犯罪心理》和《海軍罪案調查處》的借鑑（「異現場調查科」的英文縮寫「ECIS」就是受「海軍罪案調查處」的縮寫「NCIS」的啟發）；以及「異現場」系列和「X時空」系列在不同故事組合形式上與美劇《神盾特工局》之間的關係；或者如君天自己透露，他《踏雪者》中杜鬱非登場的第一個故事所受到電影《暗花》的影響（特別是電影裡梁朝偉所飾演的壞警察在《踏雪者》中有著頗為有趣的再現和變形）等等。如果我們這麼一路考察下去，恐怕非要對君天的閱讀史、觀影史、看劇史和遊戲史進行一番徹查不可。當然，本文的寫作目的並不在於想僅僅指出君天小說創作背後駁雜的流行文化資源——從古代公案，到「金古梁溫」；從阿西莫夫[12]到漫威宇宙——而是想「把君天作為方法」，來初步指明當今網路文學研究與類型小說研究的複雜性和困難性之所在，即在時代資訊的爆炸與作者獲取不同知識與資訊的多元背景下，我們想要理清作家作品的文學資源與主體再造歷程，所必然會遭遇到的巨大挑戰，而也這正是本文「把君天作為方法」所意欲揭示出的第三層意義內涵。

　　從網路文學史斷代劃分的「不徹底性」，到很多作家網文、紙媒、影視創作的「跨界」與「多棲性」；從當下類型小說創作的「跨類型」特徵，到知識爆炸時代作家文學創作資源的豐富和駁雜。「把君天作為方法」讓我們能夠初步看到當今中國網路小說與大眾類型小說創作生態的複雜圖景，以及研究者開展研究工作的困難所在，即我們必須採取更為細膩的、貼近的、充分歷史化的態度和方法，才有可能盡量展示出其創作的多元面貌和流動狀態。

---

[12] 可以特別指出的是，君天小說創作受阿西莫夫小說的影響，比如小說中的「天意系統」、「折疊銀河」等概念設定，以及通過中短篇故事來構架宏大宇宙敘事的寫法等等，限於篇幅所限，這一部分本文就不深入展開了。

創意寫作視野下的「重述神話」
——以李銳、蔣韻《人間：重述白蛇傳》為例

廖文峯
香港都會大學人文社會科學院講師

一、引言

　　2005年，蘇格蘭獨立出版商Canongate Books出版其Canongate Myth Series系列第一部作品《A Short History of Myth》，正式開始「重述神話」這個世界性的創意寫作計劃。計劃廣邀世界各地的知名作家和出版社合作，重述不同文化的神話故事。參與的作家來自中、英、美、日、法、韓等地，構成一次龐大的出版計劃。[1]《紐約時報》在報導這個計劃時指出，這是一次取進而又具風險的計劃，可能具有深刻意義，亦可能流於表面。[2]到底這一系列作品如何為世界各地的創意寫作帶來衝擊？值得深入探討。聚焦於參與計劃的中國作家，至今一共出版了四部作品，包括蘇童《碧奴》（2006年）、李銳和蔣韻合寫的《人間：重述白蛇傳》（2006年）、葉兆言《后羿》（2007年），以及阿來《格薩爾王》（2009年）。四部作品分別重寫了孟姜女哭長城、白蛇傳、后羿射日以及格薩爾王傳等經典神話傳說，為中國古典文化帶來新的詮釋。

　　神話改編作為創意寫作中歷久不衰的一種類型，一直備受關注。背後的關鍵，在於改編過程中的變與不變。經典的神話為作者提供了基本的故事框架，如果過於離經叛道，或會有違讀者的期許，失去了其經典意味；如果過分忠於原著，則無異於將故事複述一遍，扼殺了作者的創意空間。如何於兩者之間尋找平衡，成為了改編神話故事乃至改編各種經典的過程中必須考慮的課題。故此，本文希望以「重述神話」系列為例，一探究竟。在上述四個中國神話故事之中，白蛇傳可謂經歷最多次改編的一個。本文因此選擇以《人間：重述白蛇傳》（下文簡稱為《人間》）作為主要研究對

---

[1]　出版商更將這個計劃定位為「歷來最雄心勃勃的世界性共時出版計劃」，引起不少關注。The series launched on 21st October 2005 and is the most ambitious simultaneous worldwide publication ever undertaken.參考Canongate Myth Series計劃的網站首頁：https://web.archive.org/web/20141225072917/http://www.themyths.co.uk/.

[2]　Caroline Alexander, "Myths Made Modern," *The New York Times Book Review* (December 2005): 16.

象,嘗試分析作者如何在保留原著韻味的同時,再次為白蛇傳注入新意。與此同時,本文亦考察這部小說的生成背景和接受情況,進一步了解這個將經典神話、商業考慮與創意寫作重疊的特殊個案,以期更宏觀了解神話改編於當下中國的發展。

《人間》保留了白素貞、小青、許宣和法海等主要角色,主要敘寫白素貞與青蛇來到人間學習成為人,後來白素貞與許宣結合,生下粉孩兒。粉孩兒天生就是特殊的蛇人,需要隱藏自己的本性。法海原本矢志降魔伏妖,卻因為遇上不害人只救人的白素貞導致內心充滿掙扎。小說更寫到白蛇投胎轉世,成為了現代人秋白。《人間》不僅重塑了幾位主角的性格,亦續寫了白蛇後代的故事,更嘗試顛覆人和妖的正邪對立,敘寫殘酷的人性與善良的妖性。在上述改編方向之下,過往有關《人間》的討論主要集中於人物形象的改寫、多重視角的敘事方式、人性的本質等話題。有關討論主要依循傳統文學分析的框架,從人物形象、敘事學、思想主題等角度切入。本文嘗試另闢蹊徑,主要從創意寫作角度,分析作者在改編神話時的各種考慮。與此同時,本文嘗試借用「文學場域」理論,從宏觀層面研究「重述神話」系列的出現背景與接受情況,由此說明它如何徘徊於商業性與學術性之間,以期剖析它為往後同類型的創意寫作帶來的啟示。[3]

二、經典文本的運用

在每次改編的過程中,作者都需要小心處理原著所提供的素材。這些素材包括角色設定、時代背景、故事風格乃至經典文本的原文。在《人間》中,作者如何運用歷史上不同版本的白蛇傳故事,值得深入討論。小說直接將自古以來大量記錄白蛇故事的文本寫入小說之中,例如在許宣和白素貞的孩子粉孩兒考得鄉試解元後,許宣請來戲班,抽籤點戲慶祝。小說此時寫道:「第一支籤,抽出的是一齣——《白蛇記》:漢高祖劉邦斬殺白蛇起義、奪取天下的故事。」[4]許宣得知抽籤結果後臉色大變,而高亢起伏的演唱則傳得很遠。小說在此處戛然而止,留下懸念。劉邦斬白蛇的傳說源自漢代,可以追溯至《史記·高祖本紀》。[5]雖然劉邦的傳說與許宣的故事沒有直接

3　法國當代社會學家皮耶·布赫迪厄(Pierre Bourdieu, 1930-2002)在1992年出版的《藝術的法則》一書中提出「文學場域」理論,建立一套文學社會學的研究方法。林盛彬在《藝術的法則》的〈導讀〉中指出,布赫迪厄認為只有將概念納入系統之中,這些概念才可能被界定。因為概念的意義來自關係的脈絡,只有在關係系統中,這些概念的意義才會產生。布赫迪厄以福樓拜的《情感教育》為個案,通過場域系統把社會結構和複雜的情感心理連結討論。在布赫迪厄的著作中,文學場域是一個社會空間的概念,是一個社會狀態與地位的系統,在其中界定了人與人之間的關係與影響。見林盛彬:〈導讀〉,皮耶·布赫迪厄:《藝術的法則——文學場域的生成與結構》(臺北:典藏藝術家庭股份有限公司,2016年),頁8-9。

4　李銳、蔣韻:《人間:重述白蛇傳》(武漢:長江文藝出版社,2011年),頁25。

5　「高祖被酒,夜徑澤中,令一人行前。行前者還報曰:『前有大蛇當徑,願還。』高祖醉曰:『壯士行!何畏!』乃前拔劍,擊斬蛇。蛇遂分為兩。徑開。行數里,醉,因臥。後人來至蛇所,有一老嫗夜哭。人問何哭,嫗曰:『人殺吾子,故哭之。』人曰:『嫗子何為見殺?』嫗曰:『吾子,白帝子也,化為蛇,

關係，但作者運用了這個與白蛇相關的傳說，為故事中白素貞的悲慘下場埋下伏筆。由此可見，雖然動用的素材並非故事原型，但作者仍希望通過相關的素材，輔助營造氣氛和伏筆。

除營造氣氛外，《人間》亦嘗試將與白蛇傳相似的傳說故事進行剪接，拼湊成一個故事網絡。最明顯的例子，在於小說中加入話本小說〈洛陽三怪記〉，並想像當中的角色蔣真人穿越至白蛇傳的故事之中。《人間》中有多篇「法海手札」，以法海筆記的形式，從他的視角敘述許宣的故事，並由此交代其內心掙扎。其中一篇「法海手札」中寫道：

> 多年前，跟隨吾師慧澄四海雲遊，曾在洛陽城市遇到過一位道家真人，俗姓
> 蔣，人稱蔣真人。其時，洛陽城街肆書場中，說書人都在爭說這蔣真人的典
> 故：《洛陽三怪記》。[6]

〈洛陽三怪記〉是宋元時期的話本小說，明代收入洪楩的《清平山堂話本》。小說講述白雞精、赤斑蛇和白貓精作祟，妖怪化為美人，專誘年輕男子上當，然後活活割下其心肝下酒。徐守真於是請蔣真人幫忙收伏三妖，蔣真人最後將三妖打死。〈洛陽三怪記〉雖然沒有直接描寫白蛇，但《人間》藉法海的視角敘述這個故事，強化其妖精害人的既定印象。作者更想像法海與〈洛陽三怪記〉中的蔣真人有過一面之緣，藉此將兩個故事扣連。事實上，〈洛陽三怪記〉與另一篇宋元時期的話本小說〈西湖三塔記〉非常相似，同樣敘寫三怪害人，同樣描寫三怪化為老中青三代的女性，而且同樣以年輕男子為目標。不同的是，〈西湖三塔記〉直接指出「白衣娘子是條白蛇」，強調白蛇作為害人妖精的形象。[7]《人間》在此處引用〈洛陽三怪記〉而非與白蛇傳關係更為密切的〈西湖三塔記〉，法海遇見的是〈洛陽三怪記〉中的蔣真人而非在〈西湖三塔記〉中鎮壓三怪的奚真人，相信有助預留空間改寫白蛇的形象。由此可見，作者將與白蛇傳相似的傳說故事鑲嵌在《人間》之中，既可加強新作的文化元素，同時保留了改編的空間。

上述經典文本的運用更為小說最後梳理白蛇傳的流傳脈絡作鋪墊。在《人間》最後，作者整理了白蛇傳的源流。小說講述許宣與白素貞的後人秋白年屆八十，畢生的工作就是在大學教授中國古典小說。上述設定有助作者藉秋白一角，從現代人的角度為白蛇傳尋根探源。小說勾勒了白蛇傳的故事由民間傳說到宋代話本〈西湖三塔記〉，再演變為明代馮夢龍《警世通言》中的〈白娘子永鎮雷峰塔〉的發展歷程。此

當道。今為赤帝子斬之，故哭。』人乃以嫗為不誠，欲笞之。嫗因忽不見。後人至，高祖覺。後人告高祖，高祖乃心獨喜自負。諸從者日益畏之。」[漢]司馬遷著，胡懷琛等選注：《史記》（上海：商務出版社，1927年），頁65-66。

6　李銳、蔣韻：《人間：重述白蛇傳》，頁132。

7　程毅中輯注：《宋元小說家話本集》（濟南：齊魯書社，2000年），頁306。

外，小說又列舉白蛇傳的不同改編，包括由陳六龍編寫、已經失傳的《雷峰塔》傳奇，以及由黃圖珌和陳嘉言父女先後改編的《雷峰塔》傳奇等。作者將這些文本的資料加入《人間》之中，一方面補充了白蛇傳的源流，加強作品的古典文化基礎，另一方面強調借故事主人公後代的視角重述白蛇傳，加強真實感。小說寫道：

> 之所以在這裡喋喋不休地講述《白蛇傳》的版本、源頭，想說的不過一件事：這是一個千百年來被無數人反覆重述的神話故事，可是這也確是一個千百年前，關於我自己前生前世的傳說。同時作為傳說的重述者和親歷者，我先是無法從自己的重述中剝離母親的嘆息，後來，又無法從重述中剝離我自己，我情不自禁一次次地從「他說」回到「我說」。[8]

　　引文強調白蛇傳不僅是個被多翻重述的故事，更是敘述者前世的故事，力圖以「真人真事」打破神話故事的虛構性質。除了營造真實性，作者亦藉此將秋白的身分由重述者改寫為見證人，通過想像秋白在一場大病之際魂遊過去，獲得千年前祖先白素貞的記憶。在上述情節框架下，白蛇傳便由「他人的故事」變成了「自己的故事」，即引文所謂「從『他說』回到『我說』」。由此可見，作者運用一系列的經典文本，一方面營造跨越千年時空的距離感，但與此同時，又藉這些經典文本作為橋樑，借助魂遊千年，以第一身視角敘述故事，打破距離感。
　　上文分析了李銳和蔣韻刻意加入了不少古典文學的元素，務求在商業與文化之間取得平衡。雖然《人間》於示範如何運用經典文本方面具有一定的參考價值，然而其文化水平亦引起不少爭議。本文嘗試由「文化資本」的角度出發，進一步討論上述議題。「文化資本」由布赫迪厄提出，與經濟資本、社會資本、象徵資本構成場域中所競爭的不同資本。它既包括繪畫、古董等物質性的事物，亦包括語言、才能、學位等非物質性的事物。[9]事實上，過去亦有評論者在評論「重述神話」系列時提及「文化資本」一說：

> 以重慶出版集團的「重述神話」系列為例，所選擇的四位作家顯然是經過論證後的結果，但這種論證的依據，是以作家在國內外的市場影響力或者說所謂「文化資本」為主的，並未從作家的學科背景及對選題的駕馭能力等角度進行科學選擇，這也影響了所選作家作品在市場的被接受程度。「重述神話」遴選的作者，顯然應該具備基本的神話學、人類學等學科背景，對中國傳統文化、宗教與民間文化資源有清晰認識，具有把民間文化資源轉化為文學敘事的能力，這樣才能保證作家與選題的契合度，以及作品在跨文化傳播過程中的被認

8　李銳、蔣韻：《人間：重述白蛇傳》，頁221。
9　參考雙語詞彙、學術名詞暨辭書資訊網，http://terms.naer.edu.tw/detail/1303233/，瀏覽日期：2022年6月24日。

可程度。但遺憾的是，「重述神話」所選作家基本上不符合上述標準。[10]

　　「重述神話」系列推出時雖然哄動一時，然而經過沉澱之後，不論於學界還是市場上皆沒有獲得重大迴響。評論者張棟有關「重述神話」系列的批評，有助理解大眾對這一系列作品的普遍評價。張氏檢討出版失利的成因，指出：「出版單位與作家之間的合作出現了脫節現象。」[11]他認為出版社所選擇的作家並不合適，導致「重述神話」系列的評價不高，同時亦影響了市場的接受。需要留意的是，張氏如何理解「文化資本」？將有關批評放在《人間》之中又是否言之成理？

　　引文將「國內外市場的影響力」與「文化資本」並置，由此指出出版社在選擇合作作家時只從市場角度考慮，忽略了作家駕馭重述神話的能力。誠然，相較於由布赫迪厄提出的「文化資本」，評論者張棟所用的「文化資本」一詞的意義更接近文學場域理論中的「象徵資本」。[12]引文提到出版社的首要考慮為作家的地位，實乃希望借助其名望刺激銷量。至於引文其後質疑出版商所忽略的部分，包括作者的學科背景、對文化的認識，以及將文化資源轉化為文學的能力，才真正屬於布赫迪厄筆下的「文化資本」。換而言之，上述引文實乃批評出版社在遴選作家的過程中，過於側重作者的名望以及商業回報，忽略了其「文化資本」，即重述神話故事的能力。

　　理解評論者的觀點後，本文嘗試配合上文的文本分析延伸討論。本節指出《人間》中運用了不少經典的文本，這些處理皆可以視為作者嘗試呈現其文化資本的方式。因此如果簡單將出版失利歸咎於作者的文化水平，似乎有欠公允。不過評論者的批評亦點出了讀者的要求，即作品同時兼具創意與文化水平。就此而言，《人間》的確有著不少改善之處。從創意寫作的角度，雖然作者已經藉滲入經典文本埋下伏筆、剪接故事、整理故事源流，以及打破故事的虛構性質，然而這些處理方式皆略微簡單，或將經典文本視為故事中劇團演出的劇目，或安排其角色與《人間》的角色有過一面之緣，然後往往點到即止，未有進一步發揮。從文化水平的角度，小說最後有關白蛇傳源流的講解亦只是教科書式的資料整理，未能進一步展現作者的文化底蘊。《人間》正因為未能同時於創意與文化水平層面滿足讀者的期許，以致評價未如理想。

三、創意寫作與「傾斜」的文學場

　　北京大學中文系副教授邵燕君曾出版《傾斜的文學場——當代文學生產機制的市場化轉型》，借用布赫迪厄的文學場域理論分析1980年代中期到千禧年代初期的中國

---

[10]　張棟：〈中國當代文學走向世界的出版實踐與思考——以重慶出版集團「重述神話」系列圖書為例〉，《西南石油大學學報（社會科學版）》第21卷第6期（2019年11月），頁100。

[11]　張棟：〈中國當代文學走向世界的出版實踐與思考——以重慶出版集團「重述神話」系列圖書為例〉，《西南石油大學學報（社會科學版）》第21卷第6期（2019年11月），頁100。

[12]　「象徵資本」即由他人賦予的名望和認可，由此獲得信用，甚至成為權威。

文學發展。[13]她以1990年代前後作為研究的時段，指出所謂「市場化轉型」即隨著文學的生產機制轉變，「文學場」的對抗對象由「政治場」轉向「商業場」。[14]本文認為借用邵燕君的研究有助更深入了解「重述神話」出版時的背景，從而探討創意寫作在新世紀的機遇與壓力。

承接邵燕君的論述，不難發現在千禧年代中後期，中國的文學場域進一步向商業「傾斜」。「重述神話」於此時出現，正好成為了一個具代表性的個案研究。負責出版「重述神話」系列的重慶出版社時任董事長羅小衛表示，當時將「版權貿易部」改組為「版權及國際合作部」。[15]有關改動不僅延續邵燕君所指的「市場化轉型」，更力圖加強與國際出版社的合作。參考2006年有關「重述神話‧中國卷」系列出版的報導，不難發現傳媒將是次計劃標榜為「中國文化『走出去』戰略中的重要實踐」。[16]將上述兩項資料並置閱讀，有助說明這一系列作品的定位。事實上，所謂的「中國文化『走出去』」並非一次純粹的文化活動，更是一種文化與商業混合輸出的策略。出版社的目光不再局限於本土市場，更希望通過「重述神話」這個世界性主題，令中國作家的作品有更多機會翻譯成不同語言，打開國際市場。例如蘇童的《碧奴》便翻譯成英文版《Binu and the Great Wall》，在2007、2008年先後在英美等地出版。其後阿來的《格薩爾王》於2013年亦出版英譯《The Song of the Gesar》，進軍國際。不過李銳、蔣韻的《人間》至今仍未有翻譯成其他語言。雖然在小說出版時有報導指出重慶出版社正與一家瑞典出版社洽談版權事宜，如果達成協議，將會由諾貝爾文學獎評委馬悅然出任瑞典文翻譯，然而直至2019年馬悅然過身，始終未有成事。[17]事實上，是次計劃亦非純粹讓中國文化「走出去」，同時亦將外國作家重述的神話引進入中國。重慶出版社在2005年至2012年間，先後出版六部外國「重述神話」系列的中譯版，包括《神話簡史》（2005年）、《重量》（2005年）、《珀涅羅珀記》（2005年）、《囈語夢中人》（2007年）、《女神記》（2011年）、《諸神的黃昏》（2012年）。由此可見，僅就中國而言，「重述神話」已經是一個牽涉多位作家、涉及最少十部著作的大型出版計劃。在日趨市場主導的大環境下，創意寫作迎來了新的機遇。

2007年，《人間》正式出版，按照李銳接受訪問時所表示，當時出版社開出的稿費為二十萬元，相當豐厚。[18]當時傳媒報導指出：「有了蘇童《碧奴》、葉兆言《后

---

13 邵燕君指出法國的「文學場」是在同時與「政治場」與「經濟場」決裂中建立起來，然而中國當代的「文學場」是在一個「前市場」的時代形成的。邵燕君：《傾斜的文學場——當代文學生產機制的市場化轉型》（南京：江蘇人民出版社，2003年），頁10。

14 邵燕君：《傾斜的文學場——當代文學生產機制的市場化轉型》，頁12。

15 袁國女：〈羅小衛：做強主業與產業多元如何和諧發展〉，《中國出版》第1期（2010年），頁24-26。

16 韓陽：〈葉兆言、李銳接過「重述神話」接力棒〉，《出版參考》下旬刊（2006年4月），頁14。

17 韓陽：〈「重述神話」中國卷第三部步入「人間」〉，《出版參考》下旬刊（2007年4月），頁11。

18 丁楊：〈李銳、蔣韻　偶結合作緣重述白蛇傳〉，http://www.chinawriter.com.cn/2007/2007-05-14/24115.html，瀏覽日期：2022年6月24日。

羿》兩本書的成功運作，重慶出版集團也對《人間》的前景寄予厚望。」[19]值得留意的是，傳媒以「成功運作」形容同一系列的前作，除了肯定這兩部作品獲得不錯的銷量之外，亦意味著「重述神話」形成了一種運作模式：通過標榜與世界接軌和輸出中國文化刺激銷量，以文化作為商業的資本。這種策略起初相當成功，評論者回顧這個系列的出版過程時，將計劃的初期形容為「一場出版界的狂歡盛宴」。[20]可惜在媒體追捧的熱潮冷卻之後，「重述神話」計劃後繼乏力，作品銷量和評價皆不如預期，最終於2009年阿來出版《格薩爾王》之後再沒有新作推出。這種停止運作的情況並非只是出現在中國卷，Canongate Books於2011年出版《Ragnarok》之後，有關系列亦再沒有新作。計劃由「狂歡盛宴」到無疾而終，帶來什麼啟示？本文認為借用邵燕君有關文學生產的討論，有助進一步討論上述問題。

邵燕君以1990年代末出現的「美女文學」現象為例，說明文學生產與流行文化的對立和轉換關係。「美女文學」與「重述神話」故然截然不同，但邵氏有關出版商與文學生產的論述不無借鑑之處。她指出在文學的生產過程中，文學期刊決定了哪些作品可以出生，出版商則決定了哪些作品可以流行，兩者構成了文學生產過程中的雙重「把關者」。[21]1990年代末出現的「美女文學」，正是作者、期刊編輯和出版商之間的「合作」甚至炒作的結果。她由此指出：「如果說『美女文學』是一場世紀末的狂歡，它恐怕不是一場縱情的狂歡，而是一場『導演』和『演員』都十分清醒的『表演性的狂歡』。」[22]

值得留意的是，在「美女文學」幾年後出現的「重述神話」系列同樣被形容為「狂歡」。如果說「美女文學」是文學期刊在面對市場困境之下提出的商業包裝，那麼在這一意義上，「重述神話」系列其實差別不大。在「重述神話」系列的生產過程中，出版商更由「把關者」改變為發起人和推動者，更主動「製造」文學現象。與「美女文學」不同，出版商不再讓文學期刊進行第一輪篩選，決定什麼作品可以出生，而是直接通過簽定合約，以酬金寫作的方式邀請作家寫出指定範圍的作品。相較於前者，「重述神話」系列中出版商和作者的合作關係更加直接明確。從「美女文學」到「重述神話」，不難發現文學生產向商業靠攏的軌跡，並且再次印證邵燕君所言：在強大的市場壓力下，所謂「雅俗合流」也就是「雅」被「俗」合流。[23]需要補充的是，2011年《人間》於長江文藝出版社重新出版，是次出版的出品人是青春文學作家郭敬明。這次由郭敬明主導的重新出版引起不少爭議，不少評論者認為，這意味著純文學作家作品希望通過郭敬明的市場號召力改變日益邊緣化的局面。[24]郭敬明

---

19 韓陽：〈「重述神話」中國卷第三部步入「人間」〉，《出版參考》下旬刊（2007年4月），頁11。
20 張棟：〈中國當代文學走向世界的出版實踐與思考——以重慶出版集團「重述神話」系列圖書為例〉，《西南石油大學學報（社會科學版）》第21卷第6期（2019年11月），頁98。
21 邵燕君：《傾斜的文學場——當代文學生產機制的市場化轉型》，頁270。
22 邵燕君：《傾斜的文學場——當代文學生產機制的市場化轉型》，頁264。
23 邵燕君：《傾斜的文學場——當代文學生產機制的市場化轉型》，頁301。
24 陳熙涵：〈純文學品牌「郭敬明出品」惹爭議〉，http://culture.ifeng.com/gundong/detail_2011_04/

的介入，亦再次印證「雅」被「俗」合流。至於「重述神話」計劃最終不了了之，亦是由「商業場」決定的結果。當文學場不斷向商業場「傾斜」之時，意味著更多的作家、作品進入商業競爭，以致「重述神話」這一以文化作為包裝的商業寫作在失去追捧之後，最終無法在市場立足，被擠出商業場之外。由此可見，在進一步「傾斜」的文學場之中，創意寫作雖然獲得龐大的生存空間，但當嚴肅文學作家參與其中時，難免需要加強通俗性的考慮，才能把握機遇。

四、創意寫作與中國當代文學

中國當代文學經歷1980年代「反思文學」、「尋根文學」、「先鋒文學」等各種文藝思潮之後，漸漸失去重大而統一的寫作主題和文學探索，取而代之的是價值多元、方向不一的文學創作。步入1990年代以後，隨著市場化發展，文學體制隨之改革，上述轉變亦更見明顯。文學史學者陳思和以由「共名」的時代進入「無名」的時代形容這種1990年代的文學文化形態轉型。[25]在1980年代末、1990年代初出現的「新寫實小說」、「新歷史小說」之後，文學界亦再難以出現統一、宏大的創作主題和討論。踏入新世紀以後，「重述神話」系列的出現曾經引起「新神話主義」的討論，卻始終未有如「新寫實小說」、「新歷史小說」一樣，吸引作者主動參與創作和引起熱議。由此衍生的問題是，創意寫作如何參與嚴肅文學的討論？本文嘗試從有關中國「新神話主義」的評論切入分析。

2006年，在《人間》尚未出版之前，中國神話學研究者葉舒憲曾撰文討論「重述神話」系列：

> 對這樣一種類似命題作文式的跨國組織的文學寫作運動，多數人都會將其看成純商業炒作行為。當重慶出版社獲准加盟，蘇童入選為中國重述漢族神話的簽約作家時，文化人和專家們還表現出相當的沉默。然而，如果對當代文學和影視中的新神話主義潮流有所感悟，理解了神話如何從十九世紀時的「人類童年幻想」置換為今天可以跨文化而分享的無比深厚的「文化資本」，那麼就能透過炒作，期待各國諸神重新降臨的盛景了。有眼光的出版家已經預感到一個空

28/6042606_0.shtml，瀏覽日期：2022年6月24日。

[25] 陳思和認為：「當時代含有重大而統一的主題時，知識分子思考問題和探索問題的材料都來自時代的主題，個人的獨立性被掩蓋在時代主題之下。」他把這種狀態稱為「共名」。「當時代進入比較穩定、開放、多元的社會時期，人們的精神生活日益豐富，那種重大而統一的時代主題往往就攏不住民族的精神走向，於是價值多元、共生共存的狀態就會出現。」他把這種狀態稱為「無名」。他指出「共名」和「無名」兩種文化狀態在二十世紀中國文學史中一直交替出現，1990年代的轉型不過是又一次轉型。詳見陳思和：〈共名與無名〉，《寫在子夜》（上海：人民出版社，1996年），頁11-29。另見陳思和：〈試論90年代文學的無名特徵及其當代性〉，《中國當代文學關鍵詞十講》（上海：復旦大學出版社，2002年），頁187-203。

前的世紀品牌即將誕生。[26]

　　葉氏的評論顯示，當時文化人和專家對「重述神話」表現得相當沉默，反映他們認為商業寫作難以進入純文學的範圍。換而言之，「重述神話・中國卷」難以在學院和專家手上獲得廣泛和正面的評價，參與的作家亦難以從中獲得象徵資本。誠然，自出版以來，學術界未有高度關注這一系列作品，李銳、蔣韻亦未有憑《人間》獲得重要的文學獎項。從以上情況可見，「重述神話」展現了商業炒作與嚴肅文學之間的角力。需要指出的是，葉氏雖然認同「重述神話」帶有商業炒作成分，但他仍然肯定其價值。他認為「重述神話」系列如同不少當代的文學和影視作品，能夠喚起讀者對於沉寂多時的古典神話的關注。他更引用「新神話主義」一說，指出重新演繹神話實乃一種世界性潮流，「重述神話・中國卷」不過是在中國以文學形式與世界性的「新神話主義」接軌的一種方式。

　　「重述神話・中國卷」的出版刺激了《中國比較文學》於2007年第二期至第四期開設「比較視野下的新神話主義」專欄，三期專欄一共收錄七篇論文，當中兩篇以「重述神話・中國卷」為主要分析對象，皆以負面批評為主。兩篇文章分別為馮玉雷〈重述的誤區——蘇童《碧奴》批判〉和葉舒憲〈再論新神話主義——兼評中國重述神話的學術缺失傾向〉。兩文先後點名批評蘇童《碧奴》和葉兆言《后羿》，當中葉舒憲更以「重述神話・中國卷」為例，說明這一系列作品與世界性的「新神話主義」潮流銜接時出現的問題。雖然葉舒憲在2006年的文章中肯定了「重述神話」的原意，但在這篇文章中則對於中國作家的具體實踐予以批評。

　　文章開宗明義表明立場，指出就再造神話而言，學術底蘊比想像力更為重要。[27]葉氏以作品的學術含量作為評價準則，以《魔戒》（*The Lord of the Rings*）為例，指出其成功之道在於作者托爾金（John Ronald Reuel Tolkien, 1892-1973）身為牛津大學教授和語言文學家，具備豐厚的學術和文化知識。相反，他點名批評葉兆言《后羿》「不能從比較神話學方面獲得穿透性的知識，只好沿用當代作家面對歷史題材所慣用的『戲說』路子」，甚至抽出一段情節說明「書中描繪的滑稽場面」。[28]他提出以上批評後，總結「重述神話・中國卷」出現的問題：

　　　　無庸諱言，中國當代重述神話的這種非學術的戲說傾向是與國際的新神話主義

---

[26] 葉舒憲：〈神話如何重述〉，《長江大學學報（社會科學版）》第29卷第1期（2006年2月），頁16-17。

[27] 「本文在此基礎上做一個整合性的總體論述，著重探討新神話主義潮流給比較神話學這門學科（其歷史與比較文學是同樣的）帶來的新拓展機遇，力求說明：對於當代再造神話而言，學術底蘊為什麼比想像力更加重要。跨文化比較的大視野和多民族神話遺產的知識，理應成為今天的作家、批評家、比較文學研究者，尤其是重述神話作者們的必備素質。」葉舒憲：〈再論新神話主義——兼評中國重述神話的學術缺失傾向〉，《中國比較文學》總第69期（2007年第4期），頁40。

[28] 葉舒憲：〈再論新神話主義——兼評中國重述神話的學術缺失傾向〉，《中國比較文學》總第69期（2007年第4期），頁47。

潮流相背離的。若是一味地迎合大眾讀者的趣味，片面追求市場銷量，那麼我們的重述神話就會劍走偏鋒，助長「無知者無畏」的時髦價值觀。而作品的文化含量也無法同喬伊斯、托爾金、丹·布朗等學者型作家的作品相提並論。[29]

引文重點在於重申以「文化含量」作為衡量「重述神話」系列的準則，指出如果出版社只顧商業考慮，忽略作家的文化資本是否足夠，作品最終仍然無法獲得評論界垂青。本文由此追問的是，將上述評論套用至《人間》是否成立？《人間》是否同樣帶有「非學術的戲說傾向」？

《人間》以描寫人性為主題，想像白蛇希望修煉為人，經過近三千年，卻始終未能修煉出人心的殘忍。小說的重心不在於重現古典文學的語言、文化或情節，而是藉殘酷的人與善娘的妖做對比，帶出現實中人性的複雜。故事中的人蛇大戰、相濡以沫的蛇人與笑人，以及魂遊千年的白蛇後代，都是作者天馬行空的想像，未有學術和文化層面上的支持。如果按照葉氏的評價標準，《人間》誠然同樣未有呈現豐富的神話學知識，傾向於作者的「戲說」。相信基於以上原因，以致《人間》於文學界和神話學界皆未能獲得評獎和評論的支持。由以上分析可見，文學評論界事實上並沒有忽視創意寫作，更標榜《魔戒》、《達文西密碼》等成功例子作為中國作家的目標。可惜按照評論者的準則，「重述神話」與他們的期許仍有一定的距離。

五、結語

本文首先分析《人間》的改編方式，尤其關注其對於經典文本的運用，由此思考小說能否展現足夠的文化水平。其後藉「傾斜」的文學場一說，整理新世紀以後創意寫作的機遇和要求。最後配合學術界對「重述神話」系列的評論，點出學者對中國作家的期許。通過上述分析，說明在「傾斜」於商業場的文學場之中，「重述神話」一方面面對商業競爭，另一方面失去學院、專家和評論者的支持，因此在上述雙重壓力下，漸漸從「狂歡」步入沉寂。如何於商業與學術之間取捨與平衡，相信成為了日後嚴肅文學作家參與商業主導的創意寫作計劃時不能繞過的問題。

總括而言，《人間》為華文創意寫作帶來一定的啟示。儘管「重述神話」系列未有取得重大成功，但至少展現了創意寫作與文化產業結合的嘗試。當學者談論「新神話主義」時，列舉了《魔戒》、《達文西密碼》等在文學乃至其影視改編皆獲得重大迴響的個案，不禁引起進一步的思考：華文創意寫作能否複製或改造其成功的方程式？除「重述神話」外，又有什麼潛在的寫作命題具備如此龐大的發展空間？值得進一步探討。

---

[29] 葉舒憲：〈再論新神話主義——兼評中國重述神話的學術缺失傾向〉，《中國比較文學》總第69期（2007年第4期），頁48。

作者簡介

*按照姓氏筆劃排序

王美棋

蘇州大學文學院2022級碩士研究生。主要研究方向為文化產業理論、視覺圖像研究等。

何嘉俊

香港中文大學中國語言及文學系博士，現為香港樹仁大學中國語言文學系助理教授及中文教學部主任。研究興趣為中國現、當代文學、臺灣文學、中文科幻小說等。論文見於《臺灣文學學報》、《清華中文學報》等刊物。

吳美筠

澳洲雪梨大學中文學院哲學博士，曾教授於香港大學、香港嶺南大學、香港教育大學、香港城市大學等大專院校。曾擔任2018年香港教育大學駐校作家、香港藝術發展局董事局委員及文學委員會主席及香港書獎、紅樓夢長篇小說獎、香港文學雙年獎、香港中文文學獎、香港城市文學獎、青年文學獎評判。現為國際演藝評論家協會（香港分會）董事、香港文學評論學會顧問（前創會主席）、書寫主義總監、香港藝術發展局評審、香港大學駐校作家計劃委員。出版《第四個上午》、《愛情卡拉OK》、《時間的靜止》、《雷明9876》、《拯救雷明》、《獨眼讀看——劇場、舞影、文學跨世紀》等。編有《港大·詩·人》、《香港文學的六種困惑》、《We Are Not Alone》文集。創辦《文學香港》、書評雜誌《真論》及《珍珠奶茶》，獲香港藝術發展獎藝術教育（非學校）優異表現獎。詩作譯成英語及韓文出版，中、英文研究論文在海內外期刊發表。

吳麗嬋

香港浸會大學傳理學社會科學學士、香港中文大學市場學理學碩士。曾任盛世廣告及恆美廣告文案主任、博達廣告副創意總監，現任香港都會大學人文社會科學院高級講師。研究興趣包括廣告創意、文案寫作及媒體傳意策略。

李洛旻

　　畢業於香港嶺南大學中文系，並於同系獲得哲學碩士（中文）學位，及後在清華大學歷史系獲得博士。現為香港都會大學人文社會科學院助理教授，並兼任清華大學中國禮學研究中心骨幹研究員、香港中文大學中國文化研究所劉殿爵中國古籍研究中心名譽副研究員。研究興趣為經學、禮學及古代文獻。著有《賈公彥《儀禮疏》研究》，並編有《唐宋類書徵引《荀子》資料彙編》、《唐宋類書徵引《戰國策》資料彙編》等。另發表學術論文十餘篇，包括：〈論《儀禮》「墮祭」及其禮意〉、〈《荀子》「接人則用抴」解詁及其禮學意涵〉、〈《群書治要》引《尚書・舜典》注考論〉、〈重合與異文：《墨子》分篇問題重探〉等。

邵棟

　　江蘇常州人，現為香港都會大學人文社會科學院助理教授，創意寫作碩士課程主任。香港大學中文學院博士（2017），香港大學中文學院碩士（2014），南京大學文學院學士（2012）。主要研究範圍是現代小說與南社，華語系文學與電影。在《中外文學》、《揚子江評論》、《香港文學》等兩岸三地學術雜誌發表學術論文多篇。2017年出版學術專著《紙上銀幕：民初的影戲小說》。中國文藝理論研究協會會員。業餘從事小說創作，現為香港作家聯會會員。歷獲第八屆全球華語原創文學大賽首獎（2017）、林語堂文學獎小說首獎（2016）、香港青年文學獎（2015）、全港大學文學獎（2015）等。亦為《澎湃》、《端傳媒》等撰寫特稿。將於2022年底推出短篇小說集《空氣吉他》。

唐梓彬

　　畢業於香港浸會大學中國語言文學系，並於同系取得榮譽文學士（一級榮譽）、哲學碩士及哲學博士學位，現任香港都會大學人文社會科學院助理教授，主要研究興趣為中國古代文學、文學理論與批評、文體學、王安石研究及創意寫作學。論文見於《漢學研究》、《人文中國學報》、《東吳中文學報》、《北市大語文學報》、《中國韻文學刊》、《寫作》、《中國文哲研究通訊》等學術期刊。

孫慧欣

　　中國戲曲學院戲劇影視文學專業文學學士，戲曲文學創作藝術學碩士，中央戲劇學院藝術學理論專業藝術學博士，主要研究方向為戲劇美學、劇作理論、戲劇影視作品鑑賞以及劇本寫作，短篇小說《不歸》獲新概念作文大賽二等獎，小劇場話劇《噢，主》、新編京劇《虞美人》曾於北京9劇場、西區劇場演出。近期發表論文有：〈《天下第一樓》與三十年來中國現實主義話劇〉（《戲劇之家》2020年第29期）、〈《半個喜劇》：半個「戲劇」的敘事變奏與超越〉（《劇影月報》2021年第

2期）、〈失落的詩意：評四川人藝版《塵埃落定》〉（《戲劇影視評論》2021年第4期）等。自2012年來從事戲劇影視專業教學工作，研究興趣聚焦戲劇影視寫作教學的方法與效果。

馬世豪

　　嶺南大學中文系哲學博士，香港大學專業進修學院保良局何鴻燊社區書院高級講師，香港文學評論學會會長，香港藝術發展局審批員。學術研究興趣是中國現當代文學、香港文學和語文教育，著作散見《香港文學的六種困惑》、《文學論衡》、《香港文學》、《文學評論》、《文化研究月報》、《字花》和《香港電影》等刊物和雜誌。

梁德華

　　畢業於香港中文大學中國語言及文學系（一級榮譽2005年），隨後在中文大學繼續進修，並先後取得哲學碩士（2007年）及哲學博士（2010年）。現職香港中文大學中國語言及文學系高級講師，曾獲校長模範教學獎2014，並兼任中大中國文化研究所劉殿爵中國古籍研究中心名譽副研究員，主要任教中國古代文獻科目，如「古籍導讀」、「古文獻學概要」、「古代文獻經典選讀」、「先秦法家文獻選讀」等。研究興趣包括先秦兩漢文獻、中國史學史、明清經學等，專著有《荀悅《漢紀》新探》（2011年）、《秦漢魏晉雜家考論——從《淮南子》到《劉子》》（2019年），並發表學術期刊論文多篇，諸如〈《後漢書》李賢注引《春秋左傳》考〉、〈論明代王志長《周禮注疏刪翼》「愚按」之作用〉等。

梁慕靈

　　香港都會大學人文社會科學院副教授、創意藝術學系系主任及田家炳中華文化中心主任。畢業於香港中文大學中國語言及文學系，取得哲學博士、哲學碩士及榮譽文學士資格，並修畢香港大學學位教師證書。研究興趣為中國現當代文學、文化和電影理論及創意寫作教育，論文見於《清華學報》、《政大中文學報》、《中國現代文學》等學術期刊，並出版《想像與形塑：上海、香港和台灣報刊中的張愛玲》、《視覺、性別與權力：從劉吶鷗、穆時英到張愛玲的小說想像》、《數碼時代的中國人文學科研究》及《博物館的變與不變：香港和其他地區的經驗》等專著。曾以《故事的碎片》獲臺灣《聯合文學》第十六屆小說新人獎短篇小說首獎，並入選臺灣九歌出版社《九十一年小說選》。作品散見香港和臺灣的文學雜誌和報章，並於2021年由臺灣聯經出版社出版小說集《戀人絮語02.21》。

陳康濤

　　香港中文大學中國語言及文學系博士生，青年詩人。新詩作品散見《明報》、
《字花》、《聲韻詩刊》、《吹鼓吹詩論壇》、《野薑花詩集季刊》等刊物。詩作曾
選入《水母與搖滾——《字花》十年選詩歌卷》、《香港詩選》、《野薑花詩選》。
曾獲青年文學獎。

陳煒舜

　　香港中文大學中國語言及文學系副教授。學術興趣主要在於中國古典文學、文
獻學、神話學等。編著有《屈騷纂緒》、《從荷馬到但丁》、《明代前期楚辭學史
論》、《世俗想像與歷史記憶：晚明話本帝王故事新考》、《明代後期楚辭接受研究
論集》、《段祺瑞正道居詩文註解》、《玉屑金針：學林訪談錄》、《典型夙昔：
前修緬思錄》、《女仔館興衰：香港拔萃書室的史前史（1860-1869）》等書，並於
海內外研討會及期刊上發表論文一百餘篇。暇時從事舊體詩創作及專欄寫作，結集出
版者有《神話傳說筆記》、《被誤認的老照片》、《卿雲光華：列朝帝王詩漫談》、
《先民有作：古逸詩析注》、《薇紫欒紅稿：臺北研修假期雜詠》等。

陳曙光

　　香港中文大學中國語言及文學系文學士、哲學碩士及哲學博士。陳博士曾於恒
生商學書院、恒生管理學院及宏恩基督教學院任教，現任香港教育大學中國語言學
系助理教授，主要教授古代漢語、中國語文教學法等科目。研究興趣包括：古代文
獻、禮學研究、語文教學及評估等，曾發表《謝靈運詩的旅遊特色與魏晉文學理論
之關係》、《IBDP語言A：文學指南（2019年版）對香港中學文憑試文學課程的啟
示》、《胡培翬《儀禮》研究的傳承與開拓》等論文，亦擔任《從詩詞欣賞到品德情
意教育》、《出土簡帛中的孔子弟子研究》計劃研究員。陳博士也積極參與教科書編
纂、語文評估及師資培訓工作。

黃納禧

　　香港中文大學中國語言及文學系哲學碩士，研究興趣為臺灣文學及語文教學。曾
任教於香港多間大學，包括香港中文大學、香港都會大學、香港恒生大學、香港城市
大學及香港浸會大學等，曾於《文匯報》和文學雜誌《字花》擔任編輯，現於香港都
會大學及香港中文大學擔程課程設計員。

劉文英

　　現為香港都會大學人文社會科學院高級講師。英國布萊頓大學（榮譽）文學士，
並分別取得香港理工大學設計文學碩士學位和香港中文大學市場學理學碩士學位。擁

有豐富的創意管理經驗，加入都會大學前，曾任職於本地及國際廣告公司、創意機構和香港政府。研究興趣包括香港創意及文化產業相關議題、數碼化及使用者、設計美學、創意廣告和品牌發展等。著有《博物館的變與不變：香港和其他地區的經驗》、《想‧創‧訪——香港廣告的創意詮釋》，以及曾發表有關博物館、設計美學與創意等文章。

黎必信

現任香港中文大學中國語言及文學系高級講師、中國語文教學發展中心管理委員會成員，兼任多項中國語文電子教學教研項目的首席研究員或聯席研究員，項目成果包括「中大文學地圖」等線上語文自學資源。黎博士近年專注中國語文教學研究，曾為香港教育局課程發展處及香港資優教育學苑編撰寫語文課程示例或線上課程，並曾參與中學教科書及公共機構語文資助項目的審訂工作。

戰玉冰

文學博士，復旦大學中文系博士後。入選上海市「超級博士後」、復旦大學「超級博士後」。上海市作家協會會員。主要研究方向為：類型文學與電影、數位人文等。主持「國家社科基金優秀博士論文出版專案」、「上海市社科基金青年專案」、「中國博士後基金面上資助（一類）專案」、「中國博士後特別資助（站中）項目」等多個課題。在《學術月刊》、《中國現代文學研究叢刊》、《中國比較文學》、《現代中文學刊》、《南方文壇》、《揚子江文學評論》、《中國現代文學》等刊物發表學術論文多篇。專著《現代與正義：晚清民國偵探小說研究》、《民國偵探小說史論（1912-1949）》。

蕭欣浩

「蕭博士文化工作室」創辦人，香港浸會大學中文系一級講師，香港嶺南大學中文系博士，中學校董，作家，詩人，飲食文化人。曾任法國餐廳大廚，著有《解構滋味：香港飲食文學與文化研究論集》、《流動香港飲食誌》及《屋邨尋味記》。文學家紀錄片《劉以鬯：1918》與《也斯：東西》副導演。

鄺文峯

畢業於香港中文大學中國語言及文學系，先後取得文學士、哲學碩士和哲學博士學位。現職香港都會大學人文社會科學院講師。學術論文見《人文中國學報》、《臺北大學中文學報》、《文學論衡》等期刊。

新・座標40　PF0318

新銳文創
INDEPENDENT & UNIQUE
　華文創意寫作與跨媒體實踐

主　　編	梁慕靈
責任編輯	陳彥儒
圖文排版	蔡忠翰
封面設計	劉肇昇

出版策劃	新銳文創
發 行 人	宋政坤
法律顧問	毛國樑　律師
製作發行	秀威資訊科技股份有限公司
	114 台北市內湖區瑞光路76巷65號1樓
	電話：+886-2-2796-3638　傳真：+886-2-2796-1377
	服務信箱：service@showwe.com.tw
	http://www.showwe.com.tw
郵政劃撥	19563868　戶名：秀威資訊科技股份有限公司
展售門市	國家書店【松江門市】
	104 台北市中山區松江路209號1樓
	電話：+886-2-2518-0207　傳真：+886-2-2518-0778
網路訂購	秀威網路書店：https://store.showwe.tw
	國家網路書店：https://www.govbooks.com.tw

| 出版日期 | 2022年8月　BOD一版 |
| 定　　價 | 420元 |

讀者回函卡

國家圖書館出版品預行編目

華文創意寫作與跨媒體實踐/梁慕靈主編. -- 一版. -- 臺北
市：新銳文創, 2022.08
　　面；　公分. -- (新.座標；40)
　BOD版
　ISBN 978-626-7128-36-7(精裝)

　1.CST: 寫作法 2.CST: 教學研究 3.CST: 媒體 4.CST:
文集

811.1   111011219